# 지방자치
# 김관용을
# 벤치마킹
# 하라

## 지방자치, 김관용을 벤치마킹하라

1판 1쇄 인쇄 | 2021년 10월 8일
1판 1쇄 발행 | 2021년 10월 14일

지 은 이 | 석태문
펴 낸 이 | 천봉재
펴 낸 곳 | 일송북

주　　소 | 서울시 성북구 성북로 4길 27-19(2층)
전　　화 | 02-2299-1290~1
팩　　스 | 02-2299-1292
이 메 일 | minato3@hanmail.net
홈페이지 | www.ilsongbook.com
등　　록 | 1998. 8. 13(제 303-3030000251002006000049호)

ⓒ석태문 2021
ISBN 978-89-5732-277-2　(03800)
값 18,500원

※ 책값은 뒤표지에 있습니다. 잘못된 책은 구입처에서 교환해 드립니다.

지방의 문제를 찾고 푸는 현장 지침서!

# 지방자치 김관용을 벤치마킹하라

석태문 지음

**그는 언제나 현장에 있었다.**
구미시장 3선, 경북지사 3선
우리나라 유일의 6선 단체장

| 차례 |

**저자의 글**　06
**추천의 글**　11

### Part 1.
## 관용

관용, 톨레랑스, 참는 자 ___16
결혼과 함께 시작된 청춘 ___21
3%가 아닌 97%가 부족했던 후보 ___27
나를 주장하지 않는 나 ___33
집에 가서 저녁 같이합시다 ___39
믿고 일을 맡기는 사람 ___45
오늘부터 당장 단식에 들어간다 ___50
뺄셈에서 덧셈, 나눗셈에서 곱셈으로 ___56

### Part 2.
## 화백

유튜브하는 김 지사를 상상하며 ___64
51% 민주주의, 100% 화백 주의 ___70
절반의 함성, 여성의 역할 ___76
'일자리=행복'의 방정식 ___82
도청 이전, 갈등이 필수인데 왜 없었던 것일까? ___88
멍석은 깔아 주고, 상대의 언어로 말하라 ___94
새마을 아저씨, Mr. 새마을 ___100

### Part 3.
## 혼·정체성

문화와 실용이 정체성을 만든다 ___109
농축된 DNA, 한국 정신의창 ___114
섞임의 문화엑스포, 세계화로 ___121
사람 살고 경제 활동하는 섬, 독도 ___129
교육과 친환경 학교급식 ___135
대한민국은 다문화친화 사회이다 ___142
호미곶 등대 100년, 21세기 바다를 비추다 ___149

### Part 4.
## 창의·실용

그는 왜, 현장을 찾는가 ___157
세계 최저 출생률, 창조적 해법이 필요 ___164
쌀 산업의 무한 변신 프로젝트 ___171
물려받은 것은 경북, 물려줄 것은 글로벌 경북 ___178
하인리히 법칙과 지도자의 안전 관리 ___185
내가 굽힌 것은 자존심이 아니라 무릎이었다 ___191
돈 되는 산의 탄생, 백두대간 프로젝트 ___197

Part 5.
# 애국·애민

다산을 배우고 실천하다 ___ 205
경북 사람들의 독립운동, 항일투쟁 ___ 212
기억 회복 장치, 호국과 평화의 낙동강 방어선 ___ 218
할매·할배의 날, 대한민국 가족공동체 회복 운동 ___ 225
청년아, 세계와 지역이 우리 일터다 ___ 231
위미노믹스 시대, 여성은 뉴노멀이다 ___ 238
창의 리더 양성 플랫폼, 농민사관학교 ___ 244

Part 6.
# 균형

기울어지지 않은 평평한 운동장, 도청 이전 ___ 252
삶의 기본 조건, 사통팔달 인프라 ___ 259
큰 바다의 꿈, 동해 바다 프로젝트 ___ 266
한반도 허리 경제권, 큰 그림을 그리다 ___ 274
대한민국 청정에너지 주식회사 ___ 281
하늘 길, 지역의 백 년을 여는 길이다 ___ 289
대수도론은 허구, 균형 발전이 답이다 ___ 295

Part 7.
# 교류·융화

기와만인소, 한옥 청사를 만들다 ___ 304
혜초의 누각, 박 대통령의 안가 ___ 311
코리아 실크로드 탐험대 ___ 318
종부를 만들고 종손을 만들자 ___ 328
분권과 균형의 전도사, 방부자향 ___ 334
농촌과 산촌, 도시를 품다 ___ 341
삼국유사 목판본 복원과 신라사 대계 편찬 ___ 348

## 저자의 글

　2019년 초 안식년으로 1년간 베트남 다낭에 갔다. 당시 이주석 원장은 나에게 전임 김관용 경상북도지사에 대한 책을 한번 써 보는 것이 어떻겠느냐고 물었다. 김 지사에게 알리지 않고 쓰는 것이니 평전이다. 이 원장은 필자가 경북도에서 오랫동안 근무했고, 연구원 활동을 더하면 충분히 가능할 것이라 했다. 그렇지만 농업·농촌 정책에 국한하면 모를까, 김 지사의 12년 도정 전반은 물론 민선 1~3기 구미시장 기록까지 검토해야 하는 일이니, 나로서는 흔쾌히 할 수 있겠다 말할 처지가 아니었다.
　그럼에도 이 원장의 권유가 이어졌고, 안식년 동안 경북 도정을 한번 정리하는 것도 괜찮겠다는 생각이 들었다. 다행히 김 지사 퇴임을 앞두고 경북도에서 제작한 〈민선자치 12년, 사람 중심 경북 세상〉 정책 자료집을 연구원에서 연구책임자로 편찬, 출간한 경험도 있어 이 작업이 시작됐다.
　책을 쓰면서 유념한 것은 네 가지이다. 첫째는 김관용의 성공 비결은 무엇인가? 김관용은 지방 행정의 달인이다. 행정 현장에서 기초단체장 세 번, 광역단체장 3선의 기록을 세운 사람이다. 우리나라 민선 지방자치단체 유일의 스트레이트 6선 단체장이다. 기초단체장을 마치고 광역단체장으로 옮겨 바로 당선되기는 쉽지 않다. 전국의 수백 개 자치단체 중에서 유일하게 6선을 기록한 사람이라면 우리는 그 유일성에 주목해야 한다. 남다른 비결로 주민의 선택을 받았다면 충분히 분석해 볼 가치가 있는 것 아닌가?

둘째는 김관용이 추진한 12년 도정에서 보이는 정책의 독특함이다. 농민사관학교, 한국 정신의창, 백두대간 프로젝트, 호국과 평화의 낙동강, 할매·할배의 날, 한반도 허리 경제권, 코리아 실크로드 탐험대, 종부종손포럼 등의 정책 브랜드에서 어떤 느낌을 받는가? 기존에 기획·추진된 사업은 형식과 콘텐츠를 보강했다. 계획만 쏟아진 도청 이전 사업은 추진력과 공정 관리로 성공시켰다. 가공 식품 육성 사업은 쌀 산업의 무한 변신 프로젝트로 확실하게 방향을 잡았다. 국내에 머무른 새마을운동을 세계화의 그릇에 담아 인류 공영의 가치로 진전시켰다.

셋째는 6선을 이룬 그의 리더십 찾기이다. 김관용 도정에서 채택, 추진된 정책 사업들은 명칭부터 신선하다. '일찍 취직해서 월급 받아 시집·장가가자~'란 의미를 담은 '일취월장'이란 말은 도대체 누가 만들었을까? 도시 청년을 시골에 파견 보내서 뭘 하지?란 의문이 나올 것 같은 도시 청년 시골 파견제는 또 어떤가. 김관용은 자신을 주장하지 않았다. 회의 때에는 주로 듣는 편이다. 그러나 결과를 보고, 평가한다. 직원들의 자율과 의견을 귀하게 여기고, 경청하면서 그들의 능력을 배가시킨다. 혹자는 그의 도정 시절에 참모들이 참 좋았다, 행운이 었다는 평가도 한다. 과연 그럴까? 인재는 태어나는 것이 아니라, 길러진다. 그가 가진 리더십이 직원들을 인재로 바꾼 것이다. 그 결과가 창의적 정책으로 쏟아졌고, 6선 김관용이 되도록 했을 것이다.

넷째는 6선을 관통하는 그의 행정 철학이다. 이주석 원장의 이야기를 빌리면 그에게는 네 가지 집약된 사고방식이 보였는데, 이것이 그를 움직인 행정 철학일 것이다.

- 현장 중심 사고이다. 일이 생기면 그는 가장 먼저 현장으로 달려갔다. 왜? 현장에 답이 있으니까. 현장에 가면 매듭이 풀리고, 사람을 만나면 오해가 풀린다. '사건 사고가 터지면 바로 현장으로 가라' 그가 직원들에게 강조한 말이다. 그가 현장을 찾아 사람들을 만나고, 맺힌 것을 풀어 낸 기록들을 이 책에서 볼 수 있을 것이다.

- 가장 신속하되, 합리적으로 결정하라. 긴급·중차대한 일이 발생하면 관련 당사자가 순식간에 모여서 상황을 분석하고 해결책을 찾는다. 자기 몫을 정확히 판단한 뒤 신속하게 처리한다. 전체로써 일관성을 유지하면서 능률적 합리적으로 일을 추진하는 것이다. 의견 수렴 과정을 거쳤기에 현장의 반발 없이 집행이 용이하고 정책 성공의 가능성도 높였다.

- 관용의 정신이다. 결정을 내린 뒤, 목표와 방향이 정해지면 집행은 철저히 담당자 자율에 맡겼다. 그는 한번 선택한 사람은 끝까지 믿는다. 믿고 선택했으니, 맡긴 일의 진행 과정에 간섭하지 않았다. 일이 성사될 때까지 기다린다. 흔히 계급 높은 사람 치고, 성격 급하지 않는 사람이 없다고 했지만 그는 예외이다. 그는 끝날 때까지 기다렸고, 차

분히 지원만 했다. 일이 끝나면 담당자를 대단한 사람으로 격려했다. 그의 이름자 관용에서 나온 미덕인지도 모른다.

　- 애민사상이다. 그는 매사에 국가의 책무와 경북도의 역할을 통으로 놓고 생각했다. 정부 정책이 발표되면 바로 다음 날 경북도의 대책을 발표하고, 추진했다. 주민이 원하고 긴요한 일에 시간을 지체할 수 없었다. 도민을 최우선하는 그의 생각은 우리 민족 면면히 밝혀 온 애민사상의 뿌리 찾기로 이어졌다. 국조 단군의 광명이세, 홍익인간을 이어 온 신라의 화백제도, 세속오계로 불리는 애국과 생명 존중의 신라 정신을 밝히고자 〈신라사대계〉를 편찬했다. 민족의 정체성을 찾기 위해 '한국 정신의창'을 주창하는 한편, 삼국유사 목판본을 복원했다. 이러한 일들은 역사를 찾는 작업이자 미래를 여는 일이며, 오늘의 대한민국을 비추는 애민의 빛이 될 것이다.

　김관용의 민선자치 6선의 성과를 직접 확인할 수 있는 기록은 뭘까? 그가 재임한 12년 도정에서 경상북도는 전국 단위 자치단체 평가에서 열일곱 번이나 1등을 했다. 처음에는 그도 1등한 사실을 쑥스럽다고 여겼다. 그러나 1등 회수는 열 번을 넘었고, 점점 더 늘어났다. 다른 지자체로서는 자치단체 평가에 관한 한 '김관용의 경상북도'는 '넘사벽'으로 여겼을 것이다. 도대체 김관용이 이뤄낸 지방자치, 그 성공의 비밀은 무엇일까?

　이 책은 모두 50개 정책으로 구성했다. 김관용의 행정 철학에 버금가는 관용, 화백, 혼·정체성, 창의·실용, 애국·애민, 균형, 교류·융화의 7개 장에 각각 7~8개의 정책을 담았다. 김관용 지방자치 6선의 비밀 찾기를 위해 평전의 형식을 취했으나, 그의 삶 전체가 아닌 정책을 중심으로 살폈다. 나중 누군가가 김관용을 더 정밀하게 탐구한다면 삶의 전반까지 살피면 좋을 것이다.

　이 글을 쓰기 위해 참고한 문헌은 다음과 같다. 김관용의 자서전 2권(<6_현장이야기>, <김관용의 말>)과 <사람중심 경북세상_민선자치 12년 역사집>, 그리고 재임시절 매년 발간한 <경상북도지사 연설문집> 12권(2006년 7월~2018년 6월)이 전부이다. 위의 자료 중에서 인용문은 모두 겹따옴표(" ")로 처리하였고, 별도로 참고문헌은 적지 않았음을 밝힌다.

2021년 9월<br>
석태문 대구경북연구원 선임연구위원

## 추천의 글

　김관용 전 경상북도지사 평전, 〈지방자치, 김관용을 벤치마킹하라!〉가 나온다는 소식을 듣고, 기쁜 마음으로 추천사를 씁니다. 대구경북연구원의 석태문 박사가 경북도정에 대한 해박한 지식을 바탕으로 50개 정책 구구절절이 쓴 내용을 읽으니, 민선자치 12년 간 도정을 추진한 김 지사의 혜안을 다시금 보는 것 같습니다.
　이 책은 오랫동안 지방 행정에 몸담아 온 김관용 지사가 초야로 돌아간 후 최초로 나온 그에 대한 비평서입니다. 석태문 박사가 말한 대로 정책에 집중한 평전이니, 김관용 지사 6선의 기록에서 얻게 될 정책적 함의가 크다고 생각됩니다.
　김관용 지사의 성과는 남다릅니다. 손해 볼 것 뻔하다는 도청 이전을 뚝심으로 밀어붙였습니다. "공약(公約)을 했으니, 해야죠." 그게 그의 답변이었습니다. 그 엄청난 일을 하면서도 자잘한 소음 하나 없이 처리해 내는 것을 보고는 혀를 내둘렀습니다. 도청 이전은 김 지사의 지방자치와 균형 발전, 행정에 대한 확고한 철학이 없고서는 불가능했을 대역사였습니다.

문제는 그렇게 굵직굵직한 일을 김 지사가 한두 가지 해낸 것이 아니란 사실입니다. 잘 아시다시피, 김 지사는 우리나라 최초로 6선에 당선된 지방자치의 달인입니다. 1,119만 명의 서명을 받아 지방 분권을 전국적 운동으로 승화시켰고, 신라사 대계편찬, 한국의 정체성을 밝힌 한국 정신의창, 새마을운동의 세계화, 실크로드 탐험대, 일취월장 청년 프로젝트, 농민사관학교, 그리고 탄타늄 프로젝트와 막스플랑크 연구소와 같은 4차 산업혁명을 예견한 신사업도 추진했습니다. 모두 김 지사의 주도면밀함과 추진력으로 이룬 성과입니다.

이 책을 보니, 여러 감회가 쏟아집니다. 현대 한국사에서 지방자치의 길은 평탄하지 않았습니다. 한국전쟁 중인 1952년 지방의회선거가 처음 실시되었으나, 그 순수성을 의심받았습니다. 이후 1960년 11월 지방자치법 개정으로 같은 해 12월 서울특별시·도의회선거, 서울시장·도지사·시·읍·면장 선거가 최초로 시행됐지만, 이듬해 5월 군사쿠데타로 단명했습니다. 1991년 지방의회가 부활했고 1995년 6월 역사적인 4대 민선지방선거가 실시됐습니다.

우리나라 지방자치는 1949년에 시작됐으나, 정상적인 4대 지방선거로 뿌리 내린 것은 1995년이니, 이를 기점으로 하면 사반세기를 겨우 넘긴 셈입니다. 아직 한국의 지방자치가 가야 할 길이 쉽지 않습니다. 2020년 12월 지방자치법 전면 개정안이 통과되어 금년 12월 시행되면 지방자치의 활력이 더 커질 것입니다.

김 지사가 민선 6선을 통해 이룩한 지방자치의 성과들은 우리나라 지방자치의 토대를 놓는 일이었습니다. 평소에 김 지사를 만날 기회가 있을 때마다 여러 대화를 많이 합니다만, 김 지사가 꺼내 놓은 이야기에서 항상 신선함을 느꼈고, 그의 도정에 대한 고민, 생각의 깊이를 가늠하곤 했습니다.

이 책에서 석태문 박사가 하고 싶던 말도 바로 김 지사의 고민 내용과 생각의 깊이를 찾아내는 작업이 아니었나 생각합니다. 안식년을 맞아 이 책을 썼다고 하니, 힘든 일을 마다하지 않은 석태문 박사의 노고를 치하 드립니다.

지방자치를 생각하고 지방자치 현장에서 일하는 사람들이 이 책을 읽는다면 6선의 김관용 지사가 쌓은 지방자치 성공에 이르는 비밀의 문으로 자연스럽게 도달할 것이란 말씀을 드리고 싶습니다.

끝으로 국가 및 지방공무원과 관계 분야 학자들은 물론이고, 일반 국민까지도 꼭 한번쯤 탐독하기를 삼가 권장하는 바입니다. 그리하여 김관용 지사가 일생동안 몸소 실천한 지방자치의 진리와 정도가 우리나라 자치 발전과 지역 성장을 올바로 선도하는 이정표가 되고 지도서가 되기를 바라는 마음 간절합니다.

2021년 9월
김안제 서울대학교 명예교수
한국자치발전연구원장

▲ 동서화합 국민대통합   ▲ 이희호 여사 방문   ▲ 영호남 상생장학금 수여

Part 1.
# 관용

01 _ 관용, 톨레랑스, 참는 자
02 _ 결혼과 함께 시작된 청춘
03 _ 3%가 아닌 97%가 부족했던 후보
04 _ 나를 주장하지 않는 나
05 _ 집에 가서 저녁 같이합시다
06 _ 믿고 일을 맡기는 사람
07 _ 오늘부터 당장 단식에 들어간다
08 _ 뺄셈에서 덧셈, 나눗셈에서 곱셈으로

## 01.

## 관용, 톨레랑스, 참는 자

　이름은 사람을 드러낸다. 사람은 이름으로 불리고, 불리는 그 이름으로 살아간다. 세상에 살아 있는 알려진 모든 존재에는 이름이 있다. 사람에게 이름은 특정한 그 사람이다. 그 사람의 이름은 그의 과거이고, 지금이고, 미래다. 그렇다고 이름이 그 사람의 모든 것을 담지는 않는다. 그러나 이름은 그 사람의 호칭이 되고, 시간이 갈수록 이름과 사람은 점점 더 닮아 간다.

　'누가 이름을 함부로 짓는가' 이름 짓기를 직업으로 삼는 작명 비즈니스가 흥행하고 있다. 작명 비즈니스의 핵심은 '이름이 좋아야 사람이 좋아진다'이다. 이름이 좋아, 사람이 좋아졌고, 사람이 좋아졌으니, 그 이름이 더 귀해진다. 적잖은 사람들이 그렇게 믿는다. 귀한 이름을 얻는 데에 지출을 아끼지 않는 이유이다. 작명은 미래를 위한 투자인 셈이다.

인류 최초의 작명가는 누구였을까? 아담이다. 하나님은 아담에게 세상 만물의 이름 지을 권리를 주셨다. 초원에서 풀을 뜯는 동물 무리가 보였다. 몸통에 얼룩무늬가 보였다. '얼룩말이라 부르면 되겠군' 이렇게 아담은 세상의 동식물 모두에게 이름을 지어 주었다. 하나님에게서 아담이 부여받은 작명권은 세상 동식물의 지배권과 연결되었다. 작명권자의 권능이 얼마나 컸는지 알 수 있다. 전근대사회일수록 작명권자의 권위가 높았다.

김관용의 이름은 누가, 어떻게 지었을까? 누구였길래 '관용'이란 이름을 선택한 것일까? '관용'이란 이름은 그의 선친께서 직접 지은 것이다. 집안의 항렬을 따라 지었으니 특별히 의미가 담긴 건 아니라 했다. 특별하게 선택한 이름은 아니지만, 특정한 사람에게 붙여진 이름은 그의 삶을 닮는다. 관용이란 이름에는 '참는다', '참아 준다', '잘 참아 주는 사람'이란 의미가 들어 있다는 적극적 해석도 가능하다. 선조들은 이름이 사람을 만들고, 운명까지 바꿀 수 있다고 믿었다. 사람에게 붙여진 이름을 제대로 해석하려면 이름과 그의 삶을 연결하면 가능하다. 김관용이 살아온 삶에서 이름이 끼친 영향이 적지 않다고 생각된다.

'관용'이란 이름에 대해 본인은 어떻게 생각했을까? 자신의 의지와 무관하게 얻은 이름이나 이름자 관용은 보통명사 관용과는 다른 의미로 그의 삶 속에 녹아들었을 것이다. 이름자 관용은 그에게 '참는 사람'이 되라고 가르쳤을지 모른다. 한 사람의 생애를 알기 위해 우리는 그가 살아온 행적을 살핀다. 관용이란 이름으로 인해 그는 이름의 이미지에서 벗어나지 않도록 자신의 삶을 관리했을지도 모른다.

보통명사 관용은 참는 것, '톨레랑스(tolerance)'이다. 톨레랑스는 나와 다름, 차이를 인정하는 의미이다. 강준만은 '세계문화 사전: 지식의 세계화를 위하여'에서 '사회적 불평등·가난·질병·죽음·추위·배고픔·사회적 약자에 대한 탄압 등'의 현실에 대해 참지 못하는 것을 톨레랑스로 풀었다. 톨레랑스는 나와 다른 사람에 대한 이해이자 참음이며, 동시에 불공정한 현실에 대해 참지 못한다는 의미를 가진다. 톨레랑스는 인내이면서 불의에 대한 나섬, 맞섬이다. 김관용의 삶에서 이름자대로 관용적 삶의 흔적을 잘 찾아낸다면 이름은 사람의 삶을 기르는 양육자임을 조금은 증명하지 않을까.

김관용은 6년간 초등학교 교사를 했다. 이 시기 그는 제자들에게 각별한 사랑을 보낸 것으로 유명하다. 어린 시절, 자신이 겪은 가난, 장남인 관용을 학교에 보내기 위해 배우지 못한 형제자매에 대해 미안함이 컸다. 그런 미안함이 그가 가르친 학생들에게 투영됐을 것이다. 교사 김관용의 미안함은 학생들을 그의 형제자매로 투영시킨 일종의 감정이입의 톨레랑스인지 모른다. 물론 이것이 숭고한 인문학적 의미의 톨레랑스는 아니었을 것이다. 김관용에게 관용은 참는 사람, 가난했던 자신과 같은 처지의 사람들에 대한 감정, 이른바 제러미 리프킨이 말한 공감(emphasy)과 유사한 것이다. 그가 어린 시절에 모질게 겪은 어려움, 삶을 짓누르던 현실을 참고 견디게 한 힘이 관용이었다. 관용의 지난 삶을 회고하면 참고 견디고 이겨 내는 모든 과정에 그의 이름자가 작용했다고 볼 이유는 충분하다.

김관용이 살아오면서 마주쳤던 인생의 과정은 역경과의 마주침이었다. 갖은 역경에 굴하지 않고 극복한 승부의 순간이었다. 치열한 탈출 전, 힘든 삶의 현장에서 벗어나기 위한 도전의 과정이 그에겐 관용, 참음, 톨레랑스이다. 그가 매달린 도전들은 남들이 어렵다고 포기했거나, 불가능하다고 여겨 도전할 엄두도 내지 못한 일들이었다. 그는 과감히 도전했고, 성취했다. 김관용의 관용에는 포기가 없었고, 불가능을 몰랐다. 이것이 보통명사 관용과 다른 그의 이름자 관용의 특징이다.

김관용에게 '너의 미래를 위해 이것은 꼭 해야 한다'라거나, '포기하지 말고, 새로운 도전을 해 보라'고 권한 사람은 거의 없었다. 도전하라고 말한 딱 한 분의 스승이 계셨다. 관용의 초등학교 시절, 예고도 없이 가정방문을 오신 교장 선생님이었다. 교장 선생님은 그에게 자전거 타는 법을 말씀으로 가르쳐 주었다. 두 바퀴의 자전거는 쉼 없이 밟아야 넘어지지 않고 똑바로 나아간다. 바퀴 밟기를 멈추는 순간 넘어지는 자전거의 원리를 교장 선생님이 말씀하셨다. 교장 선생님은 왜, 어린 관용에게 그런 말씀을 한 것일까? 초등학생 관용은 교장 선생님의 말씀이 무엇을 뜻하는 것이었는지, 당시에 이해했을까? 정확한 말뜻을 몰라도 관용은 오랫동안 기억했고, 그 말씀은 그의 삶을 만드는 동력으로 작동했다. 관용은 교장 선생님 말씀을 잘은 몰랐지만, 그 의미는 정확히 받아들였다. 지금 비록 가정이 어렵고, 힘들지만 배움을 멈추지 말라는 훈시였다. 초등학생 관용은 교장 선생님의 말씀을 평생의 교훈으로 삼았다. 그에게 닥친 환경이 아무리 어렵고 힘들어도 관용은 자전거 페달 밟기를 멈추지 않았다. 김관용은 지금 모든 공직에서 떠났다. 그는 지난 삶을 돌아보고 있을 것이다. 치열하게 살아온 자신의 평생을 한편에선 아쉬움으로 다른 면에서는 스스로 존중하며 대견스럽다고 말할지도 모른다. 그가 남긴 여러 책, 사람들에게 강조해 온 이야기를 다 모으면 '한시도 페달 밟기를 멈추지 않은 관용'이 될지 모른다.

김관용에게 이름자는 현실의 어려움을 참아내는 톨레랑스이다. 어린 시절의 관용은 교장 선생님의 말씀을 삶의 지침이자 인생의 목표로 삼았다. 김관용은 살아오면서, 시간이 지나면 지날수록, 삶에서 부딪친 현실이 가혹하면 할수록 교장 선생님의 말씀은 더 선명하게 기억해냈다. 관용의 가슴속에 더 깊이, 더 뚜렷하게 자전거 페달 밟기를 멈추면 안 된다는 말씀을 새겼다. "관용이 니가 뭘 하던 페달 밟는 거 맹키로 그냥 쭉 하면 된다. 공부도 그렇고 니가 하고 싶은 것도 그렇고 뭐든 해야겠다 싶으면 목표대로 계속하는 기라. 그러다 보면 자전거가 넘어지지 않고 목적지까지 달려간다. 알긋제?" 교장 선생님의 가르침은 관용의 삶의 지침이 되었다. 관용에게 어떤 큰 어려움이 닥쳐도 무너지지 않고, 포기하지 않고, 견디게 하고, 험한 곳을 넘어서도록 했고, 앞으로 나아가도록 한 원동력이었다.

시련이 그의 앞을 가로막는다면 넘어가면 될 일이다. 김관용은 도전하겠다는 마음이 들면 도전했다. 도전할 때에는 할 수 있다는 신념을 가슴에 새겼다. 목표를 세우고 앞으로 나아갔다. 김관용이 쉼 없이 페달을 밟고 나아간 방향은 현재가 아니라 미래로 뻗어가는 길이었다. 쉬지 않고, 달려가는 힘만 있다면 그것이 그에게는 어려움을 극복하는 지름길이었다. 김관용에게 부여된 참는 힘, 나아가는 힘, 끝끝내 성취하는 힘, 그것이 관용의 정신이자 톨레랑스였다. 그의 이름, 관용이 성취한 비결이었다.

## 02.

# 결혼과 함께 시작된 청춘

청춘은 봄이고, 낭만이다. 봄 여름 가을 겨울. 4계절이 뚜렷한 나라에서 계절의 변화는 사람들 마음에 변화를 가져온다. 새싹이 나오는 봄에는 생동감이 넘친다. 청춘의 계절, 청춘의 나이를 가진 사람들의 마음은 자연스럽게 봄 처녀, 봄 총각으로 싹이 튼다.

세상의 봄은 그러했다. 그렇지만 세상의 봄이 관용의 청춘은 아니었다. 어린 시절부터 앞만 보고 달려온 그에게 청춘이 무엇인지, 청춘이 어디에 있는지 생각하고, 찾을 겨를이 없었다. 구미에서 대구로 가는 기차에서 대학생들의 동냥 말을 들은 덕분에 대학을 알게 되었고 대학엘 갔다. 교사로 재직하던 시절엔 귀동냥으로 행정고시 소문을 들었다. '택도 없다'는 주위의 만류를 뿌리치고 고시에 도전했다.

사람들은 그의 도전을 만류했다. 목표는 맞지만, 비전도 성공 가능성도 너무 낮았다. 나름 목표를 세웠지만, 정확한 것도 아니었다. 어설

프게 주위들은 소문에 불과하였으니, 정확성이 떨어졌다. 그렇지만 김관용은 듣고 정했으니 목표를 향해 나아갔다. 그의 삶은 도전하는 것, 목표 돌진이었다. 경상북도지사가 되었을 때 사람들이 '드리대(DDR) 도지사' 별명을 붙여 준 것도 비슷한 이유였다. 목표를 정하면 멧돼지 같은 저돌성으로 산 삶이 바로 김관용이었다.

김관용의 주위에는 그보다 많이 배운 사람이 거의 없었다. 강력한 누군가가 있었다면, 관용보다 더 큰 논리로 그의 도전을 막았을지 모른다. 그랬다면 그는 힘든 도전을 포기했을 것이다. 행인지 불행인지, 주변에는 그의 결심을 만류할 사람이 없었다. 요즘 말로 하면 김관용은 확실한, 타고난 흙수저였다. 아니 흙으로 빚은 수저마저 없는 무수저였다. 그를 도우거나 만류할 수저들이 주변에는 전혀 없었다. 누구도 그의 도전을 막지 않았다. 지나고 보면, 무수저인 것이 오히려 그의 도전, 그의 삶을 자극한 원천이 됐다. 무수저 관용과 주변 환경의 일치는 김관용이 현재를 벗어나기 위한 목표를 정하고 도전하는 좋은 토양이 됐다. 셰익스피어가 말한 것처럼, '끝이 좋으면 다 좋다'는 문장이 김관용의 도전 인생에 딱 들어맞는 말이다.

김관용에게는 청춘이 없었다. 10대, 20대 흔히 말하는 그 꽃다운 청춘 시절을 생각지도 못한 채 보냈다. 청춘을 몰랐고, 청춘의 나이에 머물 것 같았던 그가 어느새 30대 중반이 되었다. 바로 이 시점에 그에게는 없다고 여긴 청춘이 찾아왔다. 주변 친구들은 물론 후배들도 완성한 청춘맞이 프로젝트를 그는 비로소 시작했다.

아내 김춘희를 만나면서 그의 늦은 청춘이 시작됐다. 1977년 당시 기준으로 남자 35세, 여자 30세면 둘 다 적지 않은 나이에 집안 어른의 소개로 첫 만남을 가졌다. 관용은 만나기 전 참으로 설렜다고 했다. 행정고시를 합격한 지 7년의 세월이 지났다. 공직사회에서 지도자의 삶을 걷고 있었지만 결혼하기 위해 여자를 만나는 일은 사춘기 소년처럼 떨리는 순간이었다. 김관용은 아내가 될 여자와의 첫 만남을 어떻게 기억하는지 모르겠다. 무슨 말을 했는지, 아내 될 사람이 자신을 어떻게 생각하는지 기억나지 않을지 모른다.

세상일은 모른다. 김관용은 아내를 만나게 된 건 세상이 자신을 도운 것이라 여겼다. 하늘의 도움이 없고서는 아내를 만나지 못했을 것이라 생각했다. 첫 만남 이후 관용은 다시 보고 싶었다. 아내는 그가 참 촌스럽게 생겼다고 느꼈지만 진실한 사람이란 생각이 들었다고 했다. 서울에서 안동행 기차를 타고 내려가 아내감을 처음 보았다. 용기를 내어 마음속 말을 꺼냈다. "다시 안동에 오겠습니다." '다시 만나고 싶다'는 말을 관용은 그렇게 고백했다. 관용의 늦은 청춘은 처음 본 안동 처자에게 마음을 빼앗기며 시작됐다.

"제가 기차 타고 청량리역으로 갈게요." 요즘에도 보통이 아닌 선비의 고장, 안동이다. 지금부터 40년도 더 전인 1977년의 안동은 유교문화가 뼛속까지 살아 있던 곳이었다. 처자가 외간 남자를 사람들의 시선이 많은 곳에서 보는 것이 쉽지 않은 시절이었다. 관용을 진실한 사람이라 느낀 아내는 서울행 만남을 결행(?)했다. 아내의 말을 들은 관용은 일의 절반은 성사되었다고 생각했던 것일까? 아니면 그마저도 그의 가식 없는 고마움의 표현이었던 것인가. 관용은 처자에게 이렇게 말하고 말았다. "그럼 제가 태극기 깃발을 휘날리며 마중을 가겠습니다." '태극기 깃발'을 휘날리겠다는 관용의 말에 미래의 아내는 어떤 감동을 받았을까.

　봄 처녀, 봄 총각은 만난 지 두 달 만에 결혼했다. 이만한 속전속결이 또 있을까. 결혼은 인륜지대사이다. 가릴 것 많고, 준비할 게 한두 가지가 아니다. 두 청춘은 이것저것 가리지 않았다. 아주 편하게, 아주 쉽게 결혼했다. 누군가는 이렇게 말할지도 모른다. 세상에서 가장 아름다운 신부를 맞이하는 관용의 달력에서 두 달은 햇수로 두 해나 넘었을 것이고, 서른다섯 해의 청춘이 모두 포함된 긴 시간이었다고. 시인의 노랫말처럼 '안 보면 보고팠고, 만나면 할말 못해 애가 마른' 청춘의 시간이었다. 가진 것 없으니, 준비할 것도 없었다. 그냥 지금 가진 것으로 만족하고, 예식만 올리면 되는 것이다. 하지만 이들이 가진 것이 정말 아무것도 없었을까? 두 사람에겐 세상을 바라보는 긍정의 마음, 청년의 시간이 있었다. 청년의 가정을 일구고, 청년의 일을 기획하고, 청년의 마을을 더 푸르게 할 자신감이 가득했다.

　남들은 그들의 결혼을 시시한 청춘이라 여길지 모른다. 김관용과 김춘희는 첫 만남에서 결혼까지 두 달을 가장 아름다운 청춘의 준비 시간으로 삼았다. 아내는 자신을 이해하고 관용해 줄 남편을 얻었다. 남편은 세상 누구보다 자신을 믿고 사랑해 줄 아내를 두었다. 이 두 가지 보물 이외에 다른 어떤 것도 청춘의 앞날을 더 행복하게 해줄 것은 없었다. 아무것도 끼어들 여지가 없는 둘만의 틈새로 백년해로를 맺었다.

　결혼한 관용은 가화만사성(家和萬事成), 다섯 한자 성어를 떠올렸다. 세상일을 하려면 집안이 평안해야 한다. 관용은 세상에서 가장 평안한 가정을 소원했다. 집안이 평안하면 원하는 일을 다 이룰 수 있다,

관용이란 이름자에는 남의 생각을 이해하고, 존중할 줄 아는 사람이란 뜻이 담겨 있다. 아내에게 가화(家和)를 맡겼다. 바깥일에 바빠서 집안일 챙기지 못했고, 겨를이 없었던 것도 이유였다. 아내에게 미안한 적이 수도 없이 많았다. 그러나 관용은 아내가 자신보다 가화에는 훨씬 뛰어난 능력자라 생각했다.

관용은 말한다. "아내가 가화를 잘해 줘서 걱정 없이 내 할일 다 할 수 있었다." 페미니즘 입장에선 논란의 여지가 있다. 하지만, 40년 전이었으니 이해가 된다. 결혼에 이르기까지 두 달의 짧은 시간, 서울과 안동의 청춘이 만나기는 쉽지 않았다. 만남의 횟수도 많지 않았다. 관용은 아내를 만나는 횟수가 늘면서 마음속에 치고 올라왔던 설렘을 발견했다. 있다가 헤어지면 다시 만날 시간을 고대했다. 청춘이 관용의 마음속, 그 깊은 곳 어딘가에 감추어져 있음을 느꼈다. 관용은 30대 중반에 늦은 청춘을 만난 것이다. 아내도, 관용도 서로를 만나면서 청춘이 되었고, 그들의 사랑은 시작됐다.

관용은 처음 만난 아내에게 '진실한 사람'이란 믿음 하나를 주었다. 김관용을 만난 사람들, 그와 대화를 나눈 사람들이 공통으로 하는 말의 하나는 '김관용은 진실하다'는 이야기다. 관용의 진실은 아내를 만난 그때부터 아니, 그의 삶에서 흐른 물줄기 같은 것이었는지 모른다. 그를 만나는 사람들이 그를 '진실한 사람'의 범주에 넣고, 믿음이 있는 사람이라 생각하는 것, 어쩌면 그것은 관용의 특기일지 모른다.

생각은 얼굴에 묻어난다. 관용을 만나는 사람들은 그의 말을 듣는다. 그의 행동에서 그를 본다. 사람들은 그가 보여준 얼굴로 그의 생각과 말과 행동, 거울 속에 되비춰진 그의 얼굴을 마주한다. 관용의 말과 행동과 얼굴은 하나로 이어진다. 아내, 김춘희가 김관용을 만난 지 두 달 만에 결혼한 까닭일 것이다.

## 03.

# 3%가 아닌 97%가 부족했던 후보

'1도 아니다' 젊은 층이 사용하는 화법이다. 100% 중에서 가능성이 아주 적은 상태, 아는 것이, 좋아하는 것이 무시할 정도로 아주 적다고 말할 때, 청년들은 '1도 아니다'라고 말한다. 청년들이 만난 신종 화법이다. 시간이 가고, 다른 세대가 오면 기성세대와는 다른 신세대, 그들이 사용하는 단어나 용어가 탄생한다. 백우진은 <단어의 사연들>이란 책에서 새로 태어난 단어는 기성세대에게는 이해되지 않거나 전혀 다른 의미로 해석될 수 있다고 설명한다. 하지만 그 단어를 만든 세대는 아주 정확히 그 의미를 안다. 암튼 '1도 아니다'란 새로운 화법의 정의는 가능성이 아주 희박한 어떤 상태, 미션 임파서블(Mission impossible) 상황을 두루두루 묶어서 표현한 말이다.

김관용은 민선 지방자치 시대가 열리자 구미시장을 내리 3선을 했다. 여세를 몰아 경상북도지사에 도전했다. 그를 아는 모든 사람은 다

말렸다. "구미시장과 도지사가 같나." "구미시장 3번 한 것도 운이 좋았던 거지, 더 나가는 것은 분수에 맞지 않다.", "이제 여기서 멈추는 것이 그나마 구미시장의 성과를 간직하는 것이지. 욕심 부리면 이것마저 헛일 된다." 사람들은 그렇게 만류했다. 나가지 말라고 말렸다. 사람들은 그를 아낀 만큼 헌신(?)적으로 조언해 주었다.

당시의 실상을 보아도 말리는 것이 최선이었다. 사람들이 그를 제지할 만한 충분한 사정이 있었다. 주변에서 그를 아끼는 사람들은 하나같이 만류했다. 김관용은 스스로 되돌아보았다. 도지사 당선 가능성 3%, 낙선 가능성 97%. 눈앞의 수치는 참담했다. 고심에 빠졌다. 모두가 출마를 말렸다. "질 거 뻔한데, 왜 하느냐고.". 괜히 사람 고생, 돈 고생 시키지 말라고 했다. 구미시장 3선으로 만족하라고 했다. 들려오는 소문, 그에게 다가와서 직접 전하는 이야기는 비관이자, 불가능이란 단어뿐이었다. 도전하면 절대로 안 된다고 했다. 심지어 '나이도 있지 않으냐'고 몰아붙이는 사람까지 있었다.

주변은 그를 말렸고, 때론 '너무 심하다'라고 생각되는 말들도 나왔다. '내가 김관용을 잘 안다'다, 그를 위해서 하는 말이다' 맞는 말씀, 다 충언이었다. 김관용은 가만히 들었다. 그들의 충심을 이해하고도 남았다. 그들이 하는 말은 구구절절, 다 맞았다. 이치에도 합당했다. 그것이 당시의 합리적 사람들의 분석이고, 현실이었다.

김관용은 생각에 잠겼다. 힘들고, 어려우면 근본으로 돌아가라고 했다. 관용은 어린 시절을 떠올렸다. 초등학교, 중학교 시절로 돌아갔다. 그 시절의 그를 본 사람들은 초등 교사를 하면서 대학에 가고, 초등 교사를 포기하고 행정고시에 도전하는 그를 이해하지 못했다. 공직생활을 하다 민선 지방자치제도가 부활하자 구미시장에 도전하는 그를 상상하지 못했다. 그러나 그는 도전했고, 다 이뤄냈다.

민선 지방자치 시대가 열리지 않았다면 그에게 구미시장에 도전할 기회는 주어지지 않았을 것이다. 김관용의 인생에 누가 특별한 지원을 하거나, 도와준 사람은 거의 없었다. 그가 도전을 선언한 그 순간부터 주변에서 나서기 시작했다. 하늘이 도와서 그에게 도전할 기회가 주어졌을 뿐이다. 도전할 수 있는 장터가 마련되었을 때, 그는 놓치지 않고 도전한 것이다. 누구도 생각지 못한 도전을 그는 고향, 구미시에서 했다. 그리고 3선을 했다. 잘했다는 말도 들었다. 경상북도에서 포항에 이어 두 번째로 큰 도시가 구미다. 경북의 중심에 자리하고 있어서 중심성도 있다. 자랑스러운 박정희 대통령의 유업이 있는 고장이다. 누란의 위기에서 나라를 구한 충절의 고향인 경북인의 긍지도 생각해 보았다.

결정을 내렸다. 도전하지 않으면 역사는 멈춘다. 행동이 없으면 역사는 그것으로 끝이다. 도전한 순간부터 새로운 역사가 기록된다. 도전해서 실패할 수도 있다. 그가 도전한 시기에 실패 가능성은 왕복 10차선대로, 성공은 바늘구멍처럼 작았다. 그렇지만 그의 도전은 실패로만 남지는 않으리라 생각했다. 실패하면 다시 도전하면 된다고 생각했다. 하지만 실패한 이후, 김관용은 무엇을 할 수 있는지 생각지 못했다. 그것은 실패 이후의 일이었다. 실패한다면 그에게 생각할 시간을 줄 것이다. 반성할 일은 반성하고, 성찰의 시간을 가지면 된다. 그를 통해 더 많은 새로운 가치를 발견하면 된다. 실패도 명백한 도전이라 생각했기에 그가 무모하다고 보인 도전을 계속한 이유이다.

도전하지 않으면 아무것도 얻을 수 없다. 도전하면 창의적으로 준비하고 새로 만들게 될 수많은 가치를 얻을 것이라 확신했다. 만류하는 사람이 많을수록, 힘들다고 멈추라는 충언이 많아질수록 김관용은 '가능성 1이라도 괜찮아'란 자신을 믿는, 자신에 대한 신념을 활화산처럼 채워 나갔다.

뜻을 세웠다. 도전하고 싶었다. 도전하겠다고 말했다. 구미시장으로 한 일이 많았다. 이제는 '그 일들보다 더 많은 일거리를 찾아내겠다'고 말했다. 사람들에게 '이제는 자신을 말리지 마라'고 했다. 김관용은 살아온 자신의 인생을 되돌아보았다. 한 번도 남에게 의지해 본 적이 없는 삶이었다. 자신감을 가지고 신념을 담아서 사람들에게 말했다. '다들 불가능하다고 말한 97% 수치를 깨기 위해 도전한다'

이렇게 말하니, 사람들은 더 이상 그를 만류하지 못했다. 관용의 확고함을 보았기 때문이다. 출사표는 지금까지 그의 결의와 용기를 불가능한 도전이라고 생각하는 사람들을 압도했다. 사람들은 알았을 것이다. 김관용은 불가능한 목표를 향해 꿈꾸었고, 도전했고, 성취해 온 사람임을. 도전은 김관용의 삶을 지칭하는 단어였다. 도전하지 않는 삶은 그의 인생에서 아무런 의미가 없었다. 실패는 그에게 전혀 두려운 일이 아니었다. 실패를 예감하고 도전하지 않는 자신이 더 두려울 뿐이었다.

관용은 참는 사람이다. 도전하기 위해 수많은 고통을 인내했다. 성공의 기쁨을 위해 불면의 밤을 지새웠다. 한 번 세운 결심은 포기하지 않았다. 그것이 그의 삶을 지탱한 원동력이었다. 관용과 도전은 그를 웅변하는 트레이드마크다. 그는 그렇게 살아왔다. 그것이 그의 삶이었다. '1도 아니다' '가능성 3%, 불가능성 97%'란 말은 그를 좌절시키지 못했다. 온갖 낮은 수치는 그의 도전을 부추기는 자극제일 뿐이었다.

김관용은 경상북도지사 출마의 변을 했다. "10여 년간 기초자치단체장을 한 경험과 경제 CEO로서 축적된 노하우를 살리기 위해 경상북도지사에 출마한다."고 선언했다. 출마 선언을 하니, 당선 가능성이 3%에서 5%로 올랐다. 말 한마디로 가능성이 2%나 올랐다. 관용은 말을 더 잘할 자신이 있었다. 그가 하는 말은 단순한 수사가 아니었다. 현장을 살피며, 귀에 들어오는 민심이 곧 말이 되고, 정책이 됐다. 그는 정책 만들기가 그렇게 어려운 일이라 여기지 않는다. 도민들이 전하는 말, 원하는 일을 대변하면 그것이 최상의 정책이라 생각했다. 김관용에게는 그런 일이 참으로 쉬웠다. 도민들이 원하는 것을 찾아내고, 힘들다 어렵다 여기는 일들을 풀어 주는 사람이면 당선 가능성이 올라간다. 선거가 그런 것임을 관용은 구미시장 3선을 하면서 체득했다. 선거는 민심을 읽는 일이다. 민심만 제대로 읽으면 당선되는데 도전을 멈출 위인이 어디에 있을까. 김관용은 그렇게 출마의 변을 했고, 높아 가는 가능성을 보았다.

도민을 위해 할일이 있다면 김관용뿐이 아니라, 누구라도 해야 하고, 할 수 있다. 그것이 민주주의이다. 김관용은 자신이 발굴해 낸 정책을 제시하고 도민에게 심판받는 일이 얼마나 소중한지 알고 있다. 도전 그 자체로 성패는 불문하고 충분히 가치 있는 일이다. 도전하지 않으면 나오지 않았을 정책들을 그가 만들어 냈다. 낙선한다면 당선인에게 주면 된다. 그의 도전은 출마와 함께, 이미 가치 있는 자산이 된 것이다.

김관용은 도전했다. 도민에게 발굴한 정책을 제시했다. 도민이 원하고, 전문가의 의견을 구하고, 도민의 입장, 지역 발전의 관점에서 정책을 검토하고, 제안했다. 도전하면 달라진다는 진리를 김관용은 다시 깨달았다. 그에게는 할일이 생겼다. 거울에 비친 그를 다시 보았다. 잘만 하면, 이렇게 쭉 가면 95% 불가능이 어떤 수치로 바뀔 것인지 호기심이 넘쳐났다. 이 도전으로 김관용은 대한민국 최초, 앞으로도 유일무이할 '연속 민선 6선'의 단체장이 되었다.

## 04.

# 나를 주장하지 않는 나

　소크라테스는 '너 자신을 알라'고 했다. 사람들은 의외로 자신을 잘 모른다. 자신이 누군지 아는 사람은 상대도 잘 안다. 자기를 모르니 상대도 모르고 자기주장만 한다. 자신을 아는 것이 그토록 어렵기에 소크라테스의 일갈이 나왔던 것이다. 인류가 낳은 빼어난 현자의 한 사람이 자신을 먼저 알아야 한다고 가르친 이유는 무엇일까? 필자가 가만히 생각해 보아도 타인을 아는 것보다 자신을 아는 것이 더 어렵다고 여겨진다. 내 눈에 보이는 타인은 내 눈으로 직접 본다. 나를 보려면 거울 속에 비친 모습을 봐야 한다. 거울 속에 비친 간접의 나를 보는 것이다. 그러니 남을 보는 것은 직접이고, 나를 보는 간접이다. 간접으로 보는 자신이 나는 훨씬 어려운 것이다. 직접 보는 타인과 거울 속에 비친 간접의 나는 차이가 크다. 소크라테스의 명제는 세상보다 자신을 아는 것이 훨씬 더 어려운 문제임을 알린 것이다.

소통은 나와 상대방 사이에 장애가 없는 상태를 말한다. 거리가 가까우면 육성으로, 멀면 도구를 사용한다. 우리가 사는 사회에는 소통이 잘되게도, 어렵게 하는 요소들이 있다. 소통이 부재하거나, 원활하지 못하면 갈등이 발생한다. 갈등은 부정의 언어이지만, 부정으로만 볼 일은 아니다. 세상에는 하나의 정답이 아니라 사람과의 상호관계로 다양한 해답이 나올 수 있다. 오강선은 〈하버스 시대의 종말과 학습혁명〉에서 정답이 아닌 해답 찾기가 오히려 바른 답이라 했다. 공동체에서 사람들 간의 이해가 엇갈리고, 다르게 생각하는 과정에서 갈등이 생긴다. 갈등은 두 사람, 두 그룹, 두 공동체 사이의 생각 차이, 다른 관점, 다양성의 이해 등 여러 방면에서 현상을 새롭게 보는 기회가 되기도 한다.

갈등을 심리학에서는 이렇게 표현한다. a와 b 두 직선의 공간에서 사람이 a, b 두 지점 사이의 한 점을 선택하지 못하고 그 중간에서 서성이는 상태를 갈등이라 한다. 그러니 갈등을 풀려면 상황을 살피고 신속한 결정을 내리는 사람에 의해 a, b 두 영역 사이의 한 지점을 선택하면 된다. 두 지점 사이에서 서성이는 시간이 길수록 갈등을 잘 풀지 못하는 사람, 한 지점을 빨리 선택하면 갈등을 빨리 푼 사람이다. 훌륭한 지도자는 무수한 갈등의 두 영역에서 조기에 한 지점을 선택하는 사람이다. 물론 선택 결과는 모두가 받아들일 수 있는 좋은 선택이어야 하고, 그런 선택을 한 지도자가 좋은 평판을 얻는다.

김관용의 삶에는 첨예한 갈등이 많았다. 갈등의 상황을 그가 스스로 조장한 경우도 많았다. 불가능하게 보이는, 쉽지 않은 도전을 선택한 사람이다. 도전한 그 길을 포기하지 않고 달렸다. 이렇게 정식화하면 김관용의 갈등 해소법은 도전하면서 갈등을 유발하는 행위, 드러난 갈등을 푼 그의 행동으로 체계화할 수 있다. 필자는 김관용의 갈등 해소법을 좀더 엄격하게 표현하면 '나를 내려놓기'라 말하고 싶다. 나를 내려놓는다는 것이 무엇인지 정확하게 설명하기가 쉽지는 않다.

하지만 다음의 두 사건을 보면, 김관용은 갈등이 칭칭 휘감고 있던 험악한 순간에 갈등을 푸는 선택의 기술을 어떻게 - 아니 선택의 지혜를 - 발휘했는지 볼 수 있다. 김관용은 갈등의 두 당사자를 파국으로 확산시키지 않았다. 갈등의 간격을 줄였고, 당사자들 간 갈등의 거리가 얼마나 멀리 떨어져 있는지, 거리를 줄이기 위해 무엇을 해야 하는지 서로 깨닫게 해 주었다. 그러곤 서로가 조금씩 양보하도록 조정했다.

구미시장 때의 일이다. 장기 파업 중인 회사를 찾았다. 시장으로서 관내 노사문제는 구미시의 문제였고, 시장이 나서야 했다. 노사 양측의 주장이 첨예했다. 주장의 틈도 커서 시장이 간다고 해결될 일이 아니었다. 되든 안 되든 시장이니 가야 했다. 시정을 책임지는 사람으로서 관내 두 당사자 간에 불협화음이 계속되는 것은 지역 발전에 빨간불을 켜는 것이었다. 가능한 한 원만하게 빨리 해결해야 했다.

김관용은 파업 현장에 갔다. 시장으로서 파업을 끝낼 수 있는 답을 가지고 간 것도 아니었다. 파업 현장에 가기 전에 노사 양측으로부터 해법이 될 만한 아이디어를 받은 것도 아니었다. 만나 보면 길이 열릴 것이란 막연한 느낌이 시장이 가지고 간 유일의 대응책이었다. 농성장에 갔지만 그가 특별하게 할 말도 없었다. 조합원과 비슷한 점퍼 하나 걸쳤다. 조합원들 옆자리에 그냥 앉았다. 조합원들은 구미시장이 온 것을 알았지만 누구 하나, 시장이 왔다고 반색하지 않았다. 완전히 무시당한 것이다. 김관용은 경상도 말로 그냥 뻘쭘한 상태였다. 그래도 할 수 없었다. 시장인 그가 자초한 일이었다.

그는 조합원들에게 말을 걸었다. 소주나 한잔하자고 했다. 시장이 직접 소주를 찾으러 캐비닛을 열어 보았다. 다행히 소주와 안주가 들어 있었다. 가져와서 반장에서 먼저 한 잔을 권하고, 옆에 있는 조합원에게도 권했다. 자신도 직접 한 잔을 따라 마셨다. 그렇게 한 순배 잔이 돌았다. 다른 조합원이 일어나더니 소주를 더 가져왔다. 오랜만에 만난 친구처럼 술잔이 돌았다. 한창 소주를 마시는 중이었는데 사측에서도 와서 옆자리에 앉아 같이 술을 마셨다. 조합원들도, 사측도, 시장도 모두 술이 취했다.

"그래, 이번에는 사측에서 좀 양보해.", "지금까지 적자 보다 이제 겨우 회사가 전열을 정비했으니, 노조에서도 인상 폭 좀 낮춰 봐." 김관용은 술기운을 빌어 노사 양측에 할말을 해 버렸다. 술기운이 아니었다면 씨알도 먹히지 않았을 터였다. 술기운으로 취기가 오른 양측은 서로의 앙금을 줄였고, 마침내 앙금을 녹여 내었다. 험악했던 노사갈등이 쉽게 풀렸다. 맨 정신으론 못할 말을 김관용은 농성장에 조합원 차림으로 찾아가서 권커니 잣거니 술로 긴장을 풀었고, 사측에서도 적극 호응했다. 이게 김관용식 갈등 해소법이다. 노사는 조금씩 양보했고, 시장은 살벌한 농성장에서 양측이 화해하며 합의하는 모습을 지켜보았다.

역시 그가 구미시장 때의 사건이다. 쓰레기 매립장 문제로 시끄러웠다. 시민들은 '김관용 물러가라' 연일 데모했다. '우리 집 뒷마당은 안 돼' 님비(NIMBY)가 목소리를 높였다. '우리 집 앞마당에 와 주세요' 주민들은 핌피(PIMFY)를 요구했다. 수평선의 대척점에서 선 전혀 다른 두 목소리가 정책 추진을 어렵게 했다. 누군들 자기 집 뒷마당에 냄새 나는 것을 선선히 허락할 리 있을까, 번듯하고 좋은 것은 우리 집 앞마당에 오도록 하고 싶은 마음 또한 지극히 당연하였다. 그래도 이 틈새는 정책 당국으로서는 반드시 조정하고 해결해야만 했다.

시민들이 데모하는 현장으로 갔다. 혼자서 들어가는 것이 힘들지 않겠느냐, 위험하지 않겠느냐고 참모들이 말렸다. 그러나 시장이니 당연히 가야 했다. 김관용은 자신이 할 수 있는 일이 어떤 것이 될지도 몰랐다. 노사문제의 경험을 살려 일단 가서 시민들을 만나야 무슨 일이라도 할 수 있을 것 같았다. 혼자 가면 안 된다고 만류했지만, 그냥 무턱대고 찾아갔다. '물러가라, 물러가라' 시민들이 외치는 함성, 그들이 요구하는 목소리가 들렸다. 구미시장, 김관용을 욕하는 목소리였다. 시민들이 얼마나 분노했으면, 그를 그토록 싫어할까란 생각이 들었다.

모든 일은 자신이 초래한 일이라 여겼다. 직접 들어야 할 욕이고, 욕을 먹으면서 해결해야 할 문제 풀이라 생각했다. 그는 시민들 곁에 앉았다. 시민들 옆자리에 앉았는데도 그들은 아랑곳하지 않고, '김관용은 물러가라'고 외쳤다. 김관용도 가만히 있을 수 없었다. 그는 시민들과 함께 외쳤다. '김관용은 물러가라' 시민들은 김관용을 욕했고, 김관용도 같이 자신을 욕했다. 주민이 팔을 흔들면 김관용도 팔을 흔들며 자신에게 욕해 댔다. 시민들과 김관용은 그곳, 같은 자리에 있었다. 하지만 그 자리에 앉아 있는 김관용은 김관용이 아닌 시민이었다. 시민들이 똘똘 뭉쳐 김관용 시장을 물러가라 욕해 댔다. 그렇게 욕하면서 시간이 흘러갔다. 시민들은 시장을 욕했고, 시장도 김관용을 욕하는 상황이 계속됐다. 시민들은 자기 이름을 부르며 물러가라는 시장을 보면서 시장을 욕했다. 시장도 시장을 욕했고, 물러가라고 했다.

시민들도 시장도 분위기가 좀 이상했다. 일상에서 보기 힘든 비일상이었다. 시민도 시장을 욕하고, 시장도 시장을 욕하는 촌극이었다. 한 사람이 '피식' 웃었다. 김관용도 따라 웃었다. 주변 사람 모두 한바탕 웃어댔다. 웃음은 전파가 빨랐다. 현장에 있던 시민들이 시장 옆으로 모여들었다. 다 같이 웃었다. 박장대소의 웃음이 있다면 바로 그 날, 그 현장에서 시민들과 시장 김관용이 함께 웃은 그 웃음일 것이다.

김관용은 소통하는 법을 아는 사람이다. 소통은 당사자 간의 대화 방식이다. 좋은 소통이란 한 측이 자신을 버릴수록 잘된다. 자신을 잘 아는 사람일수록 자기를 잘 버린다. 소크라테스의 명제는 자신을 아는 사람이, 버려야 할 때를 잘 알고, 시기를 잘 맞춰, 잘 버리게 된다는 것을 말한 것이다. 악법을 거부하지 않고 독배를 마신 것도 같은 연유일 것이다. 김관용은 자기를 버려야 할 시간이 언제인지 아는 사람이다. 두 사건에서 확인되듯 김관용은 소통을 위해 자기를 버렸다. 그런 자질이 바로 지도자의 덕목이고, 그는 그런 덕목을 지닌 사람이다. 김관용은 자기를 버리는 소통, 자기를 낮추는 소통법으로 자기를 회복하고, 스스로의 가치를 높여온 사람이다. 김관용은 도전할 때에는 누구의 간섭도 거부하였다. 버려야 할 때에는 과감하게 버렸다. 그는 자기를 주장하지 않았다. 그것이 관용식 소통법이었다. 김관용은 자기를 주장하지 않는 소통으로 자기를 주장한 사람이었다.

# 집에 가서 저녁 같이합시다

야외 버라이어티 TV 프로그램 '한끼줍쇼'가 인기를 끌었다. 유명인이 일반 가정집을 찾아 집주인이 허락하면 한 끼 집밥을 얻어먹는 프로그램이다. 현대인은 이웃을 모른다. 도시화는 마을 사람들이 고향을 떠나도록 했다. 아파트 문화는 부족한 도시 주거공간을 해결한 좋은 수단이었으나 부모 세대의 마을, 이웃집 분위기를 앗아갔다. 이웃과 더불어 사는 마을은 친근함과 정, 아는 사람들의 공동체이다. '한끼줍쇼'가 인기를 끈 것은 우리에게 아직 공동체의 정이 미세하게 남았기 때문일 것이다. '이웃의 회복', 아마도 프로그램을 기획한 프로듀서의 의도가 아니었을까싶다.

요즘에는 91% 이상의 사람이 도시에 산다. 동네 사람들은 낯선 아파트 주민으로 바뀌었다. 같은 동, 같은 통로, 같은 층에 살아도 이웃이 누구인지, 뭘 하는 사람인지 모른다. 도시의 아파트 문은 항상 잠겨 있다. 언젠가 아프리카에서 유학 온 학생이 TV에 나와서 한 말이 기억난다. 학생의 부모가 아들을 보러 한국에 오기 위해 준비하면서 이웃집에 선물할 것으로 뭐가 좋은지 물었단다. 아들은 "엄마, 앞집에 누가 사는지 몰라요." 아들에게 그 말을 들은 어머니는 이해할 수 없었다. 앞집에 누가 사는지 모른다니. 과거 우리도 마찬가지였다. 마을 친구들과 옆집에 가서 놀았고, 누구 집에 오늘 저녁 제사가 있는지도 다 알고 지냈다. 그런 시절이 있었다. 그 시절, 그때를 기억하면 충분히 이해되지만, 지금 우리는 완전히 변한 딴 세상에서 살고 있다.

관용은 상대와 나 사이의 격의는 낮추고, 틈새는 메워 주는 이름이다. 그의 삶을 보면 사람들과 자연스럽게 연결되어 있다. 교제는 언제나 열림을 지향했다. 그는 남에게 자기와 자신이 가진 것을 보여주길 좋아했다. 가진 것이 별로 없기에 드러내 놓은 것이 그렇게 어색하지도 않았다. 혹 가진 것이 하나 더 늘어나면 이웃에게 먼저 보여주고 싶었다. 열심히 일한 덕분에 얻은 보너스 아닌가. 은근한 자기 홍보도 될 터이니 말이다.

김관용은 자신을 드러내면서 상대와 공동체 식구 같은 상생의 관계 맺기를 즐긴다. 관용이란 이름자가 가진 품성은 밀고 닫는 미닫이와 같다. 미닫이의 기능상 닫힘을 제외하는 것이 불가하지만 관용은 기본적으로 열림을 지향하는 사람이다. 그는 사는 집의 문을 항상 열어 놓기를 원한 사람이었다. 김관용은 민선 시대의 개막과 함께 선거판에 뛰어들었다. 사람을 만나고 헤어질 때 무언가 다 하지 못한 허전함을 느꼈다. 그것을 만회라도 하듯, 그는 "우리 집에 놀러 오세요.", "시간

있으면 우리 집에서 저녁 한 그릇합시다." 그렇게 인사말을 했다. 인사치레라고 생각하는 사람도 있었을 것이지만, 그의 인사치레를 듣고 그의 집을 찾아준다면 그보다 더 반가울 일이 없을 것이라 생각했다. 그는 만나는 사람마다 자연스럽게 나중에 시간되면 "집에 와서 저녁 같이 먹읍시다." 초대를 했다. 구미시장에 출마하면서 시작된 그의 '집으로의 식사 초대'는 자신도 모르게 그의 트레이드마크가 됐다.

김관용이 도지사 시절에 사용한 관사는 보통 관사가 아니었다. 대통령의 지방 청와대로 알려진 공관이었다. 대구 시내 소재 경상북도지사 관사로 그 규모가 엄청났다. 5,280㎡의 정원에 건물 면적이 660㎡인 3층 양옥이었다. 이런 공간을 도지사 가족이 홀로 사용하기는 너무 컸다. 도지사 공간을 김관용은 '대외통상교류관'으로 이름 지었다. 경상북도를 찾는 국내·외 귀빈, 관내에 투자하려는 외국기업체 임직원들을 교류관으로 초청했다. 물론 도민들도 초청해 그들의 목소리를 듣는 자리로 활용했다.

김관용이 사는 집을 시민들에게 개방한 것은 구미시장 선거를 앞둔 시점이었다. 선거를 겨우 5개월 남겨 두었다. 그는 다니던 직장에 사표를 내고 고향으로 돌아왔다. 일찍 고향을 떠났으니, 아는 사람도 많지 않았다. 시민들을 만나고, 정책도 만들고 홍보도 해야 했다. 생전 처음 해 보는 선거라서 체계가 잡히지도 않았다. 그가 생각한 선거는 '자연스러움'이었다. 그냥 자신이 가진 것, 없는 것, 고향 사람들은 다 알 것으로 생각했다. 더도 덜도 말고 자신이 할 수 있는 선거를 하자고 다짐했다. 그런 생각의 끝에서 나온 아이디어가 바로 사람들을 만날 때마다 집으로 초대하고 저녁같이 하자는 말이었다. 그냥 한 표 달라고 말하고 헤어지기엔 너무 어색하고 여운도 남았기에 '우리 집에 가서 밥 같이 먹읍시다'고 말한 것이다. 물론 이것이 큰 선거운동이 될 것으로 생각하지도 않았다. 그가 만나는 사람들을 집으로 초대를 해도 그들이 온다는 보장도, 올 것이란 기대도 크지 않았다.

돌이켜 보면 김관용이 살아 온 시대의 집이란 이웃과 우리 집을 구분하지 않던 집이었다. 마을 사람이 다 함께 살던 집이다. 공동체 마을의 품성 안에서 자란 김관용에게 자기가 사는 집에 친구를 초대하는 것, 오전에 만났던 시민을 밥같이 먹자고 집으로 오라고 말하는 것은 전혀 어색하거나 어려운 일이 아니었다.

관용은 민선 선거 여섯 번을 모두 이긴 선거의 달인이다. 처음부터 그가 선거의 달인은 아니었다. 가진 것도 없었고, 능력이 특별히 뛰어난 사람이라고 생각해 본 적도 없었다. 행정고시에 합격하면서 우리 사회의 특출한 집단 속에 편입된 그였다. 특출했음에도 그는 그 집단의 진짜 멤버는 못된다고 생각했다. 아웃사이더(outsider)의 삶은 항상 그를 붙잡고 놓아 주지 않았다. 김관용은 자신이 맞이했던 모든 순간을 스스로 개척했다. 길이 없으면 그 길을 만들어야 했다. 부족하면 더 열심히 해서 채워야 했다. 유능한 사람이 있으면 그를 찾아 더 배워야 했고, 혹 부족한 사람을 만나면 가르치며 신바람도 맛봤다.

김관용이 사람을 만나는 방식은 조금의 미련을 남기는, '여운의 스타일'이라 부르면 어떨까. 그냥 말로만 '이번에 잘 부탁해' 하고 끝내는 것이 그로서는 몹시도 어색했다. "언제 시간 나면 우리 집에 밥 먹으러 와." 이렇게라도 말하고 헤어져야 속이 시원했다. 시민들에게 집으로 초청을 해도, 과연 얼마나 오겠나? 그런 마음도 없진 않았다. 관용이 집으로 초대한 사람이 한둘이 아니었다. 드디어 올 것이 왔다.

어느 날 저녁, 일전에 집으로 초대한 사람이 연락도 없이 집으로 찾아왔다. 친구 관용이 그를 초대했기 때문이다. 관용의 초대를 받은 그는 가지 않으면 실례라고 생각해서 특별히 찾아왔다. 찾아온 사람의 눈치를 살피니 그랬을 것이라 관용도 짐작했다. 그렇게 하룻저녁 초대 밥상을 차렸다. 식구를 위해 장만하던 저녁상이니 손님을 위해 마련한 특별 저녁상은 전혀 아니었다. 그냥 식구가 먹던 밥상에 손님용 수저만 하나 더 얹었다. 더도 덜도 할 것 없는 집밥이었다. 근데 관용의 집밥을 먹은 그 사람은 '관용이 집에 가서 저녁 얻어먹었다' 이렇게 광고하며 다녔다. 소위 말하는 입소문마케팅이 시작된 것이다. 관용의 집은 점점 더 분주해졌다. 초대받은 사람들이 그의 집을 찾는 횟수가 늘었다. 관용의 아내는 더 많은 수저를 밥상에 놓았다. 저녁 초대상은 온전히 그의 아내가 담당한 몫이었다. 그 일이 아내에게는 말로 다 할 수 없는 부담이었을 것이다. 하지만 뒤늦게 고향으로 귀향한 관용에게는 자연스럽게 선거운동을 하는 방식이 됐고, 사람들과 더 친해질 기회가 됐다.

관용은 자신의 이름을 이렇게 해석하고 살아왔다. 자기의 몸을 상대보다 더 낮추는 행동이 관용이다. 몸을 낮추는 물리적 행위를 통해 정신 가치가 될 마음 낮춤도 가능해진다고 믿었다. 현대 사회는 그 어느 때보다 치열한 경쟁사회이다. 경쟁이 불가피한 사회이지만, 경쟁은 나와 너 사이의 갈등, 알력을 더 크게 만든다. 상대를 이겨야 내가 살고, 더 높은 곳에 올라갈 수 있다. 상대보다 낮아지면 모든 것을 잃고, 사라지게 된다고 생각한다. 경쟁이 가져오는 선순환 효과도 있지만,

결국은 보탤 것 하나 없는 제로섬 게임에 다다른다.
  관용은 우리 사회가 만들고, 쌓아온 각종 문턱이 여전히 높다고 생각한다. 얼마나 더 내릴 것인가가 아니라, 더 많이 내리면 내릴수록 우리 사회는 더 좋아진다고 믿는다. 사회적 약자를 위한 몸 내림, 마음 문턱 낮춤이 지속되어 구성원 모두에게로 이어질 때 더 좋은 사회, 더 좋은 공동체가 도래할 것이라 믿는다.

# 믿고 일을 맡기는 사람

　자기가 하는 일, 해야 할 일을 남이 대신 하도록 하려고 다른 사람을 선택하는 행위를 '용인'(用人)이라 한다. 내가 해야 할 일을 대신해 줄 사람을 택하는 일이 쉽지 않다. 내가 하는 생각도 매일 달라지고 변한다. 그러니 다른 사람이 내 생각을 정확하게 읽고, 척척 내 생각대로 해 주는 것이 어디 쉬운 일이겠는가. 여기서 사람을 선택하는 용인술의 필요성이 나온다. 역사에서 우리는 위대한 용인술을 지녔던 위인들을 본다. 전쟁에서 용인술이 뛰어난 장군을 선택한 덕분에 승패를 가른 사례는 수없이 많다.
　이순신 장군은 13척의 배로 열 배가 넘는 왜선을 격파한 용병술의 전형이다. 카르타고의 맹장 한니발의 용맹 앞에 도망 다니며 지구전을 펼친 로마의 막시무스 장군은 삼십육계 용병술을 구사했다. 막시무스가 다른 로마의 장군처럼 한니발 군대와 정면승부를 펼쳤다면 로마의 역사는 달라졌을 것이다.

　김관용은 어떤 용인술을 행한 도지사였을까? 구미시장을 마치고 경상북도지사가 된 그는 구미시와 경상북도는 근본적으로 다르다는 사실을 알았다. 열 배 이상 큰 조직을 경영하려면 도지사 혼자의 힘으로는 불가능했다. 아무리 노력하고 용을 써도 전국에서 가장 큰 도정을 혼자서 이끌거나, 모두 일에 다 관여하는 것은 역부족이다. 도지사를 도와주는 사람, 주어진 일에 최적의 능력이 있는 사람, 도지사가 생각하지 못한 일을 스스로 찾아서 하는 사람, 도지사가 잘못된 판단을 내릴 때에는 눈치 보지 않고 바른말 하는 사람이 필요했다. 그래야 도정이 탈 없이 쉼 없이 돌아간다.

　김관용이 사람을 선택하는 방법은 단순했다. '누군가를 한번 선택했다면 무조건 그를 믿는다' 이것이 그의 용인술이다. 믿을 수 없는 사람이면 선택하지 않고, 믿을 수 있는 사람이면 선택하면 된다. 그간의 행적을 보니 믿을 만하다, 과거의 업무 역량을 보니, 다른 일을 시켜도 되겠다는 판단도 들었다, 겉으로 잘 드러나지는 않지만, 심성도 그만하면 딱이겠다란 생각도 든 사람이다. 주변에 물어봐도 그의 생각과 그렇게 차이도 없다. 여러 정황을 비교, 총점수를 합산하니, 그가 선택하는 인물의 범주에 충분히 부합된다. 그러면 OK, 관용은 그런 사람을 선택하고, 일할 수 있는 권한과 책임을 부여했다.

　사람이 일하다 보면 잘못을 저지를 수도 있다. 의욕적으로 새로운 일을 하다 보면 실수할 수도 있다. 일 처리를 잘못한 사람이 그에게 사실을 말하며 사퇴 의사를 밝히는 경우도 있었다. 김관용은 그 일에 대해 해당 직원과 함께 따져 본다. 일이 생각대로 잘 진행되지 않은 이유가 무엇인지, 당초 설계가 잘못되어 불가능한 일이었는지, 지금은 실패 가능성이 크지만, 대안을 잘 찾아가면 제자리로 돌아갈 수 있는지 등을 물어본다. 그렇게 대화를 하다 보면 대개는 해결 방법이 나온다. 단지, 초기에 일 처리 방식을 잘못 생각했거나, 미숙하게 대응한 결과임이 드러나는 것이다. 그런 경우라면 애초에 믿었던 사람이니, 한 번 더 기회를 주었다. 전장에서 장수가 부하의 잘못을 관용하고, '한 번 실수는 병가지상사'라고 말했다면, 상상해 보라. 용서받은 부하는 자기 목숨을 걸고 임무를 완수하려 하지 않겠는가.

김관용이 민선 4기 지사 시절, 경북도에서 근무한 A 고위 공무원은 그가 주재한 실·국장 회의의 모습을 이렇게 말했다. 담당 실·국장이 자기 부서에서 추진하는 정책 내용에 관해 설명하고 다 함께 토론하는 분위기였다. 도지사가 간부회의에 참석하지만, 자신의 주장을 말하는 경우는 거의 없었다. 듣는 것이 그의 역할이었다고 했다. 나중에 A 씨는 지사에게 "왜, 회의 시간에 거의 말씀을 하지 않으시냐?"고 물었다. 구체적인 정책 사항이야 지사보다 실·국장이 훨씬 더 잘 알기에 나서지 않는다고 했다. 만에 하나 실·국장이 설명하는 내용에 특별한 실수가 있다거나, 본인이 생각하는 바와 다른 경우에는 나서지만 그런 경우가 잘 없었다는 것이다.

큰 조직의 수장이라면 선택한 사람을 믿어야 했다. 믿지 않고는 그 조직을 경영할 수 없다. 김관용은 그 일에 적합한 사람을 찾아내고, 선택하고, 맡기는 것이 그가 하는 가장 중요한 역할이라 생각했다. 믿었던 사람이 그의 믿음대로 일을 잘하는 것은 쉬운 일이 아니다. 그렇지만 지도자는 한번 선택한 사람을 신뢰해야 한다. 믿음이 있는 지도자에게 선택당한 사람은 웬만한 일은 다 책임지고, 능숙하게 임무를 완수하는 것을 보았다.

일하는 조직에서 지위에 오른 사람이라면 자기에게 맡겨진 일을 충분히 해결하는 능력이 있다. 관용은 그렇게 직원들을 믿었다. 그런 믿음으로 관용은 일벌레처럼 많은 일을 했지만, 무리 없이 산더미 같은 일을 처리해 낼 수 있었다.

선택하여 맡긴 사람이 하는 일에 의심이 들 수도 있다. 일하는 과정에서 소음이 날 수도 있다. 그러나 믿었던 사람이기에 조금만 더 시간을 주었다. 특별한 일이 없는 한 백에 한둘을 빼고는 대부분 자기 일을 잘 해결해 주었다. 자신이 선택한 사람을 버리지 않고, 버티고 믿었던 결과는 성과를 높였고, 추진하는 사업의 성공 확률도 크게 높여 주었다.

사람에게 무한한 신뢰를 보내지 않은 사람은 자신이 맡긴 사람에게조차, 관용, 참음, 인내심을 발휘하기가 어렵게 된다. 광역 행정에서 새로운 일을 기획하고, 더 많은 사람의 의견을 들어야 하고, 아직은 눈에 보이지도 않는 미래의 먹거리를 마련하려면 중지를 모아야 한다. 선택한 사람을 100% 믿지 않고선 원하는 일을 진행하기가 힘들다는 것이 그의 지론이다.

관용이 사람을 믿는 것은 참는 일이다. 믿었던 사람이 실수했을 때에도 사람이니 실수할 수 있다고 생각했다. 사람이 하는 일이 항상 잘되지는 않는다. 저질러진 실수를 복기하면 실수의 원인을 알게 된다. 실수를 극복할 방법을 가진 사람이면 다시 그를 믿어도 문제없다. 관용은 자신이 겪은 사람 중에서 실수의 원인을 파악한 사람은 다시 실수하지 않는다는 사실을 알았다. 실수한 사람이 자신의 실수를 감추지 않고, 들춰내고, 반복하지 않도록 문제를 찾아내도록 하는 것, 그것이 바로 그가 함께 일하는 직원들에게 보내는 믿음이었다. 실수한 사람을 그 자리에 두고, 계속 일하도록 하는 것이 우리 사회 문화로는 쉽지 않다. 실수를 저지른 사람을 지도자가 계속 신임하고 일을 맡기는 것은 오히려 오해 거리가 되기도 한다. 그가 그 사실을 몰라서 계속 일을 맡기는 건 아니었다.

관용 용인술의 또 하나 비밀은 일의 경제성이다. 선택당한 사람이 내는 업무 성과, 일의 경제성을 그는 주목한다. 한번 실수를 저질러도 실수한 것을 알고, 만회할 해법을 찾은 사람이라면, 교체하지 않고 그대로 맡기는 것이 낫다. 교체로 인한 시간 소요보다 당사자 우선 해결의 이점이 더 크고 경제적이었다. 실수하면서 터득한 기술이 실수의 파장을 줄이고, 이른 시각에 실수 이전보다 더 나은 결과를 가져왔다.

김관용의 사람에 대한 믿음은 선순환을 일으킨다. 그의 믿음은 직원들에게 긍정심, 안정감을 주었다. 그가 선택한 사람에게 권능과 책임을 부여하고 일하도록 했다. 직원들은 자신을 선택해 준 그에게 신뢰를 보낸다. 선택당한 이들은 관용이 자신들에게 100%의 권한과 책임까지 맡겼다는 것을 안다. 자신에게 모든 역할을 맡긴 그를 위해 최선을 다하지 않을 수 없는 것이다.

김관용은 믿고 일을 맡기는 사람이다. 그가 믿었던 사람들이 그에게 보여주는 결과는 만족스러웠다. 결과가 많으면 더 큰 일을 맡기고, 작으면 일을 줄여 나갔다. 김관용의 용인술은 선택한 사람들에 대한 전폭적 믿음과 성과라는 계산서였다.

## 07.

# 오늘부터 당장 단식에 들어간다

2011년 5월. 김관용은 도지사 초유의 단식을 했다. 참는 자로 정평이 난 그가 왜, 이런 극단의 행동을 선택한 것일까? 경상북도가 추진해오던 정당한 절차와 주장이 거부됐기 때문이다. 결과가 정당했다고 말하려면 그에 맞는 절차가 진행되어야 했고, 그에 맞추어 공정한 결과가 나와야 했다. 국책 과제인 과학 비즈니스벨트 사업의 결과를 받아든 그는 정당한 과정과 절차를 무시한 결과라고 생각했다. 경상북도가 사활을 걸고 추진해 온 과학 비즈니스벨트 사업이 충청권으로 결정되었다는 소식은 그를 충격에 빠트렸다. 한순간 그는 아무 말도 하지 못했다.

잠시 후 정신을 가다듬은 그는 비서에게 지시했다. "도저히 참을 수 없다. 오늘부터 당장 단식에 들어간다. 집무실에 바로 매트리스를 깔아라. 어떤 음식물도 반입하지 마라. 집무실 안으로는 아무도 들이지

마라." 매사에 참고 견디고, 다시 생각하던 김관용의 방식이 아니었다. 그러나 어떻게 보면 그의 방식이 맞겠다는 생각도 들었다. 기어이 이루고야 말겠다고 결심한 일이 있으면, 전력을 다해 매달렸고, 결과는 묵묵히 받아들인 그였다. 그러나 이번 일에는 뭔가 의룹지 못한 사실이 있는 것 같았다. 그렇지 않다면 착오가 생긴 것이 분명한데 왜, 수정 없이 계속 진행한 것일까? 진행 과정에 합리적이지 못한 문제가 있다면, 문제를 풀고 나서 다시 시작하면 될 일이다. 대형 국책 사업 유치에 도정의 명운을 걸었다. 김관용은 동원 가능한 모든 합리적 수단을 다 투입했다. 그러나 이해할 수 없는 납득되지 않는 석연찮은 결과를 받았다. 김관용은 약자의 저항 수단으로 단식을 무기 삼아 중앙 정부를 상대로 항거했다.

과학 비즈니스벨트는 경상북도가 미래 먹거리를 마련하기 위해 오랫동안 준비해 온 국책 과제였다. MB정부가 3조 5천억 원을 투입하여 국책 사업으로 추진한 대선 공약이었다. 3조 5천억 원의 국비에 인근 지역까지 연결하면 5조 2천억 원으로 사업비가 늘어났다. 초대형 국책 과제인 만큼 경상북도는 만반의 대책을 세워 착실히 준비했다. 포항의 포스코 지곡 연구 단지를 중심으로 서쪽으로 대구 디지털 과학 단지, 남쪽으로 울산 산단과 유니스터 과학 단지와의 전략적 협력 체계도 구축했다. 국토의 과학 분야 동남부 균형 발전을 이룰 핵심 프로젝트를 경상북도가 중심이 되어 만든 것이다.

과학 비즈니스벨트는 MB정부 출범 이전에 경상북도에서 건의한 대형 국책 사업이고, MB정부의 선거 공약이었다. 그 국책 사업이 다른 정부도 아니고, MB정부에서 경북이 아닌 대전으로 결정됐다. 국책 사업은 국가가 결정하는 사업이 맞다. 지자체가 주장은 하더라도 중앙 정부의 결정권을 부정할 수는 없다. 대전은 충청권이지만, 우리나라 최고의 국가 과학 연구 중심지인 대덕 연구 단지에 수많은 전문 연구 기관이 포진하고 있다. 충청권은 이미 범수도권 역할을 수행하는 지역이다.

김관용은 과학 비즈니스벨트 사업의 경상북도 배제는 명백한 국가 균형 발전 정책에 어긋나는 일이라 여겼다. 포항과 대구, 울산이 가진 풍부한 과학 기술 역량과도 배치되는 결정이었다. 결정이 임박해서는 대통령의 고향이라고 절대로 안 된다는 여론까지 비등해졌다. 정답이 아닌 악의적 팩트 조작이 국책 사업의 평가 과정에 영향을 끼친 것이다.

이런 상황에서 김관용이 할 수 있는 유일한 항의는 단식이었다. 도지사가 어려울 때 단식에 참여하는 시민들이 갈수록 늘었다. 특히 청년들이 텐트를 둘러매고 농민들과 함께 도청에 몰려들었다. 이미 김관용은 혼자가 아니었다. 중앙 정부에 극한의 메시지를 보내야 했다. 유사한 다른 국책 사업도 이렇게 허망하게 무너져서는 안 되기 때문이다. 하루가 지나고 이틀째 단식을 맞았다. 배가 너무 고팠다. 단식 4일이 지나자 가만히 앉아 있는 것도 힘들었다. 머릿속에는 먹는 생각으로 가득 차올랐다. 그러나 그만둘 수 없었다. 이왕지사 중앙 정부 정책에 반기를 든 이상 최소한의 반대급부라도 얻어 내야 했다.

단식 5일째를 맞았다. 몸을 가누기도 힘들었다. 정신은 오히려 맑아 왔다. 단식 후 일정 시간이 지나면 몸이 적응한다고 들었다. 관용은 자신이 벌써 그런 경지에 도달한 것인가란 생각도 들었다. 도의원 60명이 집무실에 들어와 단식을 말렸다. 지역 기관 단체장들도 방문해 더 이상의 단식은 안 된다고 만류했다. 도민을 생각해서라도 단식을 마쳐야 한다고 했다. 그래야 도민을 위해 더 나은 정책으로 보답할 수 있다고 했다. '도민을 생각해서라도'라는 말에 그의 필이 꽂혔다. 그래 도민이다. 도민을 위해 단식을 시작했으니, 이제 도민을 위해 단식을 마치자. 그렇게 마음을 다잡고 5일간의 단식을 끝냈다. 단식 중에 김황식 국무총리를 비롯한 관련 장관들도 위로차 다녀갔다.

김관용은 단식 이후의 일화를 이렇게 말했다 "단식은 정말 힘들었다. 정말 너무 배고팠다." 단식은 자신의 주장을 드러내고 정당성을 인정받으려는 극단적 소통 수단이다. 극한의 대화 기법이다. 극한의 소통법이니 하는 사람도 힘들고, 옆에서 지켜보는 사람은 더 힘들다. 할 수 있는 다른 방법이 없는 약자의 수단이 단식이란 것을 김관용은 해 보면서 직접 체득했다.

한 사회의 정상적 소통 과정이 부족하면 바른 소통을 요구하는 비정상적 행위가 늘어난다. 그런 사회에서 행해지는 단식은 우리 사회가 열려 있지 못한 닫힌 사회 구조에 있음을 방증한다. 단식을 할 수밖에 없는 사회 구성원이 공동체 내에 있다는 것은 우리 사회가 해결해야 할 과제가 그만큼 많이 쌓여 있다는 것을 말한다. 소극적 테러이자, 극한적 소통 수단인 단식을 체험해 본 김관용은 우리 사회가 챙겨야 할 건강한 소통법에 대해 고민했을 것이다.

관용의 사람인 그였음에도 단식이란 비관용적 소통법을 사용한 것은 그로 하여금 많은 생각의 시간을 주었을 것이다. 그가 살아오면서 겪은 인생의 풍파는 한둘이 아니었다. 풍파는 수도 없이 많았지만, 단식이 그에게 준 교훈은 강렬했다. 약자의 수단인 극한의 저항 행동이 분출되기 전에 위정자는 앞장서 주민의 마음을 헤아려야 한다. 현장을 살피고, 주민이 지금 원하는 것이 무엇인지 정확히 살펴야 한다. 주민들의 마음속으로 들어가려는 낮은 자세를 가져야 한다. 그렇지 않다면, 단식이 아니라 더한 극한의 사태도 위정자는 맞게 될 수 있으니 말이다.

우리는 역사에서 무수히 많은 극한의 사태를 보아왔다. 민심을 이기는 정부는 없다. 헌법적 가치라고 위정자들이 주창하던 '국가 균형 발전' 모토가 참담하게 무너지는 현실을 보았다. 김관용이 실행한 단식은 국가 균형 발전을 이뤄야 한다는 메시지였고, 중앙 정부에 대한 엄중한 경고였다.

김관용은 단식을 좋아하지 않는다. 5일간의 단식이었으나 배가 너무 고팠다. 배가 고픈데도 더 참아야 했던 시간은 그를 미칠 지경에 이르게 했다. 1주일, 2주일, 보름 이상 단식하는 사람들은 도대체 어떤 사람일까 싶었다. 짧은 기간이지만 김관용은 단식하는 사람의 안타까운 심정을 조금이라도 이해하게 된 것은 다행이라 여겼다. 지금까지 신사적 소통 방식, 자기희생적 소통 방식, 용기백배형 소통 방식을 취해 온 그였으니 말이다.

소통의 정치를 펼치기 위해 남들이 꺼리는 곳도 서슴지 않고 찾았다. 가서 현장 사람들을 만나 보면, 대화가 되고, 속에 담아 둔 응어리들이 말이 되어 터져 나왔다. 그렇게 주고받다 보면 다 풀어졌다. 만나니 막혔던 문제들이 시원하게 풀린 것이다. 김관용은 그런 믿음을 갖고 살아온 사람이다. 그러나 스스로는 물론 남들에게도 단식을 통한 문제 풀이는 '이제 그만'이라고 말하고 싶다고 했다. 평소에 시민들의 마음을 헤아리려고 부지런히 자세를 낮추면 단식 등 극한 투쟁을 하는 시민은 나오지 않으리라 생각했다. 비록 그는 도지사 최초로 단식을 강행한 사람이란 타이틀을 하나 얻게 되었지만 과학 벨트에 대한 정부 지원책도 잇따랐고, 새로운 국면을 맞게 되었다. 도지사 초유의 단식이 준 의미가 적지 않았다고 그는 생각한다.

# 뺄셈에서 덧셈, 나눗셈에서 곱셈으로

관용은 나눗셈이 아닌 곱셈, 뺄셈이 아니라 덧셈의 정신이다. 관용의 정신에서 볼 때 나누는 것은 분리하는 것이다. 분리하는 것은 하나를 약한 둘로 축소하는 것이다. 축소된 부분의 힘을 더하여 본들, 하나가 된 전체가 발휘하는 힘보다 항상 적다. 한반도가 남북으로 갈라진 지 칠십 년이 넘었다. 그것으로도 부족하여 같이 사는 우리끼리도 동서로 나뉘어 아웅다웅한다.

통합의 실력, 규모의 경제는 고사하고, 작은 것을 더 작은 것으로 나누니 경쟁력은 더 낮아졌다. 협력하여 선을 이루어도 세계 경쟁에서 이기기가 버겁다. 우리는 언제까지 끝없는 마이너스와 분열의 나눗셈으로만 살아야 하나. 세계인은 한국인의 뛰어난 능력을 인정한다. 세계에서 보기 힘든 단일민족이자, 개인 능력으로는 가장 머리가 좋은 민족으로 소문나 있다. 우리가 가진 파이, 우리의 잠재력이 이렇게 큰데 우리는 왜 그 가능성을 축소하는 것일까? 우리가 해 온 뺄셈과 나누기의 분열 방정식은 김관용의 셈법에서는 타당하지도 경제적이지도 않다.

박정희 후보가 민선 대선 후보로 나섰을 때 광주·전남의 지지가 없었다면 대통령에 당선되지 못했다. 지금 현실에서 보면 역사의 아이러니다. 이후 정치의 늪에 빠지면서 영호남이 분열됐다. 집권 세력, 박정희 대통령의 책임이 컸다. 김관용은 이 지점에서 TK의 선제적 화해 노력이 필요하다고 보았다. 최초의 정치적 화합은 박 대통령의 정적이던 김대중 대통령에 의해 이루어졌다. 호남 유권자가 뽑아 준 박 대통령은 영호남 분열의 정치를 낳았다. 마땅히 TK에서 망국의 지역 갈등을 해소할 화합의 정치를 먼저 내야 했으나, 그렇지 못했다. 그 사정은 2021년 지금도 마찬가지다.

우리 역사에서 지역 갈등을 망국의 현상이라 비판한 정치 지도자는 노무현 대통령이다. 노 대통령은 지역 갈등을 끝내야만, 동서 간 화합이 이루어져야만, 대한민국이 바로 설 수 있고, 통일 한국의 대업도 이룰 수 있다고 목소리 높였다. 노무현 정신에 따라 지역 갈등을 종식하려면 선거제 개혁이 필요하다. 아직 그 희망은 보이지 않는다. 문재인 정부 초기에 관련 개혁 움직임이 있었으나, 정치권에서 나서지 않는다. 기득권을 놓치고 싶지 않은 탓이다. 일장일단만 따져선 지역 갈등의 골을 풀길이 없으니 참으로 안타깝고 아쉽다.

김관용은 자신이 TK의 중심에 선 인물임을 알고 있다. TK 본 고장에서 광역단체장으로 그가 할 수 있는 일이 분명히 있다고 생각해 왔다. 그것을 어떻게 언제 실현할 것인지가 관건이었다. 그는 공·사석을 막론하고, 지역 갈등과 이념 갈등을 풀어야 한다고 주장했다. '그만 싸움을 멈추자', '다 함께 나아가자' 이것이 김관용이 주장해 온 덧셈, 곱셈의 정치였다.

그의 말을 정치권이나, 시민들이 얼마나 진정성이 있게 받아들일지는 모른다. 다만, 그것이 자신의 신념이고, 더 이상 나눗셈, 뺄셈의 셈법으론 대한민국의 미래를 담보할 수 없다는 것을 안다. 김관용은 도지사 재임 중에 '지역 갈등을 풀자, 헤어진 부분을 봉합하자, 망국적 지역 갈등을 이렇게 방치해서는 안 된다' 이런 주장에 동의했고 해법도 같이 고민해 왔다. 지역 갈등, 지역 분열은 대한민국의 불행이다. 원인 제공자인 중앙 정치가 결자해지를 해야 하지만, 못하면 지역이라도 나서야 했다.

김관용은 2014년 KBC 전국 자치대상을 받았다. KBC 광주방송, KBC 문화재단이 공동 주관하는 전국 자치대상을 경북도지사가 받은 것이다. 18~19세기 조선 사상의 거두이자 실학자 다산 정약용 선생의 철학과 정신을 계승하고, 지방자치 발전에 이바지한 민선 자치단체장에게 주는 대상이다. 전남·광주가 주는 상을 TK 핵심 지역을 책임진 도지사, 김관용이 받은 것이다. 김관용은 자치단체 평가에서 전국 1위를 17번이나 했다. 공무원과 함께 이룬 성과이고, 대한민국시·도지사협의회장을 두 번이나 하기도 했다.

정치인은 주어진 기회를 잘 활용하는 사람이다. 좋은 정치인, 훌륭한 정치인일수록 더 그러할 것이다. 좋은 기회는 그냥 주어지는 것이 아니다. 사전에 철저히 준비한 사람에게 주어진다. 대한민국이 덧셈과 곱셈의 정치를 할 수 있도록, 망국적 지역 갈등에서 벗어날 수 있는 한 알의 밀알이 될 기회를 김관용이 포착했다. 이를 그의 기회 활용 능력이라고 말하면 어떨지 모르겠다. 전국 자치대상을 김관용이 생각한 정치 방정식에 활용할 기회가 온 것이다. 김관용은 경상북도지사를 3연임하면서 중앙과 지방의 여러 언론으로부터 광역시도 지사 최고 평가를 여러 차례 받았다. 이전의 탁월한 지방자치, 지방 경영 능력이 그에게 전국 자치대상을 받도록 했을 것이다.

김관용은 대상과 함께 받은 1억 원의 보상금 용처를 동서 화합을 위해 사용하고자 했다. 그가 구미시장 시절 맺은 김대중 대통령과의 인연을 떠올렸다. 박정희, 김대중 두 전직 대통령은 정치적 맞수였다. 김대통령은 혹독한 정치적 탄압을 받았다. 박 대통령은 이미 고인이 됐기에 피해자인 김 대통령이 화합의 손을 내밀지 않는 한 방법이 없는 상황이었다. 구미시장으로서 김대중 대통령에게 박정희 대통령 기념관 건립을 지원해 달라고 건의했다, 김대중 대통령은 흔쾌히 그의 제안을 받아들였다. 과거의 모든 정치적 알력을 화합으로 풀어낸 김대중 대통령의 통 큰 모습에 김관용은 크게 감동했다.

광주에서 받은 1억 원의 상금을 들고, 김관용은 영호남 화합을 위해 김대중평화센터를 찾았다. 당시 이낙연 전남도지사도 전남도 차원에서 1억 원을 모아 총 2억 원을 함께 김대중평화센터에 기탁했다. 그 후 김관용은 동교동을 방문했다. 그에게는 처음 있는 일이었다. 이 일이 인연이 되어 김관용은 이희호 여사와도 지속적인 만남을 가졌다. 이 여사는 경상북도가 추진한 큰 정책 사업에 많은 지원을 해 주었다. '2015 경주 실크로드 대축전'에 북한의 참여를 거들어주었고, '문경 세계군인체육대회'도 특별히 챙겨 주었다.

도지사가 된 김관용은 영호남 화합을 본격 추진했다. 두 지역의 미래 인재를 공동으로 양성하는 협력 사업도 추진했다. '영호남 상생 장학금'을 전남과 같이 설립했다. 두 지역의 청년 인재에게 장학금을 지급했다. 우리나라의 지역 갈등은 중앙 정치가 만든 괴물이었다. 괴물을 만든 당사자들은 문제를 풀 의지를 보이지 않았다. 지방이 나서야 했다. 지방이 나서지 않으면 피해는 고스란히 지방이 본다. 김관용은 경제 원리에 비춰보아도 지역 간 화합이 갈등 유발 상황보다 더 유리하다고 생각했다. 중앙 정치가 나서면 더 큰 효과가 발휘될 수 있음에도 오직 자신에게 유리한 이해득실의 늪에서 빠져 있었다. 화합의 해법, 상생의 마당은 지방에서 해결해야 할 과제가 되지 않을 수 없었다.

김관용은 한 발짝 물러나서 정치를 보았다. 중앙 정치는 지역을 나누고, 분열시키고, 갈등을 유발시켰다. 사람들이 사는 지방에서는 서로 다투고 싸울 이유가 없었다. 싸우기보다는 돕는 것이 더 유리했다. 나누기보다 곱하는 것이 이익도 더 컸다. 김관용은 중앙의 시각에서 지역을 보는 방식으로는 답을 찾을 수 없다고 생각했다. 분열에는 오답만 있었고, 나눔에는 다툼만 벌어졌다.

지역은 지방의 시각에서, 지역민의 처지에서 확인하고 살펴야 산적한 문제를 풀 수 있다. 서로의 지역을 보면 화합하고 해결할 수 있는 문제들이 보였다. 김관용은 힘들이지 않고 할 수 있는 협력, 큰돈 들이지 않고 가능한 통합, 서로 오가는 교류를 통해 두 지역이 먼저 얻게 되는 이익을 생각했다.

우리는 여전히 심각한 지역 갈등을 겪고 있다. 낡은 이념인 진보와 보수, 좌와 우의 갈등도 함께 안고 있다. 참고 견디는 데에 일가견이 있는 김관용의 관점에서 현실을 보면 어떤가? 우리가 심각한 문제라고 생각하는 문제들은 사실 그렇게 큰 문제가 아니다. 지방에 사는 사람들이 갈등과 분열을 조장하는 세력을 정확하게 판별하고 심판하는 능력을 갖추게 되면 문제는 자연스럽게 풀린다. 그때 우리는 갈등에서 통합으로 분열에서 화합으로의 새 시대로 나아갈 수 있다.

  시간이 많이 지났다. 세월도 많이 흘렀다. 어린 학생들에겐 영·호남 갈등이란 용어가 생소할 뿐이다. 어른들만이 그 용어의 틀을 벗지 못하고 매여 산다. 이런 현실이 여전히 계속되는 것을 보는 것이 안타깝다. 김관용은 이런 생각을 할지도 모른다. 분리와 갈등의 시대가 가면 화합의 힘찬 에너지, 덧셈과 곱셈의 혈기로 가득 찬 청년들의 나팔소리가 울려 퍼질 것이라고.

▲ 에티오피아 새마을 현장

▲ 일자리! 일자리! 일자리!

Part 2.
# 화백

09 _ 유튜브하는 김 지사를 상상하며
10 _ 51% 민주주의, 100% 화백 주의
11 _ 남은 절반의 함성, 여성의 역할
12 _ '일자리=행복'의 방정식이 존중되는 사회
13 _ 도청 이전, 갈등이 필수인데 왜 없었던 것일까?
14 _ 멍석은 깔아 주고, 상대의 언어로 말하라
15 _ 새마을 아저씨, Mr. 새마을

# 유튜브하는 김 지사를 상상하며

유튜브(Youtube)가 한국 사회에서 선풍적인 인기다. 유튜브 방송은 1인 방송을 넘어 지상파 방송국의 라디오 채널에서도 대세가 되고 있다. 유튜브로 방송하는 사람을 유튜버(Youtuber)라 한다. 몇 년 전만 해도 UCC(User Created Contents)라고 했는데 어느새 유튜버로 바뀌었다. 한국 사회가 유튜브에 푹 빠져 있다.

뜬금없이 유튜브 이야기를 하는 것은 도백에서 물러난 김관용이 유튜버로 변신하면 어떨까 하는 생각이 들기 때문이다. 1인 방송자 유튜버는 이야기하고 싶은 사람에게 말할 수 있는 공간을 무제한 제공한다. 자기 이야기를 하면서 남에게 자신의 진심을 전할 수 있다면 금상첨화다. 김관용은 여섯 번의 민선 자치단체장을 처음부터 한 번도 빠뜨리지 않고 한 사람이다. 구미시장, 경상북도지사를 하면서 그가 겪은 일, 사건들, 재미있던 일, 하고 싶었는데 하지 못한 말 등, 얼마나 많겠는가?

그가 만들어 낸 민선 23년의 세월은 대한민국 제2기 지방자치 시대의 산 역사나 마찬가지이다. 김관용이 나중 이 책을 읽을 기회가 있다면 유튜버로 새 일거리를 찾아 볼 것을 권하고 싶다. 그의 이력을 본 사람이라면 누구라도 확인할 수 있듯 그의 삶 그 자체는 바로 도전의 역사이다. 김관용의 앵글을 '도전'이란 각도로 보면 필자는 그가 비록 고령이지만 유튜버 전환이 그렇게 어려운 일은 아니라고 생각한다.

유튜브, SNS가 없는 시절에도 김관용은 사람의 마음을 끄는 법을 아는 사람이다. 그를 잘 아는 사람들이 이구동성 하는 말이 있다. 김관용은 사람을 끄는 묘한 방법, 자신들은 잘 모르는 사람을 끄는 비법이 있는 것 같다고 말했다. 주변 사람들의 말을 보아도 김관용은 시간과 돈을 적게 들이면서도 자신과 다른 의견을 가진 사람도 자기 편으로 끌어내는 매력이 있다고 했다. 김관용이 특출한 성공 대화의 비법 같은 것이라도 가졌다는 말인가? 그를 가까이서 봐 왔던 사람이 한 말이다. "만약, 100명의 사람을 자기편으로 끌어들여야 할 때, 김 지사는 어떻게 했는가?" 이 물음에 그 사람은 아주 간명하게 김관용의 용인술을 풀이했다. '모두 자기편으로 끌어들이면 된다' 그것이 답이라고 했다.

보통 사람들은 내편 만들기 질문을 하면, 대개의 사람은 '왜?'라는 질문부터 한다. 김관용이 사용하는 방법은 단순하면서 다르다. 100명을 다 내편으로 끌어들여야 이긴다고 했으니, 전부 다 내편으로 끌어들인다. 어떻게? 우선 1명을 끌어들이고, 다음 한 명 더, 이렇게 해 나가면 분위기라는 것이 생긴다. 처음보다 갈수록 시간도 적게 들고, 더 빨리 더 많은 사람이 자신을 지지하도록 만든다. 그러다 보면 절반을 넘어서고, 그 사람 다음에는 더 쉽게 100명 전부 다 자기 사람으로 만든다. 이것이 김관용이 여섯 번의 민선 단체장을 백도, 돈도 없이 스트레이트로 승리한 비결이다.

김관용은 사람을 끄는 사람이다. 의견도 다르고, 생각도 정반대인 사람이라도 반드시 만나야 할 사람이라면 부담 없이 만난다. 만나서 그 사람의 말을 듣는다. 그의 처지에서 대화한다. 김관용이 아니라 상대로 빙의해서 대화한다. 빙의식 대화를 하다 보면 듣고 있던 상대방도 그를 따라 웃는다. 자신의 이야기에 공감하는 사람에게 침 뱉기가 어디 쉬운 일인가. 상대는 김관용을 욕하기 위해, 공격하기 위해 만났다. 하지만 그를 만나 대화하다 보면 자신도 모르게 자꾸 그의 논리에 빨려 들어간다. 그렇다고 김관용이 만나는 사람을 속이는 건 절대 아니니 걱정할 필요는 없다. 만나다 보니, 이야기하다 보니, 상황이 그렇게 바뀔 뿐이다. 만나서 이야기하면 상대의 속사정을 이해하게 되니, 해법을 찾는 것이 어려운 까닭이 아니었다.

김관용의 대화는 넓은 틈새가 점점 줄어드는 방식이다. 틈이 줄면 줄수록 대화의 폭은 넓어진다. 대화의 깊이가 깊어지면서, 대화의 양과 질은 뿌리까지 닿는다. 대화는 더 빨리 흘러가고, 시간이 가면 갈수록 두 사람은 하나가 된 듯이 공유된 의견을 가진다. 그러면 말이 필요 없는 상황에 이르러 같은 길, 같은 방향을 향한다. 김관용식 대화법이라고 체계화할 수 있을지 모르나 그의 대화술은 타고난 재능 같다.

김관용은 사람을 만날 때 이런 생각을 한다. '상대의 마음을 알기를 원한다면 먼저 상대방이 되어라' 이것이 그의 대화법 비밀일 텐데, 보통 사람들에겐 이게 참, 말처럼 쉬운 일이 아니다. 필자가 당장 실천한다고 생각해도, 내가 상대방 되는 것이 어디 쉬운 일이겠는가. 상식적인 의문을 비유로 살펴보자. 다툼이 있었다. 내 주장을 상대에게 이해시키기 위해 만났다. 그런데 내가 나가 아니고, 상대방이 되라는 김관용식 대화술을 사용하란다. 그런데 말은 맞는데, 난 지금 화가 잔뜩 난 상황이다. 그런 상황에서 내가 아닌, 상대의 상황에서 이해하고 말하라는 건 성인군자나 할 수 있는 일이다. 난 절대로 못할 일이다.

그렇지만 김관용은 역지사지(易地思之), 상대방이 되는 대화법을 오래전부터 체득한 사람 같다. 시장, 도지사로 재임할 때, 시민들은 '시장 물러가라', 도민들은 '도지사 물러가라'고 데모하는 현장을 그는 스스럼없이 들어갔다. 좌고우면하지 않았다. 무슨 말을 해야 할지 딱히 결정된 것도 없다. 그냥 들어가서 그들이 하는 이야기를 들었고, 그들의 행동을 그대로 따라했다. 김관용이 아니라 그들이 되어 그들의 말을 시장이, 도지사가 같이 하다 보니 문제가 해결됐다. 이것이 김관용식 대화법이다. 이렇게 말하면 당사자는 어처구니없다고 말할지 모르겠다. 사실 이것을 특별한 비법이라고 주장하는 것은 지방자치 시대에 사리가 맞는 말은 아니다. 주민이 주인인 민선 시대에 대화를 원하는 사람들이 책임자를 만나고 싶다는데, 나가서 그들의 말을 들어주는 것은 민선 호를 책임진 사람으로서는 당연한 책무 아닌가? 원론에 비춘다면 김관용식 대화법이니, 대화의 비밀이니 등의 묘사가 나돌 이유가 전혀 없는 것이다.

굳이 김관용 대화법에 하나의 장르를 만든다면 이런 것은 가능할지 모른다. 상대가 책임자를 만나기를 희망하면 만나 준다. 자기가 하는 말을 들어주기를 원하면 가서 들어준다. 상대가 해법을 가져오라고 하면, 그들의 언어로 그들의 생각으로 그들의 화법으로 답한다. 김관용식 자연스런 답을 내는 일체의 과정이다. 그가 특별한 답을 내는 것이 아니라, 만나고 듣고 대화하는 과정에서 서로를 이해하고, 이해의 틈이 생기면서 벌어진 틈새가 가까워지고, 해답을 담을 수 있는 적당한 그릇이 마련된 것이다. 김관용식 대화법을 격식 따져 용어로 만든다면 '경청과 진심의 대화법'이라 하면 어떨까 싶다.

대화가 길어져도 마무리가 잘 안 될 때도 있다. 이때 김관용이 선택하는 또 다른 대화법이 있다. 분위기 바꾸기 대화법. 그는 노래방에 가면 제일 먼저 노래 부른다. 노래를 잘 불러서가 아니다. 자막이 아니면 가사도 잘 기억하지 못하지만, 열심히 부른다. 목청이 터져라. 땀이 나도록 노랠 부른다. 같이 갔던 사람도 같이 부르면서 가까워진다. 혼자 부르던 노래가 열창으로 바뀐다. 이렇게 되면 나뉜 의견이 하나로 될 가능성이 커진다. 사람은 다 자기 생각을 하고 있다. 그것은 주체성이고, 자존심이고, 자기애, 자긍심이다. 사람들이 가진 생각과 내 생각은 다르다. 당연히 달라야 같은 현상도 다르게 해석할 수 있다. 해석이 다양하니 해법도 다양해지고, 더 건전한 답을 얻을 가능성도 커진다.

대화법을 아는 김관용이 '유튜브 하는 김 지사'가 된 모습을 상상한다. 그 상상이 즐겁다. 그가 23년 동안의 민선 호를 뒤에서 밀고, 앞에서 이끌면서 얻은 공감 사례가 얼마나 많을까? 칼날처럼 날카롭고, 실타래처럼 엉킨 문제를 100%의 공감으로 갈무리하기 위해 김관용이 쏟아야 했을 지혜의 조각을 사람들에게 보여주었으면 하는 기대 때문이다.

자신을 먼저 내려놓는 대화, 살아오며 겪은 무수한 이야기를 김관용은 자신이 아닌, 우리의 생각, 우리의 언어, 우리의 대화법으로 풀어내지 않겠는가. 노래 좋아하는 사람이 나오면 그는 노래를 한 곡조 먼저 뽑을 것이다. 상대가 그의 말 듣기를 원하면 상대의 언어로 대화할 것이다. 그렇게 자신의 말을 들어주는 사람, 상대의 의견을 더 풍부하게 만들어 주는 사람이 김관용일 것이다. 그렇기에 그가 하는 유튜브는 충분히 사람들의 가슴 응어리 맺힌 것들을 푸는 공간이 될 수 있다.

 필자는 훗날, 시민 김관용이 운영할 유튜브를 통해 가슴 후련해질 그날을 기대해 본다. 경청과 진심의 대화법을 가진 그가, 우리 사회의 헝클어진 매듭을 풀어내기를 기대한다. 그때에는 우리들의 듣는 귀가 날 서지 않게 될 것이고, 이순처럼 부드러워지지 않겠는가.

## 10.

## 51% 민주주의, 100% 화백 주의

김관용에게 민주주의, 화백 주의란 거창한 문구를 들이대는 것이 가능할까. 주변에서 그와 함께 일한 사람들의 이야기를 들으면 그의 회의 스타일은 '듣는 사람'이다. 민선 지방자치단체의 장이 그의 직업이니, 함께 일하는 사람들이 다 그의 직원들이다. 지도자라면 마냥 듣고만 있기가 쉽지 않다. 그러나 그는 철저하게 듣기로 작정한 사람 같다고 했다.

김관용이 주재하는 회의 장면은 대개 이렇다. 하나의 안건을 담당 부서 실·국장이 먼저 이야기한다. 자연스럽게 안건이 되고, 참석자들은 토론한다. 물론 처음부터 토론이 잘 이루어진 것은 아니다. 일하는 부서가 다르고, 전문성이 달라서 다른 부서에서 하는 일에 대해 의견을 내는 것이 맞는 것인가. 타당할까? 괜히 나서서 아는 체 하는 것은 아닐까? 이런 의구심들이 먼저 생기는 건 당연하다. 회의석상에서 담당 실·국장이 낸 안건에 대해 별다른 토론이 진행되지 않았다. 그가 민선 4기 도지사로 온 이후 회의장 분위기가 180도 바뀌었다.

김관용은 토론하지 않는 실·국장들을 다그쳤다. 세상에 내 일만 하고 살 수 있다면 좋겠지만, 그러한 세상은 없다는 것이 그의 생각이다. 지금 내가 그 일을 하지 않지만, 나중에 다시 그 일을 하게 될 수도 있다. 지금 내가 하는 일을 더 잘하려면 남들은 어떻게 일하는지 살펴야 한다. 남이 하는 방식이 나보다 어떻게 좋은지, 내가 지금 하는 일과 비교해 보니 지금 다른 실·국장이 제안하는 안건은 수정이 좀 필요하겠다는 생각 등 만 가지 일이 회의를 통해 오가고 걸러져야 한다는 것이 그의 생각이었다. 그런데 어떻게 회의석상에서 내 일이 아니라고, 그냥 듣기만 한다는 것인가. 김관용이 가진 회의관이 이런 것이니, 회의석상에서 다른 실국의 제안을 듣고, 적극적으로 자기 의견을 내지 않는 실·국장들을 그는 참을 수 없었다.

"서로 알아야 합니다. 내가 하는 업무가 아니라고 모른 체하면 실·국장 회의가 왜 필요합니까? 옆에서 하는 일을 알아야 내가 하는 일이 어떤지 다시 검토할 수 있고, 다른 부서와 협력할 것은, 중복되는 것은 없는지, 우리 부서가 하는 일이 지금 이 시점에서 봤을 때 놓친 것은 무엇인지 확인하는 자리 아닙니까?" 김관용은 그렇게 실·국장들에게 호통쳤다. 그 호통이 처음이자 마지막 호통이었다. 김관용은 어느 부서에서 제시되는 안건이든 실·국장들이 적극적으로 나서서 토론하기를 원했다. 현재 자기가 맡은 업무와 비교해서 어떻게 하면 더 좋게 바꿀 수 있는지, 지금 이대로 그냥 추진하면 안 되는 이유가 무엇인지, 좀더 좋은 방식, 대안적 방식으로 추진하는 방안은 없는지를 묻고, 검토하고 새롭게 제안해야 한다고 말했다.

　이 호통 이후로 그가 회의에서 자신의 의견을 제시한 것은 거의 없다. 안건에 관한 토론이 끝나면 최종적으로 해당 부서에서 토론 내용을 반영하여 업무를 잘 추진하면 그만이다. 김관용의 이런 회의 모습을 당시에 일하던 사람들은 화백회의 같다고 평가했다. 모든 의견을 다 듣고, 의견을 수렴하여 한 방향으로 일에도 매진한다는 뜻이다. 생산성이 높은 회의란 어떤 회의를 말하는 것일까? 한 가지 일을 하면서 다른 문제도 해결하는 회의, 타 실·국에서 제안한 아이디어를 자기 부서에서 추진하는 사업에 적용·개선하도록 하는 회의, 해당 부서에서 실패한 사례가 자기 부서에는 없는지 점검하도록 유도하는 회의일 것이다. 김관용의 회의 방식을 본 실·국장들은 회의의 생산성을 높이고, 토론과 의견 개진을 통해 100% 의견일치로 수렴해 가는 회의 방식을 화백회의 같다고 표현한 것이 그냥 말의 성찬은 아닐 것이다.

　민주주의 원칙과 화백회의는 선택의 기준이 다르다. 민주주의는 51%의 동의로 결정된다. 화백회의는 구성원 전원의 합의가 필요하다. 후자는 한 가지 사안을 선택하고 결정하는 데에 더 오랜 시간과 많은 노력이 든다. 김관용은 왜, 51%의 합의가 아니라, 100%의 협력과 참여를 더 소중하게 생각했을까? 요즘과 같은 정보화 시대, 정보가 홍수처럼 범람하는 시기에 100%의 의견 일치를 보는 것이 가능하기나 한가? 그러나 한 템포 늦춰서 생각해 보면 안건을 대하는 구성원들의 태도, 제시한 안건에 대한 구성원의 관심, 어떻게 하면 더 나은 대안을 만들 것인가와 같은 생각의 전환을 그는 직원들에게 요구한 것이다.

　의사결정과 관련된 재미있는 일화가 있다. 우연히 TV에서 본 영화였다. 사실 제목도 기억나지 않는다. 한때 유행한 좀비 영화 계열이었다. 좀비 확산으로 인류 멸절의 위기에서 주인공이 이스라엘에 가서 우연히 얻은 '제10의 대안'형 의사결정 방식이다. 물론 이런 대안이 실제로 이스라엘에서 행해지는 의사결정 방식인지는 모른다. 회의에 참석한 10명 중에서 찬성과 반대가 갈릴 것이지만 선정된 최종 결과에는 반드시 반대자가 1명은 있어야 한다. 이스라엘은 그것을 '제10의 대안'이라 말한다. 9명이 찬성한 정책이니 우리는 압도적으로 찬성한 하나의 정책만 실행한다. 그러나 이스라엘은 제10의 대안을 맡을 한 사람을 정한다. 그를 중심으로 제10의 대안을 검토, 분석, 연구, 답을 얻는 과정을 거쳐 만일의 사태에 대비한 제10의 대안 시스템을 사전에 갖추어 둔다. 만약 90%의 찬성을 얻어 실행 중인 사업에 문제가 발생하여 진행하지 못하게 되면 제10의 대안으로 기존 사업을 대체, 추진한다.

세상에 정답이란 없다. 상호작용을 통해 변화하는 상황에서 최선의 해법을 찾을 뿐이다. 대안 없는 하나의 정답만을 추구하는 사회는 구부러지지 않고 꺾여 부러지는 대나무와 같다. 바람이 불면 구부러지지만 부러지지 않는 갈대와 같이 탄력적이고, 회복력이 큰 사회가 필요하다. 지금은 채택되지 못했지만 언젠가는 다시 용처를 찾게 될 것이다. 가능성을 위한 미래 준비는 투자가 된다. 제10의 대안은 좀비 영화의 결말과 진행 과정과는 거의 관계가 없는 내용이었다. 하지만 우리도 진지하게 검토할 필요가 있는 대안 제도가 될 수 있다. 정부나 지자체, 혹은 공공 및 민간 조직에서 제10의 대안 모델을 검토해 보면 어떨까 싶다.

그리스는 추첨으로 지도자를 뽑기도 했고, 51%의 민주주의도 만들었다. 신라는 100%의 화백제도를 만든 나라이다. 민주주의와 비교하면 세상에서 유례없는 제도이다. 화백제도는 반대하는 49%의 의견을 무시하지 않았다. 반대하는 사람들의 의사도 충분히 일리가 있다고 생각했다. 49%의 반대 의견을 수렴하는 장치가 화백회의였다. 의사결정에 시간은 더 들었지만, 구성원 모두가 찬동하는 방향으로 숙의를 하면서 51%의 안건을 조금 더 조정하고, 49% 의견도 51% 의견과 수렴되는 쪽으로 조정했을 것이다. 그러다 보면 두 진영의 의견이 일치하게 된다. 이것이 화백제도가 가진 의의이다. 그리스 아테네가 민주주의의 성지라고 하지만, 신라인들이 창안해 낸 화백 주의에는 모두의 의사를 존중하는 정신이 바탕에 깔려 있다. 한 사람의 의사도 무시하지 않는다는 정신, 협의와 토론의 문화가 화백 주의의 뿌리에 터를 잡고 있었다.

아테네의 민주주의를 조금만 들여다보자. 아테네 사람들은 시민들이 직접 의사결정에 참여하는 직접민주주의 제도를 운영했다. 시민들이 직접 선출한 사람이 지도자가 됐다. 선출의 주체인 시민은 어떤 사람들일까? 시민은 당시 아테네에 거주하는 모든 사람이 아닌, 전체의 20% 정도에 불과했다. 이들이 시민권(Citizenship)을 가졌고, 시민권을 행사하면서 참여 민주주의를 낳았다. 아테네 공동체의 주민 수는 약 25~30만 명이었다. 시민권이 있는 유권자는 성인 남성으로 총인구의 3만~5만 명, 약 14.5%에 불과했다. 미성년자(전체인구의 20% 추정), 외국인(2% 추정)은 투표에서 배제됐다. 전체 인구의 60~70%나 되는 여성과 노예도 시민에서 제외된 사람들이다. 아테네의 민주주의는 20%의 시민을 대상으로 한 민주주의였다.

김관용의 의사결정 방식을 화백 주의자와 닮았다는 근거를 정확히 제시할 수는 없다. 그가 주재하는 회의 모습을 보면 토론하고, 상대의 의견에 딴죽 걸도록 하고, 자신의 사업과 비교하고, 나와 다른 점을 찾아내도록 하고, 상대가 제안하는 정책과 사업에 대해 검토하도록 한다는 점에서, 그리고 하나의 정책을 다양한 앵글에서 볼 것을 적극적으로 권고했다는 점에서 100% 민주주의를 지향하는 화백의 운영자처럼 보인다는 점을 지적한 것이다. 대한민국은 민주주의와 시장경제를 정체성으로 한다. 개인의 자유로운 의사결정에 의해 거래되는 자유로운 시장의 존재, 51%의 유권자가 선택하면 지도자가 될 수 있는 공화제 민주주의 나라이다. 이런 나라에서 김관용이 화백 주의를 추종한다는 것은 일견 모순적이다. 하지만 앞서 검토한 것처럼 화백 주의가 반드시 100% 민주주의를 실천한 것은 아니었다. 대화와 협력의 기술을 통해 자신의 일과 타인의 일을 비교하고, 더 나은 나의 사업, 더 나은 정책으로 만들어가는 과정을 지향하는 것을 김관용식 화백 주의라 말하면 어떨까 싶다.

# 절반의 함성, 여성의 역할

　세상의 절반은 여성이다. 남녀가 반반씩 균형을 맞췄다. 어느 성이든 한쪽만으로는 온전한 세상이 아니다. 화백의 세상은 절반과 절반이 합쳐지는 세상, 절반의 함성과 절반의 울림판으로 어울리는 세상이다. 여성은 남성의 도움이 필요하다. 남성은 여성의 제몫하기를 통해 온전한 하나의 세상을 만든다.
　여성이 제 역할을 하는 사회는 생산력이 높다. 여성은 남성과 다른 재능을 가졌다. 여성은 남성보다 섬세하다. 남성이 도전적이라면 여성은 창의적이다. 남성이 세상을 설계한다면 여성은 설계하는 그 남성을 재설계한다. 한 성의 우위를 따질 일이 아니다. 두 성이 더불어 동등할 때 가장 행복한 세상이 된다. 이것은 불변의 진리이다. 여성 없이는 남성이 없고, 남성 없이는 여성도 존재하지 못한다. 여성과 남성의 재능이 사회 발전을 위해 골고루 발휘되는 시스템을 가진 나라가 위대한 나라이고 잘사는 나라이다.

여성이 가진 엄청난 잠재력에도 그 능력을 사장시키는 나라가 있다. 이런 나라에서 바른 미래, 공정한 사회, 다 함께 잘살기를 원하는 것은 공염불이다. 절반인 여성의 능력을 문화와 신념, 신앙을 이유로 사장시키는 나라를 보면 안타깝다. 이들도 분명 더 잘살기 위해, 더 나은 미래로 나아가기 위해 노력을 한다. 하지만 내 손안의 보물을 보지 못하고, 먼 산의 보물만 찾느라 헤매는 어리석은 자의 행동일 뿐이다. 다 함께 잘사는 공동체를 만들 수 없는 나라이다. 여성의 힘을 망각하거나, 사회를 위해 여성의 힘을 사용하기를 거부하는 어떠한 행위나 법, 제도도 정당하지 않다. 두 발, 두 다리로는 천리 길도 갈 수 있다. 한 발, 한 다리로는 십리 길 아니라, 1리 길도 어렵다.

김관용은 여성의 힘을 믿는 사람이다. 여성의 힘이 없었다면 그의 시대는 열리지 않았을 것이다. 그는 여성에게 신세를 많이 진 사람이다. 일곱 살 때, 남동생이 태어난 지 백일이 된 때에 아버지가 돌아가셨다. 선친에 대한 기억이 거의 없다. 어머니와 위로 세 분의 누나와 살았으니, 그는 여성을 통해 세상을 배운 셈이다. 여성의 삶과 방식이 그의 어린 시절 깊숙한 곳까지 파고들었다. 김관용은 여성이 만들어 준 앵글로 세상을 보기가 쉽고 편하다고 여겼을지 모른다.

그런 분위기였으니, 김관용은 여성이 도전하는 세상, 여성이 자신의 삶을 개척하는 모습을 존중했다. 그는 여성이 해낼 수 있는 일에 한계가 없다고 생각한다. 남성 못지않게 여성도 동등하게, 혹은 그 이상으로 우리 사는 공동체를 위해 재능을 발휘하는 독립적 존재임을 그는 안다. 찢어지게 가난한 집안에서 여성 가장인 어머니가 할 수 있었던 일은 많지 않았다. 아들 공부를 위해 세 분 누나들은 공부를 미뤘다. 공장 노동자로 일하다 요절한 작은누나 생각을 하면 지금도 눈물이 흐른다. 남은 가족의 생계를 온전히 책임진 어머니의 고생을 잊을 수 없다. 그의 어머니와 세 분 누님 모두가 여장부이다. 김관용은 평소에도 이 나라 산업 발전에 희생된 여공(공장 노동자)의 슬픈 역사를 생각하며 울먹일 때가 있었다. 바로 작은누님의 사연이다.

행정고시에 합격하고도 김관용은 오랜 시간을 총각으로 보냈다. 남들이 선망하는 고시 합격을 하고 공무원 생활을 하고 있었지만, 그의 삶은 크게 달라지지 않았다. 늦은 결혼으로 만난 아내는 어머니와 누님들의 뒤를 이은 새 여장부가 되었다. 아내가 없었다면 민선 6선이란 초유의 영광을 누리지 못했을 것이다. 이래저래 김관용에게 여성은 그의 삶의 지배한 코드였다. 여성의 능력이 그의 능력을 키웠고, 컨트롤했음을 그는 삶의 한순간에도 잊지 못한다.

김관용이 23년간의 민선 자치단체장으로서 추진한 정책 중에서 여성의 능력을 계발하고, 참여를 확대하고, 재능을 활용할 기회로 만든 사업과 아이디어는 많다. 그가 어릴 때부터 체득해온 여성 중심주의적 환경을 생각하면 당연한 일이다. 그에게 여성은 어머니이자, 누님, 아내였고, 우리 사회의 절반을 책임진 동반자들이었다.

김관용이 민선 자치단체장을 역임하면서 추진한 여성 정책은 어떤 것일까? 자료를 보기 전에 그의 삶을 통해 추론 가능한 정책들은 대개 이런 유형일 것이다. 우선 여성과 남성의 능력이 동등하다고 생각했다. 경우에 따라선 여성이 남성보다 훨씬 큰 능력을 갖춘 존재라고 생각했다. 다음은 우리 사회에 여전히 남은 남존여비 사상을 혁파하기 위한 정책을 적극적으로 추진했을 것이다. 경상북도는 전국 어느 지역보다 유교적 자취가 많다. 남성 우월적 사고가 어느 지역보다 깊은 곳이다. 그런 곳의 자지단체장이니 김관용 삶의 중심인 여성적 관점은 때로는 지역 환경과 갈등했을 것이다. 그 과정을 조정하면서 그는 자신이 의도한 여성 정책을 추진했을 것이다.

김관용이 경상북도지사로 취임한 뒤 가장 먼저 추진한 정책은 여성 친화적 제도로 도정을 혁신하는 일이었다. '경상북도 여성 발전 기본조례'(이하, 조례)를 2006년 민선 4기 시작과 함께 제정했다. 조례는 2015년도에 정부에서 제정한 '양성평등기본법'과 관련 법령의 내용을 수렴하기 위해 '경상북도 양성평등 기본 조례'(이하, 기본 조례)로 전부 개정했다. 기본 조례는 2006년도에 최초 제정된 조례를 토대로 정치, 경제, 사회, 문화 등 모든 영역에서 남녀 차별을 없애고, 양성평등을 실현하는 것을 목적으로 한다.

김관용이 보수적인 지역 사회에서 추진한 하이라이트 여성 정책은 민선 5기에 본격 시작되었다. 여성 정무부지사를 광역지자체 중에서 최초로 임명한다. 여성 정무부지사는 도지사의 정치적 사안을 책임지고 자문하며, 관련된 행정 정책을 실제로 수립, 추진하는 책임자다. 단순히 한 사람의 고위직 여성을 임명한 이벤트가 아니었다. 경상북도의 절반이자, 갈수록 높아지는 여성 공직자의 능력을 제대로 평가한 정책이었다. 행정의 어떤 분야도 가리지 않고, 여성도 똑같이 업무를 감당할 수 있다는 무한 신뢰가 있었기에 가능한 정책이었다. 여성은 사회가 직면한 모든 영역에서 동등한 해결의 주체이자, 무한책임의 당사자이다. 여성의 창의적 해법은 사회 구성원의 삶을 더 풍요롭게 만들어

낼 수 있다. 김관용은 그의 어린 시절에 이미 체득한 일이다. 나중에 정무부지사 명칭은 경제부지사로 바뀌었다. 여성부지사는 경제 분야 지역 정책을 총괄했고, 뛰어난 성과를 거둔 부지사로 평가받고 있다.

2012년에는 여성 정무부지사가 중심이 되어 여성 정책 전담부서를 만들었다. 4급 준국장급 여성정책관실이 설치됐다. 2년 뒤에는 가족 업무가 추가되어 여성가족정책관실로 확대됐다. 2015년도에 경상북도 여성 정책의 새로운 획을 그은 '여성 일자리사관학교'를 설립·운영했다. 지역에 필요한 여성 일자리를 엘리트 여성 인재를 양성하는 사관학교 시스템으로 전문 교육기관을 설립한 것이다. 여성의 전문 능력은 물론 미지의 여성 능력을 계발하려면 사관학교와 같은 엘리트 양성 기관이 필요함을 김관용이 인식한 것이다.

우리 사회는 여성이 가진 능력에 비해, 그 능력을 온전하게 발휘할 기회가 남성보다 상대적으로 적었다. 여성이 사회, 경제 활동에 참여하여 발휘하는 성과와 가치를 낮게 봤기 때문이다. 출생과 육아는 부부 공동의 과제이고, 정부가 상당 부분 책임져야 한다. 그렇지만 우리 사회는 여성에게 대부분의 짐을 떠넘겼다. 여성의 사회 진출, 능력 발휘를 엄청 제한한 것이다. 김관용이 여성 전용 엘리트 사관학교를 설립한 목적이 바로 여기에 있었다.

2018년 이후 우리는 세계에서 유일하게 인류가 한 번도 경험하지 못한 출생률 제로(0.98) 시대의 길을 걷고 있다. 2020년에는 출생률이 0.84까지 떨어져 바닥이 어딘지 알지 못하는 처지가 되었다. 이런 엄중한 상황은 한 가정의 문제도, 남편과 아내의 근시안도 아니다. 우리 사회 전 구성원의 공동 책임이다. 저출산은 우리 사회 생존의 문제이자, 미래의 과제이다. 김관용의 여성 일자리 사관학교는 경상북도 지역 정책에만 갇혀서는 안 된다. 정부의 여성 정책은 물론 관련 부처와의 연계·협력 정책으로 확대돼야 한다. 김관용은 여성 일자리사관학교를 '경북여성사관학교'로 확대 개편했고, 브랜드화했다. 경북 지역 여성 인재의 체계적 재교육, 일자리 창출을 위한 엘리트 여성 양성 교육 기관으로 발전시킨 것이다.

김관용 여성 정책의 궁극은 여성이 행복한 지역 사회 만들기였다. 새 경북 행복 가족 어울림 프로젝트로 저출산 대책, 출생 장려 지원 대책도 함께 추진했다. 사실 출생 장려 정책은 지역 정책이 아닌 중앙 정부에서 추진하는 국가 정책이어야 한다. 지자체별 독자적 출생 정책은 풍선효과만 초래한다는 비판도 적지 않다. 인구 절벽 시대에 사람의 문제는 지역의 문제가 아니라, 국가의 문제로 중앙 정부가 국가 정책의 최상위 과제로 추진해야 할 과제이다.

아이 낳고, 자녀 키우기 좋은 사회로 만들기 위한 여성친화 정책은 정부와 지자체의 일치단결이 필요하다. 우리 사회의 절반인 여성이 자기 목소리를 내고, 역할을 다할 때 우리는 더 번영하고 안전해진다. 김관용은 여성들의 함성이 힘차게 울려 퍼지는 사회를 갈망했다. 김관용이 소망한 100%의 남녀가 함께 엮어 내는 온전하고 아름다운 공동체의 출발은 바로 여성이었다.

# '일자리=행복'의 방정식

김관용은 일자리를 지고지순한 과제로 보지 않았다. 일자리는 시민들이 누려야 할 기본권이다. 시민들이 먹고사는 생존의 일이니, 일자리는 생필품 같은 것이다. 김관용은 일자리 만들기에 좌·우나 진보·보수의 논리가 개입될 필요가 없다고 생각했다. 일자리는 시민들이 행복한 삶을 누리기 위한 기초라 여겼다. 행복한 삶의 기초를 지키는 일은 정부나 지자체, 위정자의 책무이다. 그가 민선 4~6기 동안 경북도정호를 운항하면서 만들고, 시행한 일자리 정책은 이런 기본 원리를 실천하는 일이었다.

김관용은 일자리가 행복이라 여겼다. 초지일관 유지해 온 그의 일자리 철학이다. '일자리=행복'이란 방정식은 그가 경북 도정 12년간 지속해 온 일자리 정책의 원칙이었다. '지발 좀 묵고 살자' 투박한 경상도 사투리로 일자리 슬로건을 만들었다. 일자리는 지고지순, 고결한 정책

과제가 아니라 시민들이 당연히 가져야 할 삶의 기본이기에 그들의 언어로 말했다. 일자리가 없으면 자신도 가족도 부양하지 못하고, 누려야 할 기본권은 박탈당한 상태가 된다. 일자리가 행복이 되고, 행복한 시민의 기초는 일할 권리가 주어질 때 가능한 이유이다.

사람들이 재능에 맞는 일을 하도록 일자리를 만들고, 일할 의사와 능력이 있는 모든 사람에게 일할 수 있도록 하는 것이 정의로운 사회이다. 일자리는 먹고사는 문제이고, 모든 시민의 당연한 권리임을 잊지 않았다. 가진 것 하나 없이 출발했던 김관용이 살아온 삶의 여정도 일자리는 존엄을 지키고, 행복한 공동체를 이루는 선결 조건이란 사실을 확인할 수 있다.

15~64세 연령층이 생산 가능 인구이다. 실제로 15세 이하도 일할 수는 있지만, 정상적인 일은 어렵다. 일보다는 미래를 위한 투자인 학업을 하는 것이 더 나은 연령층이다. 65세 이상인 노인 인구는 복지 대상 연령층이지만 고령화로 일할 의사는 점점 더 늘어난다. 복지만으로 고령층의 삶을 충족할 정도로 복지지급액이 많지 않다. 고령화로 상당수의 고령층은 일하고 있고, 더 일하기를 원한다. 이들에게 일할 장소와 대가를 지급하는 것은 복지보다 더 중요한 경제 정책이다. 일자리가 단순히 생산 가능 인구대에 머물지 않는 이유이다. 과학 기술, 의학의 발달로 고령화는 계속 가속된다. 고령층의 일자리 참여 의사도 점점 늘어난다. 고령층의 일자리 정책은 복지와 생산을 연계한 생산적 복지 관점에서 추진하지 않으면 안 되는 이유이다.

일자리 창출의 기본은 민간이다. 하지만 고령화, 학습 기간 연장으로 정부가 만들어야 할 복지형 일자리 수요도 급속히 늘어나는 추세이다. 일할 의사가 있는 모든 사람에게 일자리를 제공하는 것이 우리 사회의 당연한 의무임을 김관용은 잘 알고 있다. 근로권을 보장하는 일자리 정책은 시민이 위정자에게 부여한 명령이다. 대한민국 국민이면 누구나 누려야 할 의무가 근로권이다. 근로권은 국민의 5대 권리에 바로 포함되지는 않는다. 평등권과 사회권을 통해 간접적으로 근로권의 정신을 얻을 수 있다. 그런 점에서 일할 권리란 일하려는 의사를 가진 모든 시민이 위정자에 부여한 마땅한 책무가 된다.

김관용의 일자리 정책은 민선 4기 시작과 함께 바로 시작됐다. '지발 좀 묵고 살자!'란 사투리 슬로건은 어떻게 나왔을까? 일할 능력을 갖춘 사람, 일할 의사가 있는 사람이라면 다 일할 수 있어야 한다. 기업은 소비자들이 찾는 물건을 만들고, 적정한 이윤으로 판다. 시민은 일하고 소비할 때 생활의 균형을 찾는다. 생산과 소비의 선순환이 이루어지는 것이다. 김관용이 추진한 민선 4기~6기의 수많은 일자리 정책을 이해하려면 이런 관점이 필요하다.

그가 추진한 일자리 정책은 다른 지자체와 어떤 차이가 있을까? 그 차이를 설명하기가 쉽지는 않다. 다만 2가지 질문을 하면 좀더 선명한 차이를 알 수 있다. 하나는 민선 4~6기 경북 도정 추진 과정에서 일자리 정책을 그토록 강조한 이유가 무엇이었을까? 다른 하나는 그가 일자리 정책에 그토록 매진했던 특별한 이유는 무엇이었을까?

2008년은 우리가 너무도 생생하게 기억하는 리먼 브라더스 사태를 필두로 뉴욕발 금융 위기가 발생한 해였다. 자본주의의 심장부인 뉴욕에서 상상도 하지 못한 금융 위기가 터졌다. 분노한 미국인들은 미국식 자본주의를 99:1의 불평등 사회, 모든 원인이 탐욕스러운 금융시스템 탓이라고 주장했다.

　이런 엄혹한 시기에 경상북도 민선 4기를 경영하던 그가 할 수 있는 역할은 얼마나 됐을까? 중앙 정부도 손 놓고 지켜볼 수밖에 없었던 때였다. 그러나 정부가 해야 할 일은 정부가 하고, 경상북도가 해야 할 당면한 일은 그가 알뜰하게 챙겨야 했다. 지금도 유사하지만, 당시는 '고용 없는 성장'이란 조어가 뉴노멀로 급속하게 회자하던 때였다. 정부나 지자체가 앞장서도 일자리를 쉽게 만들 수 있는 상황이 아니었다. 성장을 위한 투자에도 불구하고 일자리는 '제자리 걸음이다'란 패배주의적 상황 논리가 지역 경제를 갉아먹고 있었다. 이런 상황이니 김관용은 일자리에 대한 끝없는 부정, 불가능하다는 주장, 절망의 늪에 빠져 허우적거리는 갖가지 부정적 사단을 걷어 내는 것이 우선이라 생각했다.

　그의 일자리 정책은 도민들에게 먼저 긍정의 마음으로 세상을 보자, 세상을 보는 것이라고 말하고 싶었을 것이다. 그것이 일자리 뭐 있나? 우리가 먹고사는 일이 일자리이니, 다 같이 만들어내면 되지, 이렇게 쉽게 생각하고, 쉽게 일을 시작해 보자고 했다. '지발 좀 먹고 살자'라는 경상도식 슬로건이 나온 배경일 것이다. 그러고 보면 최초의 김관용식 일자리 정책은 일자리에 대한 주민들의 긍정적 마음 갖기라 할 수 있겠다.

　김관용이 화급을 다퉈 추진했던 일자리 정책은 청년층과 취약 계층이었다. 두 계층의 생계 위협 요인을 살펴 생활 안전망 구축을 지원하는 것이 당면 현안이었다. 두 정책 모두 중앙 정부가 정책 방향과 목표를 세워 추진해야 할 과제였다. 하지만, 정책 현장인 지역경제 차원에서도 선제적으로 해야 할 일이 있었다. 지역의 실정에 맞게 분야별 정책을 챙겨야 정부 정책과 보조도 맞추고, 성공 가능성도 높이게 된다.

민선 4기에 김관용은 가장 먼저 희망 일자리 추진단, 일자리 만들기 추진협의회 등 일자리 만들기를 위한 추진 체계를 구축했다. 맞춤형 구인시스템인 'e-경북 일자리 정보도우미'와 같은 일자리 창출 정책도 중점 추진했다.

김관용은 민선 5기에 이르러 '일자리가 있는 경북, 당당한 경북'이란 슬로건 하에 일자리 정책을 도정의 핵심 과제로 격상시켰다. 일할 나이에 도달하고, 일할 의사가 있는 주민에게 일할 자리가 주어질 때, 경상북도는 더 당당한 지역이 될 수 있다는 슬로건을 내걸었다. 전국 최초로 일자리 만들기를 촉진하는 지원 조례도 만들었다. 중앙 정부가 추진해야 할 법과 제도를 지방 정부가 먼저 강행했다. 새로운 일자리 더 만들기, 기존에 있던 일자리는 디딤돌 일자리로 지켜내고, 일자리 미스매치를 풀어내는 것까지 꼼꼼히 챙긴 일자리 정책을 과감하게 추진했다. 일자리 100인 포럼, 청년 CEO 양성, 청년 무역 사관학교 등 더 많은 일자리, 더 큰 일자리 생산성, 지역 기업-지역 대학 간 일자리 협력 체계 구축, 미래 성장 동력이 될 미래형 일자리 가시화, 청년 중심 일자리 정책을 도입했다. 때로는 '제발 취직 좀 하자'는 슬로건을 도정 구호로 삼기도 했다. 청년에게 가장 절실한 문제가 무엇인지 김관용은 피부로 체감하고 있었던 것이다.

민선 6기에 그가 추진한 일자리 정책은 제도화를 통해 일자리를 지속되도록 하는 데에 방점을 두었다. 임시 조직 성격의 투자 유치단을 투자 유치실로 확대, 실무 조직으로 편재했다. 투자유치실은 경제부지사 직속 기구로 편입시켜 핵심 과업으로 삼도록 했다. 일자리 창출단을 출범시켰고, 좋은 일자리 만들기 위원회도 운영했다. 4차 산업혁명에 대응하여 일자리 창출은 물론 신설 연구 조직도 만들어 미래형 일자리를 대비했다.

사람들은 김관용이 도지사 시절 '일자리가 행복이다'란 일자리 방정식을 만들어냈다고 평가한다. 그의 일자리 방정식은 행복한 도민의 권리, 모든 도민의 기본권, 지속가능한 지역 경제 발전 수단이었다. 그가 추진한 일자리 정책은 특정한 계층을 위한 수단이 아니었다. 모든 구성원의 행복을 위한 공동의 목표, 합일의 원리 하에 진행된 정책이었다. 그의 일자리 방정식은 인공지능(AI)으로 대표되는 4차 산업혁명 시대에 어떻게 창조적으로 변용될 것인가.

# 도청 이전,
# 갈등이 필수인데 왜 없었던 것일까?

 지금, 한국 사회가 겪고 있는 가장 큰 갈등은 진보와 보수의 갈등이다. 남북과 동서의 오랜 갈등이 여전히 존재하지만, 진보와 보수로 갈라진 갈등으로 인해 미래 한국 사회를 어느 방향으로 끌고 갈 것인지 우려하는 목소리가 크다. 그러나 갈등이 나쁜 것만은 아님을 상기하면 진보와 보수의 갈등은 한국 사회를 지금보다 더 나은 세상으로 이끄는 촉매가 될지도 모른다. 여기에 뉴노멀 현상인 고령층-젊은 층의 세대 갈등, 남성-여성의 젠더 갈등, 부자-가난한 사람의 빈부 갈등은 동시대를 살아가는 우리가 체험하는 좀더 트렌디한 갈등들이다.
 2000년대 이전 민선 2기부터 시작된 경북도청 이전 논의는 예상되는 엄청난 갈등, 선거 정국에서 맞게 될지도 모를 표의 반란 우려 앞에서 쏟아진 공약에도 불구하고, 지켜지지 못했다. 선거철만 되면 핵폭탄급으로 등장하는 도청 이전 약속은 당선된 사람도, 떨어진 사람도 공약으로 내걸었지만, 단순히 선거 때 구호 정도로만 생각했을지도 모른다.

민선 4기 경북 도정을 맡은 김관용은 선거 때 공약한 대로 도청 이전을 실현하겠다고 했다. 소재지가 어디로 결정될지는 모르지만, 도민들은 반겼고, 도청 이전이 불러올 지역 경제 파급 효과에 열광했다. 하지만 이 말은 김관용의 경북 도정 호가 스스로 초대형 갈등 국면을 드러낸 것이나 마찬가지였다. 그를 보좌하던 참모진은 극구 만류했다. 선배 격으로 그를 자문한 분들도 도청 이전은 설령 성공적으로 옮긴다고 해도 다음 선거 때에 분명히 표가 떨어질 것이니 이전해서는 안 된다고 말렸다.

김관용은 도청 이전은 단순한 표 계산의 대상이거나, 누가 도정을 담당할 것이란 개인적 유불리의 거래 대상이 아니라고 생각했다. 도청 이전은 경상북도의 균형적, 지속가능한 발전이란 원대한 비전 속에서 논의되어야 할 큰 정책이었다. 도청 이전지가 결정되면 그 지역을 중심으로 도청 소재지와 인근 지역, 경북 관내 세부 권역과의 연결, 대구시와의 연계·협력, 세종신도시와 충청남북도, 대전시, 강원도, 경상남도, 전라북도 등 경상북도와 직접 경계를 접한 지역은 물론 인근 타 시·도와의 전략적 협력 등 거시적 차원에서 경북의 미래를 새롭게 설계하는 대전환의 기회가 삼아야 할 과제였다.

김관용이 도청 이전을 공약이니 지켜야 한다고 강조한 이면에는 도청 이전으로 경상북도 균형 발전에 대한 큰 그림을 제시하고 실천하려는 더 큰 목적이 있었다고 생각한다. 도청 소재지는 대구에 있고, 관할 지역은 경상북도로 갈라진 불일치 현상을 더는 방치할 수 없었다. 도민의 자존심을 훼손하는 것이자, 경상북도의 정체성이 무엇이냐는 정당한 물음에 답하지 못하는 일이었다.

김관용은 소재지-관할 지역 불일치를 해결한 앞선 사례들을 똑똑히 보았다. 도청 이전이 가져올 지역 경제에 대한 직·간접 파급 효과를 예상했다. 과감하게 이전 사업을 추진해야 한다고 믿었다. 소재지를 대구 관내에 계속 두는 것은 문제를 보면서도 해결하지 않고 방치하는 것으로 생각했다. 1963년 경상남도에서 부산직할시가 분리 승격했다. 20년 뒤인 1983년도에 창원시가 경상남도의 도청 소재지가 되었고, 눈부신 발전을 거두고 있는 것을 확인했다. 광주직할시도 1986년 승격한 뒤, 19년의 세월이 흐른 뒤인 2005년 마침내 전남 무안군으로 도청 소재지를 성공적으로 이전했다. 만성적인 낙후지역이던 서부 전남 지역이 목포시와 연계 추진되면서 착실하게 발전하는 모습을 보인다. 대전직할시도 1989년 승격한 뒤, 23년 뒤인 2012년에 충남 홍성군, 예산군 일원으로 도청을 이전했다.

경상북도는 어떠한가? 대구직할시는 서울, 부산 다음의 3대 도시였다. 지금은 인천에 그 지위를 넘겨준 상태이지만, 여전히 서울, 부산, 대구의 위상을 가진 250만 광역권 대도시이다. 대구시가 경상북도에서 직할시로 분리 승격된 해는 1981년이었다. 대구는 광주와 대전보다 훨씬 먼저 분리 승격하였으나, 경상북도의 도청 소재지 이전 작업은 늦어졌고, 무산돼 왔다. 김관용의 뚝심은 결국 2016년에 안동시와 예천군 경계 지역으로 경북 도청 이전지가 결정되도록 했다. 대구시가 직할시로 승격 분리된 지 무려 35년 만에 도청 소재지-관할 지역 불일치 문제가 해결된 것이다.

　도청 이전에 대해 도민들은 어떤 판단을 내렸을까? 도민들은 그의 선배들의 자문, 참모들의 조언을 무색하게 만들었다. 도민들은 도청 이전의 과정과 결과에 대해 김관용의 선택을 지지했다. 도청 이전을 하면 역풍을 맞을 것이고, 다음 선거에 결코 도움 되지 못할 것이란 주변의 조언에도 불구하고, 민선 5기 선거에서 도민들은 75.3%의 압도적인 지지로 그를 재선시켜 주었다. 선거 때에는 공약(公約)을, 당선되면 공수표 공약(空約)이 어쩔 수 없는 현실이라고 주장한 사람들에게 그는 크게 한 방 먹였다. '그들의 논리는 틀렸다'라고, '민심을 알지 못한 어설픈 정치 행위에 불과하다'고 그는 일침을 놓은 것이다. 도민들은 김관용의 손을 확실하게 들어주었다. 표 계산을 위한 정략적 선택이 아니라, 자신의 공약을 지킨 김관용에게 확실한 믿음의 징표, 지지를 보냈다.

　김관용은 도청 이전을 이뤄낸 후 이렇게 말했다. "지역적으로 표 계산을 했다면 하지 못했을 것입니다. 도민들은 도청 이전을 100% 원했습니다. 도민들이 원하는 도청 이전을 반드시 지키겠다고 약속했으니, 표의 유불리를 떠나 반드시 도청 이전을 이뤄내야 했습니다."라고 말했다. 주권을 가진 도민들이 몰아준 표의 대가를 공약으로 약속했고, 실천함으로써 다시 표를 얻었다. 도민들이 현명했다. 다들 무모하다고 만류했던 도청 이전 공약을 성공적으로 실현함으로써 그는 민선 4~6기 3연임의 든든한 토대를 마련할 수 있었다.

　갈등의 덩어리라 생각했던 도청 이전을 그는 어떻게 큰 무리 없이 성공적으로 이뤄낼 수 있었던 것일까? 23개 시·군, 280만 도민의 이해가 걸려 있는 도청 이전을 갈등 없이 이전하기는 쉽지 않은 일이었다. 김관용은 어려운 일일수록 근본에서 시작하라는 말을 잊지 않은 사람이다. 그가 도청 이전을 위해 수립한 원칙은 두 가지였다. 누구도 흔들 수 없는 '공정성 원칙'과 '실무 조직에 완전한 권한 위임'. 두 가지를 도청 이전의 성공 요소로 삼지 않았다면 엄청난 논란과 갈등을 일으키며 결국에는 이전 사업을 성사시키지 못했을지도 모른다. 공정성과 권한 위임이란 두 가지 원칙으로 김관용은 누구도 이루지 못한, 누구도 결과를 흔들 수 없던 공정과 합의로 축복받은 도청 이전의 대역사를 성공시켰다.

김관용은 도청 이전 실무 조직에 이전 작업의 권한을 100% 위임했다. 도지사에게는 이전 작업에 대해 일절 보고하지 못하도록 했다. 도지사가 알아야 할 것은 단 하나, 선정 결과뿐이었다. 결과는 TV로 발표될 것이니, 도민과 함께 도지사도 결정된 지역을 보면 되는 것이었다. 도청 이전 추진위원회, 후보지 평가단이 구성됐다. 평가단 100명 중 23명은 23개 시·군에서 1인씩 추천한 사람이었다. 핵심은 나머지 77명이었다. 이들은 지역 연고가 전혀 없는 사람들이다. 경상북도는 물론 대구시에 본적과 현주소가 없는 사람들이고, 그 명단도 극비 사항이었다. 선정 평가가 마무리된 후에도 도지사인 김관용은 후보지 평가단원이 누구였는지를 알지 못한다. 그가 애초에 내세운 공정성의 원칙을 한 치도 물러남 없이 그대로 시행한 결과였다.

2008년 6월 8일, 안동시와 예천군 일원으로 도청 이전지가 결정됐다. 아깝게 탈락한 상주와 영천은 극렬하게 반발했다. 어느 지역으로 결정되든 승복한다는 사전 각서까지 받았으나 무용지물이었다. 결국 경상북도의회에서 조사 특위를 설치해 선정 과정을 꼼꼼히 복기했다. 유리알처럼 제반 선정 과정이 드러났고, 결과는 공정한 것으로 확인됐다. 반발하던 지역도 수긍할 수밖에 없었다. 김관용은 전원 찬성의 미덕을 강조하는 화백의 가치가 왜 소중한지, 신도청 소재지 결정 과정에서 다시 한 번 확인시켜 주었다. 모든 사안이 100%의 신뢰와 찬성으로 이뤄낼 수는 없다. 그러나 갈등 요소가 많은 정책 결정일수록 기본에 충실하고, 원칙대로 추진한다면 '모두가 동의하는 결정을 얻을 수 있다'라는 원론을 김관용으로서는 다시 한 번 확인한 계기였을 것이다.

경상도 개도 700년 만에 경북도청을 대구에서 안동·예천으로 옮겼다. 천년대계가 될 경상북도 신도청 소재지 결정 과정은 김관용의 리더십을 보여준 사건이다. 지역 정책은 님비와 핌피가 공존하며 갈등을 부추기고, 지역 발전을 저해시켜 왔다. 그러나 양자가 공존하고 타협하도록 지혜를 발휘하면 새로운 지역 발전의 계기를 만들 수 있다. 2020년 결정된 대구시청사 이전 사례도 도청 이전의 경험을 잘 학습했고, 진통 없이 최종 이전지를 결정했다고 생각한다. 앞으로도 첨예한 갈등을 가진 수많은 지역개발 프로젝트가 다양한 모습과 방식으로 등장할 것이다. 이때, 경상북도 도청 이전사례를 참고한다면 갈등은 줄이면서 화합의 원칙에 따라 원만한 해결책을 얻게 될 것이다.

## 14.

# 멍석은 깔아 주고, 상대의 언어로 말하라

김관용을 평가하는 말 중에 '멍석을 참 잘 까는 사람'이란 표현이 있다. 우리 격언의 '잘하던 일도 멍석을 깔아 주면 못한다'는 말과는 반대이다. 그는 사람들이 자유롭게 이야기하도록 멍석을 잘 깔아 주는 사람으로 유명하다. 같이 일하던 경북도의 몇몇 실·국장의 이야기를 들어봐도 그가 실제로 멍석 깔아 주기 자세로 여러 회의를 주관했다는 사실을 확인할 수 있다. 전언을 토대로 김관용이 도지사 시절 주재한 회의실의 광경을 약간의 픽션을 가미하여 구성해 보았다.

(도지사) 다들 모였으니 바로 회의를 시작합시다. 행정부지사가 주재하여 진행해 주세요.
(행정부지사) 중요 안건을 중심으로 서류로 확인 가능한 것은 되도

록 빼고, 토론꺼리 중심으로 보고해 주세요.

(실·국장들) (해당 실국에서 아직 확정하지 못한 토론 사항들을 중심으로 보고하였고, 일부 토론이 오간다. 토론은 행정부지사 주관으로 진행되고, 소관이 다른 실·국장도 토론에 참여, 자신의 의견과 아이디어를 적극적으로 제시한다.)

(행정부지사) 감사합니다. 오늘 논의 사항을 토대로 해당 실국에서는 다시 검토해서 의사결정을 하시고, 시급하게 추진할 사항은 바로 보고하고, 추진해 주시기 바랍니다.

(도지사) 다들 수고하셨습니다. 마칩시다.

이렇게 회의가 진행되고, 마무리된다. 물론 모든 회의가 이렇게 진행되지는 않았을 것이다. 회의 진행 방식이나 내용에 불만이 있을 때에는 자신의 의견, 주장을 내기도 했을 것이다. 그러나 대부분은 도지사가 회의의 시작과 끝만 알리는 방식으로 진행됐다. 그렇다면 역할이 크지 않은 도지사는 회의에 왜 참석하는 것일까? 꼭 도지사가 회의에 참석할 필요가 있었던 것일까?

김관용이 도지사를 지낸 민선 4~6기 12년간 경북 도정의 중요 회의가 처음부터 이렇게 진행된 것은 아니었다. 그는 민선 4기 실·국장 회의를 주재했지만, 매번 토론 없는 회의를 경험해야 했다. 실·국장 회의는 도정 최고 의사결정기구이자, 가장 유능한 인재들이 참석한 회의이었고, 가장 중요한 정보가 오가는 회의였다. 그럼에도 참석한 실·국장들은 타 실국에서 보고하는 내용에 대해 거의 이의를 제기하지 않았다. 다른 실국의 의견에는 전혀 이의를 제시하지 않았다. 설령 해당 사안을 잘 알고 있는 전임 국장이라고 해도 이제는 타 실국이 된 상황이니 나서지 않았다.

타 실국의 정책에 다른 의견을 제시하면 '남의 일에 웬 참견이냐, 그렇다면 당신이 직접 하든지' 등의 비아냥을 감수라도 해야 하는 것이었을까? 김관용은 곰곰 생각해 보았다. 뭔가 단단히 잘못된 회의 문화가 습관화된 것이었다. 그렇지 않고는 도정 최고회의가 이렇게 진행될 수가 없었다. 실·국장 회의가 이렇다면 실·국장이 주재하는 과장들 회의도 마찬가지일 것이고, 사무관 회의, 주무관 회의도 그렇지 않겠는가. 공직 사회의 경직되고, 칸막이 쳐진 회의 분위기를 김관용은 참고 지나칠 수 없었다.

민선 4기에 실·국장으로 그와 같이 일한 국장의 말을 들어보면 김관용은 수동적, 비생산적 회의 분위기를 엄청나게 싫어했다. 그는 이런 회의 분위기를 바꾸기 위해 고심했다. 실·국장은 평생을 공직에 머물면서 위계질서가 체화된 사람들이다. 자신이 맡은 일이 아닌 곳에 남의 의견에 제동을 걸거나, 참견하는 것은 생각도 할 수 없는 일이었다. 상대방이 내가 하는 일에 참견하는 것도 마찬가지였다. 그런 상황이니 회의에서 다른 실·국장이 제안하는 안건과 다른 아이디어, 의견을 말하는 것은 바로 해당 실·국장과 원수지간이 되는 행위였다. 그러니, 남의 일에 대해선 모르쇠가 최고, 누이 좋고 매부 좋다 식으로 지나가는 게 최선이라 생각했던 것이다. 김관용은 이런 회의 문화를 그대로 둘 수 없었다. 지금까지 상대의 전문성을 인정한다는 평계로, 남의 일에 관여하는 건 실례라는 관행 하에 만들어졌고, 준수되던 무참여, 무의견, 무비판의 회의 문화를 바꾸어야 했다.

김관용은 민선 4기 1년 이상을 관행적 회의 문화를 개선하기 위해 노력했다. 회의에 참석하는 실·국장은 남의 실국 정책에 대해 사전에 학습한 뒤 참석하라고 지시했다. 실·국장 정도가 되면 타 실국 사정도 엔간히 알기 때문에 굳이 공부하지 않아도 회의장에서 자료만 보아서 자신의 견해를 제시할 능력을 갖춘 베테랑들이다. 우선은 기존의 회의 문화를 바꾸고 적극적인 토론 문화를 창출하기 위해서는 사전 준비가 필요한 면도 있었다. 김관용은 다른 실국 업무를 챙기면 내가 하는 업무를 좀더 창의적으로 생각하는 시간을 가지게 된다. 상대를 알게 되면서 나의 정책, 나의 업무 영역도 확장시키는 선순환임을 실·국장에게 주지시켰다.

  그가 다른 부서의 일에 관심을 기울이고, 다른 부서의 정책에 자신의 제안, 아이디어 제시를 촉구한 것은 바로 이 때문이다. 시간이 갈수록 실·국장 회의는 토론으로 진통(?)을 겪기 시작했다. 파고 20~30cm의 잔잔한 파도와 같았던 회의가 파고 3~4m의 격랑으로 변할 때가 많아졌다. 회의장은 거의 난장판 상황에 이르기도 했다. 김관용은 이런 과정을 다만 잔잔히 지켜볼 뿐이었다. 참석한 모 국장은 그가 이 모든 토론 과정을 즐겼다고 전했다.

  김관용이 도청에서 시작한 토론하는 실·국장 회의는 어떤 의미를 지닐까? 참석한 모든 사람이 상대의 의견에 대해 자신의 논리를 제시하는 것, 새로운 아이디어를 제안하는 것, 그로 인해 해당 실국에서 최초로 검토한 정책안이 좀더 좋은 정책으로 만들어지는 것, 이런 일련의 과정은 토론과 합의의 정신을 강조한 화백 정신을 구현한 것이다.

  김관용은 상대의 처지에서 대화하는 능력을 타고난 사람이다. 현장을 강조한 그는 현장에서 주민을 만나는 것을 즐겼다. 그들이 하는 언어로 대화할 수 있는 특출한 능력을 보여주었다. 도정을 맡은 초기에는 도민을 만날 때 공식적인 인사말을 많이 했으나 민선 5기, 6기로 들어와서는 거의 실시간으로 도민과 같은 수준의 언어로 대화했다. 그가 도민을 만날 때 비서진에서 주는 말씀 자료에서는 전혀 찾을 수 없는 현장의 언어가 쏟아져 나왔다.

2014년 8월 12일, 다자녀 직원 가족 초청 격려 연설을 할 때였다. 김관용은 "애, 낳느라고 고생 많습니다. 출산하는 데에 좀더 시원하게 해줄 수 있으면 좋겠는데… 아이들 키우시는 데 힘도 들지만, 비용도 들고 만만치 않으니까." 저출산 현실을 마다하지 않고, 다둥이를 낳은 가정을 초청해서 그 힘든 사정을 위로, 격려하는 자리였다. 그의 연설은 격식 갖춘 문어체 문장이 아니다. 참석한 서민들이 사용하는 바로 그들의 언어로 대화하고, 심정을 말하는 것이다. 그렇게 함으로써 주민은 도지사가 무슨 말을 하는지 알아들을 수 있고, 도지사의 말에 공감을 표하게 된다. 상대가 하는 말을 경청하고, 상대가 사용하는 화법으로 대화하는 것이 좋은 대화법이라 했다. 김관용의 대화법이 바로 그런 것이다.

2015년 3월 11일, 물 포럼 자원봉사자 발대식에서 그가 한 연설이다. "(물 포럼 자원봉사자) 이거는 단순한 무슨 조직 대원이나 주최하는 거기서만 하는 게 아니라, 전 국민이 대들어야 합니다. 대구·경북의 시·도민은 물로 완전히 포장해야 합니다. 집집이 도배를 해 뿌리요. 물 포럼, 물 대회, 이걸로 국민 인식 바꾸고, 물 사용에 관한 생각, 물 포럼 이후의 산업 발전, 또 연구 이런 것들이 전부 연결되도록 해야 돼요."

전 국민이 참여하는 것을 '대들어야 한다'고 하고, 물을 대구·경북의 미래 산업으로 발전시키려면 시·도민의 전폭적 참여와 산·학·연의 일체 단결로 협력이 필요하다는 것을 김관용은 참으로 쉬운 단어와 문장으로 표현한다. 그는 연설하는 것이 아니라 대화하는 사람이다. 그러니 그의 연설을 듣는 사람들은 한결같이 그가 하는 말이 쉽다고 말하고, 그가 하는 연설 아닌 대화에 동의하는 것이다.

어려운 것을 쉽게 가르치는 사람이 진짜 실력 있는 사람이다. 김관용의 연설을 듣는 사람들은 '어쩜 저렇게 말을 잘할까' '어쩜 저렇게 쉽게 말할까' 생각한다. 물론 도지사가 받은 연설문이야 참모들이 작성해 주었으니, 논리 정연한 문장이 틀림없을 것이다. 하지만 그가 연설대에 나서면 그가 하는 모든 말은 쉬운 단어와 문장으로 바뀐다. 청중이 연설의 의도가 무엇인지 알게 되니, 그의 연설에 장단도 맞추고, 주장에도 즉각 찬성하며 호응을 보낸다.

김관용은 듣는 사람이다. 경청은 대화에서 가장 중요한 기술이다. 상대의 언어, 상대의 방식으로 바꾸어서 말하는 그의 능력은 '상대의 화법'으로 대화하는 대화술이다. 김관용이 실·국장 회의에 참석해 경청의 대화술을 취하면서 실·국장에게는 참여와 토론의 대화를 요구한 것은 무엇 때문일까? 참여와 토론의 대화는 결국 상대 업무에 대한 이해, 상대 토론에 대한 배려였을 것이고 궁극에는 실·국장들이 현장에서 시민들을 만날 때 경청의 대화술을 이용하기를 원한 때문일 것이다.

## 15.

# 새마을 아저씨, Mr. 새마을

    1980년대 대한민국은 아시아의 4마리 작은 용으로 불렸다. 도시국가인 싱가포르, 홍콩, 대만과 우리나라를 포함한 네 나라이다. 이 시기의 4룡은 아시아의 어느 나라도 따를 수 없는 급속한 고도 경제 성장을 이루었다. 소룡의 선두 주자는 싱가포르였고, 싱가포르를 건설한 주인공은 리콴유 총통이다. 총통이란 이름이 시사하듯 영구 집권, 독재 통치를 기반으로 민주적 시장 국가를 건설했다. 세계에서 가장 실력 있는 공무원에게 최고의 임금을 보장하면서 청렴한 업무를 권장했다. 공무원은 물론 시민들도 부정이라도 저지르면 일벌백계하여 청렴 국가 싱가포르를 국가브랜드로 만들었다. 이러한 통치 스타일이 도시국가 싱가포르를 짧은 기간 내에 최강의 강소국으로 만든 원동력이었다. 총통의 독재 정치가 국민에게서 타당성을 인정받은 것이다.

    사람들은 싱가포르에 리콴유 수상이 있었다면 우리에게는 박정희

라는 걸출한 대통령이 있다고 말한다. 박 대통령에 대해 리콴유 총통에 미치지 못하고, 두 나라가 처한 환경도 다르고, 수많은 공과로 찬반론도 팽팽한 상태이다. 그러나 경제 분야에 치중하여 그를 평가할 때 일치하는 영역이 있다. 대한민국이 이룬 한강의 기적을 2차 세계대전의 패전국인 독일의 라인강의 기적에 비유한다는 사실이다. 혹자는 한강의 기적을 한국인의 탁월한 창의성, 유례를 보기 힘든 높은 교육열에서 원인을 찾기도 하지만, 뛰어난 리더십이 가세하지 않았다면 이루지 못할 성과라는 평가도 있다. 한강의 기적 원인론에 대해서는 더 많은 연구와 시간이 필요할 것이다.

유사한 관점에서 새마을운동도 공과가 함께 거론되는 농촌 개발 운동이다. 새마을운동은 유엔에서도 개도국이 스스로 발전을 이룰 수 있는 농촌 발전 운동으로 권장했다. 반기문 유엔사무총장 시절에는 새마을운동의 세계화가 적극적으로 실천됐다. 경상북도는 새마을운동에 대한 체계적 이론적 기반 아래 다양한 개도국 적합형 실천 사업들을 발굴, 지원 사업으로 추진했다.

김관용은 새마을운동과의 인연이 아주 깊다. 그가 대구사범학교를 졸업하고 처음 부임한 구미초등학교는 박정희 대통령의 모교였다. 박 대통령과 같은 고향이었고, 대구사범 선배였으며, 교사로서 처음 부임한 학교도 대통령의 모교에서 시작한 것이니 보통 인연이 아니다. 이런 인연은 만들고 싶다고 만들 수 있는 것이 아니니, 필연이라 해야 할지 모르겠다. 두 사람의 인연은 세월을 넘어 그렇게 깊게 이어졌을 것이고, 후학이었던 김관용은 박 대통령의 모든 것을 닮고 싶었을 것이다. 그는 스스로 '미스터 새마을'이란 별명을 지었다. 외국에 나가거나,

외국인을 만나면 스스럼없이 자신을 '새마을 씨'라고 소개했다. 그는 진심으로 새마을운동을 전파했던 홍보맨이었다. 그가 새마을운동을 우리보다 가난한 나라, 가난한 사람들, 가난한 이웃에게 전달하기 위해 노력한 이유는 무엇일까?

김관용이 살았던 어린 시기는 모두가 찢어지게 가난한, 모질게 힘들고, 고통스러웠던 시기였다. 다들 힘들어서, 다 같이 못살아서, 우리 집이 특별히 못사는 집이라고 생각되지 않았던 시절이었다. 그러나 일찍 위로 세 명의 누나, 갓 일곱 살의 그, 태어난 지 백일이 된 남동생을 두고 아버지가 갑자기 돌아가시면서 없었던 가세는 더욱 기울었다. 김관용은 모두 다 못살던 시기임에도 불구하고 유난히 더 어렵고 힘든 집에서 고군분투한 어머니를 기억하며 자란 사람이었다. 그런 그에게 가난은 지독한 것이었고, 참으로 힘든 재난과 같은 것이었다. 세상의 가난이란 가난은 다 그의 집에 가득했다고 생각한 그였기에 가난을 밀쳐 내려면 더 노력하며 살아야 했다. 그런 삶을 살아왔기에 '잘살아 보세, 우리도 한번 잘살아 보세'라고 외친 새마을 노랫말은 그의 뼛속 깊이 각인됐다. 어떻게 하면 잘살게 될 것인지, 잘사는 길은 어디에 있는지, 잘사는 방법을 만들 수 있다면 어떻게 만들 것인지, 이런 생각들이 어린 김관용의 뇌리 깊이 새겨졌을 것이다. 미스터 새마을이란 별명이 나온 배경이 바로 이런 이유일 것이다.

새마을운동은 대한민국이 산업화 시대에 만들어 낸 농촌 빈곤 퇴치의 등불이었다. 2천 년대 들어 새마을운동은 개도국의 빈곤 퇴치용 등불로 전환됐다. 혹자는 새마을운동을 대한민국 무형의 수출 상품이라고 하지만, 개도국의 빈곤을 물리치고, 시민의식을 개선하는 생활 문화 운동이었다. 경상북도는 새마을운동이 태동한 지역이다. 더구나 김관용의 전임 이의근 지사도 새마을운동을 강력하게 추진한 사람이었다. 무엇보다 경상북도는 행정 조직 내부에 새마을과를 설치하고 지속해온 유일한 광역 지자체란 점에서 새마을운동은 경상북도의 정체성이나 마찬가지였다.

김관용은 민선 4기 이후 새마을운동의 시야를 지구촌으로 돌렸다. 우선 국제 사회에서 빈곤 구제를 위한 활동을 살피면서 새마을운동으로 할 수 있는 틈새를 찾고자 했다. 국내에 머무르던 새마을운동을 인류 공영, 개도국의 가난 극복 운동으로 승화시켰다. 김관용의 새로운 새마을운동 구상에는 그의 30년 지기이자 오랫동안 경상북도 새마을회장을 역임했던 박몽용(주.화남 회장)의 지원이 큰 힘이 되었다고 한다. 새마을 사업에 관련 있는 주변 사람들에 의하면 '김 지사는 새마을운동을 단순한 운동 차원이 아닌 한국 문화의 큰 정체성으로 생각한 사람'이라고 평가한다. 김관용은 새마을 정체성으로 대한민국의 기본을 정의하고자 했다는 것이다.

김관용은 새마을운동 세계화의 일환으로 '경상북도 새마을 세계화 재단'을 설립했다. 한국국제협력단(KOICA)과 협의하여 아프리카, 아시아 지역에 새마을 지도자를 파견, 새마을운동의 세계화를 시행해 나갔다. 그는 새마을운동 세계화의 실효성을 확보하기 위해 뉴욕에 있는 UN본부를 두 차례나 방문했다. 반기문 UN 사무총장과 아프리카 지역의 빈곤 해결에 공동보조를 갖기로 합의했다. 세계적 빈곤 문제 및 새마을 전문가인 미국 컬럼비아대학교의 제프리 삭스 교수도 새마을운동의 국제화 사업에 적극 동참했다. 명실 공히 새마을운동 세계화의 문이 열린 것이다.

　국제 사회의 빈곤국 구호 활동은 구호품을 전달, 기부하는 것과 같은 물적 지원에 국한되고 있었다. 새마을운동은 물적 지원에 국한되는 것이 아니라, 더 크고 높은 차원에서 추진된 시민 의식 개선 운동이자, '우리도 한번 잘살아 보자'라는 시민 자율의 경제 혁명이었다. 그런 점에서 국제 사회에서 추진되던 일반적인 구호 활동과 새마을운동의 영역은 많이 달랐다. 그는 새마을운동으로 국제 사회의 빈곤 퇴치 활동과 충돌하지 않으면서 지속 가능하게 추진할 차별적 영역을 확보한 것이다.

　김관용은 한국의 새마을운동이 타국의 빈곤 퇴치 지원 사업과의 차이점을 이렇게 말했다. "구호자금 지원이 물고기 주기라면, 새마을운동은 물고기 잡는 법 가르치기다."라고 선언했다. 개도국의 낮은 민도를 높이는 것도 중요한 과제였다. 새마을운동이 관심을 기울이는 것은 산업화 시대의 중후장대(重厚壯大) 하드웨어 사업이 아니라, 반도체 시대의 경단박소(輕短薄小)와 같은 소프트웨어 사업이다. 소프트웨어는 주민들이 생활에 필요한 것들을 함께 해결하고, 직접 가르치고, 현장에서 해결해 나가는 사업이다. 쾌적한 환경을 갖추어야 건강을 지킬 수 있기에 마을과 집에서 청소를 잘하는 것이 중요하다. 마을에서 벼를 공동으로 재배할 수 있도록 기술을 전수하고, 깨끗한 물, 식수 해결을 위해 우물 파기를 도와주고, 생활용수를 어떻게 관리하는 것이 좋은지를 현장에서 주민들이 익힐 수 있도록 가르쳤다.

　새마을 시범 마을을 조성하여 마을 주민들이 지도자와 함께 더 좋은 마을로 만들어 나가기 위해 같이 계획을 세우고, 같이 일을 추진해 나가는 것이 새마을운동의 일하는 방식이다. 외국의 구호 단체들은 새마을운동의 세부 콘텐츠를 절대로 따라 할 수 없다. 한국에서는 새마을운동이 관에서 동원해서 추진한 관제 운동이란 오명도 적지 않았다. 하지만, 개도국의 여건에서 그들의 삶을 현장에서 개선하고, 지원하는 방법으로 이보다 더 실제적인 활동이 가능할 것인가라는 점은 분명히 고려할 필요가 있다.

    40~50년 전 한국 사회와 지금의 대한민국은 완전히 다른 사회이다. 같은 나라이지만, 사회 환경, 경제 환경이 변했고, 시민 의식도 완전히 달라졌다. 그러나 아직도 연평균 1천 달러 미만의 저소득 상태에서 식수하나 변변하게 마실 수 없는 극한의 생활환경에서 어려움을 겪고 있는 지구촌 사람이 적지 않다. 이들에게 적합한 시민 의식 제고를 위해 저비용 고효율 방식의 개도국 구호 방식으로 새마을운동만한 대체재가 있을까 싶다.

    김관용이 'Mr. 새마을'이란 별명으로 아프리카와 동남아시아 여러 나라의 농촌 현장을 방문한 것은 대한민국의 선진 기술을 시혜적으로 베풀어 주는 활동이 아니었다. 우리가 그들과 똑같은 어려운 형편일 때 하나하나 깨우치고, 직접 생활상의 문제를 해결하면서 경험한 내용을 공유하는 것이 새마을운동이기 때문이다. 지구촌의 개도국에는 아직도 열악한 생활환경, 낮은 시민 의식으로 고통 받는 현장이 많이 있다. 그런 현장에 우리는 사람(봉사단원)과 약간의 자금(사업비)을 지원한다. 수혜국은 새마을지도자와 주민이 함께 참여하여 사업을 추진한다. 새마을운동은 일회성 지원 사업이 아닌 개도국 주민들이 자발적으로 더 높은 소득, 더 나은 마을로 변신하도록 도와주는 지속 가능한 사업이다.

　김관용은 새마을을 대한민국의 신정체성으로 자리 잡도록 노력했고 희망한 사람이다. 새마을의 세계화, 새마을 테마공원 조성, 새마을 박람회 개최 등은 김관용표 새마을운동의 핵심 사업들이다. 하드웨어 사업은 일부 삐걱이고 있지만 지구촌에는 아직도 새마을운동이 필요한 마을과 사람이 적지 않다. 앞으로 누가 김관용의 바통을 이어받을지 귀추가 주목된다.

Part 3.
# 혼·정체성

16 _ 문화와 실용이 정체성을 만든다
17 _ 농축된 DNA, 한국 정신의창
18 _ 섞임의 문화엑스포, 세계화로
19 _ 사람 살고 경제 활동하는 섬, 독도
20 _ 교육은 가장 첨예한 위기관리 실천 정책
21 _ 대한민국은 다문화 친화 사회이다
22 _ 호미곶 등대 100년, 21세기 바다를 비추다

▲ 삼국유사 목판 각수

▲ 이스탄불-경주 세계문화엑스포2013 개막식

▲ 삼국유사 목판사업 완료 보고회

## 16.

# 문화와 실용이 정체성을 만든다

　김관용은 정체성이란 말을 참 좋아한 사람이다. 정체성(Identity)이란 단어는 명확하게 설명하기가 쉽지 않다. 조직의 관점에서 보면, 해당 조직 내부에서 일관된 동일성을 유지하는 것으로 정체성을 정의한다. 정체성을 가치관으로 해석할 경우, 여러 가지 어려운 상황이 몰아쳐도 본래의 하나의 가치관이 굳건하게 유지되는 경우를 말하기도 한다. 조금 더 단어의 본질을 파헤치면 어떤 사물이 본래부터 가지고 있는 성격을 정체성이라 말한다. 특정한 사람, 조직, 가치관을 형성하는 정체성을 확인하는 주체는 내가 아닌 남이란 점이다. 타인이 나를, 내가 몸담은 조직을 보고 확인과 증명을 해 줌으로써 나의, 내 조직의 정체성이 드러나게 된다.
　정체성이란 말이 쉽게 표현될 수 없는 의미를 담고 있음에도 김관용은 왜, 경북 도정의 추진 과정에 정체성을 그렇게 강조한 것일까? 위의 개념들에서 경상북도의 정체성을 찾을 수 있는 것은 어떤 것인가? 그것으로 경상북도의 정체성을 '무엇이다'라고 확정할 수 있을까? 필자는 대한민국의 일원인 '경상북도'의 정체성이 무엇이냐고 묻는 것은 타당한 질문이라고 본다. 지역 바깥에 있는 사람들이 경상북도, 경북인이 일관되게 지닌 특성을 정체성이라 충분히 표현할 수 있다. 김관용도 경북의 정체성을 이런 방식으로 개념화하기를 원했을 것이다. 경북의 정체성이 무엇인가를 그는 역사를 통해 그 흔적을 찾아 나갔을 것이다. 이를 통해 찾아낸 경북의 정체성이 21세기 경북의 진전을 위해 어떤 도움을 줄 수 있는지, 경북의 정체성은 21세기 경북의 전개 과정에서 어떻게 창의적 방향으로 발전될 수 있을지를 고민했을 것이다.

김구 선생은 문화가 나라의 부가 된다고 말씀하셨다. 혹독한 일제 치하, 총칼 하나 더 만들어 항일 독립 전쟁에 매진하기도 아쉬웠던 시기에 문화를 통한 부국론은 선뜻 수긍되지 않았다. 그러나 한 걸음만 뒤로 하여 생각해 보면 선생의 문화부국론은 간디의 비폭력운동과 닮아 있었다. 문화부국론은 인류의 공존·공영의 가치를 담은 선언이었다. 19세기 말, 20세기 초는 첨예한 제국주의적 식민 전쟁이 세찼던 시절이었다. 총칼로 무장한 자가 맨손으로 저항하던 선량한 사람들을 폭압적으로 통치하고, 수탈한 시기였다. 토머스 홉스가 리바이어던(Leviathan)에서 '자연은 만인에 대한 만인의 투쟁 상태'라고 한 상황과 유사했을 것이다. 무법천지에서 벗어날 수 있는 길이 있다면, 과연 가능하다면 그것은 각 나라가 가진 차별적 문화의 특성으로 서로 교류하고, 협력할 때 얻을 수 있다. 차별적 문화의 상호 연계·협력은 더 나은 문화 상태를 만들어가는 길이고, 이것이 각국이 평화 속에서 다 함께 잘사는 나라로 만드는 방법일 것이다. 김구 선생의 문화부국론은 바로 이 지점에서 의미를 가진다.

김관용은 김구 선생의 문화부국론을 통해 경북의 정체성을 찾고자 했다. 경북 문화의 고유성, 차별성은 무엇일까? 경북은 역사를 통해 어떤 문화적 가치를 남겼고, 그것이 오늘에는 어떤 영향을 미치고 있는지를 알고자 했다. 김구 선생의 문화부국론은 20세기 서양의 근대 과학 문명에 대항할 수 있는 우리의 자존을 찾는 것이기도 했다. 은둔의 나라 중국이 지구촌에 문을 열고, 개방 경제를 시작하면서 내놓은 중국 정체성의 뿌리는 공자였다. 중국의 건설자 모택동 시대에 공자는 봉건주의자로 매도됐고, 박해의 대상이었다. 그러나 중국이 세계 시장에 등장하면서 공자는 복권됐다. 공자학교가 전 세계에 설치되고, 공자를 통해 중국의 국가브랜드를 고취하기 위한 국가적 투자가 시행되고 있다.

마찬가지로 우리나라 국난 극복의 과정에서 경북인, 경북 지역이 보여 온 저력과 인물, 사상은 현존하는 대한민국의 국격을 높이는 데에 크게 이바지했다. 그의 전임자인 이의근 지사는 최초로 문화를 주제로 한 문화엑스포를 개최하고, 경북의 최고 브랜드로 지구촌의 상표 등록까지 했다. 전 세계에서 문화와 엑스포가 결합된 '문화 엑스포'란 단어는 경상북도만이 사용할 수 있다. 엑스포(EXPO)는 산업 중흥을 위한 시도였다. 특정한 산업을 진흥하기 위한 노력이 산업전시회 형식으로 지구촌의 관련 기업, 전문가, 사람들이 참가하는 행사가 엑스포였는데 문화가 엑스포의 주제가 된 것은 인류 역사상 처음 있는 일이다.

경북은 왜, 문화를 주제로 엑스포를 개최한 것일까? 문화 엑스포를 통해 경북, 경북인은 무엇을 얻었는가? 문화에 대한 투자는 산업 투자보다 투자수익금이 돌아오는 회임 기간이 길다. 1~2년이 아니라, 10~20년, 50년 뒤를 보고 투자 수익을 계산해야 한다. 장기간의 지속적 투자를 통해 투자의 수익성이 장기에 걸쳐 서서히 돌아오는 투자가 바로 문화 투자이다. 혹자는 문화에 굳이 투자라고 할 것이 있느냐고 말할지 모르지만, 문화 분야 투자의 수익성은 장기적으로 보면 산업 투자에 못지않다. 무엇보다 문화 투자를 통해 타 산업 분야 투자를 이끌게 된다. 문화 교류가 국가 간 산업 협력 활동의 전 단계 역할을 하는 것이다.

김관용은 이의근 지사가 남겨 놓은 문화 엑스포를 복기해 보았다. 근시안적 생각, 의미가 적을 것이란 부정적 발상은 일단 버렸다. 문화 엑스포를 통해 경북이 얻은 것, 더 얻을 수 있던 것, 그리고 광역 지자체 차원에서 문화란 큰 주제를 가지고 경북의 범위를 넘어서서 더 넓은 차원에서 문화의 상품성을 증진할 수 있는 대안이 무엇인지도 따져 보았다. 문화의 산업화가 엑스포로 전환되었다면 이제는 문화에 경북인이 오랫동안 가져왔고, 경북의 지역성으로 엮인 정체성을 추가해야 할 필요성도 느꼈다고 보인다. 전임자가 기획한 문화 엑스포에 김관용은 정체성 개념을 끄집어내고, 융합하면서 경북의 문화적 자산, 역사적 자산을 산업 자산으로 전환할 수도 있겠다고 생각하게 됐을 것이다.

김관용은 실용주의자이다. 멀리 보며 계획을 세우고, 끈기 있게 도전한 삶을 산 그였다. 그런 그였기에 먼저 손에 쥘 수 있는 실물 찾기에 노력했다. 아직 세상에 존재하지 않는 유토피아(Utopia)를 찾으려는 노력은 그의 삶의 궤적에서 볼 때에도 맞지 않았다. 그는 신언서판(身言書判)을 선언한 도지사였다. '지발 좀 먹고 살자'란 투박한 문장을 슬로건으로 내세운 사람이다. 먹고 살기 힘든 시절에 먹는 것보다 앞서는 것은 없었다. 배고프면 먹는 것만 생각나고, 일단 배가 좀 채워져야 다음 생각이 나는 것은 인지상정이다. 김관용은 배고픈 시절을 겪은 사람이니, 배고픔을 면하는 것이 얼마나 소중한 것인지도 잘 안다. 경상북도가, 경북인이 더 멀리, 더 크게, 더 넓게 21세기 경북의 비전을 그리기 위해서는 찬란했던 선현의 자취 탐구가 필요하다고 생각했다.

김관용은 도지사 재임 12년을 통틀어 한시도 빠짐없이 경북이 쌓아 올린 정체성은 실용의 경북 만들기, 더 번영하는 경북 만들기의 일환이다. 그런 점에서 김관용은 경북 문화의 힘과 실용의 힘을 겸비한 경북의 정체성을 찾기 위해 고민한 첫 지도자라 할 수 있을 것이다. 문화를 통해 부강한 나라가 만들어지고, 정체성 확립을 통해 21세기를 앞서 나가는 경상북도로 만들려고 했던 두 지점에서 김관용은 김구 선생과 만나고자 했는지도 모른다.

## 농축된 DNA, 한국 정신의창(正神議創)

　김관용은 선진국, 주요 도시의 정체성을 돌아보고 경북의 정체성이 무엇인지 고민한 사람이다. 정체성(正體性)이란 사전적 의미로는 '상당 기간 일관되게 유지되는 고유한 실체'로 간단히 풀 수 있다. 이 풀이는 정체성이 세 가지의 구성 요소임을 알게 한다. 첫째, 상당한 기간이다. 그 기간이 얼마인지는 확언할 수 없다. 한 지역, 특정 사람의 품위, 성격이라고 남들에게 인정받게 되는 기간일 것이다. 둘째, 일관성이다. 정체성으로 확립되려면 특정한 기간 내내 일관적 성격, 일관적 체계가 유지되어야 한다. 하루는 남쪽을, 내일은 북쪽을 가리킨다면 그것은 일관성이 없는 것이다. 정체성이 있다는 평판을 들을 때까지 초심의 일관성을 잃지 않아야 한다. 셋째, 고유한 실체이다. 특정 지역, 특정인의 정체성이란 다른 지역, 다른 사람과의 차이, 다름을 의미한다. 자신만의 고유한 특성, 차별성을 가져야 정체성을 형성하는 기본이 된다. 김관용은 한 지역의 정체성이 확립되려면 상당 기간, 일관성, 고유성이란 세 가지 요소를 갖추어야 한다고 생각했다. 이 바탕 위에서 그는 한국 문화, 한국 '정신의창'이란 개념들을 체계화하고, 경북의 정체성으로 확립하고자 노력했다.

4차 산업혁명의 바람이 가속화되고 있다. 2016년 다보스 포럼에서 최초로 제기된 이 용어는 지구촌에 엄청난 파장과 공감, 반향을 불러일으켰다. 4차 산업혁명이란 용어는 과연 타당한 것인가? 지나친 기교적, 상업적 조어라는 비판도 적지 않다. 각국은 자국의 산업 활력을 증진하는 수단으로 기존의 3차 산업혁명을 넘어서는 수준으로 차별적 방식의 미래를 준비하고 있었다. 독일의 제조업 4.0을 비롯하여 과거의 기술적 트렌드와 차별화된 전략을 제시하고 미래를 새롭게 만들어 나갔다.

우리는 다보스 포럼의 조어를 그대로 받아들였다. 공공과 민간은 합작하듯이 4차 산업혁명 시대에 뒤떨어지지 않기 위해 법제를 서두르고, 투자를 확대해야 한다고 했다. 시장을 선도할 때에는 좌표가 없어서 머뭇거렸지만, 우리가 확실히 이 분야에서는 뒤졌다고 생각하며 다시 추격자의 입장에 서면서 할 일을 찾은 것 같았다. 창조적 선도자가 되어야 할 때에는 방향타를 잡지 못해 고민하던 우리가 추격자가 될 때 의기투합하는 모습을 보는 것은 안타까운 일이다. 그것이 엄연한 우리의 수준일 것이니 어쩔 수 없다. 우리가 지닌 한계이자, 앞으로 필사적 노력으로 떨쳐 내야 할 과제이다.

과학 기술은 한시도 멈추지 않고 발전한다. 4차 산업혁명의 조어적 평가, 판단, 가능성 유무를 두고 논쟁할 단계는 아니다. 우리가 겉모습만 보고 토론하던 때에도 기술은 쉬지 않고 도약한다. 기술 진보의 패턴은 과거와 완전히 달라졌다. 그것은 특정한 궤적을 가진 패턴이 아니었다. 융·복합적, 도약적 기술 진보를 통해 과거와는 완전히 다른 현재로 가고 있다. 과거의 트렌드로 기술 변화, 기술 발전의 추이를 예측하는 것은 점점 더 어려워지고 있다. 도약적 기술 진보는 과거는 물론 현재의 트렌드까지도 무시한다. 통계학의 확률론처럼 예상하지 못했던 방향으로 과학 기술은 이리저리 방향을 틀고, 시간의 경계를 허물 듯이 새로운 영역을 만들어 내고 있다.

김관용이 도지사로서 거함을 항해해 나갈 때 보았던 과학 기술의 융·복합, 도약은 어떤 것이었을까? 새로운 기술 변화의 트렌드를 활용하지 못하고 놓치게 될 경우, 도민의 삶에 어떤 영향을 미칠 것인가를 고민한 적이 있을까? 경북호 12년의 운영 과정에서 그런 행적의 실마리들이 발견되지만 4차 산업혁명의 큰 줄기를 확인하기에는 쉽지 않았다. 그의 재임 시점과는 약간의 시차가 있기 때문일 것이다. 필자는 그가 강조한 과학과 정신의 융합, 두 분야의 순환적 연결의 필요성을 강조한 내용을 통해 과학적 역량, 미래 산업의 고민 흔적을 찾을 수 있었다.

김관용은 광대한 경북 지역이 가진 과학적 역량을 자랑스러워했다. 이를 토대로 미래의 먹거리를 창출해야 한다고 주장한 사람이다. 기술 경북의 관점에서 동해안 바다를 보았고, 서부 지역을 주목했다. 구미를 중심으로 한 서부권은 한국 최초의 전자산업 발원지였다. 글로벌화로 과거의 첨단 R&D 기능이 적잖게 타격받고 있고, 생산기지로 전락한 모습을 보인다. 그렇지만 한국 전자 산업의 초기 역량이 집중된 곳으로 충분히 새로운 미래를 전망할 수 있는 기반을 갖추고 있다.

포항은 동해안 과학 연구 단지 핵심 거점이다. 포스텍과 산업체, 수많은 연구 기관이 밀집한 포항 지곡 연구 단지는 대전 국가 지원 대덕 연구 단지에 뒤이은 산업체 중심형 연구 단지의 위상을 가지고 있다. 단일 지역인 포항 한 곳에 3개의 가속기를 보유한 곳은 세계적으로도 유례가 없다. 포항에서 전개되는 첨단 과학 기술 기초 연구는 한국의 미래 먹거리를 안전하게 창출하는 씨앗이다.

김관용의 재임 시에는 기술적 수준 때문에 그렇게 크게 강조되지 않았던 미래 과학기술의 총아이자 4차 산업혁명 기술 체계의 맏형 격이 인공지능(AI, Artificial Intelligence)이다. 아직 AI는 초보 상태이지만, 발전 속도는 놀라울 정도다. 이 상태로 간다면 인간이 만들어 내는 마지막 컴퓨터가 2045년이 될 것이란 예측이 실현될지도 모른다. 최근의 기술 발전 추세를 고려하면 그 시기가 더 앞당겨질 수도 있다고 한다. 소위 말하는 특이점, 혹은 원어 그대로 싱귤레리티(Singularity) 시대가 20여 년 앞으로 다가오고 있다. 이 시기가 되면 AI는 모든 면에서 인간의 능력을 추월하게 될지도 모른다. 이렇게 되면 사람은 더 이상 AI 컴퓨터를 만들 필요도 없다. AI가 모든 시스템을 장악하고, 설계하고, 유지하고, 사람마저 관리 통제할 것이기 때문이다. 인간은 더는 컴퓨터에 접근할 자격을 갖지 못하게 될지도 모른다. 유럽연합이 2021년 4월 인공지능 규제안을 발표하면서 인공지능이 자행할지도 모를 위험에 기초한 접근법을 통해 4단계의 규제(금지, 고위험, 한정적 위험, 최소 위험)를 분류하고, 단계별로 의무를 부과하겠다는 법안을 마련한 것도 같은 이유이다.

우리 인간에 의해 개발되는 인공지능 기술의 발전은 인간의 시간은 끝나고 AI란 신인류, 혹은 기계 인간 세상의 탄생을 미래의 어떤 시기에 초래할 수도 있다. 그 끔찍한 시기가 앞으로 20년 정도밖에 남지 않았다는 사실 앞에서 우리는 과연 무엇을 해야 할 것인가. 그런 시대를 맞게 된다면 그것은 인류의 비극이다. 비극의 시대가 오지 않도록 하려면 우리는 무엇을 해야 하는가? AI의 능력이 인간의 능력을 넘어서는 특이점 방지를 위해 우리는 어떤 합일된 노력을 기울여야 할 것인가?

김관용이 도지사로 재임할 때 찾아낸 과학과 정신의 만남을 위한 다양한 시도 속에서 그 뿌리를 찾을 수 있을 것이라 확신한다. 경북이 찾아낸 문화의 정체성, 정신문화의 창을 통해 미래를 보고, 인간의 감성을 중시하려는 자세는 과학 기술을 보는 인류의 시각에 어느 정도 새로운 관점을 줄 수 있을 것이다.

김관용이 강조한 우리의 정신문화, 수천 년 간 축적된 한국 문화, 그 정신문화의 창이라고 강조한 길들 속에서 우리가 되짚어야 할 가치를 찾아내게 될지도 모른다. 물론 그가 정체성 풀이를 통해, 경북의 정체성 확립을 통해 인류 문명의 파국적 불행을 막을 치유책을 온전히 발견했다거나 그런 가능성을 얻었다고는 생각지 않는다. 적어도 그가 찾고자 했던 한국 '정신의창'이란 문화 요소는 불행한 인류의 파국을 방지할 하나의 가능성 있는 대안 장치가 될 수가 있을 것이란 기대감이다.

김관용은 한국 사회에서 경북인의 입지가 보수라는 평판을 받는 사실을 인식한 것 같다. 그는 "우리 경북과 경북인은 수구나 골통하고는 거리가 멉니다. 오히려 유구한 역사 속에서 그 시대가 요구하는 사상과 문화를 주도해 왔습니다. 나라가 어렵고 백성이 힘들어할 때마다 늘 선봉에서 그 역할을 다해 왔습니다." 문화와 정치는 다르다. 역사의 한 지점의 특성으로 모든 시간의 범주를 같은 것으로 평가하는 것은 사리에 맞지도 않는다. 그가 말한 것도 바로 이 지점이다. 경상도 지형 속에서 진행된 한국인의 심성 같은 정체성의 본질은 언제나 흐르는 강물과도 같았다. 고인 연못 속의 물이 아니었다. 연못 속의 물도 비가 오면 흘러넘치고, 강으로 흘러, 더 큰 바다로 향한다. 그는 경북인의 심성 속에 오랜 기간에 걸쳐 형성돼 온 '한국 정신의창'이란 정체성도 결국 변화와 움직임 속에서 형성된 가치임이 틀림없다고 보았던 것이다.

김관용은 21세기 한국 사회에서 경북인의 지적 수준을 건전한 보수, 합리적 보수라는 차원에서 강조하고자 했다. 근대화 이후 짧은 시기의 정치적 편향은 지역민들에게 오랜 기간에 걸쳐 형성돼 왔던 합리성과 건전성의 관점을 많이 탈색시킨 것도 사실이다. 그러나 같은 근대를 돌아보아도 경북인은 국내외 환경이 위기에 직면했을 때, 최적 대안을 제시하고, 직접 나서서 위기 극복을 시도한 주체가 된 자랑스러운 역사의 발자취를 가진 것도 또한 사실이다.

경북인의 정체성을 '정신의 창'이라 하지 않고, '정신의창'으로 만든 것은 올곧음(正義), 신바람(神明), 어울림(和議), 나아감(創新)의 네 글자를 담았기 때문이다. 불의한 행동에 대한 저항 정신, 일할 때에는 만사 잊어버리는 신바람, 서로의 차이를 인정하고 함께 찾아낸 교집합인 어울림, 새로운 것을 선택할 때에는 주저함없는 나아감 등이 경북인의 DNA이다. 그는 농축된 유산, 브랜드, 정신의창을 잘 활용하면 당면한 위기를 극복하는 수단이 될 수 있다고 보았다.

김관용은 미래의 어느 시기에 인류를 위협할 수 있는 AI 위기에 대응하려면 경북인의 '정신의창'의 힘이 필요할 것이라 생각했을 것이다. 지구촌 인류를 협력과 창의의 방향으로 이끌고, 미래의 위협을 이겨낼 힘이 바로 경북인의 정체성, '정신의창' 속에 감추어져 있음을 그는 말하고 싶었을지 모른다.

## 18.

# 섞임의 문화 엑스포, 세계화로

엑스포(EXPO)는 박람회의 영어 문자 'Expositions'의 약자이다. 초기 박람회는 순수한 전시·마케팅에 국한됐다. 산업 사회가 진전되면서 전시 일변도의 박람회에서 컨벤션 기능이 추가됐다. 전시(Exhibition)와 컨벤션(Convention)이 결합하면서 EXPO는 EXCO로 영역을 확대했다. 신제품의 개발, 교류, 마케팅 활동과 연계하여 해당 산업 분야 전문가를 만나 세미나, 심포지엄과 같은 회의 활동이 동일 공간에서 동시에 열리는 것이 관행이 됐다. 엑스포는 가장 첨예화된 산업 활동을 지원하는 마케팅, 회의 공간이 된 것이다.

경상북도는 EXPO를 문화와 연결했다. 김관용은 고인이 된 이의근 지사가 남긴 경북 문화 정책의 걸작, 엑스포를 다른 차원에서 승화시키려 했다. 신라 천년의 수도, 경주는 지붕 없는 박물관이다. 경주 시내 어디의 땅을 파도 유물이 쏟아질 개연성이 높다. 천년의 역사를 가진 유물들이 지붕 없는 경주의 하늘 아래 땅속에 알려지지 않는 채 묻혀 있다. 이미 그 모습을 드러낸 유물들은 박물관에서 전시되고 있다. 아직 사람의 손과 공간이 부족한 유물들은 최초로 발견된 지점, 혹은 인근에서 그 모습 그대로 관람객을 맞고 있다.

이의근 전 지사는 1998년 9.11.~11.10.(2개월) '새 천년의 미소'란 주제로 경주 세계 문화엑스포를 최초로 열었다. 인류가 새 천년을 어떻게 맞이할 것인가를 문화의 관점에서 묻고, 그 물음의 담대한 긍정성을 '미소'로 답하길 원했다. 경주에서 최초의 문화엑스포를 개최하기까지 우여곡절도 적지 않았다. 문화를 엑스포와 연결하고자 했던 경북의 노력에 가일수를 한 사람이 있다. 한국 최고의 지성, 이어령 전 문화부 장관은 '문화는 상품'이 될 수 있다, '문화와 엑스포는 충분한 연결고리'라고 말했다. 그는 문화와 엑스포의 상생, 협력이 왜 타당한지, 그 철학적 기반을 제공해 주었다.

이어령은 자본주의를 생명과도 연결한 분이다. 생명, 사람의 목숨, 사람의 삶을 자본주의와 연결하게 해야 하고, 그래야만 인류는 지속 가능한 미래를 설계할 수 있다고 주장하였다. 나이를 무색하게 그는 인터넷 기기도 능숙하게 다룬다. 미래는 온라인 일변도로 치닫지만, 생명 자본주의와 마찬가지로 사람의 숨결, 감정, 정서가 온라인과 융합되어야만 좋은 시대를 예비할 수 있다고 말했다.

이어령은 Digital과 Analog의 합성어인 디지로그(digilog) 개념을 최초로 제안했다. 기술과 기계를 대표하는 디지털과 사람과 정서를 대변하는 아날로그는 배척 관계가 아니다. 양자는 밀접한 상호관계를 맺어야 하고, 충분히 맺어야 더 큰 부가가치를 낼 수 있다고 생각했다. 디지털과 아날로그의 결합은 기술과 감성의 만남이다. 두 존재의 결합은 지금까지 우리가 보지 못한 새로운 창의 제품을 탄생시킬 것이라고 예언했다. 디지로그 개념은 이어령이 1998년 최초의 문화엑스포를 기획할 당시에는 창안되지 않은 아이디어였다. 적어도 그의 흉중에는 디지로그의 심성으로 가득 차 있을 것이지만 말이다.

이어령은 이의근 전 지사가 가져온 문화와 산업을 결합한 문화 엑스포 조어를 보고, 자극받았을 것이다. 이어령은 경상북도의 문화 엑스포 정책에 쌍수를 들어 환영했다. 그는 삶을 통하여 문화의 큰 가능성을 주장해 온 사람이다. 문화부 장관을 하기 전, 인문학자로서의 삶을 살아온 그의 생애를 통해 문화는 단순히 문화의 영역에만 머물러서는 안 된다고 주장해 왔다.

그렇게 시작된 경주 세계 문화엑스포였다. 제2회 엑스포는 2000.9.1.~11.6.(87일)간 개최됐다. 새 천년을 맞이한 인류가 어떻게 새 시대를 살아갈 것인지, 문화가 밝혀줄 미래가 어떤 것이 되어야 하는가를 '새 천년의 숨결'로 구체화했다.

3년 뒤인 2003년에는 8.13.~10.23. 일 72일간 제 3회 문화엑스포를 '천마의 꿈'이란 주제로 엮어 냈다. 문화 엑스포는 지구촌 사람들에게 문화는 과거의 기억이 아닌, 현재 시제이며, 살아 있는 부가가치이자, 현존하는 성장 동력 산업임을 일깨워 주었다. 문화는 미래의 살길이 어디에 있는지를 보여준 가능성의 산업임을 실증해 주었다.

김관용은 이의근 지사가 성공적으로 이끌어 왔던 문화엑스포를 다른 측면으로 접근했다. 천년의 고도 경주에서 시작했지만, 문화가 산업이라면 한류가 돼야 한다고 생각했다. 지구촌 사람이 문화와 만나서 상생·교류해야 한다고 생각했다. 그는 더 적극적으로 문화엑스포의 세계화를 주장했다. 전임 지사의 창작품을 받아들였으나, 이제는 다른 앵글로 문화엑스포를 창의적으로 업그레이드할 시점이 됐다고 판단했다. 문화엑스포의 세계화는 결론부터 말하자면 놀라운 성공을 거두었다. 문화와 산업이 연결되고, 세계화가 포함됐다. 김관용이 추진한 문화의 세계화 전략은 자국 상품의 수출 상품화 전략을 뛰어넘는 하나의 담론이 되도록 했다. 국내 상품의 영역에 머물던 문화가 세계시장을 대상으로 마케팅 활동에 나섰다. 이미 지구촌을 대상으로 활발하게 퍼져 나간 한류 문화는 문화엑스포의 세계화 전략에 톡톡히 한몫한 것이다. 김관용이 추진한 문화엑스포 세계화 전략은 투자 대비 놀라운 성과를 안겨 주었다.

김관용은 도지사 취임 1년차인 2006. 11. 21.~2007. 1. 9. (50일간) 캄보디아 인류 문화유산의 도시, 앙코르 와트에서 대한민국 문화 콘텐츠 수출 1호로 불리는 '앙코르-경주 세계문화 엑스포 2006'을 개최했다. 개막식에는 노무현 대통령, 훈센 총리도 참석했다. 캄보디아에서 세계적 수준의 문화엑스포가 열리자, 캄보디아 국민은 열광했다. 한류가 잠잠하던 캄보디아에 한국 문화 열풍이 일어나기 시작했다. 문화를 수출 상품으로 내건 경상북도의 대담한 시도가 국가도 하기 힘든 정치, 외교, 경제적 협력 이상의 성과를 거두었다.

김관용은 50일간의 긴 여정으로 개최된 앙코로-경주 엑스포를 이렇게 언급했다. "우리나라 지자체가 최초로 해외에 나가 외국의 중앙 정부와 손잡고 개최한 문화행사"라고 표현했다. 대한민국의 국력이 뒷받침되지 않았다면, 동남아를 휩쓸고 있던 한류의 영향도 큰 역할을 했음은 틀림없다. 그러나 문화의 기저 효과를 아직 보지 못하던 캄보디아 국민은 대한민국 경상북도에서 자국의 인류 문화유산 현장에서 개최해 준 문화엑스포를 보고 놀라워했다. 대한민국의 경제력을 본 것이 아니라, 진정한 국력의 원천이랄 수 있는 문화의 힘을 본 것이다.

2013년 8월에는 문화엑스포의 두 번째 세계화가 시작됐다. 동서 문화의 교류점이자, 한반도에서 시작된 실크로드의 종착점인 터키의 수도, 이스탄불에서 개최했다. 고대 동로마의 수도이던 거대 도시 이스탄불 시내, 소피아 성당 앞 광장에서 개막된 이스탄불-경주세계문화엑스포 2013에는 에르도안 터키 총리가 참석하여 자국에서 개최된 문화엑스포의 의미를 들려주었다. 총리는 문화엑스포를 동서양 문화의 융합, 인류 문화가 나아갈 방향을 제시한 축전이란 평가를 받을 것이라 자평했다.

문화엑스포가 놀라운 성과를 거두자, 터키 당국은 이듬해 대규모 공연단을 이끌고 경주를 방문했다. 터키가 '이스탄불 in 경주' 브랜드로 답방 공연까지 하면서 경상북도-이스탄불의 격조 높은 문화 연대의식을 보여준 것은 이스탄불 엑스포의 놀라운 가능성을 본 그들이기에 가능한 행동이었다.

김관용은 터키 이스탄불 엑스포를 개최하면서 "'천년의 인연'을 이어온 터키와 대한민국이 고대 실크로드 문명의 길"을 통해서 다시 만났다고 회상했다. 그리고 "경주에서 이스탄불을 잇는 1만 7,000km 길을 따라 대한민국 실크로드 탐험대가 멀고도 험난한 여정을 달려서 오늘 입성"했고, "해양 실크로드의 기치 아래, 대한민국의 해군 순항함도 거센 파고를 헤치고 태평양, 인도양을 거쳐 카라 콰이 부두에 오늘 입항했다."고 선언했다. 또한 그는 "동서 문명의 교차로인 이스탄불에서 문화를 통해서 세계를, 문화를 통해서 미래를 확인"하고자 한 소망을 이루었다고 말했다.

김관용은 문화는 이질성이 클수록, 이질성 큰 그 문화들이 만나면 만날수록 더 큰 상생과 융합의 힘을 낸다고 생각했다. 이때 처음으로 실크로드(Silk Road)의 출발과 종착이 천년 고도 서라벌(경주)이라는 확인을 에르도안 총리와 이스탄불 톱바시 시장이 선언하게 됐고, 김관용은 전국대학생대표 177명과 같이 천 년 전에 신라인들이 오고갔던 문화의 길을 Korea Silk Road 깃발을 들고 행진했다.

김관용이 개최한 세 번째 문화엑스포의 세계화 프로젝트는 동남아의 떠오르는 신성, 베트남 호찌민이었다. 2017년은 한-베 수교 25년이 되는 뜻 깊은 해이다. 두 나라 간에 문화엑스포를 개최하기 위한 기본 조건이 갖춰진 것이다. 한국과 베트남은 중국과 국경을 접한 지정학 특성을 바탕으로 불교와 유교 문화, 중국과의 관계 등 여러 면에서 동질성, 유사성을 가지고 있다. 2017년 11월 11일, 호찌민시 인민위원회 청사 앞, 응우옌 후이 거리에서 역사적인 개막식이 거행됐다. 23일 동안 개최된 문화 엑스포 기간에는 총 388만 명의 관람객이 다녀갔다. 경제적 파급 효과는 2억 달러가 넘었다.

김관용은 이날 "신라 천년의 고도 경주와 역동의 도시 호찌민이 함께 만든 감동의 무대를 활짝 열게 됨을 자랑스럽게 생각한다."라고 말했다. 중국의 동쪽 국경을 접한 대한민국, 남쪽 국경을 접은 베트남은 지정학적으로 우리와 정말로 유사한 문화적 정치적 궤적을 가진 나라이다. 김관용은 베트남이 아열대 기후지대란 차이를 빼면 두 나라의 정서적 유대는 깊어질 수밖에 없을 것으로 판단했다. 이점이 바로 세 번째 문화엑스포의 세계화 거점으로 베트남 호찌민을 선택한 가장 큰 이유이다. 베트남을 더 많이 알면 알수록 베트남을 더 친근하게 느낄 수밖에 없다는 베트남 전문가의 말이 허언이 아님을 김관용은 호찌민-경주 엑스포를 통해 실감할 수 있었다.

인류 문화는 한 지역, 한 나라, 한 사람의 문화가 아니다. 문화는 시간이 흘러 스스로 바뀌기도 하고, 공간 간의 교류로 다른 문화와 섞인다. 문화는 내부의 자율적 변화, 바깥과의 융합이 불가피하다. 인류 수천 년의 역사에서 형성되어 온 수많은 문화는 섞임의 문화이다. 우리 문화의 속성에 터키 문화가 감추어 있고, 캄보디아와 베트남의 문화 안에 우리 문화의 정수가 숨겨 있을 것이다. 문화는 서로 간에 영향을 주고받으며 새로운 문화의 모습으로 진화됐다. 경주 세계 문화엑스포를 신라 천년의 수도 경주의 행사에 머물지 않고, 세계화의 방향으로 나아간 이유가 바로 여기에 있었다. 문화를 세계화하는 것은 문화의 속성을 가장 잘 발현하는 일이다. 교류해야, 다른 문화를 만나고, 우리 문화에 새 문화의 DNA가 섞이게 된다.

김관용이 세 번의 문화엑스포 세계화 과정에서 뿌려 놓은 씨앗은 앞으로 어떤 모양으로 싹을 틔울지, 우리 문화에 미칠 영향은 무엇이 될지 아직은 알 수 없다. 아마 자신 있게 확인할 수 있는 말은 다음이 아닐까 싶다. 캄보디아, 터키, 베트남에 뿌려진 경주 세계 문화엑스포의 씨앗들은 각기 다른 토양에서 각기 다른 방식으로 우리가 확인하기 어려운 모습으로 변화된 새로운 문화를 우리에게 선사하게 될 것이란 사실을 말이다. 더 오랜 시간이 흐른 뒤에 캄보디아, 터키, 베트남의 주요 도시에서 경주형 문화의 싹이 또 다른 모습으로 틔워 나온다면 우리는 그것을 김관용식 문화 양식으로 부르게 될지도 모른다.

## 19.

# 사람 살고 경제 활동하는 섬, 독도

독도는 제국주의 일본의 침략을 가장 먼저 받은 우리 영토이다. 일제는 1905년 러시아 함대와의 전쟁을 앞두고 강제로 독도를 침범했다. 이날 이후 한날한시도 일본은 대한민국의 동쪽 바다를 지키는 막내, 독도에 대한 야욕을 버리지 않고 있다. 1945년 나가사키와 히로시마에 두 번의 원자폭탄 세례를 받은 일왕의 무조건 항복으로 우리는 광복을 맞았다. 일본은 아직도 일제의 망령을 잊지 않고, 독도 침탈을 계속하고 있다.

김관용은 12년의 재임 기간에 열다섯 번이나 독도를 방문했다. 독도를 관할하는 지방 정부의 책임자로서 당연한 독도 방문이다. 하지만 영토 주권 수호, 독도 관리, 주민 지원, 민간 차원 대응 지원, 독도의 실효적 지배에 초점을 둔 독도 정책은 그가 얼마나 독도를 소중한 우리 국토로서 관할했는지를 실감케 하는 것이다. 독도는 많은 이름을 가진 섬이다. 한자어 이름 그대로 '홀로 섬'으로 부르기도 했다. 그렇지만 김관용은 독도를 '홀로 섬'으로 불리길 원하지 않았다. 대한민국 5천만 전 국민의 땅이고, 동해바다 가장 먼 곳에 있는 우리 국토이자, 국토를 지키는 전사였으니 독도는 우리 국민과 함께하는 '더불어 섬'이었다. 그는 흔들림 없는 독도 정책이 필요하다고 생각했다. 2019년 7월 일본은 우리나라 반도체 산업의 국제 경쟁력을 위협하기 위해 수출 규제를 감행하였다. 대일 의존도가 높았던 소재·부품·장비(소부장) 산업에 대한 일본의 야비한 경제 침략에 문재인 대통령은 '누구도 흔들 수 없는 나라'를 만들겠다고 응수했다. 대통령은 일본이 함부로 흔들 수 없는 나라를 만들겠다는 대국민 선언을 했다.

김관용은 민선 4~6기의 12년간 독도에 관한 한 한치의 양보도 없이 '흔들리지 않는 독도 정책'을 실천해 왔다. 그는 "누가 보더라도 독도가 민족의 섬으로 대접받고 있구나, 우리 영토이구나, 상식적으로 확인될 수 있도록 도와달라고 부탁을 드립니다."라고 말했다. 독도를 관할하는 자치단체장으로서, 정부와 국민에게 확실한 우리 땅, 독도 대책을, 누구에게도 침탈 받지 않는 독도 정책을 주문한 것이다.

김관용의 독도 수호 정책은 그간의 다른 지사의 정책이나, 국가 정책과 비교해 보아도 확실히 차별적이었다. 그는 우리 국민이 독도를 가까이 있는 근해의 섬으로 여기기를 원했다. 독도는 먼 곳에 있는 외딴 섬이 아니다. 사람 사는 우리 이웃집처럼 독도를 생각하고, 정부는 그렇게 국민이 생각하는 독도 정책을 계획하고, 실행해 주기를 바랐다. 독도를 찾는 국민은 누구나 원하는 경제 활동을 할 수 있기를 희망했다. 홀로 섬에서 더불어 사는 섬으로, 경제 활동이 상시로 일어나는 섬이 되기를 원했다.

　민선 4기를 시작하면서 김관용은 해양 경북 비전, 지방 외교 시대를 선언했다. 두 정책의 공통분모는 독도이다. 경상북도가 동해바다로 진출하는 교두보가 독도와 울릉도이다. 지구촌에서 가장 큰 바다, 태평양의 축소판이란 별명을 가진 동해바다는 자원의 보고임은 물론, 해양 연구 활동을 수행하기에 최상의 조건을 가진 바다이다. 동해를 거점으로 하는 경상북도 해양 비전의 전초기지가 독도·울릉도가 될 수밖에 없는 이유이다. 두 번째로 제시한 지방 외교 시대도 확고한 독도 정책에서 비롯된다. 정부가 국제 관계로 인해 과감히 나서지 못할 때, 지방이 정부를 대신하여 독도 외교의 전면에 나서겠다는 의지였다.

　김관용은 2006년 8월 25일 '독도 수호를 위한 경상북도 신구상'을 발표했다. 신구상의 세부 내용은 실효 지배를 위한 정주 기반 구축, 접근성 제고, 지방 외교 역량 강화, 연구·홍보 및 어업 활동 강화 등이다. 경상북도는 2008년 신구상을 좀더 보강하여 '독도 수호 종합 대책'을 수립하였다. 독도의 유인화를 본격적으로 추진하고, 영토 관리를 강화했다. 독도에 대한 연구 개발 기능을 대폭 확대해 독도 해양 생태 자원 개발 프로젝트를 수립했다. 독도에 관한 연구와 교육 활동도 대폭 확충하였다. 지속 가능한 독도 개발을 위해 울릉도 연계 개발, 그리고 종합 대책의 체계적 추진을 위한 법령과 관련 제도를 정비, 개혁했다. 2018년 현재 경상북도의 독도 정책은 환동해지역본부 해양수산국 독도정책과에서 총괄 기획, 실행하고 있다.

　김관용은 독도의 역사에 관심이 많은 사람이다. 우리 선조는 독도를 언제부터 우리 땅이라 생각했을까? 신라 장군 이사부가 울릉도·독도를 개척한 역사 이래 수많은 문헌 속에 독도의 숨결이 들어 있는 것을 확인했다. 그 많은 사료 중에서 그의 눈에 단연코 가장 크게 들어온 것은 안용복 장군의 우리 땅 독도지킴이 활동이었다. 조선 왕조는 당시 내부 문제로 관심이 부족했거나, 외교 마찰을 줄이려고 일부러 독도에 대해 눈을 감고 있었다. 그럼에도 안용복이란 위대한 개인은 나라가 못한 일을 당당한 1인 외교를 통해 해결했다. 김관용은 역사적 사실을 통해 안용복 장군의 1인 외교가 일본의 막부도 우리 땅 독도를 인정하지 않을 수 없도록 한 사실에 주목했다.

김관용은 시민 단체, 대학교수, 전문가들과 공동으로 2008년도에 '독도 수호 안용복 재단'을 설립했다. 재단을 출범시키면서 김관용은 감격에 겨워 이렇게 말했다. "안용복 재단 출범은 굉장한 역사적 사건입니다. 이론적인 것으로 무장을 하고, 행동으로 이루어내서 영토 수호에 대한 분명한 나라의 입장을 지방에서 주장할 것입니다." 그는 감격스럽게 이렇게 말했지만, 사실 이 말은 안용복 장군이 일본의 막부와 외교전을 벌이면서 주장한 말이다. 왜, 독도가 조선의 땅인지를 일본 막부에게 그는 '이론적'으로 주장하고, '행동으로' 이뤄냈다. 안용복 장군의 1인 외교는 '독도는 조선의 땅이 맞다'라는 막부의 실토로 이어졌다. 안용복은 조선의 '영토'를 홀로 굳건하게 지킨 인물이었다. 그가 안용복 재단을 설립한 이유가 바로 여기에 있었다.

김관용이 추진한 독도 정책의 처음과 끝은 '사람 사는 섬, 독도'로 만드는 일이다. 어업인이 거주할 수 있는 숙소를 지었다. 독도 이장인 김성도 씨가 입주했고, 그는 최초로 독도에 상시 거주하는 주민이 되었다. 김성도 씨는 독도에 최초의 기념품 가게도 운영했다. 가게를 낸 다음 해에는 최초로 세금을 냈다. 독도에서 1호 사업을 개시한 김성도 씨가 사업 수익으로 세금까지 정부에 냈다. 독도는 명실 공히 대한민국의 영토임을 지구촌 만방에 선포한 것이다.

　김관용은 지금은 고인이 되신 김성도 씨가 독도 1호 주민이자, 어업에 종사하는 어업인으로, 기념품 가게를 개설하고, 사업자등록을 한 사업자로서 세금까지 낸 사실을 대단히 높게 평가했다. 아마도 그는 내심 '이제 됐다'라고 말했을지도 모른다. 무인도에서 유인도의 조건은 진작 갖추었지만, 민간인이 거주하는 땅, 경제 활동이 실제로 이루어지는 섬이란 지위까지 독도가 얻게 됨으로써 독도의 자격에 대한 세상의 의구심은 이제는 나올 수 없게 된 것이다.

　독도에 대한 그의 우리 땅 정책은 여기서 그치지 않았다. 독도 본적 갖기 운동을 추진하여 5천 명이 넘는 사람이 독도를 본적으로 삼았다. 매년 10월을 독도의 달로 정해서 전 국민에게 독도를 생각하고, 관심 두도록 하고, 독도 사랑 운동으로 승화시켰다. 독도의 달에는 대학생 독도 힙합 페스티벌을 열었다. 청년들에게 독도가 가까운 우리 땅, 국토의 막내이면서 언제든지 쉽게 찾을 수 있는 이웃 동네임을 알리고자 했다. 그래서 청년들이 주목하는 코드인 힙합으로 축제의 마당을 열었다. 독도에서 매년 열렸던 힙합 잔치에 김관용은 2017년 청년들과 함께 힙합 춤을 추는 퍼포먼스도 했다. 어색한 춤이지만 그는 직접 청년들과 함께 춤추면서 청년들의 마음을 조금이라도 알고 싶어 했다. 그가 창의적으로 추진했던 수많은 독도 정책은 단순한 정책이 아니었다. 독도를 다시는 누구도 흔들지 못하는 우리 땅으로 만들고, 굳건하게 지키기 위한 수단이자, 방법이었다.

독도가 아프면 우리 민족이 아팠다. 과거의 독도는 우리 역사의 슬픈 축소판이었다. 오늘의 독도는 기쁨의 땅, 행운의 섬이다. 21세기의 독도는 우리 역사의 웅비를 위한 출발대, 비전의 땅이 될 것이다. 김관용은 재임기 내내 독도 정책의 세세한 하나까지 다 챙기려 노력했다. 이제 남은 독도의 일은 무엇일까? 대한민국 5천만 모두 다 함께 언제라도 가서 만날 수 있는 친구 같은 섬으로 독도를 만드는 것, 그것이 김관용이 전심전력한 독도 사랑 운동에 대한 보답이 될 것이다.

# 교육과 친환경 학교급식

　교육이 가장 먼저 무너지고 있는 곳이 지방이다. 지방 교육을 살리기 위한 특단의 정책이 필요하다. 교육 정책은 더 이상 100년을 내다보는 먼 정책에 국한돼서는 안 된다. 100년 동안 꾸준히 추진하는 인재 양성은 과거의 일이다. 교육 개념은 급속히 바뀌고 있다. 평생 배우는 시대로 빠르게 전환되고 있다. 조만간 당도할 미래는 평생 학습 사회가 될 것이다. 교육 대상이 바뀌고 있으니, 교육하는 사람도 변해야 마땅하다. 중앙에 눌러 힘을 쓰지 못하는 지역이 변하려면 지역 교육이 변해야 한다. 지역 교육이 바뀌지 않고는 지역의 미래를 보증하지 못하고, 지역이 살길도 없다.

　지방자치단체는 종합 행정을 하지만 교육 행정은 분리되어 있다. 자치단체장이 교육 정책을 정면에서 다루기는 쉽지 않다. 이점이 김관용의 정책에서 눈에 띄는 교육 정책을 보기 어려운 이유이다. 교육이 지방 행정에서 차지하는 중요성은 적지 않다. 도지사가 교육 정책을 직접 추진하는 주체는 아니지만, 그가 간접으로 교육 현장에 다가섰던 사례가 많다. "교육을 통해서 나라의 발전을 드높이고, 세계적인 강국을 만들어 가는 데 주인공이 바로 여러분"이라고 당부한 것이 대표적이다. 전국 소년체전 개막식에서 상식 수준에서 한 발언이지만, 조국의 미래이자, 보배, 미래의 동량인 청소년 교육을 강조한 것이다. 하지만 지역 교육은 이 수준을 한참 더 넘어서야 한다. 지역이 처한 위기를 헤쳐 나가려면 교육을 통해 보완해야 할 것이 엄청 많기 때문이다.

과거의 교육은 특정 시대, 특정 대상에 한정되었다. 초중등학교와 대학교의 16년 교육 과정을 마치면 우리는 배움 과정이 다 끝났다고 생각했다. 지금도 그렇게 생각하는 사람은 많다. 하지만, 지역 정책의 영역 속에 평생 교육이 들어왔다. "사람은 평생 배워야 합니다. 배우고, 건강을 배우고, 농사일도 배우고, 배우지 않으면 안 되는 거예요. 옛날 것 가지고는 써먹지 못한다."고 김관용은 솔직하게 말한다. 평생 교육 수료식장을 찾아간 그는 의미 있는 말을 한 것이다. 배움에 나이가 없고, 장소도 없다. 배우는 시기를 놓쳤다면 언제든 다시 배움 길에 동참하면 된다. 배운 사람도 다시 배워야 한다. 소위 말하는 학창 시절에 배운 것은 지금 세상에는 이제 쓸모가 없는 것이 많다.

김관용은 평생 배워도 다 못 배우는 것이 교육이라고 했다. 농사도 배워야 잘할 수 있고, 건강도 기술도 배워야 더 건강한 삶을 누릴 수 있다. 청소년 시절에 배운 지식으로 오늘, 내일을 살 수는 없다. '배우기를 마친 사람은 죽은 자일 뿐이다'란 말도 있다. '옛날 것'이 필요하기도 하지만, 안주해서는 미래가 없다.

대한민국 교육은 정책 하나 바꿔서 해결되지 않는다. '대학 정책 무력화 시스템'이 우리 사회에 뿌리내린 탓이 적지 않다. 만 가지 교육 정책은 나오자마자 해킹당하고 삽시간에 무장해제 당했다. 교육을 바꾸려면 모래 위 집짓기에 불과한 대학 교육 개편 시도를 멈춰야 한다. 정시 비중을 높여야 한다는 논의가 나오지만, 그것 하나 바꾼다고 한국의 교육 문제가 해결되지 않는다. 더 큰 문제만 일으킬 뿐이고, 학생들만 더 힘들게 할 것이 뻔하다.

김관용은 교육의 근본을 하나하나 다져나가야 한다고 생각했다. 비록 그가 해야 할 영역은 아니었지만, 한국 교육이 잘 개혁하려면 유치원, 초등학교 교육부터 바꾸어야 가능할 것이라 믿었다. 초등학교 일제고사 부활 같은 제국주의적 사고에서 벗지 못한 교육관으로는 미래 세대를 가르칠 수 없다. 학생들이 스스로 놀이를 만들어 내는 교육, 하고 싶은 일을 하는 교육, 집과 학원보다 더 재미있는 학교를 만들어 가는 교육, 스스로 생각하는 교육, 유대인이나 북유럽의 창의성 교육이 어린 학생들의 교육 현장에 자율적으로 나타나도록 지원하는 것이 교육의 근본을 회복하는 길이란 것을 김관용은 피부로 느껴왔다.

교육 정책은 그의 정책 영역이 아니지만, 그는 교육에 관심을 기울인 만큼 지역 정책과 지역 교육 정책의 연결고리가 무엇일까 고민했다. 김관용은 비록 도지사이나, 교육 정책에 관여 가능한 방식과 재원, 방법은 매우 제한적임을 알고 있었다. 그럼에도 그는 획기적 교육 정책으로 가능한 한 가지를 학교 급식 정책에서 찾았다. 농업 중심지인 경상북도는 친환경 농산물 학교 급식 지원 사업을 오랫동안 추진해 왔다. 고가인 친환경 농산물을 학교에서 구매하도록 차액 지원 사업을 해 왔다. 그런데 현금 지원을 하다 보니, 식자재 선택권을 가진 개별 학교의 영양사에 의해 자의적으로 현금이 활용되면서 친환경 학교 급식이란 원래 목적을 이루지 못하는 경우가 많았다. 친환경 급식을 위해 지원은 하면서도 실제로 학생들에게 우수한 품질의 친환경 식자재는 거의 공급되지 못하는 현실이었다.

김관용은 경상북도, 경상북도교육청, 친환경 농산물 공급자(농업인 단체), 이렇게 세 당사자가 만나는 논의의 장을 마련했다. 이렇게 해서 전국 최초의 '친환경 농산물 현물 급식 지원 제도'가 만들어졌다. 이 과정에서 경북대학교 손재근 교수의 역할이 컸다. 친환경 농산물을 지정된 대규모 급식센터에서 취합해 놓으면 기존 학교별 급식업체에서 해당 친환경 농산물을 수령하고 학교에 공급하는 시스템이다. 이 제도를 완전하게 구축하는 일은 말처럼 쉬운 과정이 아니었다. 음식 재료 선택권을 가진 영양 교사의 강력한 반발이 있었다. 도지사와 교육감의 협력이 없었다면 실현되지 못했을 것이다.

경상북도는 거의 1년여를 영양 교사 교육에 매달렸다. 왜, 경상북도에서 친환경 농산물 현물 급식을 하게 되었는지, 이 제도가 가진 의미가 무엇인지, 학교와 지역 사회의 관점에서 지역 농산물을 학생들에게 공급하는 것이 어떤 이점이 있는지? 학생들에서 친환경 농산물 공급을 확대하면 농업인과 소비자 학생의 건강 증진에 어떻게 기여하게 되는지에 관하여 묻고 답하는 데에 오랜 시간이 걸렸다. 정책 당국과 영양 교사 간의 알력은 이해를 통해 틈이 좁혀졌고, 배척에서 참여로 변화되었다.

경상북도에서 공급 가능한 친환경 농산물은 어떤 것이 있는지, 어느 정도 공급 가능한 것인지, 학교와의 장기간 공급 물량을 순차적으로 협의하면서 친환경 농산물 공급이 확대됐다. 새로운 시스템이 갖춰졌으니 시간이 가면 친환경 농산물 공급과 수요는 더욱 늘어날 것이고, 신규 친환경 품목도 늘어날 것이다. 앞으로 더 긴 시간이 필요하겠지만, 친환경 농산물을 이용한 가공 식품 개발도 확대하는 방안이 강구될 것이다.

이런 과정을 만들어 내기 위해 경상북도청과 경상북도 교육청이 손을 잡은 것이다. 영양 교사, 농업인, 소비자 간의 알력은 줄고, 이해의 폭은 더 넓어졌다. 학생들은 건강에 좋은 농산물을 먹게 되었고, 농업인은 안정적인 소득을 얻게 되었다. '음식과 약은 같은 뿌리'라는 식약동원(食藥同原)이란 말이 있는 것을 보면 좋은 농산물을 먹으면 머리도 좋아지고, 학습력도 높아진다는 것이 그냥 헛말은 아닐 것이다. 그러나 김관용의 친환경 농산물 현물 지원 정책이 중요한 교육 정책의 하나가 됐다는 사실을 부인하진 못할 것 같다. 좋은 정책은 성격이 전혀 다른 부문과의 연계·협력을 이루어 성공할 때 정책성과도 더 커진다는 점이 확인되는 것이다.

교육은 미래이면서 현재의 과제이다. 교육 트렌드는 과거와는 많이 달라졌다. 지금 우리가 관심을 기울여야 할 교육은 먼 미래의 일도 중요하지만 현재의 위기를 극복하는 데 초점을 맞춰야 한다. 교육이 현존하는 위기를 극복하는 데에 유효한 도구가 되지 못하면 교육 목표와 기능은 쇠퇴하게 된다. 세상은 너무 빨리 변하고, 새로 나온 첨단 기술의 수명은 갈수록 짧아지고 있다.

우리가 교육론을 이야기할 때 가장 먼저 소환하는 사람은 페스탈로

치이다. 현대 교육의 아버지라 지칭하지만, 우리 역사에는 그를 훨씬 능가하는 교육계의 대가가 있다. 바로 퇴계 이황 선생이다. 400년 병호시비도 마다않고 나서서 해결한 김관용은 그 주인공인 호계서원과 퇴계 선생을 잘 알고 있다. 학자들은 퇴계 선생의 가르침을 경(敬)에서 찾는다. 경의 정신을 '학습'이라고 풀이한다. 학(學)은 배우는 것이고, 습(習)은 익히는 것이다. 배우고 익히는 것의 통합이 경이다. 배움이란 모르는 것을 공부하는 것(學)이고, 익히는 것은 배운 것을 실제 삶에서 드러내는 것(習), 실천하는 것이다. 퇴계 선생의 학습론인 '경'을 실천의 학문이라 말하는 이유이다. 익힘과, 실천이 없는 배움은 배운 것이 아니다.

김관용은 경상북도가 지녀야 할 중요한 정체성으로 배움과 실천(경=학습)에서 찾으려 애썼다. "창의적 지식과 기술을 갖춘 인적 자원이 개인과 조직은 물론 지역과 국가 경쟁력을 결정하는 핵심 요소"라고 말한 이유가 무엇일까? 창의와 기술 능력을 갖춘 인재를 키워야 우리 세대와 미래 세대에도 지속 가능한 발전을 이룰 수 있기 때문이다. 그는 교육의 실천성, 교육을 통한 지속 가능한 진보적 가치에 확고한 신념을 가진 사람이었다.

만약 김관용이 나름의 특정한 교육론을 가졌다면 이런 것이 되지 않았을까. 교육은 홀로 이루기 어렵다. 인근 분야와 연계·협력으로 추진될 때 더 큰 효과를 거둔다. 교육과 농업이 만나고, 교육과 지역이 합력해야 한다. 교육과 생활은 따로 떼어낼 수 없는 통합체이다. 그러기에 우리는 교육을 배움과 실천의 공진화적 과정이라 말한다. 과거의 교육은 백년대계였으나, 현대 교육은 여기에 동시대의 위기를 극복하는 역할도 담당해야 한다. 교육은 현존하는 문제를 어떻게 합리적으로 해결할 것인가가 점점 더 중요해지고 있다. 교육은 특정한 시기와 대상에 국한하지 않고, 전 국민, 전 연령, 모든 상황에 최적화된 프로그램을 제공해야 하며 시행돼야 한다.

학교 급식을 교육에 가져온 김관용의 생각을 읽다 보면 김관용의 교육론이란 그렇게 지고지순한 것이 아닌, 생활의 문제를 푸는 실천적 방식이란 생각이 든다. 교육이란 우리 학생들에게 건강한 먹거리를 제공하는 것에서 출발한다. 지역 사회에 산재한 무수한 많은 문제를 보라. 갖가지 문제로 지역이 신음하고 있다면, 그 문제들이 숙변처럼 우리 몸에 들러붙어 있다면, 김관용의 교육 방책처럼 문제에 바로 다가서 보라. 그러면 쉽게 해결의 실타래를 찾게 될 것이다.

# 21.

# 대한민국은 다문화 친화 사회이다

"묘한 인연이지만, 고백하자면 나도 역시 다문화 가족이다. 며느리이자 큰아들 재우가 가장 사랑하는 아내는 중국인이다… 재우가 가정을 꾸리고 행복하게 사는 모습을 보면 며느리에게 고마울 뿐이다." 김관용이 그의 자서전 <6_현장이야기>에서 밝힌 말이다. 그는 자신이 다문화 가족이기 때문에 다문화 가정에 대한 특별한 정책 의지가 있을 것이란 예측은 가능할까?

정책의 차별성이라기보다는 다문화 가정을 보는 그의 시선에서 왠지 모를 따스함이 느껴진다. 자식 같은 며느리에게 시아버지가 당부하는 말투를 보자. "애들 아주 잘 키워야 돼. 애들을 아주 몰두해서 좀 잘 키우고, 애도 더 낳고, …가족을 크게 번성시켜야 합니다." 이 말은 그대로 시아버지가 며느리에게 하는 말이다. 필자는 실생활에서도 그가 가정에서 며느리에게 그렇게 말했을 것이란 생각이 든다. 그렇지 않고는 이렇게 이런 표현이 가능할까 싶다. 자녀를 낳고, 잘 키우고, 가족을 크게 번성시키는 것, 특히 아이들을 키울 때 '몰두해서' 키우라는 것은 자녀 양육에 최선을 다하라는 말이다. 부모가 정성을 쏟은 만큼 아이들은 더 건강하고 더 똑똑하게 자란다. 이들이 우리 사회를 구성하는 건강한 일원으로 성장하면 우리 사회는 더 건강하고 더 밝게 바뀔 것이란 뜻이다.

김관용의 당부는 여기서 그치지 않는다. 다문화 여성인 며느리보다 더 중요한 사람이 한국인 남자, 아이들의 한국인 아버지이다. "아빠들, 특별히 잘하기 바랍니다... 이 결혼이라는 인연은 하늘이 맺어준 거지. 그렇잖아요." 하늘이 맺어 준 인연을 소홀히 해서는 안 된다는 것, 여성이, 엄마가 잘살기 위해 아무리 혼자 발버둥을 쳐도, 남편이 돕지 않으면 극복하기 쉽지 않다는 것, 그러니 한국인 아빠가 책임지고 아내도 챙기고, 아이들 키우고 교육하는 데 신경 써야 한다. 그리고 남편은 가족이 행복하게 살도록 가정 경제를 이끄는 데 최선을 다해야 한다는 것이다. 그렇지 않고는 천운으로 얻은 이 귀중한 인연을 놓칠 수 있다는 것, 가정을 놓치게 되었을 때 우리 사회가 겪게 될 타격은 또 얼마나 클 것인가 등을 모두 암시한 표현이자, 당부라고 생각한다.

2017년에 경상북도에서 국제결혼한 건수는 모두 8,350건이나 된다. 전체 결혼 수의 6.2%를 다문화 가정이 차지했다. 경북 지역에서 결혼 건수는 매년 줄어들고 있다. 출생아 수보다 노령자 사망자 수가 더 많다. 지역에서 낳는 출생아 수가 계속 감소하는 현실에서 다문화 가정은 경북에서 든든한 출산 후원군이다. 다문화 가정에 대한 선입견이 적지 않았지만, 이제는 과거 일이 되었다. 다문화 가정은 시간이 갈수록 우리 사회를 구성하는 큰 부분이 되고 있다. 과거에는 결손 가정 정도로 생각했으나, 이제는 정상 가정임은 물론, 우리 사회의 큰 구성원이다.

다문화 가정은 우리 사회에서 힘든 시기를 거쳐 왔다. 1990년대부터 농촌 지역은 낮은 농업 생산성, 낮은 경쟁력, 농산물 수입 개방, 농업 구조 조정 등으로 농촌 거주 청년들은 한국 여성과의 결혼이 점점 어려워졌다. 결혼 적령기를 놓친 농촌 노총각들이 외국인 여성과 결혼하기 시작했다. 한때에는 경상북도 농촌 지역 결혼 건수의 40% 정도를 다문화 가정이 차지했다. 농촌 지역에서 다문화 가정은 이제 가장 흔한 농촌 지역의 결혼 모습이 되었다. 다문화 가정에서 자녀를 낳고, 그 자녀가 성장하여 이제 20세 성년을 앞둔 가정도 늘어나고 있다. 다문화 가정의 자녀들은 우리 사회에 준 선물이다. 그러니 이들을 제대로 교육하고 키워 내야 할 책무는 우리 손에 달려 있다. 다문화 가정 자녀가 정상적으로 사회적 역할을 수행할 수 있어야 우리 사회가 건강한 사회로 발전할 수 있다.

2000년대 들어와 우리 경제는 빠르게 발전해 왔다. 임금 수준이 높아지면서 3D 업종에서 일하려는 국내 노동력이 줄어들었다. 해외로 나가지 못한 저임금 업종에서는 외국인 근로자 없이는 사업을 해 나갈 수 없는 상황이다. 산업연수생, 외국인 근로자 신분으로 국내에 들어오기 시작한 외국인 근로자들도 국내 여성과 결혼하면서 다문화 가정을 꾸리기 시작했다. 한국인 남성과 외국인 여성의 다문화 가정에 비해 아직 그 숫자는 적다. 하지만 시간이 갈수록 다문화 가정의 양상은 점점 더 복잡다단해질 것이다. 한국인 남성-외국인 여성, 한국인 여성-

외국인 남성, 이들 자녀와 한국인 자녀, 이들 자녀와 외국인 남녀의 결혼 등 점점 더 다양한 다문화 가족이 등장할 것이다. 새로운 가족화 현상은 우리 고유의 문화와 연결되고, 한편에선 이국(異國)의 문화 요소를 우리 속에 녹여 들게 할 것이다. 단일 민족을 강조해 온 우리는 '다민족 융합형 사회'라는 새로운 사회 현상에 직면하게 될지도 모른다. '다문화 사회학'이란 학문 영역이 우리 사회에서 등장한다고 해도 이상하지 않은 시대가 될 것이다.

김관용은 '외국인 주민 및 다문화 가족 지원 조례'를 제정했다. 전국에서 최초로 다문화 가족 실태 조사를 했다. 경상북도 통계 연보에 다문화 가정의 실태가 공식적으로 실리게 됐다. 다문화 정책을 본격적으로 추진할 수 있는 기본 데이터가 확보된 것이다. 그는 다문화 가족 지원 센터, 이주 여성 전용 쉼터, 다문화 가족 특별 프로그램과 같이 다문화 여성이 겪는 어려움을 풀어 주는 사업도 추진했다.

이런 지원 정책도 중요하지만, 김관용은 더 중요한 것이 그들의 생활, 삶을 지원하는 일이라 생각했다. 현장에서 다문화 가정 사람들과 주변 사람들의 말을 종합해 보면 그들이 실제로 원하는 것이 무엇인지 대략 알 것 같았다. 결혼 이민여성에 대한 이중 언어 강사 양성 사업은 대표적 사업이다. 엄마가 모국어와 한국어 실력을 제대로 갖추면 자녀들의 언어 문제가 해결된다. 자녀들이 엄마의 나라 말도 같이 배우게 되면 다문화 가정의 자녀들은 어릴 때부터 자연스럽게 2개 언어를 배우게 된다. 자녀들이 어릴 때부터 두 개 국어를 사용할 수 있게 되는 것이다. 스웨덴 등 북유럽에서 오래전부터 시행해 온 이중 언어 습득 지원 정책은 다문화 자녀가 성장한 뒤 엄마의 나라에서 비즈니스 역량을 강화하도록 했다. 이들은 필요할 때 외교 능력까지 갖춘 인재로 성장했다. 투자 대비 얻는 것이 훨씬 더 많은데 우리가 못할 이유, 하지 않을 이유가 없는 것이다.

김관용은 이렇게 자신의 며느리에게 했을지도 모를 이야기를 엄마의 나라, 고향을 방문하는 다문화 여성에게 직접 말했다. "경상북도에 시집 잘 왔다고 (고향 가거든) 엄마·아빠에게 얘기해야 한다." 우리는 이것을 다문화 현상이라고 말한다. 우리가 알든 모르든, 인정하든 하지 않던, 우리 사회는 이미 다문화 사회가 됐다. 우리는 점점 더 심한 다문화 현상에 직면하게 될 것이다. "참 어렵긴 하지만 다문화와 국제화의 현실을 우리가 인정을 해야 하고, 우리의 의지에, 우리의 의사와 관계없이 안방까지 들어와 있습니다. 우리의 살림까지 들어와 있습니다." 10년도 더 전인 2007년도에 김관용이 한 말이다. 요즘 시절과 비교하면 감이 좀 떨어지는 표현하기는 하지만, 다문화 현상은 이미 우리에게는 피할 수 없는 현실이 됐다.

김관용은 다문화 현상의 한계와 문제도 적지 않다는 것을 피부로 느끼고, 안타까워한다. "인권 문제가 심각합니다. 필리핀이나 베트남에서 인권 문제가 나오면 우리 기업도 거기 가서 (사업을) 못하게 됩니다. 외교 문제인 겁니다. 여러분께서 혼사를 조정해 주지만, 민간 외교관입니다. 여러분이 외교 사절입니다." 국제결혼 중개업소 간담회에서 김관용은 그렇게 말했다. 사기로 드러난 국제결혼도 적지 않았다. 인륜지대사로서 국제결혼을 중개하지 않고, 우리 사회의 약자에게 오히려 피해를 보이고 등쳐먹는 나쁜 업자도 있다. 이들이 하는 역할이 얼마나 소중한 것인지를 민간 외교관의 위치에서 긍지를 가지고 그 일을 해 달라고 주문한 것이다. 더구나 결혼은 해놓고, 자녀도 낳았으면서도 가정 경제를 챙기지 않는 가장도 적지 않았다. 무책임한 가장, 책임을 내팽개친 아버지로 인해 힘들게 꾸린 다문화 가정이 풍비박산 나고, 이혼까지 한다. 이들이 낳은 자녀는 다시 사회적 약자로 살아야 하는 불행을 겪을 가능성이 커진 것이다.

다문화 가정이 공통으로 겪는 문제는 교육 문제이다. 아버지는 고령이자, 상대적으로 경제적으로도 약자이다. 엄마는 한국말이 능숙하지 않아서 자녀를 키우는 데 어려움이 많다. "(다문화 가정에서) 교육 문제는 아무리 강조해도 지나침이 없습니다. 애들 가르치는 문제는…" 우리처럼 교육이 강조되고, 투자를 많이 하는 나라가 또 있을까 싶다. 그런데 상대적으로 기울어진 운동장의 아래쪽에 있는 다문화 가정이 어려움을 극복하기 위해서는 더 치밀하게, 더 계획적으로 자녀교육에 나서야 한다. 우리 사회가 이들에게 특별한 애정을 갖고, 교육지원에 나서야 한다. 다문화 가족 학습 지원 사업을 위해 민간 기업과 MOU를 체결하면서 김관용이 강조한 말이다. 그는 다문화 장학금을 신설했다. 5년간의 노력 끝에 다문화 가족 지원 기금 60억 원도 조성한 뒤 이들에게 장학금을 지원하고 있다. "다문화 가정이 한국 사회에 안정적으로 뿌리를 내리기 위해서는 교육이 우선이다. 아이들에게 좋은 교육 기회를 제공하고, 잘 키워 낸다면, 대한민국과 어머니의 나라를 잇는 훌륭한 일꾼으로 성장할 것이다." 그런 기회를 다문화 가정의 자녀들에게 주기 위해 그는 지원 기금을 조성하고, 장학금을 제공했다. 그들이 대한민국의 일원으로서, 그뿐만 아니라 어머니의 나라 발전에도 기여하는 일꾼으로 자라도록 말이다.

다문화 가족은 우리 사회를 구성하는 주인공이다. 국민의 4대 의무를 다하고, 그에 따라 권리도 보장받는 국민이다. "다문화 가족은 우리의 따뜻한 이웃이자 당당한 대한민국의 국민이다." 김관용은 다문화 가족의 자녀가 자라서 국방의 의무를 하고, 국민으로서 투표권을 가지고, 근로하고, 세금도 내는 국민이라고 했다. 그들은 우리 사회의 당당한 주체이다. 이들에 대한 편견과 무관심은 우리 스스로에 대한 편견과 무관심일 뿐이다. 세계 시민으로서 지구촌에 서려면 대한민국 전체가 다문화 친화 사회임을 당당히 천명해야 한다.

# 호미곶 등대 100년, 21세기 바다를 비추다

하나의 사건, 이벤트, 기념비적 건물이 100년 세월을 맞았다는 것은 적지 않은 감동이다. 100세 시대를 앞두고 있지만, 여전히 한 세기, 백 년은 긴 시간이다. 경상북도 포항시 민족의 성지, 호랑이 꼬리 만에 등대가 세워진 지 백 년 하고도 10년이 더 지났다. 부정의 의미로 백년하청(百年河淸)을 말하기도 하고, 나라를 이끌 인재를 키우거나, 중요한 계획을 추진할 때 백년대계(百年大計)를 사용한 우리다. 100년의 긴 세월 속에 수많은 사건 사고를 견뎌내고 그 모습 그대로를 지켜내는 것은 쉬운 일이 아니다. 호미곶 등대는 우리 민족 위기 시대의 한가운데 건립되었다. 등대는 역사의 고비 고비를 직접 겪었으며, 이제는 차분히 21세기 바다를 바라보고 있다.

김관용은 1908년 12월 20일, 대한제국 말기에 호미곶에 세워진 등대를 보았다. 등대는 26m 높이의 웅장한 건축물이다. 1905년 을사늑약으로 외교권을 빼앗긴 대한제국의 조정은 등대를 통해 제국의 위엄을 내세우길 원했을 것이다. 동해를 맞이하는 땅 끝에 세워진 등대가 밝히는 불빛은 세계만방에 대한제국의 권위를 드러내고, 대한제국의 제국다움을 밝히는 불빛이 되기를 염원했을 것이다. 비록 불 밝힌 등대는 점점 더 왜소해졌지만, 사그라지던 대한제국 생명의 불꽃을 계속해서 활활 피워 내는 상징물이 되기를 소원했을 것이다.

김관용은 호미곶의 영감을 좀더 확대하여 해석했다. 2008년 12월, '100년의 빛, 호미곶'을 주제로 대대적 기념행사를 개최했다. 100년도 귀하지만, 호미곶 등대의 가치도 무시할 수 없었다. 등대는 벽돌로 지은 8각의 연와조(벽돌) 건축물이다. 각층의 천정은 대한제국 황실의 오얏꽃 문양(李花文)이 새겨 있다. 등대의 출입문과 창문은 그리스 신전에서 볼 수 있는 박공 양식으로 장식했다. 등대의 불빛은 50km 먼 바다까지 닿아 동해안과 호미곶으로 향하는 배들의 길잡이가 됐다. 100년이 넘는 긴 세월에도 원형이 그대로 보전되어 경상북도 기념물, 등대 문화유산으로 지정된 문화재이다.

김관용은 호미곶 등대에서 등대 그 이상을 보았다. 100년의 시간 동안 호미곶 등대는 무엇을 보았을까? 김관용은 호미곶 등대를 경북인의 정체성, 뿌리, 혼과 같은 것으로 생각하지 않았을까. 호미곶 등대가 보았던 첫 장면은 슬픈 우리 역사이다. 탄생 2년이 안 된 1910년 8월 29일, 대한제국은 일제의 침략으로 경술국치(庚戌國恥), 나라를 빼앗겼다. 일제는 외교권을 침탈한 1905년, 러시아와의 제국주의 전쟁 수행을 위해 독도를 자기네 영토로 강제 편입시켰다. 등대는 독도를 슬품으로 지켜보았을 것이다. 독도 침탈 3년 뒤에 등장한 호미곶 등대는 빼앗긴 우리 영토, 독도를 불침번 서며 지켜내기 위함이었다는 생각도 든다.

호미곶 등대는 1945년 광복을 맞이했다. 밤바다 뱃길 불빛을 밝힌 등대가 대낮 삼천만 민족의 빛을 보았다. 등대는 동해바다 저 멀리에서 들려온 일제 패망의 신음소리를 가장 먼저 들었다. 조국에서 울려 퍼진 희망의 함성을 동해바다 저 멀리 패망한 일제의 땅에 가장 먼저 흘려보냈다. 호미곶 등대는 우리 민족 비극의 전쟁 6.25를 가까이서 지켜보았다. 허허 갯벌 포항만의 삽질을 통해 등대의 밤 불꽃처럼 일어선 포스코(포항제철)의 용광로 신화도 지켜보았다.

김관용은 호미곶 등대의 불빛에서 더 큰 21세기의 바다를 보았다. 환동해 바다는 한반도, 서일본, 중국 동북부, 극동 러시아를 둘러싼 동해 권역을 일컫는다. 환동해는 대양 태평양의 축소판이다. 지구온난화, 육상자원 고갈 문제를 해결할 열쇠를 동해바다에서 찾을 수 있다는 가능성에 해양 전문가들은 너도나도 동해바다를 주목하고 있다. 미래 바다를 선점하기 위한 시험대로서 동해바다가 경쟁의 바다가 되고 있음을 김관용은 호미곶 등대를 통해서 보았다. 환동해는 사람과 물류를 잇는 유라시아 관문 게이트로 성장할 가능성이 크다. 경상북도가 환동해 해양 자원개발 클러스터 사업을 지속해서 추진하는 것도 이 때문일 것이다.

그는 호미곶 등대의 불빛에서 21세기 해양 신시대를 이끌 새로운 성장 동력을 발굴해 내기로 했다. 지구촌 탐험의 시기였던 16세기 영국의 탐험가 월터 롤리는 "바다를 지배하는 자가 세계를 지배한다."라고 단언했다. 500년 전 신세계를 찾아 나섰던 탁월한 탐험가의 경험은 21세기를 사는 지금은 단순한 진실이 아니라, 우리 시대가 반드시 해 내야 할 당위로 다가왔다. 지금껏 개발한 수많은 자원이 난국을 맡은 상황에서 남은 자원의 보물창고가 바로 바다인 때문이다. 바다가 우리에게 줄 수 있는 것은 너무도 많다. 다만, 준비되지 않은 자들은 찾아내지 못했고, 받아들이지 못했을 뿐이다.

김관용은 우리의 시대적 과제의 하나를 바다에서 찾고자 했다. 기존의 내륙 중심 발전 전략은 과감히 수정될 필요가 있다고 생각했다. 바다 중심, 천혜의 조건을 가진 동해바다를 가진 경상북도가 해양 우위 발전 전략의 밑그림을 그리고, 찬찬히, 지속적으로 실천 사업들을 실행해 나갈 필요가 있다고 생각했다.

김관용은 민선 4기 경상북도의 선단을 운행하는 과정에서 동해바다의 기초를 설계하고, 새로운 백 년의 먹거리를 창출할 기반을 만들고자 했다. 전임 이의근 지사 시절부터 추진해 온 경북 해양 과학 단지 프로젝트를 본격화했다. 2007년 경북 바이오산업연구원을 울진군 죽변면에 건립했다. 지역에서 전문 해양 연구 기관을 만들어 국가가 수행해야 할 동해바다 연구 활동에 선제적으로 돌입한 것이다. 2008년에는 중앙정부와의 협력으로 한국 해양연구원 동해 연구 기지를 연구 단지 내에 설립했다. 지역 연구 기관과 국립 연구 기관이 같은 자리에서 공동 연구를 수행하게 된 것이다. 동해바다를 두고 유례가 없는 지방과 중앙 정부의 R&D 연계·협력이 시작된 것이다. 연구 단지 내에 체험형 국립 해양 과학관도 1,500억 원을 투입해 건립됐다.

과학과 신기술, 해양 산업과 전혀 무관하던 울진 지역에 경북과 국가의 공동 협력 사업으로 추진한 국립 해양과학단지가 지방과 중앙의 연구 기관, 국가에서 운영하는 해양 과학관을 건립하면서 완료됐다. 경상북도는 동해안에서 21세기 신산업의 부가가치 원천을 찾아낼 연구기반을 확립했다. 낙후된 동해안이 해양 신산업 개화를 위한 경제적 기반을 구축한 것이다.

김관용은 울진과 포항을 투트랙 해양 신산업 지대로 육성했다. 포항 트랙은 수중 건설 로봇 복합 실증 센터를 2015년에 건설했다. 이후 수중 글라이더 운용 네트워크도 완성했다. 태평양의 축소판인 동해바다를 실측 관측, 탐험할 수 있는 물적 토대를 마련한 경상북도는 다음 단계로 넘어갔다. 해양 기술 실해역 평가시스템을 구축한 것이다. 수중 로봇으로 심해 동해바다를 실측 관측, 평가할 수 있게 되면서 아직도 알려지지 않는 심해 자원, 심해의 상황을 손바닥 보듯 이해할 수 있게 된 것이다. 실해역 평가 이후에 이어질 심해 자원탐사까지는 더 오랜 시간이 필요할 것이지만, 이만큼 해낸 것은 동해바다, 환동해에 대한 지도자의 비전이 없다면 불가능한 일이었을 것이다.

김관용은 동해안을, 동해바다를 새롭게 정의하고 싶었다. 동해안은 낙후된 지역이 아니라 해양 신산업 경제권으로 발돋움해야 할 지역이다. 동해바다는 사람과 물류가 끊어진 외로운 바다가 아니라, 아직 개척되지 않은 해양 생물자원의 보물창고이다. 경상북도가 선제적으로 찾아낸다면 21세기의 부를 동해바다에서 건져 낼 수 있을 것이다. 그가 그린 동해바다 비전도에는 동해안과 동해바다가 그렇게 그려져 있다. 동해안 에너지 환경 클러스터와 경북 해양 과학 단지는 동해바다를 21세기 바다로 개조할 거대 프로젝트로 성장할 것이다.

호미곶 등대 100년의 역사가 품은 과거는 이제 과거의 시간에 머물 필요가 없다. 등대는 이미 새로운 100년을 향해 불빛을 내뿜고 있다. 동해바다의 포항과 경주, 위쪽에 있는 울진과 영덕, 그리고 동해의 끝 울릉과 독도는 호미곶 등대를 통해 21세기 해양 신산업의 꽃을 피워내고 활력 넘치는 경제의 바다로 바뀌게 해 줄 것이다.

Part 4.
# 창의 · 실용

23 _ 그는 왜, 현장을 찾는가
24 _ 세계 최저 출생률, 창조적 해법이 필요
25 _ 쌀 산업의 무한변신 프로젝트
26 _ 물려받은 것은 경북, 물려줄 것은 글로벌 경북
27 _ 하인리히 법칙과 지도자의 안전 관리
28 _ 내가 굽힌 것은 자존심이 아니라 무릎이었다
29 _ 돈 되는 산의 탄생, 백두대간 프로젝트

▲ 백두대간수목원 개원식　　　　▲ 수목원의 백두산 호랑이

## 그는 왜, 현장을 찾는가

　김관용의 행정 스타일을 보면 '현장이 무엇인가?'에 대한 개념을 새로 쓴 사람이란 생각이 든다. 그는 현장을 어떻게 이해하고 있는 것일까. 현장은 좋은 일이 벌어지는 곳이다. 좋은 일을 하기 위한 제도와 인력, 예산이 투입되는 곳이 현장이다. 공장이 들어서고, 신축 빌딩이 완성되고, 테마파크 시설이 들어오고, 과학 연구를 위한 첨단 시설과 장비가 들어오는 곳도 다 현장이다. 도민들이 좀더 편하게 생활하도록 주거 공간이 신축, 리모델링되고, 상하수도 시설, 교통 접근성이 개선되는 것도 현장에서 벌어진다.

　김관용은 현장을 참 부지런히 찾아다닌 사람이다. 그가 구미시와 경상북도에서 민선 6기를 연달아 한 초유의 기록을 자서전으로 엮은 책 이름도 <6_현장 이야기>이다. 그가 찾는 현장은 우리가 사용하는 물건이 만들어지고, 월급이 나오고, 부가가치가 창출되는 곳이다. 현장에서 더 많은 세수가 나와야 나라가 부강해진다. 그는 현장을 그런 곳으로 이해했다. 현장에 가면 그는 주민들에게서 어떤 현장이 더 필요한지 들을 수 있다. 새로 만들어진 현장으로 인해 좋은 것이 훨씬 많아진다. 그렇지만, 현장 활동으로 인해 주민 생활이 불편해질 수도 있다. 그가 현장에 가면 좋고 나쁜 상황들, 바꿔야 할 일들이 무엇인지 알게 된다.

현장은 좋은 제품, 좋은 서비스를 만들어 내는 공간이다. 현장에서 발생하는 부작용은 좋은 일의 반대급부이다. 김관용은 늘 현장에서 문제가 발생하는 사실에 주목한다. 문제가 생긴 이유를 알아야 같은 문제가 반복되지 않기 때문이다.

2014년 4월, 우리는 한국 사회에서 유례가 없는 세월호 참사를 겪었다. 304명의 꽃다운 학생들이 목숨을 잃은 비극의 현장 앞에서 전 국민이 애도했다. 사고가 난 지 5년이 넘었지만 우리는 아직도 실체적 진실을 모른다. 사고가 발생한 현장에 대한 정확한 이해, 확실한 조사 결과를 받아들지 못하고 있다. 이런 현실이 안타까운 것은 발생한 문제를 풀지 않고 놔두면 유사 사건으로 또 다른 참화를 겪을 수 있다는 점이다. 참화의 현장을 정확히 복기하는 것, 사고 현장의 내막을 제대로 파헤치는 것은 비극의 재현을 막는 일이다.

더 나은 미래, 번영의 대한민국을 이루려면 지도자는 부지런히 현장을 찾아야 한다. 김관용이 현장 사람임을 강조한 이유이다. 현장은 일이 진행되고, 또 새로운 일이 벌어지는 곳이다. 현장에는 우리가 살아갈 더 나은 방도가 쉼 없이 만들어진다. 때때로 '현장=문제'라는 이상한 등식이 성립할 때도 있다. 하지만 걱정할 필요는 없다. 현장이 문제이니, 현장에 가면 문제를 풀 팁을 찾을 수 있기 때문이다. 현장에서 문제가 발생하기 때문에 문제를 풀기 위해서는 현장에 가야 답을 찾을 수 있다. 문제를 풀게 되면 현장은 우리에게 더 큰 감흥, 성과를 안겨다 줄 것이다.

김관용은 현장이야말로 문제를 해결하는 가장 중요한 장소로 여긴다. 지도자로서 현장을 중시하지 않는 사람은 없을 것이다. 그렇지만 김관용의 현장 중시, 현장 사랑은 남다르다. 뜻대로 일이 잘 풀려 가던, 실타래처럼 일이 꼬이던, 다 현장에서 벌어진 일이 아닌가. 그러니 실타래의 앞뒤를 잘 맞춰 내는 것, 뜻대로 일을 잘 풀어 나가려면 현장을 찾는 것이 가장 나은 비책이다. 이런 단순한 생각은 그의 일생의 삶을 통해 찾아냈던 간명한 진리였다.

김관용이 재임한 12년간의 경북 도정은 경상북도는 물론, 국내·외의 수많은 현장이란 현장은 거의 다 찾아다닌 시간이었다. 그가 다닌 현장의 거리는 얼마나 될까? 정확히 가늠하기 어렵지만, 전국에서 가장 넓은 경상북도 전역과 전국의 현장을 샅샅이 찾아다닌 열정, 지구촌 비즈니스 현장에 남긴 족적을 더하면 그는 지구와 달 사이를 왕복한 거리(76만 8천km)를 훨씬 넘는 현장을 누볐을 것이다. 어떻게 이런 엄청난 이동거리가 가능할까? 그는 도민들에게 여러 가지 별명을 얻은 사람이다. 가장 애착이 가는 별명은 '드리대'(DRD) 도지사이다. 현장이 있는 곳이면 어디든지 찾아가는 사람이란 뜻이다. 어떤 분야이든 가리지 않고 일단 무조건 찾아간다. 모르면 주저하는 것이 아니라, 일단 먼저 들이댄다. 현장에 가서 사람들을 만나면 묘책이 나온다. 그들과 대화를 하면 현장이 보이고, 필요한 것이 나오고, 부족한 것은 무엇인지 보이기 때문이다.

　김관용은 현장에 가는 일이 재미있다고 했다. 현장에 가면 만나는 사람들에게 먼저 가서 인사한다. 그를 공박하려 마음먹었던 사람도 도지사가 먼저 고개 숙이고, 인사하니, 마음이 누그러질 수밖에 없다고 했다. 그가 현장에서 사람을 만날 때 '잘못했을 때에는 솔직하게 사과' 한다고 말했다. 사람인 이상 실수하기 마련이다. 도지사라고 특별할 것이 뭐 있나? 사람이니 실수한 것인데, 감추지 않고, 실수했다고 말했다. 도민들은 그런 김관용을 보고 '이제 됐다'라고 말하고, 참거나 용서해 주었다. 김관용은 잘못한 일, 실수한 일이 있을 때 바로 사과하라고 말한다. 사과하는 일이 지도자라고 어렵다고 생각하면 안 된다고 했다. 잘못한 일을 숨기면 더 큰 잘못을 저지르게 된다. 잘못한 일은 먼저 말하고 사과하고, 다음부터는 더 열심히 챙기겠다고 맹세해야 한다. 두 번 같은 실수를 반복하지 않는 그의 비결의 원인이라 생각된다. 재임 12년 동안 김관용이 찾지 않은 경상북도의 어느 구석·어느 현장이 있었을까 싶다. 가고 또 가 보고, '판단은 깊게, 행동은 적극적으로' 한 그였다. 도민들이 예측할 수 있는 그런 도지사의 행동을 도민들은 신뢰한 것이다.

　김관용이 찾는 현장에는 농촌이 많다. 전국에서 가장 넓은 경상북도, 가장 넓은 농어촌 현장이 있는 곳이다. 고령화, 젊은 층의 이농, 출생아 수 감소로 경북의 농촌은 급속도로 인구가 감소했다. 사람 없는 마을이 늘어나고, 소멸 위기 마을도 증가하고 있다. 앞선 일본의 농어촌 사례가 보여준 실태가 경북의 농어촌에도 벌어지고 있었다. 그가 농어업·농어촌 분야에서 추진한 정책들은 적지 않다. 가장 자신 있는 한 가지는 단연코 농민사관학교를 설립한 일이다.

민선 4기 농촌 분야 1번 공약으로 농어민을 위한 사관학교를 설립하겠다고 약속했다. 공약으로 등장한 내용이 세밀하게 완성된 것은 도지사로 당선된 이후였다. 실무 부서, 현장의 목소리, 전문가들이 합심하여 전국 최초의 경상북도 농민사관학교를 설립한 것이다. 울릉도를 포함하여 23개 시군의 농업인들이 농민사관학교를 찾았다. 예상 밖으로 농민들은 농민사관학교 시스템에 매료됐다.

한 분야 농작물을 경영하는 농민이 다른 지역 농민과 만나 현장 상황을 공유했다. 과정을 마친 후에도 자연스럽게 수료자 네트워크가 형성됐다. 농업 기술, 마케팅, 국내·외 정보가 일상적으로 농민들 사이에 공유됐다. 한 과정을 마친 농민이 다른 과정도 듣기를 희망하면서 한 사람의 농업인이 사관학교 과정을 5개 이상 이수하는 사례도 나타났다. 농민사관학교로 인해 공부하는 농업인들이 탄생한 것이다.

농민사관학교 운영의 순조로운 과정이 그냥 뚝, 하늘에서 떨어진 것이 아니다. 김관용은 현장을 찾아, 농민들과 대화를 나눴다. 현장에 필요한 것, 현장이 요구하는 것이 무엇인지를 알고 싶었다. 그들은 솔직하게 대화했고, 주장했다. 지금 농민들에게 필요한 것은 정보이고, 교류이고, 기술이라고 했다. 이런 이야기들이 농민사관학교의 과정별 교육 과정 만들기에 반영됐다. 현장에서 나온다고 생각지도 못한 아이디어들이 쏟아져 나왔다. 아이템들을 전부 수집했고, 해당 부서의 공무원, 전문가, 현장의 목소리를 듣고 다시 토론하면서 최적의 프로그램으로 엮어 내었다. 기존에는 생각지도 못한 참신한 결과가 나왔고, 농민들에게 바로 최상의 교육 자료로 피드백됐다.

백두대간 프로젝트는 김관용이 이뤄 낸 '바라보는 산에서 먹고 사는 산'으로 정책을 전환하기 위한 회심의 공약이었다. 전 국토의 70%가 넘는 산을 가진 우리다. 전통적 산은 바로 보는 산이었다. 기존에는 그냥 바라만 보는 산, 지켜만 보아야 하는 국토의 험지라고만 여겼다. 그러나 산에 가면 산이 가진 세밀한 것들을 다 볼 수 있다. 산을 아는 만큼, 산을 더 사랑하게 된다. 산을 더 사랑하니, 산이 우리에게 줄 수 있는 것이 무엇일까 고민하게 된다. 우리가 산과 조우하고 대화하면, 산은 자신의 일부를 뚝 떼어 우리에게 내어줄 것들이 분명히 있다고 말할 것 같았다. 김관용은 백두대간을 그렇게 생각하면서, 먹고사는 산의 가능성을 찾았다.

봉화에 2천억 원이 넘는 국비를 들여 국립 백두대간 수목원을 건립했다. 영주·예천에는 1천억 원을 투입하여 국립 백두대간 치유센터를 조성했다. 김관용은 백두대간 프로젝트를 통해 사람들이 찾는 산, 산이 주는 무상의 가치를 충분히 경제재로 바꿀 수 있다고 생각했다. 큰 성과를 거둔 백두대간 프로젝트지만, 아직 완성된 것이 아니다. 산의 친환경적 이용을 통해 우리가 얻어낼 수 있는 것은 지금까지 얻은 것보다 훨씬 더 많을 것이다. 지속 가능한 친환경 산림 자원 발굴, 그 활용 방식에 따라 우리는 산림이 주는 긍정성, 더 많은 부가가치를 누리게 될 것이다.

김관용이 살핀 현장 중에는 아직 꽃이 피지 않는 곳, 꽃이 피기를 기다리는 곳도 있을 것이다. 도민들의 손길이 닿기를 바라며 찾았던 현장이 아직도 홀로 남겨진 곳도 있을 것이다. 구체적인 경제 효과가 짧은 시간에 드러나지 않았던 이유일 것이다.

4차 산업혁명 시대이다. 글로벌 기업, 슈퍼 대기업들이 준비하는 차세대 기술, 미래 먹거리 마련을 위한 엄청난 투자 계획을 국민이 보았다. 미래 먹거리가 준비되는 경제 현장을 찾는 지도자에게 국민은 지지를 보낸다. 어려운 여건을 이겨 내고, 우리 현장에서 미래 먹거리가 만들어지는 것을 본 국민은 기업과 함께 미래의 가능성을 보았을 것이다. 도백인 김관용이 찾는 현장은 첨단의 기술이 있는 곳만이 아니었다. 한적한 시골이거나, 거의 희망이 보이지 않는 곳도 있었다. 사람들이 거의 찾지 않는 조용한 지역도 그는 찾아갔다. 그런 곳을 찾아, 도지사가 먼저 희망의 불씨를 지폈다. 부정하고, 포기하는 것이 아니라, 그곳에서 긍정의 가능성, 미래의 세상을 그곳에 사는 시민과 같이 나누기를 원했다. 더 나은 미래, 긍정의 세상을 보는 김관용의 현장 찾기는 기업인의 관점에서는 플러스 비즈니스이고 지도자에게는 문제를 찾고 푸는 열쇠가 되었다. '부정의 시각 땜에 남아 있는 한 가닥 가능성을 덮어 버리지 말자'는 것이 그의 삶의 철학이었다.

현장에 가면 아이디어가 있다. 만나는 사람들은 각자의 생각을 하고 있다. 그 생각들을 모아서, AI 시스템으로 분석하면 대체 가능한 확실한 대안, 최고의 답을 얻을 수 있다는 것이 그의 신념이다. 김관용은 긍정적으로 사물을 보았다. 그는 각종 현상이 발생하는 현장을 찾은 사람이다. 현장에서 얻게 되는 문제 해결의 꼬투리, 더 큰 성과를 얻기 위해 풀어야 하는 작은 문제도 다 현장에 가면 해결 방안이 나왔다. 김관용은 현장이 우리에게 주는 가치를 잘 알고 있는 사람이다. 현장에 답이 있음을 김관용은 온몸으로 체득한 사람이다.

# 세계 최저 출생률, 창조적 해법이 필요

세계에서 가장 낮은 출생률, 인류 최초의 0%대 출생률. 이런 말들이 2018년도 대한민국의 출생률을 장식한 말들이었다. 2017년도에 우리는 겨우 턱걸이하듯 1%대 출산율을 유지했다. 그러나 2018년에 오면 0.98의 출생률로 초유의 0%대 출생률로 진입하였다. 전 세계적으로 유례없는 출생률 하락세를 지속하고 있다. 2020년에는 출생률이 0.84로 더 낮아졌다. 2020년은 또 다른 의미에서 인구통계학의 새로운 지점을 보여주었다. 출생아 수보다 사망자 수가 더 많은 데드크로스(dead cross) 현상도 처음으로 나타났다.

저출생과 고령화는 동전의 양면이다. 출생률이 떨어지니, 전체 인구에서 영유아 비율은 줄어들고, 65세 이상 고령층의 비율이 높아진다. 저출생과 고령화가 이렇게 엮이다 보니, 우리는 인류가 염원한 오래 살기 위한 욕망을 과학 기술 발달로 실현했음에도 고령화를 긍정이 아닌 부정으로 보고 있다.

언론지상에는 '고령화의 비극', '고령화 사회의 비극', '준비 안 된 노후', '간병 살인', '치매 아내 찌르고 굶어 죽은 80대', '고령화 시대의 어두운 단면', '고령화는 빈곤과 소득 불평등과의 싸움', '고령화 시대 노인 자살', '고령화와 인력난', '노노간병 비극' 등 고령화로 비롯된 갖가지 부정의 용어가 넘쳐 나고 있다.

고령화를 비극이라고 하면 우리는 인구론을 쓴 맬서스를 다시 호출해야 한다. 기하급수적으로 늘어나는 인구 증가의 비극을 산술급수로 증가하는 식량 생산으론 막을 수 없다. 맬서스는 이러한 위기 인구 상황을 해소하기 위해 우리가 사는 주변 환경을 일부러 더럽게 만들어 질병이 창궐하도록 해야 한다고 말했다. 그것으로도 인구 폭증을 막지 못하면 전쟁을 일으켜 인구를 더 적극적으로 줄여야 한다고 주장했다. 지금 우리는 21세기 문명의 시대에 살고 있다. 그런데 우리가 고령화를 축복이 아닌 비극이라고 말하는 한 맬서스를 복권하지 않을 수 없다. 과연 그렇게 해야 옳은 일인가? 필자는 고령화를 어떤 인구 현실이 도래한다고 하더라도 여전히 축복이라고 말할 것이다. 고령화를 비극이라 부르는 상황에서 우리가 할 수 있는 일은 아무것도 없다. 그 점을 모른 채 고령화의 비극을 합창하는 것은 바른 문제 풀이 방식이 아니다.

김관용은 저출생률과 고령화의 두 가지 문제를 동시에 가진 경상북도의 경영자이다. 고령화와 저출생은 밀접하게 연결되어 있지만, 지방에서 둘을 동시에 취급하기는 무엇보다 어려운 과제임도 잘 안다. 행정 사무를 취급하는 부서가 다른 것이 직접적인 이유일 것이고, 무엇보다 둘을 같은 선상에 놓고 취급한다는 것이 아직은 예외적인 것으로 보이기 때문일 수도 있다.

김관용은 출생률에 관해 지자체가 할 수 있는 권한은 매우 제한적이라 생각했다. "여성의 역할이 강조되고, 남성이 가사도 돕는 그런 시대가 이제 왔습니다." 여성 주간 기념 행사에서 그가 말한 내용이다. 그의 말은 두 가지이다. 먼저, 세상이 바뀌었다고 했다. 여성이 전담하던 가사에 남성이 적극적으로 참여하게 되었다. 그럼에도 가사는 여전히 여성이 주도한다. 남성은 가사 일에 대해 '돕는'다는 단어를 씀으로써 보조자로 전락시켰다. 물론 도지사로서 김관용이 정확히 그런 뜻으로 한 말은 아닐 것이다. 그렇지만 대다수 남성의 무의식 속에 감춰진 표현임에는 분명하다.

필자는 김관용이 도백으로 있으면서 출생률, 고령화와 관련하여 취한 일련의 정책을 모아 보았다. 큰 틀의 정책에 비해 도 단위에서 추진한 것이니 정책의 한 단면이라고 하는 것이 맞을 것이다. 다만 그가 여성, 출산과 관련하여 추진한 정책들이므로 이를 통해 이 분야에서 취한 정책의 방향, 내용이 적합하였는지 여부를 대강은 알 수 있을 것이다.

김관용은 적지 않은 여성 정책, 저출생 대응 정책을 시행했다. 민선 4기 시작과 함께 여성 발전 기본 계획(2006년)을 수립했다. 해당 조례는 2015년 양성 평등 기본조례로 전부 개정했다. 여성 정책관 신설(여성가족정책관, 2014년), 여성 일자리사관학교 설립, 여성 정무부지사 임명 등이 성과를 낸 주요 여성 정책이다.

여성 정책과 함께 구체적인 저출생 정책도 추진했다. 그는 '아이 낳고, 키우기 좋은 사회'를 만들자는 취지로 저출산 대책·출산 장려 지원 조례(2009년), 저출산·고령화 대책특별위원회 설치(2016년), 저출산 극복 기본 계획 수립(2017~2021년), 산후조리 지원, 산후조리 방문 서비스 시행, 영유아 성장 단계별 보건 지도 등의 정책도 추진했다. 정부의 영유아보육법에 따라 영유아 보육료, 가정 양육 수당, 장애 아동 어린이집 입소료, 장애·비장애아동 통합 프로그램, 다문화 보육아동 차량 운영비 지원 등의 사업을 추진했다.

김관용이 다양한 대안 정책을 추진했음에도 불구하고, 지역의 신생아 출생자 수 감소를 막을 수는 없었다. 1995년 신생아 수는 53,882명이었으나, 2016년에는 20,616명으로 반 토막 이상 급감했다. 지자체의 저출생 대응 정책의 한계를 여실히 보여준 것이다.

중앙 정부라고 해서 특별한 성과를 거둔 것이 아니다. 정부는 2006년부터 2017년까지 13년간 출생률 제고를 위해 153조 원의 천문학적 재원을 투입했다. 그럼에도 출생률은 날개 없이 추락했다. 시·군 단위의 기초지자체에서 신생아 출산을 장려하기 위해 1인당 현금 지원 프로젝트를 추진하고 있다. 처음에는 세 번째 자녀를 대상으로 했으나, 둘째 자녀로, 이제는 자녀 수를 가리지 않고 모든 신생아 대상으로 현금 지원 정책을 추진하고 있다. 가임 여성 가정의 경우, 더 많은 지원금을 주는 시·군이 생겨나다 보니, 지원금을 더 많이 주는 지역으로 선택하여 전입하는 웃지 못할 사례도 생기고 있다. 기초지자체별 '신생아 뺏기' 출혈 경쟁이 나타나고 있는 것이다. 이런 활동이 개별 지자체별로는 의미가 있을지 모르나, 국가 전체로서는 출생률 증대에 거의 의미가 없는 낭비적 정책일 뿐이다.

우리 사회가 저출생의 굴레를 벗기 위해서는 문제를 근본에서 보고, 풀려는 자세를 가져야 한다. 저출생은 사회 현상이다. 개인의 문제가 아니라 우리가 함께 살고 있는 사회 시스템이 만든 일이다. 필자는 도백으로서 김관용이 취한 다양한 저출생 완화 정책이 다소간 의미가 있다고 하더라도 근본에서 취한 정책은 아니라고 판단한다. "출산·보육에 이르기까지 정부가 확실하게 지원을 해야 하는데 우리 경상북도도 하긴 합니다." 그 스스로 말한 것처럼 '하긴 하지만' 결과를 낙관하는 그런 정책이 아님을 자신도 잘 알고 있었다. 김관용이 내린 저출생 정책의 결론은 정부가 역할을 해야 한다는 것이다. 정부가 역할을 하나에서 끝까지 단단하게 다해야 하고, 기초적 밑그림을 그려야 하고, 장기적으로 관련된 정책 연계를 꾸준히 시행해야 저출생의 늪에서 벗어날 수 있다고 생각했다.

김관용은 문제가 어디 있는지 알면서도, 지방의 역할은 한계가 명백함을 알면서도 이 문제에서 완전히 손을 놓을 수 없는, 어정쩡한 상황에 있다고 생각했다. 그런 자조가 '경상북도도 하긴 합니다'란 솔직한 표현으로 나온 것이다. 지자체가 손을 뗄 수 없어서 하고는 있지만 저출생 문제는 지자체 수준에서 성과를 낼 수 있는 영역이 아니란 것이다. 왜, 중앙 정부가 이 문제에 나서야 하고, 지방 정부는 해도 별 의미가 없는 것일까?

저출생 현상이 지속되면 생산 가능 인구(15~64세)가 감소한다. 생산 가능 인구가 감소하면 노인 인구(65세 이상)는 증가한다. 노인 인구 증가는 노인 인구 부양비(노인 인구/생산 가능 인구)를 증가시킨다.

노인 인구 부양비가 증가하면 저출생과 고령화가 가속(저출산과 고령화의 역의 상관관계)된다. 그렇게 되면 우리도 일본처럼 총인구가 줄어들고, 일하는 사람(생산 가능 인구)들이 부담하는 고령층에 대한 의무는 더욱 가중된다. 이런 현상을 근본에서 해결하지 않고서는 대한민국의 미래를 장담하지 못하는 것이다.

사실 이 지점에서 도지사 김관용은 정확히 대안을 제시하지는 못했다. 알고 있다고 해도 추진하기가 어려운 면도 있다. 중앙과 지방의 정책으로 칼로 자르기가 힘든 면도 있기 때문이다. 지역 주민의 문제이니, 어떻게 하든지 지역 정책의 책임자가 이 문제를 가만히 놔둘 수는 없기 때문이다. 그럼에도 김관용은 출산과 양육 부담의 정부 주도성을 강조했다는 사실에서 필자가 유추할 수 있는 김관용의 대안은 대략 다음과 같지 않았을까 추측한다. 그는 두 가지 대안이 종합적으로 검토될 때 저출생·고령화 문제를 풀 수 있다고 보았을 것이다.

첫째, 노인 인구 부양비를 합리적 수준에서 조절해야 한다. 상대적으로 문제가 심각하지 않았던 시기, 특정 구간 연도의 노인 인구 부양비를 '기준 부양비'로 확정하면 어떨까. 이에 맞추어 생산 가능 인구를 탄력적으로 조정해 나간다면 '저출생 → 생산 가능 인구 감소 → 노인 인구 증가 → 부양비 증가'의 연쇄 고리에서 벗어나게 된다. 현재의 추세를 유지할 경우, 생산 가능 인구 100명당 노인 인구 부양자 수는 2010년 14.8명에서 2019년 20.4명, 2060년이 되면 이 수치는 82.6명으로 늘어난다. 생산 가능 인구 1명이 0.82명의 노인을 부양해야 하는 사회는 비극이다. 절대로 이런 상황이 나타나도록 방치할 수는 없는 것이다.

둘째, 성평등(gender equality)을 제대로 확립해야 한다. 출산은 여성에게 가장 큰 부담이다. 신체적 부담은 물론 가정·사회적 부담으로 연결된다. 출산으로 인한 가정, 사회적 부담에서 여성이 당하는 불이익을 해소하지 않으면 저출생의 굴레를 풀 수 없다. 동시에 양육비 부담에서 벗어날 수 있도록 지원해야 한다. 요즘의 자녀 양육은 과거와 다르다. 1명의 자녀를 낳아도 양육비 부담은 천정부지이다. 과한 양육비 부담은 다자녀 출산이 아니라 1자녀 출산도 포기하게 만드는 핵심 요인이다. 김관용이 추진한 관련 정책도 많이 포함되어 있다. 정부에서 주도적으로 이 정책들을 부처별 연계 협력을 통해 시스템화해야 한다.

고령화는 인류가 오랜 세월 염원한 장수를 향한 투쟁과 노력이 실현된 것이다. 고령화를 축복으로 이어가기 위해서는 지속적으로 다음 세대를 출산하고, 제대로 양육해야 한다. 우리는 가능한 범위에서 출산과 양육의 사회화를 검토해야 한다. 사회 구성원 모두가 출산과 양육의 주체라는 관점에서 인구 정책을 바라봐야 한다. 그럴 때 산처럼 쌓여 있는 거대한 출산과 양육의 문제가 풀릴 것이다. 이럴 때 고령화는 앞으로도 우리가 희망하는 축복으로 남게 될 것이다.

## 25.

# 쌀 산업의 무한 변신 프로젝트

한국에서 농산물의 과잉 생산이 벌어진 것은 농산물 시장의 개방과 맥을 같이 한다. 1980년대를 우리는 개방 농정이라 말한다. 우리 경제가 지구촌 경제에 편입되는 속도가 빨라지고, 물량도 많아지면서 농산물 시장도 문을 열지 않을 수 없었던 형편이었다. 당시만 해도 빗장 질러 놓은 문을 한 번도 열어 본 적이 없던 터이어서 농산물 시장의 문을 연 결과는 참혹했다. 고추 시장을 개방하자, 고추 가격이 폭락했다. 고추를 재배하던 농민이 다른 품목으로 갈아탔다. 갈아탄 농산물이라고 해 봐야 비슷한 시기에 생산해야 하는 농산물이니, 곧바로 대체 농작물의 생산량이 증가하면서 해당 농산물은 밑이 없는 추락을 했다. 이렇게 돌아가면서 재배 증가, 가격 폭락이 이어지면서 한국 농업의 체력은 계속 떨어졌고 국제 시장에서 경쟁력은 갈수록 저하됐다.

개방 농정의 처참한 실패를 만회하기 위해 정부는 구조조정 농정을 들고 나왔다. 호당 1ha에 불과한 작은 규모로 국제 시장에서 경쟁력을 갖는 것은 불가능하다는 판단에 따라 규모화, 대규모 기계화로 경쟁하겠다는 것이 구조조정 농정의 핵심이었다. 미국 농업과 유럽·일본의 일부 규모가 큰 농가를 제외하고 우리가 규모를 아무리 키워본들, 이들 나라의 규모를 따라가는 것은 불가능했다. 우리 식의 특성화 전략은 내팽개친 채, 뱁새가 황새 잡는 작전을 펼쳤으니, 먹힐 리가 없는 것이다.

우리 농정의 전개 과정을 보면 아쉬운 점이 참 많지만, 지금은 어쩔 수 없는 일이다. 1천만 명이 넘던 농민이 이제는 겨우 2백만 명으로 줄어들었다. 그렇지만 농업 경영 규모는 여전히 1.5ha 정도에 불과하다. 지금이라도 무엇인가 다른 대책이 필요한데, 그것은 더 많은 농산물, 더 비싼 농산물을 생산하는 것이 아니라, 단위당 농산물의 부가가치를 높이는 것에서 찾을 수 있을 것이다.

농촌 출신인 김관용은 우리 농업이 경제 발전 과정에 제조업 지원을 위해 공헌한 내용을 잘 알고 있다. 농업과 농촌, 농민이 시간이 갈수록 줄어들고 감소하고, 위축되는 현실을 보는 것이 안타까웠다. 경상북도는 전국 최고의 농업 중심도이다. 농사를 하는 사람도 많고, 농사를 짓는 농지도 넓었고, 전국에서 가장 다양한 농작물을 재배하는 종 다양성이 가장 풍부한 농촌 지역이란 자부심이 넘치는 지역이다. 그런 지역이 아래가 없이 하락하는 현실을 이제는 두고 볼 수 없었다.

도지사 김관용은 더 큰 부가가치, 더 많은 소득을 우리 농민이 얻기 위해서는 특단의 대책이 필요하다고 생각했다. 농업·농촌 사회에 있는 뼈아픈 말이 있다. '풍년 기근 흉년 풍작'. 농사를 잘 지어, 기후가 좋아서 풍작이면 농민이 잘살아야 한다. 근데 오히려 농사를 못 지은 것처럼 우리 농민은 기근에 허덕인다는 것이다. 그는 이 말의 굴레에서 벗어나야 한다고 생각했다. 농사는 잘 짓지 못해도, 생산하는 양은 적어도 소득은 더 많이 받는 방법, 그것을 찾아야 한다고 생각했다.

김관용은 2010년 '쌀 산업의 무한 변신 프로젝트'를 시작했다. 이 프로젝트가 시작되고 4년 뒤인 2014년 6월, 정부는 '농촌 융복합산업 육성 및 지원에 관한 법률'을 제정했다. 1년 뒤인 2015년 6월, 이 법은 본격 시행에 들어갔다. 이 법은 농산물의 부가가치는 2차, 3차 산업으로 전환, 혹은 연계될수록 높아진다는 것이 핵심이다. 그가 4년 전에 생각했던 것을 정부가 법으로 시행한 것이다. 지방 정부인 경상북도가 한국의 농정에서 법적 제도 기반을 갖추기 전에 민족의 산업인 쌀 산업을 대상으로 6차 산업 정책을 체계적으로 시작한 것이다.

김관용은 쌀 산업에 문제가 많다고 보았다. 쌀 산업이 문제 산업으로 바뀌었다는 것은 쌀이 우리 민족에게 가진 상징성만큼이나 큰 문제가 됨을 의미한다. 그는 쌀 문제를 바로 해결하지 않으면 비극적 상황이 될 수도 있다고 생각했다. 쌀을 민족 산업의 원형이라 생각한 그였기에, 쌀이 없는 한국 농업을 생각할 수 없었다. 1970년대 우리가 죽어라 각오하고 매달렸던 것의 하나가 쌀을 자급하는 일이었다. 배불리 밥을 마음껏 먹을 수 있는 시대를 만드는 일이었다.

그 시대 필리핀은 우리에게 희망의 나라였다. 쌀밥을 마음껏 먹을 수 있는 나라, 1년에 3모작이 가능한 천혜의 기후, 넓은 들, 쌀이 남아돈 나라였다. UN은 필리핀에 국제 미작 연구소(International Rice Research Institute, IRRI)를 설치하고, 전 세계 쌀 연구의 중심으로 삼았다. 우리나라 통일벼의 원천도 IRRI에서 개발된 볍씨와 한국 볍씨의 교잡종이었다.

그런 필리핀이 지금은 어떤가? 만성적인 쌀 수입국으로 전락했다. 쌀을 재배하던 논이 밭으로 바뀌었다. 대토지소유자들은 그곳에 바나나를 심어 세계로 수출하면서 졸지에 쌀 부족 국가가 된 것이다. 지구촌에서 쌀 사랑이라면 한국에 뒤처지질 않을 나라가 필리핀이다. 햄버거 바깥에 쌀알을 붙인 아이디어도 필리핀에서 나왔다. '햄버거를 먹어도 밥풀은 먹어야 돼'라는 것이 필리핀 사람들이다. 그런 나라에서 쌀 생산량이 부족하여 만성적인 수입국으로 바뀌었다니, 말이 안 되는 소리지 않은가? 하지만 엄연한 현실이다. 우리 농지에서, 벼를 재배하는 논에서, 쌀 대신 다른 농작물을 심으려면 논을 밭으로 바꾸어야 한다. 다시 논으로 바꾸기가 쉽지 않은 구조이다.

"비는 오는데 쌀 문제를 우리가 (왜) 논의해야 되냐 하면 시대적으로 이 기회에 이 여건에서 탈출하지 않으면 안 되기 때문에 그렇습니다." 김관용은 우리 쌀 산업에 문제가 있다고 보았다. 적극적으로 쌀 문제를 논의해야 한다고 했다. 이번 기회에 쌀 문제를 풀지 못하면, 국내 쌀 산업이 만들어 낸 문제를, 그것이 누가 만들어 내든 그 문제의 늪에서 탈출하지 못하면, 앞으로 영영 탈출할 기회가 없을 것으로 생각한 것이다. 그는 필리핀의 쌀 문제, 필리핀 국민이 겪고 있는 쌀 비극은 그들만의 문제가 아니라고 생각했다. 우리 쌀 산업의 문제를 간과하거나, 방치하면 우리도 필리핀의 전철을 밟을 수 있다고 생각한 것이다.

'쌀 소비 촉진 아이디어를 찾습니다' 김관용은 쌀 문제 해결을 위해 민족 산업인 쌀이 제대로 쌀 산업의 반열에 오를 수 있도록 국민에게 직접 쌀 산업 발전 아이디어를 찾아 나섰다. 경상북도가 2010년 시작한 '쌀 산업 무한변신 프로젝트'가 바로 그것이다.

경상북도는 쌀 산업 육성을 위해 5개년(2010~14년) 계획을 시작했다. 5년간 국비 1,586억 원(35%), 지방비 1,600억 원(36%), 기타 1,285억 원(30%)으로 3개 분야 10개 사업을 기획, 연차별 사업을 전 방위적으로 추진했다. 생명 공학·나노 기술 융합형 쌀 생산, 쌀 산업 클러스터 조성, 쌀 원료 이용 전통술 생산 활성화, 가공용 쌀 계약 재배 단지 조성(4,000ha), 쌀국수 학교 급식 확대 등의 시책이었다.

5년간의 쌀 산업 무한 변신 프로젝트는 성공적으로 마무리됐다. 성과가 종료된 것이 아니라, 현장에서 서서히 변화되는 모습이 보인다. 김관용은 당초 이 프로젝트를 추진할 때의 심경을 밝혔다. "소비에 대한 여러 가지 패턴들, 과자도 그렇고, 국수도 그렇고, 술도 그렇고, 여러 가지 방법이 나온다면 그 부분을 연구를 시켜서 1년이 걸릴지 2년이 걸릴지 장기적·발전적으로 모든 제품을 만든다든지 변화가 되도록 그렇게 하겠습니다."라고 도민들에게 약속했다. 쌀 산업 변신 프로젝트가 하루아침에 뚝딱 달성될 성질이 아니란 것을 잘 알고 있었다. 그가 말한 쌀 변신은 이런 것이었다. 쌀 80kg을 생쌀로 팔면 20만 원, 많아야 30만 원인데, 2차, 3차 상품으로 만들어 500만 원까지 올려서 농가 소득을 증가시키자, 당연히 그렇게 할 수 있다는 것이 도지사 김관용의 상상이었다. 상상이니 현실로 바꾸는 작업이 필요한데 그것이 경상북도와 정부의 협력, 법·제도적 뒷받침이 이어진다면 가능한 것이다.

쌀의 변신을 젊은 층의 입맛 바꾸기, 쌀 맛들이기를 위한 담대한 시책이 라이스 랩(Rice Lab) 정책이다. 2016년 시행된 이 정책은 그가 5개년 쌀 산업 변신 계획을 무사히 종료한 이후에 중앙 정부 차원에서 시행됐다. 라이스 랩은 쌀과 연구실을 결합한 조어로 쌀을 이용한 다양한 음식을 개발하고 소개하는 공간이란 개념으로 탄생했다. 1호점이 서울 대학생 거리 홍대에 개장한 소로리 카페테리아다.

'소로리'란 이름은 세계에서 가장 오래된 볍씨가 발견된 충북 청주시 흥덕구 옥산면의 소로리 마을 이름에서 따온 것이다. 무려 1만 5천 년 전의 탄화된 볍씨가 발견된 곳이니, 충분히 쌀의 무한 변신을 위한 프로젝트를 추진하는 1호점으로 의미가 있는 이름이다.

소로리 카페테리아는 식품 기업, 관련 단체, 전문가도 포함된 협동조합 형태로 운영되고 있다. 단순한 쌀 제품을 개발, 판매하는 공간에 그치지 않는다. 새로운 쌀 문화를 만들고 확산하는 공간이란 점에 더 방점을 두고 있다. 소로리 카페테리아는 공익 성격의 쌀 산업 플랫폼으로 조성할 계획을 갖춘 것이다. 앞으로 쌀 맛을 잃어 가고 있는 청소년과 젊은 층에 더 가까이 다가갈 수 있는 쌀 문화, 쌀 제품을 만들어 낼 것이라 기대한다.

라이스 카페는 앞으로도 더 많은 곳에, 더 좋은 아이템으로 소비자들에게 다가설 것이다. 국가대표급 셰프들도 동참해서, 우리의 쌀 문화, 고급스러운 쌀 신상품들을 출시할 것이다. 요리사와 소비자, 쌀 카페와 전문 기관, 정부·지자체의 전폭적인 협력과 지원도 함께할 것이다. 쌀의 식문화 사업은 이제 시작 단계이다. 더 큰 부가가치를 얻기 위한 우리 쌀의 변신은 그 끝이 어딘지 예단할 수 없다.

그러나 쌀 산업 육성을 위해 김관용이 제기한 한 가지만은 확실하다. 쌀 한 봉지를 더 이상 쌀값으로 팔아선 안 된다. 갖가지 모습으로 변신한 쌀 제품으로 만들어 팔 때 지금보다 5배, 혹은 10배 이상 더 큰 소득을 올릴 수 있다. 이 사실이야말로, 쌀 산업의 문제를 해결하는 것이자, 당면한 농가 소득을 올리는 방법이며, 우리 농촌으로 더 많은 귀농·귀촌의 행렬을 이루도록 하는 길임을 말이다.

## 26.

# 물려받은 것은 경북,
# 물려줄 것은 글로벌 경북

경북은 전국에서 가장 크고 넓은 광역지자체이다. 면적도, 자원도 많고, 일하는 사람의 직업도 다양하다. 해당 분야별로 뛰어난 기술을 가진 사람도 많다. 더 나은 기술을 연마하여 해당 업계 최고의 장인이 된 사람들은 다른 기업보다 월등한 경쟁력을 가진다.

김관용은 경상북도가 가진 자원이 무엇일까를 고민해 보았다. 우선 땅이 가장 넓다. 우리 역사의 험난한 고비 때 뒷자리에 가만히 앉아 소리만 지른 선조가 아니었다. 직접 나서서 문제를 해결했고, 싸움이 필요할 땐 먼저 나서서 피도 흘렸다.

김관용은 우리가 선조에게 광활한 지역 자원을 물려받았음을 알았다. 시대가 바뀌었다. '경북'을 물려받았지만, 후손들에게 '경북' 그대로 물려주어서는 승산이 있을까? 당연한 의문을 제기했다. 다른 것, 더 가치 있는 것을 물려주는 것이 지금, 우리 시대의 경북인이 해야 할 과업이라고 생각했다. 선조에게 물려받은 것에 연연하지 말자. 시대는 바뀌었다. 후배들이 이 땅에서 계속 살아가도록 해야 한다. 김관용은 이들에게 필요한 것은 과거의 문법이 아니라고 보았다. 우리가 살고 있는, 앞으로 다가올 시대에 맞춰 살기 위해서는 다른 문법이 필요하고, 거기에 맞춰야 한다.

민선 6기를 시작하면서 김관용은 작심하고 발언했다. "우리가 물려받은 것은 '경북'이지만, 우리가 물려주어야 할 것은 '글로벌 경북'입니다." 그는 도민들에게 글로벌 경북으로 가자는 폭탄선언을 했다. 경북이 큰 땅이지만 세계와 비교하면 얼마나 작은 곳인가? 시시하게 작은 땅, 작은 이익에 만족하지 말자는 것이다. 그는 이렇게 생각했을지도 모른다. 유대인의 상술을 배우자. 그들을 에워싸고 있는 이슬람 사람들에게 유대인이 아무리 제품을 잘 만든 들, 이슬람인이 사겠는가? 유대인은 TV나 자동차를 만들지 않는다. 그들은 눈에 보이지 않는 SW를 만들고, 세계 표준을 만들어 냈다. SW, 세계 표준은 자동차에도, TV에도 필수품으로 들어간다. 이것이 유대인의 상술이다. 그가 글로벌 경북을 선포한 이유가 여기에 있었다.

김관용의 글로벌 경북론은 점점 하나의 거대 시장으로 형성되는 지구촌, 단일시장의 시대를 대비하기 위함이었다. 표준화, 규격화는 하나의 시장에 맞는 게임의 규칙이다. 세계 정부의 모습이 어떤 것이 될지는 모른다. 유럽연합(EU)의 구성과 운영 원리에서 우리는 가능한 시나리오를 예상할 수도 있을 것이다.

"세계화의 표준은 경쟁입니다. 경쟁의 기본은 기술입니다. 기술을 많이 갖고 있고 표준을 많이 갖고 있는 나라가 선진국입니다. 연구소가 많은 곳이 선진국입니다." 김관용은 선진국의 조건을 연구실을 많이 가진 나라, 표준을 많이 만들어 내는 나라, 표준에 맞춘 신기술을 많이 개발하고, 활용하는 나라, 신기술 경쟁력이 뛰어난 나라라고 했다. 그는 재임 12년 동안 관내에 더 많은 R&D를 구축하기 위해 노력했다.

가장 넓은 면적을 가진 경북 농업의 다양성 가치를 살려 주요 지역별로 10개의 품종별 연구소 시스템을 확립시켰다. 농업·농촌의 절대 규모가 줄어들지 않았느냐? 그럼에도 경북은 왜 이렇게 작은 연구 기관을 지역별로 쪼개어 운영해서, 효율을 떨어뜨리는지 모르겠다는 비판도 적지 않았다.

김관용은 농업의 특성을 잘 알고 있는 사람이다. 농업은 그냥 농업이 아니라 지역 농업이다. 지역의 특성에 맞는 농업을 해야 경북 농업이, 한국 농업이 제대로 경쟁력을 가질 수 있다. 농업의 경쟁력은 단순히 규모의 경쟁력이 아니라, 지역의 경쟁력이란 것을 알고 있었던 것이다. 그는 시험장 브랜드를 가진 농업 분야 지역 연구 기관을 모두 최고의 R&D 역량을 가졌다는 자긍심에 걸맞게 연구소로 개명했다. 경북 농업이 한국농업을 이끌고, 세계 농업을 선도하기 위해서는 한국의 표준이 아닌 세계의 표준을 만들어야 한다. 그 출발이 경북의 시·군에 터를 잡은 작은 연구소에서 들불처럼 일어날 것임을 그는 알고 있었다.

김관용은 국가 농업 연구 기관과의 협력도 강화해 나갔다. 구미시에 식품 연구원 경상북도 분원 설립을 위한 기초를 닦았다. 설립의 난관이었던 부지 문제를 해결하는 데에 많은 애로를 겪었다. 그는 식품 연구원 관계자들에게 이렇게 말했다. "경상북도와 식품 연구원이 1대 1로 관계를 맺기를 원치 않습니다. 저는 식품 연구원이 우리 농촌 전체와 관계한다는 마음으로, (그렇게 해서) 한국에서 식품 연구에 관한 한 가장 성공한 모델로 국민에게 다가가기를 원합니다."

그의 솔직한 주문이자 고백이었다. 연구 기관 1개가 경북에 오는 것이 중요한 것이 아니다. 경북의 어딘가에 새로운 연구 기관이 들어설 것이고, 전문 연구 인력이 상주하면서 지역의 특성, 한국적 현실에 맞는, 우리 기술과 세계 기술의 실체를 창의적으로 적용하여 성공한 모델, 성공한 연구 기관으로 탄생하기를 바란 것이다. 그는 R&D 전문 기관이 할 수 있는 진정한 힘을 그런 비전에서 찾았고, 그것이 성공한 모델이 되기를 기대했다.

경상북도에서 구미와 포항은 4차 산업혁명을 현장에서 진두지휘하는 한국의 실리콘밸리와 같다. 우리나라 최초의 전자 산업 단지인 구미는 최근 스마트폰 생산 기능을 많이 상실하고 있지만, 관련 R&D 기능을 수행하는 연구소가 여전히 활동하고 있고, 새로운 연구 기능이 들어서고 있다.

포항시는 대전과 같은 지곡 연구 단지를 축으로 첨단 기술을 결집하여 미래 먹거리 발굴을 위한 혁신 연구 기능이 강화되고 있다. 첨단 기술의 총아인 가속기, 포스코 소재 산업, 해저탐사, 해양 신산업 등 신시대를 대비한 각종 R&D 기능이 확충되고 있다. 4차 산업혁명은 기술의 융·복합을 통한 도약적 신기술을 만들어 낸다. 그가 글로벌 경북을 화두로 제시한 것은 바로 이 지점이다.

하나의 기술이 일으키는 파이(부가가치)는 크지 않을 수 있다. 김관용은 21세기, 4차 산업혁명의 시대를 이렇게 보았다. "성냥개비가 하나 하나 있으면 별거 아닙니다. 모여 있을 때 폭발이 일어납니다. 융합의 기술도 마찬가지입니다." 구미 유비쿼터스 임베디드센터 개소식에서 그가 한 말이다. 4차 산업혁명이란 프레임이 나오기 전에 그는 전자산업의 메카 역할을 수행했던 구미에 언제, 어디서나 존재한다는 의미를 가진 '유비쿼터스', 우리 눈에 직접 보이지는 않지만, 실체로서 제품의 내부에 존재하는 '임베디드'를 연결한 센터가 만들어진 것을 축하했다. 두 기술이 섞여서 농축되고, 완전히 다른 기술을 만들어내는 '융합의 기술', 나의 단점을 상대를 통해 보완하는 '복합의 기술'이 상시로 만들어지고, 시험을 거치고, 신제품으로 출시되는 상황이 전개되고 있다. 김관용의 글로벌 경북 선언은 이러한 진행 과정을 거쳐 지구촌 수준의 표준을 만들어 내기를 염원했다.

　김관용이 말한 신기술은 첨단에만 국한되지 않았다. 기술이 기술답기 위해서는 기술의 기초에서 마지막까지 연계·협력이 일어나야 한다. 우리가 산업화 초기에 가장 중시했던 기술은 뿌리 산업형 기술이었다. 세계 기능올림픽을 싹쓸이하면서 한국의 기술력을 세계에 떨친 기능인들의 기술을 우리는 뿌리 산업이라 말한다. '뿌리 산업 진흥과 첨단화에 관한 법률'로 뿌리 산업을 진흥할 수 있는 법적 근거도 마련했다.

　금형, 주조, 용접, 소성 가공, 표면 처리, 열처리 등 6개 분야의 공정 기술을 활용하여 사업을 영위하는 업종인 뿌리 산업은 지난 수십 년간 한국 제조업 경쟁력의 원천이었다. 그러나 우리의 경제력, 국제적 위상이 달라졌으니 기술 수준도 달라져야 한다는 판단은 옳았으나 실행 방법은 맞지 않았다. 기능 기술을 무시한 채, 첨단 기술로만 급격히 이동하면서 뿌리 기술의 공백을 가져왔다. 뿌리 산업 기반이 부실해지면서 산업 전체가 송두리째 흔들리고 있는 것이다. 안타깝게도 지금 한국의 뿌리 산업에 도전하는 청년들을 찾기가 힘들다. 그 자리를 외국인 근로자들이 대체했다. 우리 뿌리가 아닌 곳에서 기능이 기술로 진화되기는 어렵다. 기능형 기술이 첨단 기술과의 협력을 기대하기란 더 어려울지도 모른다.

김관용의 글로벌 표준화, 글로벌 경북을 향한 출항, 고민이 여기에서 시작됐는지도 모른다. 경상북도 관내 제조업 경쟁력 수준은 뿌리 산업의 든든함을 도외시한 채 일어날 수가 없었다. 그는 뿌리 기술인이 존중받는 지역, 뿌리 기술이 든든한 경북으로 재탄생되기를 원했다. 경북이 뿌리 기술을 존중하면 대한민국도 뿌리 기술을 존중하게 되고, 우리는 선진국 시민들과 어깨를 나란히 할 수 있다고 그는 생각했다.

"기술 개발하는 사람이 없이, 기능인이 없이는 이 나라 바탕이 흔들리는 겁니다. 뿌리가 흔들리는 겁니다." 그는 지역의 청년들, 기술 가진 사람들, 창의적 생각이 있는 사람들을 주목했다. 창의는 하루아침에 싹트지 않는다. 창의적 인재는 백 년의 시간을 내다보고 꾸준히 양성해야 한다. 창의 인재를 양육하는 교육 기관, 교육자들의 노력이 지속될 때 기술 개발의 파고가 일어날 수 있다. 기술 개발의 물결 속에서 기능인의 기술, 첨단 기술인의 기술이 함께 태동할 것이다. 기능과 기술은 다시 섞여 차원이 다른 신기술과 신기능을 만들어 내게 될 것이다.

김관용은 기술과 기능의 융·복합이 탄생시킬 창의의 글로벌 경북을 그렇게 상상했다. 글로벌 경북을 향한 경북인의 도전은 지금도 계속되고 있다. 21세기 남은 80년을 항해하며 전진해 나갈 글로벌 경북을 그는 지켜볼 것이다.

# 하인리히 법칙과
# 지도자의 안전 관리

사고가 발생할 때 수습하는 지도자의 모습이 그의 참모습이다. 평상시 사람 좋은 모습만 보여주었던 사람도 예기치 못한 사고가 발생하면 우리는 그 사람의 참모습을 보고, 실망한다. 사고는 항상 예외적이다. 평상이 아닌 상황에서 발생하는 사고에 직면할 때 지도자는 엄청난 실망을 주거나, 영웅으로 태어난다. 사고는 지도자를 둘 중 하나의 모습으로 우리 앞에 대질시키는 것이다.

사고가 발생하면 지도자는 애매하게 중간 지대에 설 수 없다. 수직 낙하 아니면 수직 상승, 두 가지 중 한 지점에 선 지도자를 본다. 사고는 아주 쉽게 지도자를 평가하는 기회가 된다. 지도자가 사고를 어떻게 대처하는지, 사고 발생 가능성을 염두에 둔 사전 사고 관리가 얼마나 중요한 것인지를 알 수 있다.

김관용은 사고 대처 능력이 뛰어난 지도자이다. 그는 사고를 수습하는 지도자의 자세가 어떠해야 하는가를 우리에게 여러 사례로 보여주었다. 사례들을 보면 이러한 말이 그에 대한 지나친 칭송은 아님을 알게 될 것이다. 그가 그어 놓은 삶의 궤적은 보통 사람들의 그것과는 매우 다르다. 어쩌면 그의 삶은 우리에게 예외적 삶, 요즘 말로 인싸(인사이드)가 아닌 아싸(아웃사이드)의 삶이었다. 조금만 삐끗해도 사고가 날 개연성이 대단히 큰 상황을 그는 평상의 삶처럼 살아 왔다. 아슬아슬한 곡예 같은 삶을 살아 온 그였기에 그의 DNA에는 남들과 다른 사고 대처 능력이 배양된 것은 아닐까.

김관용이 23년의 민선 자치단체장을 하면서 겪은 사고는 하늘과 바다, 땅에서 겪지 않은 종류가 없을 정도로 많았고 다양했다. 사람의 힘으로 어쩔 수 없는 자연의 재난도 있었고, 사람이 조금만 주의했다면 충분히 막을 수 있었던 인재(人災)도 있었다. "최선을 다해서 수습과 또 이런 일이 발생하지 않도록 온 힘을 기울이겠습니다. 죄송하고 미안합니다." 경주 마우나 오션 리조트 붕괴 사고(2014. 2.) 현장 앞에 서서 김관용은 도지사로서 도민들에게 잘못을 빌었다. 청년 대학생과 직원 10명의 안타까운 목숨이 사라진 현장에서 그는 눈물로써 용서를 빌었다. 최선을 다해 사고 수습을 다 하겠다고 다짐했다. 사고 현장을 방문한 지도자의 첫 자세가 무엇인지, 어떠해야 하는지를 그는 우리에게 똑똑히 보여주었다.

그의 아싸의 삶은 본능적으로 피해자 가족의 안타까운 심정에서부터 시작해야 함을 알았다. 비록 직접 가해자는 아니지만, 현장에 간 지도자는 가해자의 심정으로 피해자와 그 가족의 말을 들어주어야 한다는 사실을 그는 알고 있었다. 그렇게 해야 가장 빠른 시간에 해법을 모색할 수 있고, 민심을 얻고, 사고도 조기에 수습 가능하다는 것을 그는 알고 있었다.

모든 사고는 전조 현상을 보인다. 사고가 일어나기 전에 사고는 우리에게 신호를 보낸다는 것이다. 2008년 중국 쓰촨성 지진이 발생하기 전, 겨울잠을 자던 뱀이 나오고, 쥐와 두꺼비가 대규모로 이동하는 모습이 포착됐다. 지진이 발생하기 전이지만 동물들의 이상한 출현에 사람들은 두려움에 휩싸였다. 뭔가 이상한 일, 불길한 사태가 일어날지 모른다는 두려움이었다. 아니나 다를까 대지진이 발생했다.

자연 재해만이 아니다. 보험회사 직원인 하인리히는 산업 재해를 분석하는 보험 감독관이었다. 그는 보험을 신청한 수많은 사건을 분석해 보았다. 한 번의 사고가 일어나기 전에 스물아홉 번의 가벼운 사고가 발생한다. 사고로 이어지지는 않았지만 사고가 날 뻔한 경우가 300회 정도 지나갔다는 사실을 확인한 것이다. 그가 발견한 것을 우리는 '하인리히 법칙(Heinrich's law)'이라 부른다. 큰 사고가 1회 발생하기 전에 작은 사고가 29회 나타나고, 아주 사소한 사고가 300회 정도 나타나면서 큰 사고가 나타날 가능성을 미리 보여준다는 것이다.

큰 사고를 방지하려면 경미한, 정말로 무시해도 좋은 정도의 300회의 작은 조짐 하나라도 무시하지 않아야 한다. 초기에 사고를 방지하지 못했다면 더 큰 사고 29회가 하나하나 일어날 때 이것이 다음에는 더 큰 사고를 일으킬 수 있는 전조라고 생각해야 한다. 그래야만 더 큰 사고를 막을 방도를 생각하게 되고, 결과적으로 대형사고가 발생하지 않게 된다는 것이다.

"안전 문제, 이건 끝이 없는 무한한 책임과 같은 입장..." 이라고 김관용이 안전 경북 실현을 위하여 산업 안전 관리 공단과 양해각서(MOU)를 체결하면서 언급한 말이다. 지도자가 시민의 안전을 지키는 일은 무한 책임이다. 만 가지 안전 대비 업무 중 9,999번을 잘해도, 한 가지를 빼먹었다면 지도자는 무한 책임을 다하지 못한 것이다. 그래서 사고가 생기면 그것은 명백하게 지도자의 책임이다. 지도자는 한 가지 대비하지 못한 그 잘못으로 사고의 책임에서 벗어날 수 없다. 시민의 안전을 지키기 위한 지도자의 노력에는 한계가 없는 것이다.

김관용은 경상북도를 재난에서 안전한 지역으로 만들기 위해 안전 시스템을 만들었다. 안전총괄과를 만들었지만, 아예 도정에서 도지사가 임명할 수 있는 최고 직급인 이사관이 책임지는 도민 안전실을 신설했다. 재난 대비 컨트롤타워에 부여한 역할은 막중했다. 경북은 험준한 지형, 지진 발생 가능성이 큰 단층 위에 위치, 해일(쓰나미) 발생 시의 해안 지대 범람 가능성 등 위험 요소가 많은 곳이다. 특히 경북의 동해안에는 12기의 원전이 있어서 특수 재난 발생 가능성도 사전에 대비해야 한다. 구미의 불산, 염산 누출 사고 등 각종 화학 물질로 인한 산업 재해도 대비해야 한다. 또한 태풍, 집중 호우 등 대규모 자연재해도 무시할 수 없다.

집중 호우에 무너진 봉화를 특별 재난 지역으로 선포하고, 수습했다. 2016년 9월에는 진도 5.8로 1978년 지진 관측이 시작된 이래 가장 큰 규모의 지진이 신라 천년의 고도 경주에서 발생했다. 이듬해 11월에는 인근 포항에서 진도 5.4의 지진이 발생했다. 더 이상 지진 안전지대가 아니란 사실에 시민들의 우려는 폭증했다. 그는 시민들이 불안해

떨고 있던 경주·포항 인근 지하의 동해안 단층 연구에 돌입했다. 경상북도가 먼저 할 수 있는 연구는 하면서 중앙 정부와 같이해야 할 일도 해 나갔다. 언제인지는 알 수 없지만 예상할 수 있는 엄청난 미래의 재난에 대응하려면 하이리히 법칙의 지혜를 활용해야 했다. 관련 기술, 전문가, 시설, 재원, 그리고 지방과 중앙의 총체적 협력이 필요했다. 그래야만 하나씩 드러나는 모든 경미한 사고 발생 가능한 전조들에 대처할 수 있게 된다. 전조의 데이터베이스를 축적하고 분석하고 대비해야 작은 사고, 큰 사고로 이어지는 재해를 예방할 수 있다. 김관용은 2017년 11월에 발생한 포항 지진 발생 3분 만에 포항 지역 재난 안전 대책 본부를 구성했다. 현장 상황 지원반은 사고 당일 즉시 파견했다. 이렇게 신속한 조치는 사전에 각종 재난 사고에 대비한 매뉴얼이 갖추어지지 않았다면 불가능한 일이었다. 경상북도는 단계별, 경중별, 유형별 사고에 대비한 매뉴얼을 확립해 두었고, 지진 재난이 발생하자 바로 대응 시스템이 작동된 것이다.

지도자는 시민이 안전하다고 생각할 때 행복한 사람이 된다. 그는 언젠가 이런 말을 했다. "마음을 같이 나누고 눈물도 함께 나눌 수 있는 지도자가 되고 싶다." 김관용은 참 감성적 사람이란 생각이 든다. 웃기도 울기도 잘하는 행정가가 되기가 쉽지 않은 일이다. 하지만 그는 그런 지도자가 되기를 원한 사람이다, 도백이 시민들 앞에 너무 기뻐서 눈물 흘리고, 잘하지 못했을 때에는 너무 미안하고 죄송해서 눈물 흘리는 사람이 되기를 서슴지 않았다. 기자는 이를 '도백의 눈물'이라 칭했다.

그는 눈물이 많이 사람이다. 드넓은 경상북도는 언제 어디서 어떤 사건·사고가 터질지 모른다. 사전에 다 대비하는 것은 불가능하다. 경북 혼자서 막아내기도 어렵다. 경상북도라는 것이 "남들이 한 것을 전부 모아 가지고. 또 문제가 생겨도, 지사가 알든 모르든 책임을 함께…" 다 져야 했다. 그는 재난에서 이기려면 모든 가능한 지혜를 모으고, 시스템화하고, 일어날 수 있는 천분의 일, 만분의 일의 전조 현상도 놓치지 않을 때 가능하다고 했다. 그 지점에서 필자는 김관용이 도백으로서 발휘한 지도자다운 모습을 볼 수 있었다.

## 28.

# 내가 굽힌 것은
# 자존심이 아니라 무릎이었다

　지방자치단체를 경영하는 행정가는 기업가다. 행정가가 기업가가 되지 않으면 지방행정 경영에 돈이 많이 든다. 시민들에게 최고의 행정 서비스를 효율적·효과적으로 제공할 수 없다. 이것이 김관용의 지방 행정 경영론이다. 그는 국세청에서 잔뼈가 굵은 사람이다. 지방 행정가 중에서 조세 분야는 남다른 전문성이 요구된다. 돈이 흘러가는 방향, 흐르던 돈이 언제 멈추는지, 방향을 트는 때는 언제인지를 어느 정도 예측하는 능력을 지닌 사람이 필요하다.
　돈의 흐름을 아는 사람이라면 행정을 하고 있어도 기업하는 사람과 다를 바 없다. 행정도 기업처럼 경영해야 성공할 수 있다. 그는 다른 자치 단체장들이 갖지 못한 경험을 가진 사람이다. 그것은 행정을 경영하는 큰 장점이었기에 그가 이를 행정에 적극적으로 도입한 것은 당연한 귀결이었다.

　김관용은 경상북도를 성공적으로 경영할 수 있는 두 가지 원칙을 가지고 있었고, 지켜나간 사람이다. 구미시, 경북도 23년에 걸쳐 여섯 번의 민선 과정에서 그가 시민들에게 행한 말들을 종합하면 두 가지 원칙은 이런 것이었다. 하나는 잘못한 일이 있으면 솔직하게 승복한다. 둘은 행정가가 자치 단체 경영에서 가장 중요하게 해야 할 일은 일자리를 만드는 것이다. 그는 이 두 가지를 그의 지방 행정 경영의 철학으로 삼았다.

　김관용은 자신의 자서전에서 시민들에게 잘못을 시인하고 사과한 일을 이렇게 묘사했다. "승복이라는 말이 있다. '납득하여 따른다. 혹은 죄를 스스로 고백한다'라는 의미가 있는 단어다." 그는 "잘못했다면 당연히 나 스스로 죄를 고백하는 승복"을 하는 것이 잘못을 줄이는 최선이라고 했다. 진퇴양난의 위기에 빠졌을 때 지도자들은 잘못을 드러내지 않기 위해, 잘못을 시인하는 것이 두려워 '잘못했습니다'란 지극히 상식적인 말을 못 하는 경우가 많다고 했다. 그는 잘못한 사실을 시인하고, 죄송하다, 잘못했습니다. 이렇게 승복하니, 진퇴양난이 오히려 사라졌고, 곤경이 도리어 시민들에게 진심을 얻는 계기가 되었다고 말했다.

　지도자는 언제 어디서나 진심을 다해야 한다. 시민이 공박하고, 도민이 지사를 공격해도, 그들이 있는 곳에 찾아가면 문제가 풀렸다. 참모들은 데모 현장에 시장 혼자, 도지사 혼자 들어가면 안 된다고 극구 만류했다. 시장도 도지사도 시민의 한 사람이란 생각에서 그는 시민이 있는 현장에 들어갔다. 가서 그들이 말하는 것이 무엇인지 직접 들었다. 시민들이 자기를 욕하면 자신도 그 자리에서 자기 자신에게 같이 욕을 해댔다. 쇼를 하겠다는 것이 아니었다. 시민의 관점에서 욕먹는 시장은, 욕 듣고 있는 도지사는 과연 어떤 생각을 하게 되는지, 해결하려면 어떤 현명한 대안이 있는지 그들의 호흡으로 듣기 위해서였다. 지도자가 시민들이 욕하는 이유를 현장에서 듣는다면 시민이 원하는 것이 무엇인지 정확하게 알게 된다. 그 자리에서 자신이 풀 수 있는 문제라면 당장 풀어 주면 됐다. 그러나 실타래가 많아서 당장은 해결되기 어려운 문제도 있었다. 지자체가 나선다고 해결될 일이 아닌 일, 민간 기업의 경영과 관련되는 것들은 제 삼자의 입장에서 양측을 중재하고, 정부의 지원도 끌어내어야 했다. 어쨌거나 시간을 두고 해법을 찾는 방법들은 그들대로 대안을 모색하면 될 일이었다. 지도자가 시민 만나기를 두려워할 일은 전혀 없다. 현장에서 시민을 만나면 아주 작은 매듭 하나라도 반드시 풀린다. 김관용은 그런 희망을 품고 문제가 있는 현장, 시민의 목소리가 그를 현장으로 불러낸다면 기꺼이 찾아 나섰다.

김관용은 시민에게 승복을 잘하는 사람이다. 하지만 지역의 자존심, 선열이 지켜온 이 땅을 한없이 사랑하는 사람이다. "대한민국에서 가장 눈부신 아침을 맞이하는 땅, 대한민국의 든든한 등줄기가 돼 주는 터전, 경상북도. 우리 모두의 자존이고 미래입니다." 그는 2014년 도민의 날 행사에서 우리 땅, 경북을 우리의 자존이자, 우리의 미래라고 선언했다. 그의 선언에는 절절함과 간절함도 들어 있다. 이 빛나는 경북을 지켜내고 살찌우기 위해 그가 가진 모든 힘을 다 쏟아 내겠다는 다짐이었다.

그가 구미시장일 때, 일자리를 만들기 위해 일본에서 분투한 이야기는 전설처럼 들려온다. 도지사일 때, "일자리 안 만들면, 뭔 정부가 의미가 있습니까. …젊은이들이 자꾸 떠나고 이런 와중에 노사문제가 잘 풀리지 않아서 기업이 못 오고, 있는 기업이 떠난다 하면, 그거는 우리가 참 죄인입니다. 죄인." 그는 경상북도 노사정협의회에서 당사자들이 다 모인 자리에서 솔직하게 말했다. 노사 간에 안에서 따질 것은 따져야 하지만, 적절한 타협점을 찾지 못해 있는 일자리를 사라지게 한다면 노사 모두의 책임이다. 단순히 책임이 아니라, 노사정 모두 죄를 지은 죄인이라고 했다. 천금 같은 일자리를 사라지게 만든 죄인들이 있는 곳에서 어떤 미래의 비전과 전략을 제시할 수 있겠는가?

구미시장 시절, 그가 투자 유치를 위해 국내·외 현장을 누볐던 에피소드는 여전히 유효하다고 생각한다. 일본 중견 기업을 방문했다. 사전 연락을 했고, 그쪽에서 미팅을 허락했지만, 사장은 물론 임원도, 과장도 없었다. 사정사정해서 겨우 투자 설명을 할 수 있었다. 그는 직원들과 몇 날 며칠을 밤을 새워 자료를 만들었다. 그는 구미에 투자해 달라고 호소하지 않았다. 숫자의 논리를 내세워 그들이 구미에 투자할 때 얻게 될 이익을 들려주었다. 대차대조표, 원가 계산, 물가, 손익계산서를 제시했다. 설명해 나가자 처음엔 심드렁하던 그들의 눈빛이 달라지는 것을 직감적으로 느낄 수 있었다. '이들이 내 말을 듣고 있구나. 그러면 절반은 성공이다' 이런 문장이 긍정으로 그의 머릿속을 휘감았다.

귀국 후에 한 달 만에 일본 기업에서 연락이 왔다. 해당 기업의 대표이사가 구미시를 방문했다. 그는 한 달 전 일을 정중히 사과했다. 일본 기업 대표이사는 "그날 저도 회사에 있었습니다. 프레젠테이션도 같이 들었고요. 수많은 해외 지자체의 것들과는 사뭇 달라서 놀랐습니다."라고 말했다.

김관용은 행정가가 기업가를 만날 때에는 기업가가 돼야 한다고 생각한 사람이다. 기업인은 숫자를 좋아하는 사람이다. 행정가가 기업인을 만날 때에는 숫자로 기업인과 수학 문제 풀듯이 협상해야 한다. 행정가는 기업인의 문법으로 작문하고, 기업인의 대화 방식을 익혀야 논의하는 일이 풀린다고 생각했다.

김관용이 구미시, 경상북도를 경영할 때, 특히 기업 유치, 일자리 만들기 과정에서는 철저히 자신을 주식회사의 대표이사라고 생각했다. 함께 일하는 직원들도 마찬가지였다. 구미 4공단을 외국인 전용 기업 단지로 지정, 조성했지만 찾아오는 기업이 없었다. 이 공단에 외국 기업을 유치하기 위해 얼마나 많이 외국을 드나들었는지 모른다. 누군가 이렇게 그에게 물었다. "공무원이 할 일이 어디까지냐고 했다. (그는) 무릎까지 꿇을 수 있다고 대답했다." 기업을 유치하는 데에, 일자리를 만드는 데에 행정을 책임진 사람이 하지 못할 일, 그 한계는 없다. 법에 저촉되지 않는 한, 계산기 두드려서 약간의 이익이라도 난다면 주저할 일이 아니었다. '어디까지' 해야 하느냐고, 질문한 사람은 진심으로 그에게 물었다. 전문가도 아닌 공무원이 투자 유치 활동을 이렇게까지 하지 않아도 된다는 이야기였을 것이다. 어떻게 보면 그가 밑도 끝도 없을 것 같은 투자 유치 활동에 전심전력하는 것이 주변에는 안타까워 보였을지도 모른다. 그러나 노력하지 않고, 가만히 앉아 있는데, 외국에서 제 발로 찾아올 기업이 과연 얼마나 될까.

"지방이 힘을 키우는 방법은 역시 경제의 논리에서 출발한다." 김관용은 지방을 건강한 고장으로 만드는 방법을 정확히 알고 있었다. 진심으로 시민들에게 다가가고, 시민들이 원하는 일자리를 만들기 위해 최선을 다하는 행정가가 지역에 필요할 때이다. 한국의 지방자치가 다시 굴절되지 않고, 100년의 세월을 넘어 지속 가능하게 발전하기 위해서는 기업의 언어로 대화하고, 기업가의 숫자로 협상할 줄 아는 행정가가 필요한 것이다.

"저는 독도를 관할하는 최일선 도지사로서 일본의 어떠한 도발에도 단호하게 대응할 것이며, 독도는 역사적, 지리적, 국제법적으로 명명백백한 대한민국의 영토임을 세계만방에 재천명합니다." 김관용은 도지사로서 우리의 주권, 우리의 자존심을 지키는 데에 한 치의 양보도 없는 사람이다. 그럼에도 그는 계산기를 두드려 단 1원의 이익이 있는 기업 현장에서는 도백의 자존심을 철저히 버린 사람이다.

# 돈 되는 산의 탄생, 백두대간 프로젝트

 패러다임을 바꾸기는 쉽지 않은 일이다. 산은 그냥 산이라 생각해 오던 사람들에게 앞으로 산의 쓰임새가 바뀔 것이니, 지금까지의 우리 생각을 바꿔야 한다고 누군가가 말한다면, 사람들은 그런 말을 믿고 따르는 것이 가능할까? 경상북도는 산림 지역이 전체 면적의 71%를 차지한다. 강원도 다음으로 산림이 많은 지역이다.
 김관용은 '경상북도에 산림이 이렇게 많은데 왜 그냥 놔 두는 것일까?' 의문이 들었다. 도민들이 잘살기 위해서는 거대한 이 공간을 뭔가 생산적으로 활용한 방도를 찾아야 한다고 생각했다. 그는 산을 보전·보호의 관점에서 이용·활용의 차원에서 봐야 한다고 했다. 이것이 그의 '산림 철학'의 핵심이다. 그는 2006년 민선 4기를 시작하면서 산림에 대한 그의 첫 번째 정책 지시를 했다. "산림을 활용할 수 있는 방안을 강구하라."란 지시가 그것이다. 그의 지시로 시작된 것이 산림 비즈니스포럼이었다. 산림을 이용과 활용의 가치에서 검토해야 한다는 그의 산림 철학에 따라 경상북도는 최초로 산림을 비즈니스와 연결했다. 보존과 보호의 대상이라고만 생각하는 산, 신성 불가침적 권위를 부여받은 산을 비즈니스와 연결한 것은 패러다임의 대전환이었다.

산림과 비즈니스의 만남으로 경북은 산림에 대한 새로운 도전을 시작했다. 김관용은 새로 출범한 경상북도 산림 포럼 창립총회에서 "먹고살 수 있다는 희망과 산림에 대한 새로운 패러다임을 만들어 달라…."고 부탁했다. 전체 면적의 71%에 달하는 경북의 산림이 잠재력으로 발휘할 부가가치는 엄청날 수 있다. 우리가 하기에 따라서는 산림은 충분히 돈 덩이가 될 수 있다는 확신을 그는 가지고 있었다.

"숲을 가꾸고 나무를 심어야 합니다. 세계적으로도 교토의정서나 이산화탄소 문제도 그렇고, 이제는 전부 다 숲을 조성하지 않고는 공장도 못 들어서고 아무것도 하지 못합니다." 김관용은 숲에 공장을 짓는 것, 숲에서 생산적 사업을 추진할 가능성이 충분히 크다고 생각했다. 산은 우리의 생각과 전략에 따라 충분히 생산적 공간으로 이용할 가능성이 크다고 생각한 것이다. 그렇게 하자면 반대급부로 나무를 더 많이 심어, 숲을 더욱 푸르게 가꾸어야 한다. 이산화탄소 문제, 교토의정서는 산의 직접 이용에 반대되는 현실이다. 숲을 가꾸고, 산을 더 푸르게 하면서 산의 경제적 활용 가능한 방안을 찾자는 것이 그의 산림 프로젝트를 추진한 핵심 관점이었다. 김관용은 12년의 경북 도정 과정에서 산의 패러다임을 완전히 바꾸었다. 바라보기만 하는 산에서 돈이 되는 산으로 바뀐 것은 대한민국 산림 정책의 일대 전환이기도 했다.

MB정부의 광역 경제권 선도 사업 아이디어가 나오면서 김관용은 산림 비즈니스포럼에서 논의된 아이템들을 종합하여 '백두대간 프로젝트'를 출범시켰다. 경북 울진에서 시작하여 봉화, 영주, 예천, 문경, 상주, 김천으로 이어지는 7개 시·군을 척추처럼 연결하는 산맥이 백두대간이다. 거기에서 산림 자원을 환경과 지속성을 확립한 가운데 소비자들이 찾고, 이용하고, 생산적 소득 활용도 하여, 부가가치를 만들어 내기 위한 프로젝트가 만들어졌다. 또한 울진에서 동해안을 따라 영덕, 포항, 경주로 이어지는 낙동정맥의 산림 자원도 백두대간 프로젝트와 연계하여 부가가치를 창출하는 친환경사업 공간으로 변신할 계획으로 추진했다.

경북 지역 산림의 총아인 백두대간, 낙동정맥의 산림 자원이 최초로 우리가 찾고 즐기는 공간으로 바뀔 기회를 얻은 것이다. 이 모든 진행 과정은 그가 지닌 확고한 산림 철학 덕분이었다. 백두대간 프로젝트는 상상도 하기 힘든 획기적 정책이었다. 국립 백두대간 수목원, 국립 산림 치유원 계획을 수립한 경상북도가 산림청에 국비 신청을 했을 때의 일화이다. 사업비 3천억 원에 달하는 거대 국비 예산 계획을 담고 있는 프로젝트를 받아 든 산림청은 노골적인 반발을 내비쳤다. 산림청 개청 50여 년이 넘었지만 5백억 원이 넘는 단일 사업을 추진한 경험이 없었다고 했다. 혹시 경상북도의 계획, 혹은 의도대로 이 사업이 국비 사업으로 추진되면 산림청의 다른 예산이 영향을 받을 것이란 겁도 먹었다고 했다. 하지만 이건 기존 산림청 예산과는 전혀 관계가 없다. 프로젝트는 별도로 추진된 광역경제권 선도 사업이란 사실을 대규모 국책 사업 추진 경험이 전혀 없었던 산림청에 이해시켰고, 오해를 풀도록 했다. 하지만 경상북도의 백두대간 프로젝트를 받아본 산림청 핵심 관계자는 경북에서 이 건으로 방문하는 공무원을 처음에는 한두 번 만났지만 이후 실무 추진과정에서는 만나기를 극력 꺼렸다.

봉화군청 고위 공무원이 산림청을 찾았다. 사전에 분명히 전화 연락을 하고 방문했는데도 산림청의 담당 과장이 자리에 없었다. 해당 업무 실무 과장이라서 그를 반드시 만나서 논의할 일이 있었다. 담당 과장에게 전화했다. "죄송합니다. 집안에 제사가 있어서 지금 전주에 와 있습니다." 담당 과장은 봉화군 고위 공직자에게 미안하다고 말했다. 찾아갔던 공무원은 담당 과장의 말을 믿었다. 그렇지만 꼭 만나야 했기에 다시 전화하지 않은 채 바로 전주로 찾아갔다. 집안 제사로 고향인 전주에 갔다고 했으니, 가서 잠시라도 만나고 싶었다. 전주에 도착한 그분은 "과장님, 봉화에서 온 ***입니다." 산림청의 해당 과장은 놀랐다. 실제로 그가 전주에 간 것이 아니었고, 만나고 싶지 않아서 일부러 그렇게 말한 것이다. 할 수 없이 산림청 과장은 사실을 고백했고, 봉화군 공무원은 다시 대전으로 가서 산림청 과장을 만나게 됐다.

이런 우여곡절을 겪은 끝에 백두대간 프로젝트는 산림청의 공식 국비 사업이 됐다. 정부의 예비 타당성 검토를 거쳐 2천 5백억 원의 국비 재정이 봉화의 백두대간에 투입됐다. 2009~2016년까지 사업을 추진하여 2017년 개장했다. 한국에서 가장 큰 수목원인 국립 백두대간 수목원이 이렇게 탄생한 것이다.

백두대간 프로젝트는 한국에서 산림의 관점을 바꿔 놓았다. 영주·예천에 조성된 산림 치유원은 약 1천 5백억 원의 국비가 투입됐다. 백두대간 프로젝트가 남긴 흔적은 이뿐이 아니었다. 김관용이 강조한 대로 산림 자원이 시민들의 놀이터로 바뀌고 있고, 소중한 경제 자원으로 이용되고, 사라질 위기의 동물 종을 복원하는 공간으로 재탄생했다. 영주 국립 산림 약용 자원연구소, 청송 임업인 종합 연수원, 영양 멸종위기종 복원 센터, 청도 국가 산림 교육센터, 영양이 주창하여 광역 연계 협력 사업으로 완성된 국가 산채 클러스터(영양·봉화·영월), 그리고 낙동정맥의 시·군 산림지를 트래킹 코스로 연결한 사업들도 정비됐다.

쉽지 않은 과제를 제기한 그는 당초 경북의 흔한 산림 자원이 이렇게 짧은 시간에 변할 줄은 본인도 상상하지 못했을 것이다. 산림을 이용하는 방안을 지시한 것이 이렇게 큰 성과로 부메랑 돼 왔다. 김관용은 사람의 힘, 능력, 집중력을 믿는 사람이다. 본인 스스로 갖은 악조건 속에서도 포기하지 않고 이루어 낸 사람이다. 동시에 후배 공무원들의 창의력과 집중력을 믿은 그였다. 그렇지만 기대 이상의 성과로 감탄한 점을 김관용 스스로도 숨길 수 없었다. 아마도 숨기고 싶지 않았을 것인지도 모른다. 신념대로, 확신한 방향으로 일은 전개될 것이고, 소망한 그 끝을 보게 될 것이란 강한 자신감을 김관용은 가졌기 때문이었을 것이다.

경북의 산림은 변했다. 그냥 산림이 아니라 소중한 산림 자원을 넘어 귀한 산림 자산으로 바뀌었다. 김관용은 산림에 대해 자신감이 생겼다. 산은 바뀌고 있고, 앞으로 더 빨리 바뀔 것이다. 과거의 지켜만 보던 산, 바라만 보는 산이 아니었다. 사람들이 찾아가고, 신나게 즐기고, 가치 있는 것을 생산하고, 같이 나누는 공간이 됐다. 김관용은 사람들을 만나면 서슴지 않고 이렇게 말한다. "산에 가면 속이 다 후련해짐을 느낀다."라고 말한다.

　우리가 산을 찾는 것은 그냥 보기 위함이 아니다. 산에 가서 거기서 먹고살 방책을 찾아야 한다. 먹고 사는 것만이 아니라, 천연의 자연인 산이 가진 치유 효과를 위해 치유 센터도 만들어야 한다. 봉화에 완공한 백두대간 수목원을 시민들이 찾아와서 산과 자연, 그리고 나무를 보는 즐거움을 누려야 한다고 말한다. 그렇게 되면 산림은 산림 자원이 돼 우리에게 돈 되는 소중한 자산으로 바뀐다고 말해야 한다. "산림도 이제는 거기서 먹고 살아야 하고, 또 테라피도 해야 하고, 수목원도 해야 하고, 소득을 갖고, 또 지속 가능한 산림으로, 비즈니스 산업으로 발전 돼야 한다."고 그가 강조한 이유이다.

　김관용이 강조한 산림 자원의 가치가 바로 '먹고 사는 산', '지속 가능한 산', '비즈니스가 행해지는 산'이다. 경북에서 71%의 넓은 면적을 차지한 산림이 그동안 놀고먹던(?) 산이라면, 이제는 돈이 되는 산으로 바뀌었다. 지도자 한 사람의 비전이 경북의 산림을 이렇게 짧은 시간에 바꿔 놓았다. 참 드물고 귀하게 느끼는 즐거움이 아닐 수 없다.

Part 5.
# 애국·애민

30 _ 다산을 배우고 실천하다
31 _ 경북 사람들의 독립운동, 항일투쟁
32 _ 기억 회복 장치, 호국과 평화의 낙동강 방어선
33 _ 할매·할배의 날, 대한민국 가족공동체 회복 운동
34 _ 청년아, 세계와 지역이 우리 일터다
35 _ 위미노믹스 시대, 여성은 뉴노멀이다
36 _ 창의 리더 양성 플랫폼, 농민사관학교

▲ 농민사관학교 실습

▲ 청년 일취월장 행사

# 다산을 배우고 실천하다

김관용이 국세청 근무로 바쁘던 시절, 1994년 여름이었다. 오랜만에 망중한으로 고향 구미에 내려왔다. 초등학교 고향 친구들을 만났다. 고향 친구들은 언제 만나도 항상 반갑고 고맙다. 타향살이에 바빠 자주 찾지 못하는 고향이지만, 친구들이 있기에 고향 가는 발걸음이 가벼웠다.

친구들이 "관용아, 민선 시대가 곧, 오지 않느냐?, 이제 시장은 우리 손으로 뽑아야지, 니가 한번 나오는 게 어떻겠노?" 술 한잔 마시며, 농반진반 이야기가 나왔다. 깜짝 놀랐다. 한 번도 생각해 보지 않았던 일이다. 나보고 시장에 출마하라니. 말도 안 된다는 식의 손사래를 쳤다. 그 자리는 그렇게 친구들과 술을 마시면서 끝이 났다. 관용은 기분 좋게 집으로 돌아왔다.

몇 십 년 만에 다시 민선 시대가 돌아온다. 해방 이후 시끄러운 대한민국 민주주의 초기 시절, 민도가 낮아서 자치 민주주의를 할 역량이 되지 않았다고 했다. 기한도 없이 자치 민주주의는 중지됐다. 몇 십 년 만에 민선 자치 시대가 다시 돌아온다. 그는 홀로 생각했다. 과연 민선 자치 시대란 어떤 것인가? 고향 친구들은 왜, 그에게 그런 이야기를 했을까? 고향의 소식에 관한 한 무엇 하나라도 자기보다 더 많이 알고 있는 친구들이다. 친구들이 그에게 시장에 나가 보라고 권유한 이유는 무엇일까? 설령 그 이유를 알지 못한다 해도, 시장에 나간다고 작정한다면 '나는 이런 생각으로 시장에 나왔다'라고 말해야 하는데 김관용은 아직 그런 말을 할 자격이 없다고 생각했다.

그는 주변에서 불가능하다고 생각한 행정고시에 도전했다. 도저히 이룰 수 없을 것으로 생각한 어려운 시험에 합격했다. 그런데도 그 시험에 합격한 사람은 관용 혼자만이 아니었다. 그보다 더 뛰어난 초초 맹장들이 군웅할거하고 있었다. 높은 학벌에 든든한 배경까지 가세한 동기들은 그를 앞질러 달려갔다. 아무리 열심히 일해도 그에게는 기회가 주어지지 않았다. 한직 생활을 전전하던 그였다. 한직이 그에게 맞는 업무로 여겨지기도 했다. 그는 그 시절에 다산 정약용 선생을 만났다.

18년의 유배 기간이 없었다면 우리는 오늘날, 다산이 남긴 작품들을 보지 못했을 것이다. 정치에 바쁜 다산이 책을 쓸 시간이 어찌 있었겠는가. 덕분에 우리는 다방면의 책을 읽고, 자기 생각으로 정리하여 한 권, 두 권으로 이어진 독보적인 다산의 지적 세계를 편하게 읽게 됐다. 다산은 불행했지만, 우리는 그가 남긴 불후의 명작을 보고 있는 것이다. 김관용은 이렇게 생각하며 다산을 읽고 또 읽었다. 한국 지성사의 큰 빛인 다산을 읽은 것은 그에게 가장 큰 자산이었다. 다산이 없었다면 한직 생활의 무료함(?)에 빠졌을지도 모른다. 다산은 그를 예민하게 했고, 스스로 생각하도록 만들었고, 평범한 일상에서 새로운 가치가 창출될 수 있음을 실증으로 보여준 스승이었다.

김관용은 "다산이 살았던 삶의 궤적을 짚어 가며, 그의 저서들을 읽으면서 느끼고 또 느꼈다... 다산학의 기본, 즉 그의 기본적인 정치관은 민본(民本)"이라고 말한 점에 강한 느낌이 왔다. 나라에는 국민이 근본이고, 지역에는 시민이 가장 중요한 사람이란 다산의 생각을 되뇌었다. 다산은 왜, 민본을 말했을까? 왕조시대에는 '왕본'이다. 절대로 민본이 될 수 없었다. 어찌 보면 다산의 민본 주장은 지배와 다스림 방식의 왕본에 대한 혁명일 수도 있었다.

김관용은 다산을 이해하는 가장 정형화된 맥점인 실학에 주목했다. 실사구시(實事求是)란 무엇인가? 실사는 공허하고 근거가 없는 공소(空疏)한 학문 경향을 비판한다. 주자학은 옳음을 탐구하지 않는다. 옳음이란 백성의 삶을 평안하게 하는 것이다. 주자학은 옳음에 대해 탐구하지 않고, 그에 대한 반성도 없다. 다산은 경전 해석에서 주자학 체계를 극복하는 학문을 실학이라 여겼다. 다산은 당시의 시대상을 봐서도 조선의 유학자들은 주자학 체계에서 벗어나야 한다고 주장했다. 주자학은 공자의 정신에서 너무 멀어졌다. 우리 시대에 들어 '공자가 죽어야 나라가 산다'라고 말하지만, 다산은 공자 정신을 회복하는 것이 조선이 살길이라 생각했다. 지배층만을 위한 공허한 학문적 경향에서 벗어나야 한다. 학문은 백성의 삶을 더 낫게, 편하게 하는 것이다. 학문을 하는 사람은 철저한 고증, 실증적 태도를 지녀야 한다. 다산은 그것이 참된 공자 정신이라고 생각했다.

　김관용은 친구들의 출마 권유 이후, 다시 다산을 생각했다. 한직을 떠돌던 시절에 다산을 읽으면서, 다산의 고민을 공유하던 어려운 시절을 떠올렸다. 민본의 시대가 돌아온다는데, 그가 할 수 있는 일이 무엇일까? 다산이 강조했던 실사구시의 정치를 과연 그가 제대로 할 수 있을까 고민했다. 그것만 확인되면 그는 친구들 권유대로 출마해도 될 것이라 자신했다.

　다산의 실학은 여러 후배를 낳았다. 다산은 상상하진 못했지만 위대한 사상가의 고민에는 추종자들이 따르기 마련이다. 구소련의 페레스트로이카, 글라스노스트는 새로운 러시아를 낳았다. 베트남의 도이모이는 지금 전 세계에서 가장 빠르게 경제 성장을 추진하는 동력이 되고 있다. 베트남은 하루가 다르게 새롭게 변모하고 있다. 우리 역사에서 민본은 동학의 인내천 사상에 그대로 녹아 있다. 이들이 다산의 후예들은 아니다. 그러나 다산 사상의 요체는 후대 사람들의 증언, 검증으로 확인되었다. 다산의 생각이 옳았고, 다산이 길게 봤던 그 예측이 옳았음을 우리는 후대의 역사 진행에서 확인하고 있다.

　김관용은 "백성이 지키는 나라다. 백성의 나라다. 저 스스로 작지만 그런 생각을 하게 되었습니다."라고 자신의 심정을 고백했다. 나라 지키는 근본 원리를 말한 것이다. 이 나라는 소수 위정자의 몫이 아니라, 바로 백성, 국민이 주인인 나라라는 것이다. 참으로 쉬운 말이지만, 다산을 배우고 익히며 깊이 사유하지 않았다면 뱉어 낼 수 없는 말이다. 2015년 1월, 호남 미래 포럼에서 그는 그렇게 말했다. 다산의 민본 사상에 이끌려 정치를 시작한 그였으니, 다산이 강조한 민본은 누구보다 친밀했다. 민본은 김관용의 지방 정치 내내 기본이 된 정책 지침이었다. 도지사로서 김관용은 민본을 허투루 취급하지 않았다. 민본은 그의 정치의 기본이었고, 시민 편의를 위한 그의 지방자치 행정의 방정식이었다.

민선 1~3기를 구미시에서 성공적으로 마치고, 도백으로 민선 4기에 나섰다. 그는 '일자리, 일자리, 일자리'를 주창했다. 일하고 싶은 사람에게 일할 자리를 주는 것, 도백은 그것을 반드시 이루어야 하는 사람이라 생각했다. IMF 경제 위기를 겪고 나서 사람들은 생각하는 방식을 바꾸었다. 취직해서 일할 수 있는 직장이 있는 것이 가장 중요했다. 학교를 마치면 내가 가진 능력에 맞는 일자리가, 내가 사는 곳 가까이 있는 것이 가장 중요했다. 참으로 단순하지만, 위정자들은 이 사실을 이해하지 못하는 것 같았다. 그가 내세운 '일자리'는 공약이 아니라, 도민들의 당연한 노동권이었다. 일할 의사가 있는 모든 사람에게 그에 적합한 일자리를 제공해 주어야 한다는 것이 노동권이다. 김관용은 도민에게 당연한 권리인 노동권을 강조했다. 선거에 나선 어느 후보가 이런 공약을 했던가? 단순히 일자리 몇 개 더 만들겠다는 공약은 있었다. 하지만 노동권을 강조한 후보는 찾기 힘들었다. 민본의 철학으로 시민정치를 선언한 그에게 노동권은 나올 수밖에 없는 당연한 공약이었다.

도지사에 출마하면서 그는 구미시장 시절, 외국인 투자 기업 유치를 위해 일본에 갔던 기억을 떠올렸을지도 모른다. 국세청에서 근무한 전공을 살려 사업의 비전과 성공 가능성을 대차대조표까지 꼼꼼하게 챙겨 설명했다. 왜, 구미에 투자해야 하는지, 투자하면 어떤 이득이 생기는지, 눈으로 확인할 수 있도록 해야 외국인 기업가가 낯선 땅에 투자한다고 생각했다. 시민에게도, 도민에게도 마찬가지이다. 그는 다산을 읽으면서 실사구시를 배우지 않았다면 할 수 없는 삶의 방식에 도전한 것이다.

다시 다산의 가르침을 보자. 다산이 얼마나 실용 가능한 구체적인 대안을 제시한 사람이었는지 우리는 확인할 수 있다. 유명한 다산의 현대적 닭 사육 시스템 일화가 있다. 1805년 양계를 시작한다는 아들에게 편지로 전달한 내용이다. "농서를 잘 읽어서 좋은 방법을 선택해 실험해 보되, 색깔과 종류별로 구별해 보고, 홰를 자르고 만들고 사육 관리를 특별히 해서, 남의 집닭보다 더 살찌우고 더 번식하게 하여…" 이것이 아버지가 아들에게 내린 특별한 닭 사육 방법이었다. 사서삼경이나 외고 있었던 당시 유학자 중에서 이런 생각을 한 사람이 과연 몇이나 되었을까. 책을 읽고, 실험하고, 사육 관리를 특별하게 하고, 다른 집보다 더 크게, 더 많은 알을 낳도록 하는 비법을 아들에게 설명했다. 요즘 말로 하면 닭 사육 경쟁력 강화 방안이었다. 당시로서는 상상하기 어려운 다산의 실용 방침을 김관용은 배웠을 것이다. 그 정신은 민본이었다. 이것이 들불처럼 타올라 김관용은 초유의 1~6기 연속 6선에 성공했다.

그가 다산을 배우고 실천한 끝판왕은 일취월장 프로젝트였다. '일찍 취직해서 월급 받아, 시집·장가가자' 이 프로젝트는 청년들에게 엄청난 희망을 준 사업이었다. 청년들의 맘에 이처럼 꼭 드는 조합의 사자성어가 있을까 싶다. 학업을 마친 청년들의 염원은 조기 취업이다. 그러나 재수는 물론 삼수 사수에 취직 포기자까지 나오는 마당에 김관용이 주창한 일취월장은 청년들의 심금을 바로 울렸을 것이다. 그는 고민도 많이 하고, 생각도 깊은 사람이다. 하지만 한번 결정되면 불도저같이 밀어붙이는 사람이다. 어감은 별로지만 드리대(DRD) 도지사란 별명이 싫지가 않았다. 한번 결정 난 것은 좌고우면하지 않는다. 그냥 불도저처럼 밀어붙이는 도지사란 뜻으로 도민들이 붙여 준 별명을 오히려 즐겁게 받아들였다.

그는 일 처리를 단순 간명하게 한다. 문제가 있으면 문제가 생긴 곳으로 가서, 문제가 무엇인지 살핀다. 문제를 제대로 살피면 어떻게 문제를 풀 것인지 방책이 선다. 김관용이 문제를 보는 관점이다. 문제가 터져 나오는 현장에 가서 보면 당초에 생각한 것처럼 그렇게 심각하지도 풀 수 없는 불가능한 문제로 보이지도 않았다. 자연에서 빚어진 것이던, 사람에 의해 발생한 일이던, 문제가 왜 생겼는지 무엇 때문인지 고민하면, 즉 실사(實事)해 보면 답은 저절로 나온다고 믿었다. 김관용은 다산의 가르침을 익히고 실천하며 산 사람이었다.

# 경북 사람들의 독립운동, 항일투쟁

김관용은 경북인들이 잊지 않고 간직해야 할 정체성이 무엇인지, 그 정체성은 어떻게 형성되었는지 관심이 많은 사람이다. 그는 경북인의 정체성을 '한국 정신의 창' 여섯 자로 집대성했다. 그가 찾았던 정체성은 경북인의 자긍심 그 자체였다. 정체성 사업에서 그가 주목한 것은, 정체성을 만들어 낸 경북인, 바로 사람들에 관한 이야기였다.

김관용은 경북인으로서 역사의 굽이굽이 소용돌이에서 나라를 지켜낸 선조의 이야기 듣기를 좋아한 사람이다. 바람 앞에 등불처럼, 누란의 위기에 처한 조국을 지키기 위해 목숨을 초개같이 버린 경북인의 지조를 사랑한 사람이다. "우리 몸속에는 5000년 역사의 기운이 살아 있고, 피 끓는 민족의 정기가 흐르고 있습니다." 제63주년 광복절을 맞아 그가 한 말이다. 우리에게는 5천 년 역사의 기운이 살아 숨 쉬고 있다. 그러니 그 역사의 기운을 흩어지지 않는 힘으로 다져 내는 것이 남은 우리가 할일이라고 김관용은 생각했다.

경상북도는 독립·항일 운동의 발상지다. 기존 역사는 독립운동의 출발 연도를 1895년 을미년의 의병 활동이라 생각해 왔다. 그러나 그보다 1년 전인 1894년 갑오년에 안동을 비롯한 경북 북부 지역에서 대대적으로 의병이 봉기했다. 학계의 보완 연구를 통해 확인되겠지만, 경북은 항일 운동의 발상지이자 최전선에서 항일 투쟁을 벌였다. 안동대 김희곤 교수가 지은 〈안동사람들의 항일투쟁〉은 조선의 양반 정신이 얼마나 애국·애민과 긴밀하게 연결돼 있는지를 확인시켜 주었다.

경북의 선조들이 전개한 독립운동은 남달랐다. 선조들이 지켜 온 소중한 이 땅을 우리는 나라 사랑, 사람 사랑의 맘으로 이어가야 한다. 김관용이 생각한 항일, 독립운동은 그런 것이다. "이제 빗장을 열고, 잠자는 경북을 깨워야 합니다." 경북이 가진 잠재력은 엄청나다. 그런데도 우리가 해야 할일, 새롭게 개척해야 할 과제가 적지 않다고 그는 생각했다. 동이 튼 새벽, 빗장을 열어 더 높은 하늘을 보며 우리는 훨훨 날아야 한다고 생각했다. 아직도 잠자리에 있는 우리 모습을 그는 자책한 것인지도 모른다. 우리는 21세기, 4차 산업혁명의 전대미문의 바람 앞에 서 있다. 이미 와 있고, 다가올 어려움이 아무리 심하고 거칠다 해도, 20세기 동틀 무렵의 선조가 겪은 그 엄혹한 고통과 시련에 비길 수 있겠는가?

김관용은 독립운동을 이렇게 표현했다. "대한독립 만세라는 거룩한 외침 앞에 모두가 함께했습니다." 독립 만세는 그에게 거룩한 외침이었다. 선조는 무력이 아닌, 외침의 독립운동을 했다. 적들에게 평화가 무엇인지 가르쳐 주었고, 그런 평화의 독립을 소원했다. 그러나 항일 투쟁이란 적극적인 독립운동도 빠트리지 않았다. 안동에 터 잡은 사람들의 독립운동은 일본제국주의에 대항한 적극적 투쟁이었다. 김관용이 꿈꾼 대한민국, 경상북도는 "작은 구멍가게 하나 차려도 자식 공부시킬 수 있는 경북, 가지지 못한 자도 주장하고, 사람 대접받는, 그래서 정말 잘사는 나라, 존경받는 대한민국"이었다. 지고한 대한민국의 꿈이 평범한 소시민의 삶을 통해 실현되는 나라가 좋은 나라라고 생각했다.

누구나 자기주장을 하고, 똑같은 사람으로 대접받는 그런 나라는 '사람이 곧 하늘'인 인내천의 동학사상이다. 김관용은 평등의 대동 세상을 설파했던 선조를 생각했다. 사람 위에 사람 없고, 사람 아래 사람 없는 세상, 그런 공정한 사회, 균형 잡힌 지역, 평등한 사람들이 다 함께 사는 경상북도를 염원했다. '구멍가게 하나만' 있어도 원하는 자녀를 다 공부시킬 수 있고, 하고 싶은 말 다 하며 사는 대동 사회를 소망했다. 그런 사회가 하루아침에 오는 것은 아니다. 하지만, 우리가 다 함께 노력해서 만들어나가야 할 세상임이 분명하다.

한국의 근·현대사가 겪은 굵직굵직한 위기는 참으로 많았다. 우리는 그 위기를 극복하며 살아 왔다. 김관용은 위기와 기회란 동전의 양면으로 대한민국 근·현대사를 보았다. 밖으로는 외세 침략에 대응하여 독립을 주장했다, 안으로는 근대 국가와 근대 사회 건설의 길 찾기에 나섰던 험난했으나, 굽히지 않은 대한민국 백 년의 역사를 바라보았다.

경북의 역사에는 진한 투쟁의 흔적이 어느 지역보다 굵게 새겨 있다. 경북은 독립운동 유공자가 전국에서 가장 많은 2,155명이다. 국가보훈처의 독립운동 전체 포상자 수 14,897명의 14.5%나 된다. 1905년 을사늑약 강제 체결로 전국에서 자결한 순국열사는 1910년까지 71명이나 되었다. 그중 경북에서 17명의 열사가 목숨을 던져 항거했다. 안동 중심의 경북 북부에서 시작된 의병 전쟁, 끊임없는 항일 투쟁은 '값지고 귀중한 보석같이 빛나는 구국의 전선'이었다.

김관용은 항일 투쟁, 독립운동의 애국·애민 정신을 경북의 정체성으로 일체화했다. 안동시가 건립했던 독립운동기념관을 경북도에서 인수하여 도 기관으로 승격시켰다. 국비를 포함 300억 원의 예산을 들여, 대대적인 확장 사업을 추진했다. 2017년 6월 30일, 3년간의 공사 끝에 준공, 개관하여 경상북도 독립운동은 물론, 대한민국 독립운동의 발상지다운 면모를 확립시켰다. 경상북도 독립운동기념관은 청소년들에게 선조의 독립정신을 배우고, 체험하는 인기 있는 공간으로 탈바꿈했다.

김관용은 독립운동 발상지에 걸맞게 애국정신을 재조명하고, 국민에게 자긍심을 고취하기 위해 뿌리 알기 사업을 대대적으로 시작했다. '독립운동가 나라 사랑 정신 따라 하기 사업'을 1단계(2010~15년), 2단계(2016~18)에 걸쳐 추진했다. 독립운동 유적지 정비·복원, 독립운동가 생가 복원, 독립운동 유적지 탐방 루트 조성, 나라 사랑 체험 캠프 운동, 그리고 독립운동기념관 확대 조성 등의 사업이다. 이들 사업은 완공되자마자 바로 전국의 청소년들이 찾는 제2의 독립운동 성지가 되어 필수 순례·체험 루트로 자리 잡았다.

김관용은 독립운동, 항일 투쟁을 생각할 때마다 청년처럼 가슴이

뛰고 벅차오른다고 했다. 그는 '나는 아직 할 일이 많다'라고 말하는 듯하다. 조국과 민족을 위해 풀어야 할 숙원 과제가 너무도 많다는 생각을 그칠 수 없다고 했다. "나라가 어려울 때마다 두려움 없이 일어섰고, 언제나 어둠을 달려 새벽을 열어왔던 개척자!" 그는 아직도 선조의 자랑스러운 역사 앞에 여전히 마주 서 있다고 생각한다.

그만 한걸음 물러나서 후배들이 할 일로 남겨야 하지 않느냐, 우리와 다르지 않겠냐는 말을 그는 거부한다. '나라가 어려울 때 두려움 없었던' 선조의 지조가 그를 지금도 일으켜 세운다고 말한다. 혹자는 이러한 그에 대해 '아직도 남은 마음이 있느냐?'고 말할지 모른다. 필자가 보기엔 전혀 그렇지 않다. 과거처럼 그의 행동반경이 넓지는 않을 것이다. 그러나 나서야 할 필요가 있다면, 시기가 온다면, 그는 기쁘게 나설 것이다. 그렇지만, 나서지 못한다고, 일어서기 어렵다고 해서, 그의 마음조차 가둬둘 수는 없다. 그를 지켜본 사람이라면 지금까지 해 온 모든 행적으로 봐서는, 무엇보다 경북의 정체성, 경북인에 대한 한없는 자긍심, 선조가 쌓아 올린 희생의 금자탑은 충분히 그를 정중동(靜中動)의 사람으로 볼 것이기 때문이다.

독립, 항일은 경북 정체성의 핵심 단어의 하나이다. 이 단어는 투쟁과 운동에 그치지 않는다. 미래에 닥쳐올 위기에 대비하는 진행형 용어이다. 한반도 주변 4강은 현존하는 세계 최고의 군사력과 경제력을 가진 세력이자, 경제권이다. 우리는 4강의 파고를 파력 에너지의 지혜로 창발해야 한다.

김관용은 "경북이면 가능합니다. 경북인이면 할 수 있습니다... 그 경상북도를 새로운 한반도 시대를 여는 중심에 우뚝 세웁시다."라고 말했다. 우리는 못할 것이 없는 민족이다. 불가능하다고 하는 한강의 기적을 이루어 낸 불굴의 사람들이다. 지구촌에서 가장 뛰어난 두뇌를 소유한 민족이다. 이만하면 남 앞에 위축될 것이 없다. 무엇이든 할 수 있다는 긍정심, 주변의 잦은 트러블에도 아랑곳없이 놀라운 평정심으로 뚜벅뚜벅 좌표를 따라 행진하면 된다. 필자에게 김관용은 여전히 선조의 독립운동과 항일투쟁에서 21세기를 개척할 지혜 보따리를 가득 들고 서 있는 사람처럼 보인다.

## 32.

# 기억 회복 장치,
# 호국과 평화의 낙동강 방어선

　김관용은 호국의 사람이다. 나라를 지키는 첫째는 잘사는 나라를 만드는 일이다. 나라가 잘살아야 국민도 잘산다. 요즘 세대들은 좀 다르게 생각할지 모르겠다. 그는 다 같이 못살던 나라에서 산 세대이기에 나라가 잘살아야 국민도 잘살 수 있다고 생각한 사람이다. 근대화 시절, 누대의 가난을 물리치는 데에 일조한 새마을운동도 그에겐 중요한 호국이었다. 나라 지키는 것이 먼 데 있는 일, 전쟁터에 가는 일이라고만 생각하지 않았다.
　그가 대통령 비서실, 국세청 공무원에서 민선 시대를 맞아 구미시를 직접 경영하고 싶던 것도 지역이 든든한 나라를 세우는 데 일조하기 위함이었다. 호국이란 거창한 말은 먼 곳, 높은 하늘에 있는 것이 아니라 다산과 친해지면서 우리 생활 속의 조그만 실천 같은 것이라 생각했다. 다산에게서 지방 경영의 요체를 배우고, 그의 방침을 실천하기로 다짐하던 시절부터 생활 호국의 필요성을 절감했을 것이다. 김관용은 시민들이 사는 생활 현장을 든든하게 하는 것이 애국이고, 호국이라 생각했다.

해방 이후, 조국 근대화를 가로막았던 우리 민족의 가장 큰 비극은 6·25전쟁이었다. 35년 일제의 강점에서 벗어나 빛의 세상을 다시 본 지 5년이 채 안 되었다. 북한의 무력 침략으로 동족 간에 서로 총칼을 겨눈 비극을 겪었다. 우리가 겪은 6.25의 비극, 불행은 아직도 진행형이다. 1천만이 넘는 가족이 남과 북으로 갈리었고 아직도 수많은 이산가족은 서로 생사 모른 채 살고 있다. 살아 있음을 아는 부모형제도 만나지 못하는 안타까운 상황이 계속되고 있다. 남과 북은 아직도 종전선언도 하지 못한 채 냉전의 상태가 진행되고 있다. 한반도는 여전히 낡은 이념이 민족보다 앞서는 유례없는 비극의 현장이다.

누가 이렇게 만들었는가? 왜, 이런 비극이 우리 민족에게 덧씌워져야 하는지, 항변하고 물을 이유가 없다. 진실 여부가 어떤 것인지, 그건 이제 전혀 중요하지 않다. 남들이 남과 북을 통일시켜 주도록 기다릴 것이 아니다. 우리가 나서서 손잡고 화해하고, 협력하면서 통일의 대업을 이루어야 한다. 지구촌 사람이 한반도에 대해 가진 모든 우려를 풀 수 있도록 우리 민족의 기개와 지혜를 보여주면 된다. 필자는 그것이 김관용이 생각해 온 하나 남은 호국의 순례를 완성하는 방점이라 생각한다.

김관용은 우리 시대에 남북통일의 대망을 이룰 수 있다고 확신한다. '삼국통일의 화랑. 목숨 바쳐 조국 산하를 지킨 불굴의 호국'의 역사가 우리에게 있기 때문이다. 그러나 과거에 취해 있기만 해서 통일이 그저 주어지는 것이 아니다. "전쟁 경험이 없는 젊은 세대들에게 6·25전쟁의 실체가 무엇인지, 자유와 평화가 얼마나 큰 희생을 치르고 얻은 것인지, 생생하게 체험할 수 있는" 기회를 주는 것이 필요했다. 젊은이들은 전쟁을 모른다. 6.25가 얼마나 처참하게 피를 흘린 참혹한 전쟁이었는지를 모르고 있다. 역사를 모르는 민족, 역사를 무시하는 정치, 역사가 미래를 예견한다는 역사의 진리를 무시하는 일본을 보라. 김관용은 그들에게 미래는 없다고 단언한다. 우리가 일본을 역사의 문외한이라 비판하지만 어떤 점에서는 우리도 그들과 마찬가지가 아니냐고 그는 생각한다.

청소년을 대상으로 호국 의식을 조사한 결과를 보면 우리가 후손에게 한 역사 교육이 얼마나 무심한 것이었는지, 우리 역사를 얼마나 가볍게 생각하도록 했는지 알 수 있다. 초등학생의 절반 이상은 6·25전쟁이 언제 발발했는지, 현충일이 왜 국가 지정 공휴일인지를 몰랐다. 심지어 6·25전쟁을 일본과 치른 전쟁이라고 생각하는 학생도 11%나 되었다니 놀라울 뿐이다. 우리가 청소년들에게 저지른 죄악이다. 청소년들에게 우리 역사의 문외한이 되도록 한 어른들의 낮은 역사 인식을 철저히 반성해야 한다. 김관용은 우리가 좀더 진지하게 우리 역사를 탐구하고 배워야 한다고 말한다. 역사의 진리를 배우지 못하는 민족에게 더 나은 역사적 미래는 보장되지 않는다.

그는 현충일만 되면 지난 우리 역사에 대해 반성한다. "남들이 그렇게 염원했던 조국 강산, 풀 한 포기, 나무 한 그루에도 혼백이 서려 있지 않은 곳이 없기에…. 우리에게 주어진 역사의 소명을 되새기고 있습니다." 그가 역사의 반성이 필요하다고 주장하는 이유는 간명하다. 조국 강산의 모든 곳, 이른바 풀 한 포기, 나무 한 그루에도 선열들의 혼백이 스며 있기 때문이다. 그들이 흘린 피가 풀이 되고, 나무가 되고, 강산이 되어 조국을 지키고 있다. 그는 후학에게 남겨진 역사의 소명은 그 불행했던 역사를 반복하지 않는 것이라 말한다.

후배들을 만날 때마다 그는 6·25전쟁의 생생한 비극의 현장을 소개한다. "여기가 최대의 격전지입니다. 6.25의 상흔이 그대로 있고, 그러한 현장에서… 세계를 향해서 평화를 주장하고, 또 그 보루로서 지키자는 결의를 밝히는…" 그 일들을 지금 바로 시작해야 한다고 말한다. 가장 치열했던 전쟁의 현장을 찾아서, 그 전쟁이 얼마나 큰 비극이었는지, 왜 비극의 전쟁이 일어날 수밖에 없었는지, 자라나는 청소년에게, 전쟁의 참상을 모른 채, 민족의 비극인 6·25전쟁이 어떤 것인지도 모른 채 자라는 우리 아이들에게 6.25의 깊은 상처를 보여주어야 한다. 우리의 비극을 적나라하게 드러내는 것, 이것이 우리가 겪은 불행을 극복하고 세계 공영의 평화 대행진에 참여하는 길이라고 생각한 것이다.

김관용은 유대인의 비상한 기억 장치에 탄복한 사람이다. 짧게는 히틀러의 망상이 빚은 어처구니없는 아우슈비츠의 비극만이 아니다. 2천 년이나 나라 없는 설움에도 그들은 굳건하게 시오니즘(Zionism)의 기억 장치를 간직하고 있었다. 마침내 선조의 땅에 이스라엘을 다시 세웠다. 유대인이 가능하다면 우리도 충분히 할 수 있는 일이다. 그들의 긴 시간에 비하면 너무도 짧은 6.25의 비극을 우리는 충분히 기억하고 교훈을 얻어야 한다. 슬픔을 기억하지 않는다면 우리는 미래의 어느 시점에 과거의 비극을 재현할 수 있다.

　김관용이 시작한 비극 기억 장치는 낙동강 호국 평화 벨트 조성 사업이다. 사업은 칠곡, 영천, 영덕, 상주, 포항, 군위의 6개 시·군에 걸쳐 추진했다. 6·25 때 낙동강 방어선은 대한민국을 지켰고, 살려 낸 곳이다. 6·25전쟁 3년 동안의 극적인 전투 장면들인 왜관철교 폭파, 다부동 전투, 군위·신령전투, 기계·안강전투, 포항전투, 영덕·장사상륙작전을 통해 낙동강 방어선을 지켜 냈다. 장사상륙작전은 인천상륙작전보다 하루 먼저 실시되어 적의 시각을 흐리게 함으로써 인천상륙작전이 성공하도록 한 결정적 계기가 된 작전이었다. 무엇보다 장사상륙작전을 수행하는 과정에 군번 없는 772명의 학도병이 참전한 역사적 사실을 잊어선 안 된다. 학도병 139명이 전사했고, 92명이 부상했으며, 나머지는 실종되는 큰 희생 속에 성공했던 상륙작전이었다. 낙동강 방어선은 대한민국을 지킨 최후의 보루였으며, 어린 학도병들까지 합세하여 피로써 지켜 낸 우리 땅이었다.

　김관용이 왜, 심혈을 기울여 낙동강 방어선 사업들을 추진했는지 이해가 되는 대목이다. 사업들은 이렇게 진행됐다. 칠곡 석적면에 호국 평화 공원을 조성했다. 231천㎡(7만 평) 부지 위에 건립한 공원에는 총알구멍이 뚫린 철모, 장병 수첩, 소총 등 치열한 전쟁의 실상을 보여주는 유품이 전시돼 있다. 영덕에는 문산호를 복원한 군함박물관을 건립하였다. 약 300억 원의 사업비를 투입하여 일대를 전승 기념 공원으로 조성했다. 낙동강 전투가 벌어진 주요 격전지마다 전승 기념비, 호국의 역사를 정리한 책자를 발간했다. 칠곡 유학산 등 주요 전투지에서는 6·25전쟁 유해 발굴 사업을 지속해서 추진하고 있다.

김관용은 매년 6월 낙동강 방어선의 원점인 칠곡에서 '낙동강 세계 평화문화 대축전'을 개최해 왔다. 전쟁을 잊지 않을 뿐 아니라, 전쟁이 남긴 교훈, 평화의 다짐을 매번 새롭게 하는 행사이다. 전쟁에 참전, 우리를 도운 21개 나라의 참전 노병들도 초청하여, 그들이 우리에게 준 은혜를 조금이나마 갚고 있다. 전쟁과 평화를 주제로 한 국내 최대 규모의 대축전은 역사를 잊으면 그 역사를 반복하게 되고, 긍정의 미래를 설계하지 못한다는 역사의 진리를 확인하는 자리이다.

그가 호국의 대축전을 국비 사업으로 추진하려 했을 때, 처음에는 그 작업이 쉽게 진행되지를 않았다. 경상북도의 사업계획서를 받아본 중앙 정부는 "지자체에서 왜, 그러느냐?"고 반문했다. 나중에 예산과 시간이 되면 중앙 정부가 어련히 알아서 할일이 아니냐, 그러니 먼저 나서지 말고 가만히 있으란 것이다. "언제까지 기다리고 있을 수만은 없지 않으냐?" 경북도가 해당 부처에 답한 말이다. 처분만 기다려서는, 우선순위만 기다려서는 될 일이 아니었다. 낙동강 방어선은 경북인이 지켜 낸 방어선이었다. 대한민국을 살려낸 방어선이었다. 경북인이 그 방어선에서 6·25전쟁의 역사를 재현하고, 역사의 비극을 방지할 기억 회복 장치를 만들어 내야 할 역사적 과제를 안고 있다고 생각했다.

경상북도는 더욱 적극적으로 나섰다. "더 기다리면 다 사라진다."라고 중앙 부처에 항변했다. 우여곡절을 겪었지만, 김관용은 중앙 정부와의 Q&A를 참 잘했다고 생각한다. 아마, 시작한 그때가 가장 빨리 시작한 때였을 것이다. 김관용은 그때 사업을 시작하지 못했다면 사라졌을 역사가 너무 많았을 것으로 생각한다. 심지어, 아직도 사업 착수는 생각지도 못했을지도 모른다. 낙동강 방어선은 대한민국의 생명선이었다. 그 방어선은 이제 6·25전쟁의 아픈 역사를 반복하지 않기 위한 호국과 평화의 벨트, 기억 회복 장치의 대축전으로 우리에게 다가섰다.

## 33.

# 할매·할배의 날,
# 대한민국 가족공동체 회복 운동

현대는 어른이 공경 받지 못하는 사회다. 과거에는 어른이었으나, 지금은 노인이다. 과거에는 나이가 들고, 경험이 많아질수록 지혜도 커졌다. 여러모로 아는 것도 많았으니, 사회적으로 존경받는 어르신이었다. 사회는 이들에게 더 많은 부와 권력, 기술을 가져다주었다. 어른이 후배를 가르치고, 사회의 존경을 받는 것은 당연했다.

사회가 바뀌었다. 과학 기술이 발전하면서 과거에 배운 지식은 지혜로 성숙하지 않았다. 오강선은 〈학습혁명〉이란 책에서 지식을 경험 지식과 기술 지식으로 구분했다. 경험 지식은 낡은 기술, 경쟁력 저하 기술로 평가받고 용도폐기 된다. 옛 기술은 쓸모가 없어졌으니, 바뀐 시대에 적응하려면 나이 든 사람도 신기술을 배워야 한다. 과거 어른의 브랜드를 달고 청년과 신기술을 배우고, 경쟁하기가 쉽지 않다.

4차 산업혁명으로 기술의 융·복합이 빠르게 진행되면서 어떤 새로운 미래 기술이 나오게 될지 예측도 어렵게 한다. 기술은 하루가 다르게 발전하고 변한다. 1~2년 전에 배운 기술도 무용지물이 되는 세상이다. 어른이 존경받는 사회 구조가 아니게 된 것이다.

급격한 산업화, 핵가족화는 우리 사회에 엄청난 진보를 가져왔지만, 각종 사회 문제도 낳았다. 고독과 질병, 빈곤에 처한 노인은 누가, 어떻게 지원해야 하는가? 인성 부재의 청소년 현상으로 세계에서 가장 높은 청소년 자살과 조폭을 뺨치는 학교 폭력 빈발에 대한 대책은 무엇인가? 패륜적 범죄, 결손가정, 가정 붕괴로 이어지는 갖가지 병리적 사회 현상에 대해 우리는 어떤 합리적 해결 방안을 제시할 수 있는가? 만약 이런 병리 현상을 치유할 대안이 확실하지 않다면, 김관용은 지금이야말로 지식에 밀려 내팽개쳐 온 어른들의 지혜를 다시 청해야 한다고 생각했다.

젊은층이 기술·지식의 관점에서 연장자, 나이 든 사람, 노인을 바라본다면 그들은 경쟁 상대가 아니다. 그들에게 노인세대는 배울 것이 전혀 없는 사회적 부조 대상이라 생각할 것이다. 김관용은 첨단 과학 기술이 지역과 나라의 경쟁력을 강화, 발전시키는 핵심 수단임을 안다. 하지만, 그는 부모가 자식을 낳고, 부모를 낳은 할머니, 할아버지가 연출해 낸 가족 간의 끈끈한 정(情)의 공동체 문화를 기억하는 세대이다. 김관용은 어느 강연에서 "중국의 공자는 뗏목을 타고 조선에 가서 예의를 배우는 것이 소원"이라는 이야기를 했다. 2천 5백 년 전에 중국에 알려진 조선은 세상에서 가장 예의가 바른 나라였다. 어른을 공경하는 나라가 힘센 나라임을 공자는 알았다. 우리가 과거의 조선에서 사는 것은 아니지만, 오랫동안 우리 사회를 지탱해 온 공동체적 품성이 사라지고 있는 것을 그는 못내 아쉬워했다.

김관용은 어렸을 때 할머니가 달래 주던 따뜻한 손길을 기억한다. "어렸을 때 어머니에게 혼나고 눈물범벅으로 달려가면, 할머니께서 안아 주며 말씀하시곤 했다. '아이고, 내 강아지 울었어?'" 어린 그에게 어머니는 엄하고, 할머니는 항상 따뜻한 분이셨다. 그 이유를 당시는 몰랐지만, 나중에는 이해하게 되었다. 어머니와 할머니가 각각 자연스럽게 나누던 자식 교육 역할 분담이었다.

평균 연령 80세를 넘은 지 오래다. 우리나라는 2018년에 노인 인구 비율이 14%를 넘는 고령 사회가 됐다. 이제 2026년이 되면 노인 인구가 20%를 넘는 초고령사회로 진입할 것으로 예측한다. OECD 회원국 중에서 가장 빠른 고령화 속도를 보인다. 오래 살기를 염원했던 인류는 고령화의 소망을 이루었다. 그 소망은 동시에 새로운 과제도 제기하고 있다. 고령화가 무위도식하는 연령층을 낳거나, 사회적 효용 가치를 전혀 창출하지 못하는 잉여 세력이 되지 않도록 할 사회적 대책이 필요한 상황이란 사실을 말이다.

신기술 장착력이 부족하다는 이유 하나로, 어른을 무시하는 사회는 인공지능(AI)이 빠르게 일터에서 사람을 배제하는 사회와 마찬가지 아닐까? AI 시대가 다가와도 여전히 사람의 역할이 필요하고, 일의 최종 결과를 사람이 책임져야 한다. 젊은이와 어른 간에도 존경과 신뢰, 협력을 통해 더 나은 사회로 나아가야 한다고 그는 생각했다.

김관용은 우리 역사에서 방법을 찾았다. "경북은 역사를 통해 흔들림 없는 충효 사상으로 나라와 가족을 반석 위에 올곧게 지켜낸 자랑스러운 고장"임을 알고 있다. 조선 시대, 16세기의 문신, 이문건의 손주 육아 일기 〈양아록〉을 경상북도 성주군 성주 이씨 문중에서 발견했다. 이 기록을 통해 그는 "자식을 길러 본 어르신들의 지혜를 손주에게 전수해 보면 어떨까, 어른들의 삶이야말로 전 세대를 아우르는 가족공동체 회복 운동의 시작점이 될 것"이란 확신을 얻었다.

그렇게 하여 김관용은 2014년에 매월 마지막 토요일을 손주가 부모와 함께 할머니, 할아버지를 찾아뵙는 날로 정했다. 구수한 경상도 사투리를 넣어 '할매·할배의 날'로 브랜드도 만들었다. 그는 이런 기념일이 세계 최초일 것으로 생각했다. 놀랍게도 지구촌에는 할머니, 할아버지를 기념하는 나라가 14개국이나 있었다. 시대가 많이 변해도 인류의 보편적 인성은 변하지 않는다는 사실을 실감한 것이다. 할매·할배의 날을 제정한 경상북도의 정책에 대해 한 언론사는 이렇게 평하기도 했다. "지자체장의 정책 중에서 시·도민의 생활을 바꾸고, 가장 큰 호응을 얻는 명품 정책"이라고 소개했다. 정책의 차별성도 차별성이지만, 지금 우리 사회가 잃어버리고 있는 전통 문화, 사회적 가치, 공경, 지혜, 가족공동체 등의 개념을 모두 수렴할 수 있는 정책으로 보았다.

김관용은 우리 사회는 어르신을 존경할 때 더 훈훈해질 것이고, 어른들이 가진 능력과 지혜를 우리가 더 많이 활용할 수 있다고 말한다. "존경받는 어르신의 표상으로서 새로운 어르신 상을 정립할 수 있을 것으로 생각합니다." 그는 할매·할배의 날을 통해 존경받는 새로운 어르신 상이 정립되기를 바랐다. 경상북도가 할매·할배의 날을 처음 시작했지만 전국적으로 확산되기까지는 오랜 시간이 걸릴 것이다. 그러나 긍정적인 여론 향배는 앞으로 경상북도가 정책적으로 더 다져 나가면 충분히 승산이 있을 것이다. 그의 재임 시에는 이루지 못했지만, 법제화를 통해 할매·할배의 날이 전국으로 확산하기를 희망한다.

할매·할배의 날의 파장이 커지고 있다. 단순히 할머니, 할아버지를 찾아 효도하는 활동에 머물지 않고 있다. 우리 사회에서 잃어 버렸다고 여긴 전통의 삶, 가격보다 가치를 더 소중히 여기는 삶, 개인주의 가치도 중요하지만 가족공동체를 더 귀하게 여기는 생활 실천 운동으로 확산하고 있다. 물론 그가 이 정책을 구상하고 참모들과 세부 정책 내용을 고민할 때 정책의 파급 효과를 어디까지 검토했는지는 모른다. 그러나 애초 이 정책이 조부모를 중심으로 가족공동체를 회복하고, 소통과 인성 교육을 하자는 것이 취지였음을 상기하면 충분히 예견할 수 있는 정책의 순조로운 확장으로 볼 수 있다.

기술이 발전하면 문화나 제도가 기술 변화에 조응하지 못하는 문화지체(Cultural lag) 현상이 발생한다. 마찬가지로 우리는 개인화, AI 시대가 낳고 있는 고독, 인성파괴, 가족 붕괴 현상을 막거나 방지할 대책도 필요하다. 필자는 이런 상황의 부상이 첨단 기술 주도와 이의 맹신으로 인한 고유의 미풍양속, 어르신 존중, 공동체 부재라는 지체 현상을 낳았다고 본다. 전통-고령-공동체 지체(Traditional-aged-community lag) 현상의 발생이다. 여기서 노인 지체(aged lag) 현상의 대응 정책으로 할매·할배의 날 탄생의 당위성이 확인된다.

김관용은 이날을 발견하기 이미 오래전에 두 아들을 키우면서 할매·할배의 날을 간접 실천했다는 생각도 들었다. "큰아들 재우가 초등학생 무렵, 탈무드에 대한 글을 썼다. 탈무드가 인생을 어떻게 살아야 할지 삶의 지침이 되고 결단을 내릴 때, 생각을 해야 할 때에는 탈무드가 떠오른다고 했다." 초등생인 아들이 이런 생각을 하고, 글을 썼다는 것이 신기했다. 근데 아들 녀석이 어릴 때 바쁜 아내를 대신하여, 그가 탈무드, 이솝 우화, 파브르의 곤충기 등을 녹음해서 들려준 적이 있었다. 그런 일이 계기가 된 것으로 생각하니, 그런 경험이 할매·할배 운동과 어떤 연결고리가 있었지 않았나 생각한 것이다. 취학 전의 어린아이를 둔 엄마에게 꼭 권하고 싶은 그의 교육법이라 했다. 김관용은 노인 지체 현상을 해소할 할매·할배의 날이 한 달에 한 번씩 대한민국 가족공동체 회복 운동으로 거듭나기를 학수고대하고 있다.

# 청년아, 세계와 지역이 우리 일터다

대한민국은 중년 공화국이다. 나라가 성장의 활력을 가지려면 청년들이 중심에 서야 한다. 우리는 2017년 3월, 평균나이 41.2세가 된 중년의 나라이다. 40세가 넘은 중년이 대한민국을 대표하는 연령층이다. 20대 청년 인구가 30%를 넘는 베트남과 같은 신흥국과 비교하면 우리는 이들보다 10년은 더 고령이다. 대한민국의 고령화 속도는 엄청 빠르다. 2040년이 되면 우리의 평균 연령은 50세를 넘을 것으로 예상한다.

나라는 점점 더 고령화되고, 학업을 마친 청년들의 일자리는 마땅찮다. 청년 수가 줄어들고, 일자리는 부족한 이중고를 겪고 있다. 김관용이 청년을 보는 시각이 엄중하고 관련 정책을 꾸준히 추진해 온 이유이다. 실용의 지사답게 그는 배움을 마친 청년들이 가장 소망하는 일자리에서 발걸음을 멈추었다.

"서민들이 느끼는 것은 바로 여기 내 자식 취직시켜 주는 것, 그게 최고인데 그런 일을 경상북도에서 거버넌스로...구체화 로드맵을 만들어서..." 김관용은 글로벌 인재 양성을 위한 MOU 체결식에서 이렇게 말했다. 공부시킨 자식이 학교를 졸업하면, 바로 취직하는 것, 그것이 최고이다. 부모님이 그렇게 생각한다면 경상북도는 당연히 자녀들이 취직할 수 있는 일자리를 만들어 내는 것을 최우선순위 정책으로 삼겠다고 한 것이다.

그는 그 일을 잘하도록 민관 협력 거버넌스를 만들었다. 여러 분야 전문가가 머리를 맞대고, 구체적으로 일자리를 기획하고, 잘 짜인 로드맵을 만들었다. 청년들이 원하는 일자리, 청년들이 쉽게 취직하도록 계획을 수립하고, 지원해 주었다. 물론, 그 일이 생각처럼, 계획대로, 쉽게 될 일은 아니었다. 그러나 정책의 최우선순위를 거기에 두고, 밤낮으로 고민하고 머리를 맞대다 보면, 답이 나올 것으로 생각했다. 100% 만족하지는 않을 것이지만, 지역에서 청년들이 일할 수 있는 공간, 지역에서 청년들이 살아갈 방도를 마련하는 것이 중요했다.

김관용의 청년 일자리 정책은 민선 4기 출범과 함께 시작됐다. 대졸 미취업자의 실업난 해소, 미취업 기간 지속에 따른 근로의욕 상실을 방지하기 위해 인턴 공무원제도를 시작했다. 인턴 147명을 도 본청에 채용했다. 이 제도를 처음 실행했을 때, 외부에서 모두 호의적으로 평가한 것은 아니었다. '형식적인 정책이 아닌가', '인턴 학생들의 일이 겨우 공무원 허드렛일 수준인데', '그런 일로 공직 체험이 제대로 되겠는가?' '괜한 세금 낭비는 아닌가?'

맞는 말씀이기도 하고, 그렇지 않은 점도 있다. 한 번도 해 보지 않았으니, 결과를 예단할 수 없었다. 그 과정에서 제기된 갖가지 우려가 우려대로 될 수도 있고, 그렇지 않을 수도 있었다. 중요한 것은 인턴 과정에 참여한 청년들의 생각이 어떠했느냐 하는 점이었다. 첫 기회에 참여하지 못한 청년들은 이 프로그램을 어떻게 생각하느냐, 김관용은 그런 점을 더 중요하게 여겼다.

호사가들의 이런저런 우려도 적지 않지만, 우려가 걱정된다고 아무 일도 하지 않는 것보다, 실제로 공직 근무 기회를 청년에게 줘 보는 것이 중요하다고 생각했다. 비록 인턴 청년들이 한 일이 선배들 뒤치다꺼리 수준인 것은 어쩔 수 없다고 해도, 곁눈질로라도 공직이 '이런 곳이구나' '이런 일 하는구나' 정도라도 체험하는 기회는 되지 않았을까? 이런 과정을 거쳐 공직 사회가 중앙에서 지방까지, 지방에서 중앙으로 정책이 교류되고, 환류되어, 나중에 정부 정책, 더 큰 백년지계가 될 국가 시책으로 연결되는 느낌을 가질 수도 있을 것이다. 이런 과정은 비단 공직만이 아니라, 민간과 공공의 모든 영역에서 발생하는 의사결정 체계라는 것도 이해할 것이다. 인턴 공무원이란 브랜드를 달고, 겨우 몇 달 취업한 경험이 이렇게 더 큰 생각의 연결고리를 바로 만들기는 어렵다. 하지만 인턴을 통해 그런 과정을 거칠 가능성을 조금이라도 보았다면, 그것은 분명 인턴 체험이 거둔 성과가 맞다.

실제로 인턴으로 공직을 체험한 청년들은 '공무원을 새로 보게 됐다'라고 말했다. 이 일이 계기가 되어 적지 않은 청년들이 공직에 진출하거나, 대기업과 금융기관, 그리고 중소기업에 취직했다. 인턴을 하면서 얻은 자신감 덕분이었을 것이다. 제도에 대한 우려가 없지 않았지만, 공직을 처음 체험한 청년들은 지역을 보고, 기업 세계를 보고, 또

한 미래를 본 기회가 됐을 것이다. 인턴 과정은 청년 취직을 위한 요긴한 징검다리였다.

김관용은 이 정책을 시작으로 청년 정책은 이론이 아니라, 실용의 관점에서 추진해야 함을 재삼 절감했다. 그의 청년 정책의 출발은 일자리였다. 일자리 정책에서 가장 앞서는 것이 청년 정책이 된 이유이다. 인턴 공무원제도는 경상북도를 넘어, 전국적 관심을 불러일으켰다.

김관용은 2009년에 청년 창업을 촉진하는 자립형 일자리 사업인 경북형 청년 일자리 뉴딜정책을 시행했다. 이 정책은 청년들이 창업을 통해 스스로 일자리를 만들어 가고, 수요자 맞춤형 인재 공급 사업으로 추진됐다. 그는 청년 실업 해소를 글로벌 인재 육성과 연계시켰다. 일종의 일거양득인 셈인데, 해외 청년 취업 지원 사업, 새마을 리더 봉사단 해외 파견 사업이 대표적이다. 한국은 지구촌을 대상으로 수출하며 먹고 사는 나라이다. 우리가 가진 유일한 자원은 인재이다. 원료 농산물, 각종 원료 소재 자원이 부족한 우리는 원료 물질을 들여와서, 가공하고 재수출하여 더 큰 부가가치를 얻어 먹고사는 나라가 아닌가.

청년들이 해외로 나가는 것, 더 큰 시장으로 진출하는 것, 좁은 국내 일자리에서 벗어나 더 큰 일자리 세상으로 나가는 관문을 열어 주는 것, 그 일을 누군가는 해야 한다고 생각했다. 그는 청년들이 가져야 할 21세기 새로운 시대의 이상과 비전, 목표와 전략은 우리가 지구촌 시장을 향해 나아갈 때 생기고 열린다고 보았다. 일자리는 공공에서 민간 영역으로 점점 더 확대되도록 하였다. 해외 민간 기업과의 일자리 협력 체계를 만든 뒤, 지역 대학생들이 해외 민간 기업에 취업할 수 있는 길을 연 이유였다. 2010년, 경상북도는 대학생 해외 인턴 채용을 위한 MOU를 미국의 종합 유통업체인 H마트와 체결했다. 지역 대학생이 학업을 마치고 바로 미국의 대형 유통업체에 취업한 것이다.

김관용은 창의적 청년 정책 아이디어를 참 많이 냈다. 물론 이 모든 것이 그의 아이디어는 아니지만, 지도자의 정책 의지를 반영한 후배 공무원들이 노력한 결과물이었다. 그의 청년 정책에 대한 관점, 청년의 중요성에 대한 이해가 없었다면 실현되지 못했을 정책들이다. 그가 추진한 청년 정책은 셀 수 없이 많았다.

그는 두 가지 뚜렷한 청년 정책을 추가했다. 하나는 2016년 청년 고용 특별위원회를 구성한 뒤 추진한 '일취월장 프로젝트'이었다. '일찍(일) 취직하여(취), 월급 받아(월), 시집·장가가자(장)' 프로젝트는 그가 밝혔던 청년 정책의 실용성을 잘 드러낸 정책이다. 청년 정책은 지고지순한 정책이 아니다. 청년이 우리 사회의 기둥이라면 기둥에 맞게 대접해야 하고, 사회 구성원이 충분히 존중해 주어야 한다. 그것이 취업이라면, 청년들이 일찍 취직해서 월급 받고 시집·장가가도록 해 주는 것, 이것보다 더한 진실이 어디 있겠나. 이 땅의 모든 청년이 염원한 일이자, 성취이다.

학업을 마치면 바로 취업해서, 돈 벌고, 결혼하는 것, 부모에게 이보다 더 큰 효도가 있을까, 청년 본인들에게 이보다 더 큰 성취가 있을까? 김관용이 청년 정책을 추진하면서 생각했던 것은 바로 이런 현실 맞춤형 정책이었다. 일자리가 없는 지역에 어떻게 일자리를 만들 것인지, 청년들이 지역 기업에 어떻게 하면 더 많이 취업할 것인지, 일자리 절대량이 부족하면 나라 밖이라도 나가서 취업해서, 궁극에는 글로벌 인재로 성장하도록 돕는 것, 그것이 그가 생각한 청년 취업이자, 청년 일자리의 본질이었다.

다른 하나는 어떻게 보면 김관용이 시작한 청년 취업, 청년 일자리 정책의 회심의 한방인 정책이라 할 수 있다. 도시 청년 시골 파견제. 이름도 생소하지만, 처음 들어도 이 정책이 무엇을 뜻하는지, 어떤 내용을 가졌는지, 쉽게 짐작이 가는 사업이다. 도시에 거주하는 청년을 농촌 지역인 경상북도로, 파견 오도록 하는 제도이다. 경상북도와 같이 농촌 지역이 가장 많은 광역지자체는 인구 감소가 심각하다. 지역 소멸 우려 시·군이 가장 지역이 경상북도이다. 청년들이 떠나는 농촌에 도시 청년들이 오도록 하는 정책, 엄청난 발상의 전환인 이 정책을 김관용은, 경상북도의 공무원들은 어떻게 생각해 내었을까?

대한민국은 사람이 가장 중요한 자원이다. 지역 소멸 우려가 가장 큰 경상북도는 청년이 필요하다. 청년들은 농촌에서 지방도시로, 지방도시에서 수도권으로 떠났다. 도시에는 청년이 남아돌지만 농촌에는 청년의 씨가 마르고 있었다. 이 부조화를 해소하려면 청년을 도시에서 농촌으로 유치해야 한다. 이 놀라운 발상을 실현하기 위해 도시 청년 시골파견제 정책이 탄생됐다. 경북도의 아이디어사업으로 시작했지만 중앙 정부가 나서서 국비를 부담하며 경북도의 청년 정책을 지원하고 나섰다. 청년 1명이 경북에 오면 1년에 3천만 원, 2년에 6천만 원의 현금을 지원한다. 만약 청년 커플이 온다면 커플당 1억 2천만 원을 받게 된다. 도시 청년이 상상할 수 없는 엄청난 지원금이다.

여기서 끝나지 않는다. 이 자금이 종잣돈이 되어, 청년들이 기획한 다양한 사업 계획서에 맞게 다른 정책 자금이 함께 지원되도록 공무원들이 촘촘하게 추가 지원을 해 준다. 일이 이렇게 되니, 청년 커플은 도시에서 10년 걸려도 불가능할 10억대 자산 신화를 이르면 5년 이내에 이룰 수 있다. 물론 성취를 위한 청년들의 노력, 합리적 정책 프로그램이 연결돼야 한다. 도시에서는 꿈꾸는 것조차 불가능한 비전을 농촌에서는 실제로 이룰 가능성이 대단히 크다. 이런 사실만으로도 대한민국의 청년들은 경상북도를 주목하지 않을 수 없게 된 것이다.

도시 청년을 시골로 파견 보내자는 것, 도시 청년이 직접 시골로 가 보도록 하자는 것, 처음엔 파견 가는 것이지만, 잘살게 되면 농촌이 도시보다 훨씬 나은 곳이 될 것이라는 것, 이런 비전과 목표, 전략을 가졌으니 얼마나 담대한 청년 정책인가. 시골에 파견 와서 농촌에 둥지를 튼 청년들이 만들어갈 농촌은 새로운 세상을 열어가는 창이 될 것이다. 청년들이 농촌에서 만들어갈 비전은 차고도 넘친다. 도시에서는 사업화되기 어려운 아이디어이지만, 경쟁이 상대적으로 치열하지 않은 농촌에서는 실시간 사업화 아이템으로 활용할 수 있다.

김관용의 이 정책을 보고 있노라면, 1930년대 농촌으로 돌아가자고 외쳤던 농촌 계몽운동, 브나드로 운동의 외침이 도시 청년 시골 파견제로 옮겨진 듯하다. 그가 강조했던 청년이 직접 만들어가는 농촌, 청년의 아이디어가 바로 사업으로 활용되는 지역사회를 열기 위한 청년 정책은 제2의 브나드로 운동이 아닐까 생각된다. 농촌에서 청년이 만들어 가는 신시대, 그들이 만드는 더 큰 부가가치, 청년이 일구어 낼 상생의 공동체가 바로 여기에 있다. 바로 여기, 세계와 지역, 그리고 농촌에는 청년의 열정을 자극할 일터가 널려 있다.

## 위미노믹스 시대, 여성은 뉴노멀이다

21세기를 여성의 시대라고 한다. "여성 특유의 섬세함과 창의성은 무한 경쟁 시장에서 생존 경쟁력이 되어 무한한 블루오션을 창출할 것으로 내다봅니다." 김관용은 여성의 시대가 가져올 블루오션을 말한다. 섬세함과 창의성을 갖춘 여성이 21세기에 남성보다 더 뛰어난 경쟁력, 생존력을 가질 것이라 진단한 것이다. 우리가 사는 시대를 여성 시대로 진단하는 대표적인 조어가 '위미노믹스(Womenomics)'이다.

여성(woman)과 경제(economics)를 융합한 신조어는 일과 가정의 단순한 양립을 뛰어넘는다. 여성이 일하고 있는 현장에서 강력하게 그 영향력을 발휘한다. 위미노믹스는 하나의 사회 현상에 그치지 않고, 시장에서 다양한 영역의 신상품이 출시되도록 하고 있다. 위미노믹스는 여성을 위한, 여성을 지원하는 실물 경제 현상이자 신제품화, 신상품화 활동이다.

위미노믹스의 실물 경제 활동을 가장 먼저 추진한 분야는 식품 산업이다. 여성의 경제 활동을 권장하고 지원하는 간편 식품이 심플 믹스 제품으로 출시되고 있다. 일하느라 바쁜 여성의 조리 시간을 줄이기 위해 주재료에 심플 믹스 제품을 섞어서 간편하게 먹을 수 있는 식품, 위미노믹스 식품이다. 식품 믹스 제품이 초기에 나올 때에는 간편성 기능만을 가졌다. 이제는 간편성 기능은 기본이다. 여기에 맛도 영양도 있어야 한다. 그리고 제조 과정의 투명성까지 담보되기에 이르렀다. 위미노믹스 제품은 건강 안전 식품으로 영역이 확대되고 있다.

김관용은 경상북도 여성 기업인 협의회의 경영 연수 현장을 찾았다. 21세기 위미노믹스 시대에 여성 CEO의 창의력과 열정을 극찬했다. 우리가 사는 현시대가 바로 여성의 시대, 여성의 사회 활동을 강력하게 지원하는 시대가 됐기 때문이다. 세상의 절반인 여성의 창의성과 섬세함 없이는 생존하기 어려운 시대라는 사실을 강조하기 위함이었다.

경상북도는 이미 그에 앞서 이의근 지사 시절에 전국 최초로 경상북도 여성 정책 개발원을 설립, 운영해 온 여성 친화도시이다. "여성 정책 개발원이 있었기에 우리 경상북도가 가장 개방적이고 미래 지향적인 여성 정책을 펼칠 수 있었습니다." 김관용이 이렇게 자신감 있게, 여성 정책을 선도적으로 추진했다는 자부심은 어디서 나왔을까? 필자는 우리 역사에서 그 근원을 찾을 수 있다고 생각한다. 신라 천 년의 역사, 아니 단군조선 반만 년의 역사에서 우리는 두 명의 여왕을 두었다. 천년의 왕국, 최초의 통일국가 신라의 선덕여왕과 진덕여왕. 두

여왕은 우리 역사에서, 특히 경상도 여성의 힘, 대한민국 여성의 권위, 21세기 지구촌 여성의 신시대를 대변할 수 있는 지도력의 원형이 아닐까 생각한다.

"'선덕여왕에게 길을 묻다' 이런 제목이 괜찮네요... 다른 지역에 가면 '슈퍼 아줌마에게 길을 묻다' 뭐 이래 됐는데... 경상북도는 왕한테, 대왕한테 길을 묻는, 참 이런 것이 우리가 가진 엄청난 자산인 겁니다." 김관용은 2014년 여성 인물 재조명 심포지엄에서 그렇게 말했다. 경북의 여성 인물에 대해서 말한 것이지만, 실은 대한민국 전체를 대상으로, 지구촌 사람을 대상으로 '여왕에게 길을 묻는' 쉽지 않은 일을 시작한 것이다. 경상북도가 가진 문화적 역사적 자산은 그만큼 크고 화려했다. 그래서 충분히 우리 후손은 자랑스러운 선조의 역사에서 여성의 권능, 여성의 권위, 여성의 뛰어남과 창의성을 대변하는 것이 가능하다는 설명이다.

여성이 경북인에게 남겨 준 자산이 어디 한둘일까? 과거보다 더 화려하고 가능성 큰 신시대가 우리 앞에 펼쳐 있다. 김관용은 민선 4기를 시작하면서 바로 '경상북도 여성 발전 기본 조례'를 제정했다. 이 조례는 2015년 '양성 평등 기본 조례'로 전부 개정했다. 여성의 기본권을 더욱 강화한 것이다. 2011년에는 전국 최초로 여성 정무부지사를 임명했고, 이듬해에는 여성 정책관을 신설하여 여성 정책을 전담하도록 했다. 2013년에는 '경상북도 성별 영향 분석 평가 조례'를 제정했다. 이 조례를 통해 공무원의 성 인지력 향상 및 성별 영향 분석 평가 교육을 시행했다. 공무원 교육에서 시작하여 공공 분야 전체, 민간 영역으로 이 작업이 파급되면서 기존의 남녀 차별, 불평등 관행이 많이 축소됐고, 궁극에는 사라지게 될 것이다.

2015년부터는 역시 전국 최초로 '경상북도 여성 일자리사관학교'를 설립, 운영하고 있다. 2017년에는 5개년 계획으로 '저출산 극복 기본계획'을 수립, 추진하고 있다. 출산 문제는 지역 단위에서 추진하는 데에는 확실히 한계가 있다. 그렇지만 작은 틈새라도 보이면 공략하고 지원해야 할 주민과 함께하는 지자체 입장에서는 적은 노력이라도 최선을 다해야 한다. 이 밖에도 여성 권익 보호를 위한 제반 조치의 강화, 이른바 가정 폭력 예방을 위한 주요 시·군별 상담소 설치, 가정 폭력 피해자 보호 시설도 운영하고 있다.

김관용은 지자체 단위에서 출산율 제고 정책을 펴는 어려움을 간접적으로 토로하기도 했다. "결혼부터 출산·보육에 이르기까지 정부가 확실하게 지원해야 하는데, 우리 경북도 하긴 합니다." 그는 '아이 낳기 좋은 세상 경북운동본부' 출범식에서 이렇게 말했다. 출산·보육 정책은 정부의 몫이다. 정부가 100% 그 역할을 수행한다면 경상북도는 신경 쓰지 않아도 된다. 하지만, 그렇지 못한 부분이 있으니, 경상북도가 대신 해야 할 영역, 대신 할 수 있는 영역이 조금이라도 남아 있는 것이다. 그 남은 영역에서 경상북도는 최선을 다해 그 역할을 수행하고 있다고 말한 것이다. '하긴 합니다'란 좀 어색한 표현이 그렇게 나온 이유인 것이다. 자치단체, 경상북도가 추진하는 출산력 지원 정책의 한계를 간접으로 드러낸 것이다.

김관용은 뉴노멀(New Normal) 시대를 현명하게 극복하기 위해 여성의 역할을 확대할 것임을 예상했다. 뉴노멀이란 경제 현상의 변화로 과거의 기준이 새로운 기준으로 대체된 것을 말한다. 우리 사회 곳곳에서 기존에는 정상이던 것이 이제는 오래되고(舊), 낡고, 올드(Old)한 기준이 되어, 새로운(New) 기준으로 대체되고 있다. 고성장이 저성장으로, 고소비가 저소비로, 낮은 실업률은 높은 실업률로, 낮은 위험도는 높은 위험으로, 규제 완화는 더욱 강력한 규제 강화로, 미국의 세계 경제 영향력 축소와 중국 경제의 부상 등이 대표적인 뉴노멀이다. 새로운 경제 환경 변화에 슬기롭게 적응하려면 여성의 역할 변화, 증대에 주목해야 한다. 여성이 제대로 역할을 수행할 수 있도록 최대한 지원해야 한다고 그는 강조했다.

"여성이야말로 저성장 시대의 새로운 성장 동력이자 희망 에너지입니다." 지난 2014년 세계 한민족 여성 네트워크 대회에서 김관용은 여성을 저성장 시대를 극복하게 해 줄 성장 동력, 희망 에너지라고 말했다. 김관용이 이렇게 말한 근거는 무엇일까? 이미 우리 사회는 생물학적 성의 관점에서 사회적 성인 젠더(gender)를 주목하는 시대로 바뀌었다. 여성의 역할은 이제 단순히 강조되는 상황에 그치지 않는다. "남성이 가사를 돕는 그런 시대가 이제 왔습니다." 남성이 가사에 참여하는 시대, 가사를 남성 노동의 일부로 보는 시대, 더 나아가 과거에는 여성에게 전적으로 귀착된 가사 일이 이제는 가사 노동으로 전환된 시대가 됐다. 개인적 소일거리가 사회적 활동, 사회적 생산으로 인정받은 것이다. 남성의 가사 노동이 사회적 노동으로 유의미한 가치를 가지는 시대가 되었다. 김관용은 이런 가사 노동의 변화, 여성 주도 가사 노동에서 남녀 공동의 가사 노동, 가사 경영으로 전환된 것을 강조한 것이다.

우리가 사는 21세기는 빠른 지식의 성장, 융합이 빠르게 일어나고 있다. 지금의 1년은 과거의 100년 이상의 큰 변화를 가져온다. 이런 시대이니 "여성 인력의 역할은 점점 커지고 있습니다. 여성들이 함께하겠다고 뭉치면 못 이룰 일이 없습니다."라는 말은 확실히 진실이다. 세상의 절반인 여성이 세상일에 더 적극적으로 참여하고 있다. 여성이 남성 못잖게 새로운 가치를 만들어 내고 있다. 전통적인 남녀관계는 이미 바뀌었다. 여성들이 함께하고, 남녀가 지혜롭게 뭉쳐야 완전체로서 세상의 온갖 어려운 문제를 풀어 낼 수 있다.

김관용은 "여성이 건강하고 행복해야 가정이 건강하고 행복하며, 가정이 건강하고 행복해야 경북이 건강하고 행복하리라 생각합니다."라고 말했다. 지극히 평범한 선현들의 지혜를 다시 한 번 강조한 것이다. 진리는 먼 곳에 있지 않다. 우리가 사는 이곳이 진리가 용솟음치는 현장이다. 다만, 우리가 그 진리를 진리대로 보지 않으려고 해서, 외면하는 바람에 보지 못할 뿐이다.

여성이 행복하면 가정이 행복하다. 가정이 행복하면 하는 일이 편하게 진행된다. 만사가 형통하게 된다. 이렇듯 모든 일이 술술 풀리는데 우리 사회가 정의로워지고, 나라가 행복하고, 국부가 든든해지지 않을 리가 있겠는가? 이 선순환의 출발이 바로 여성에게서 나오는 것임을 그는 여러 번 강조하고 또 강조한다. 여성과 가정이 행복하도록 경상북도를 바로 세우기 위해 노력한 김관용의 지난 노력과 수고는 반드시 빛을 볼 것이다.

# 창의 리더 양성 플랫폼, 농민사관학교

농업에 대한 시각이 바뀌고 있다. 농업 분야에 종사하는 노동력의 절반 이상이 여성 농업인이다. 과거에는 남성 노동력만 주목했다. 농기계도, 농업용 건축물도 남성 농업인의 사용 효능을 증진하도록 설계하고, 제조했다. 그런데 농업 분야에 종사하는 인력의 절반이 여성이라면, 이들을 지원하는 설비와 기계화를 추진하는 것은 당연하지 않은가? 우리 사회의 과거 지향 관성이 여전히 높아서, 이런 변화를 빠르게 수렴하진 못하고 있다. 안타까운 일이나, 앞으로는 과거와 분명히 다르게 진행될 것이 틀림없다.

우리가 그동안 줄기차게 강조했고, 끊이지 않고 추진해 온 농민 교육이지만, 이제는 변화될 때가 되었다. 전통적으로 가르치고 배우던 방식에서 벗어나야 한다. 변화된 사회 분위기에 맞추어 혁신적 방향으로 새로운 교육을 추진해야 할 상황이 됐다. 세상만사가 매우 빠른 속도로 변하고 있다. 그렇지만 우리 사회에서 가장 느린 변화를 보이는 곳의 하나는 농촌이다. 그 터전에서 생업인 농업을 영위하는 농업인에게도 어제와 다른 오늘을 살아갈 길을 보여주어야 한다. 하루를 배우지 않으면, 그만큼 더 불리해지는 세상이다. 배움에서 멀어진 사람들이 사는 공동체에서는 과거에 가진 경쟁력이 사라지고, 쇠퇴하게 된다.

"농업의 성공은 농민이다. 그래서 교육을 할 수밖에 없다… 죽을 때까지 공부해야 한다. 이런 열기로 무엇을 못하겠습니까? 맡겨 놓으면 확확 나가는 거야." 김관용은 농업이 성공하려면 교육받아야 하고, 교육받은 농민이 있어야 성공한다고 단언한 이유는 무엇일까? 경쟁력이 떨어질 대로 떨어진 우리 농업의 경쟁력을 키워 줄 유일한 주체는 정부도, 사회단체도 아닌 농업인, 그들 자신이기 때문이다.

그러니 농민의 경쟁력을 키우려면 지속해서 이들을 교육해야 하고, 이들 스스로 교육받게 해야 한다. 더 많은 교육을 받은 농민이 더 큰 경쟁력을 가지게 되고, 더 많은 소득을 얻게 된다. 이것은 자명한 진리이다. 그러니, 김관용은 농민에게 죽을 때까지 교육받아야 한다고 말한 것이다. 무엇보다 농민이 교육받는 기회를 정부, 지자체가 적극적으로 제공해야 한다. 그러나 바뀐 사회 경제 환경에 맞추려면 교육 방식과 콘텐츠는 과거와는 혁신적으로 달라져야 한다.

김관용이 이룬 민선 4~6기 12년 동안 쌓아 올린 치적은 두 손가락으로는 다 나열하기가 쉽지 않다. 경중을 구분하기 어려울 정도로 귀한 것이 많은 탓이다. 그러나 경북 농민사관학교는 전혀 어렵지 않게, 열

손가락 안에 들어가는 업적이라 생각한다.

그는 어려운 농업 위기를 극복하는 계기를 만들기 위해 "업무 제휴 협약 체결을 계기로 농업인 교육을 한 단계 발전…"시켜 나가기 위해 농민사관학교 설치를 결정했다. 물론 민선 4기 선거 공약으로 농민사관학교를 설치, 운영하겠다고 했지만, 본격적으로 운영하기 전까지는 사관학교의 구체적인 개념, 방식, 내용 등 중요 사항을 확정하지 못한 상태였다.

농민사관학교는 기존 학교 시스템에서 벗어난 새로운 학교 모델이다. 학교가 없는 학교를 만들었고, 학교에 전속된 교수가 없는 학교이다. 학생들이 학교에서 배우는 기간도 짧은 것은 2~3개월, 긴 것은 겨우 10개월로 다양하다. 학교를 마친(수료) 학생들도 더 배우고 싶은 과정이 있으면 언제든지 다시 입학할 수 있다. 사관학교에서 배우기를 원하는 학생들은 관내(경북) 거주 농민이나, 앞으로 농민이 되겠다는 의사가 있는 사람이면 누구든지 농민사관학교에 입학할 수 있다. 이방인의 시각으로 농민사관학교를 보면 처음에는 좀 이상한 시스템을 가진 학교라고 생각할지 모르겠다. 혹자는 "그게 무슨 학교냐?"라고 말이다. 충분히 수긍되는 의문이다. 학교의 삼요소라 할 건물, 교수, 학생이 모두 유동적이니, 그렇게 생각하는 것이 결코 무리가 아니다.

그러나 김관용은 그런 의문이 드는 학교를 만들고, 그런 학교를 통해 이루고자 한 목적은 뚜렷했다. 현시점에서 우리 농업이 낮은 경쟁력 상태에서 벗어나려면 지역 농업의 경쟁력을 몇 단계는 단번에 끌어올릴 획기적 교육 시스템이 필요했다. 그런 학교에서 창조적인 핵심 리더를 지속할 수 있게 양성해야 경쟁력 강화라는 선순환의 바퀴를 굴릴 수 있다고 생각한 것이다. 한국 사회에서 지금까지 아무도 시도하지 못한 교육 시스템을 가진 학교, 학생들에게 최고의 성취를 제공하는 학교인 농민사관학교는 그렇게 만들어졌다.

"경상북도의 농민사관학교를 통해서, 인재 육성을 통해서, 지도자를 통해서, 농업이 다시 일어나는 모습을 보여줄 것입니다." 그는 농민사관학교가 이루게 될 구체적인 성취의 모습을 이렇게 표현했다. 이 점은 입학한 학생들에게 한 그의 말에서도 확인된다. "여러분을 통해서, 어쩌면 이 나라 농업과 대한민국 미래의 방향을 잡는다고 생각합니다." 농민사관학교에 입학하는 농업인은 경북 농업의 지도자이다. 이들은 앞으로 더 진일보한 농업·농촌 분야 지도자로 성장할 전문 농업 경영인들이다. 이들은 한국 농업의 미래를 바꿔 놓고, 긍정의 방향으로 우리 농업의 새 길을 열게 될 것이다.

김관용이 농민사관학교 시스템을 이렇게 평가하는 근거는 무엇일까? 농민사관학교는 2007년 개교했다. 2007년 3월, 학교도 없이, 15개 과정에서 학생들 448명이 입학했다. 교육이 그렇게 시작된 것이다. 2년 뒤인 2009년 드디어 '경북 농민사관학교 설치 및 운영 조례'가 공포됐다. 어떻게 보면 농민사관학교는 법도 없이 수업부터 먼저 시작한 학교이다. 그리고 2년 뒤에는 '재단법인 경북 농민사관학교 설립 및 지원 조례'가 공포됐다. 이듬해 5월에 드디어, 재단 법인격을 가진 농민사관학교가 정식으로 설립됐다.

2018년 12월, 농민사관학교는 더 큰 시스템에 들어갔다. 경상북도가 민선 7기를 맞아 기존의 농민 교육에 식품 유통, 6차 산업 업무를 포함해 '(재)경상북도 농식품 유통 교육진흥원(이후 유통진흥원)'을 설립했다. 농민사관학교는 유통진흥원의 직속 기관으로 배치했다. 독자 기관의 성격은 유지하면서 유통진흥원이 수행하는 큰 영역에서 교육 기능, 이른바 교육 목표, 교육 과정, 운영 방식 등은 전혀 바꾸지 않았다.

도백이 바뀌었음에도 경상북도에서 농민사관학교는 그대로 운영된다. 농민사관학교 시스템은 경북의 농업인 교육에서 시작됐지만, 전국적 성공 모델로 확산 중이다. 누구든지 교육받기를 원하는 사람은 농민사관학교에 와서 공부할 수 있다. 1개 과정을 끝마친 농민이, 또 다른 과정을 수강하기를 희망한다면 이들은 특별한 사정이 없으면 교육받을 권리를 갖는다. 이것이 경북 농민사관학교 시스템이 가진 교육 이수권이다.

김관용은 어린 시절, 힘들게 공부하면서 더 많은 교육을 받기를 소망했다. 참으로 다행스럽게도 그는 어려운 상황 속에서도 겨우겨우 교육받는 기회를 얻었다. 그 기회를 가질 수 없었던 주변 사람들의 어려움을 알고 있던 그였다. 교육받을 기회조차 얻지 못한 힘든 한국적 상황의 한 시기에 성장한 그였다. 경상도 말로 배움에 포원이 진 사람이었다. 원하는 모든 농민에게 교육 이수권을 주는 것은 합당한 일이었다. 교육받기를 원하는 농민은 누구든지 교육받을 권리를 부여한 것이 농민사관학교 시스템의 큰 특징이 된 연유이다.

사실 김관용은 교육, 배움에 대한 욕심, 한(恨)이 많은 사람이다. 대구사범학교를 졸업하고, 초등학교 교직에 몸담아, 학생들을 가르치는 교사였지만, 그는 여전히 배움의 갈증을 풀지 못했다. 주경야독, 야간 대학을 그렇게 다니기 시작했다. 구미에서 대구까지 기차 통학 시기에 어깨너머로 들은 고시 이야기를 듣고, 그것이 얼마나 힘든 것인지도 모르고 무모하게 도전한 그였다. 그가 도전한 일이 어떤 일인지도 모르고, 그냥 호기심 같은 마음만 가지고 우선 뛰어드는 사람이 그였다. 우선 '하고 본다'라는 좀은 무식하게 들리는 '드리대(DRD) 도지사' 별명을 얻은 이유도 그 때문이다. 그는 누구든지 배울 의사를 가진 사람, 배우겠다는 사람에게는 기회가 주어져야 공정한 사회라고 생각했다. 어려운 상황에 부닥친 사람일수록, 거기서 벗어나려면 더 많이 배워야 한다고 생각했다. 지역 농업의 활로를 여는 데에 배움보다 더 큰 투자는 없다. 김관용의 농민사관학교가 지향한 방향이고 비전이었다.

한국 농업의 새 길은 현장에 있는 농민이 열어야 한다. 신기술, 신경영 등 뭐든지 새로운 것이 나오면 배우기를 주저하지 않는, 배우기를 즐거워하는 농민이 있어야 한다. 그래야 농촌에 희망이 있다. 배움이 왜 중요한지, 이에 대한 그의 생각은 지극히 단순하다. "농사지으면서 애들 공부시킬 수 있고, 또 아프면 병원에 가고, 문화도 즐길 수 있는 그런 농촌, 그런 지방, 그런 정부"를 그는 원했다. 그래서 그는 농사만 잘 지어도 부자 되는 농어촌, 우울하고 힘든 농업이라도 즐겁게 농사짓는 농업인을 키우는 농민사관학교를 설립한 것이다.

김관용은 교육시설 대신 교육 플랫폼을 만들었다. 교육비는 최소한으로 줄이면서, 여러 곳에서 동시다발적으로 교육을 시행하는 체계를 만들었다. 기존의 대학, 연구 기관, 현장 전문가들이 교수 요원이 됐다. 교육 투자 대비 효율성을 근간으로 실용성과 즉시성, 효과성 높은 플랫폼 학교가 설립된 것이다. 농민사관학교는 한국 농업의 경쟁력을 몇 단계는 끌어올리게 될 전문 농업인, 창조적 핵심 리더를 양성하는 현장 중심 교육기관으로 오랫동안 그 기능을 유지할 것이다.

▲ 포항 KTX 개통식　　　　　　　　　　▲ 김천 혁신도시 산학연 유치 지원센터 기공식

Part 6.
# 균형

37 _ 기울어지지 않은 평평한 운동장, 도청 이전
38 _ 삶의 기본 조건, 사통팔달 인프라
39 _ 큰 바다의 꿈, 동해바다 프로젝트
40 _ 한반도 허리 경제권, 큰 그림을 그리다
41 _ 대한민국 청정에너지 주식회사
42 _ 하늘 길, 지역의 백 년을 여는 길이다
43 _ 대수도론은 허구, 균형 발전이 답이다

## 37.

# 기울어지지 않은 평평한 운동장, 도청 이전

김관용은 도청 이전을 "이젠 더 이상 미룰 수 없는 시대적 과제다."라고 민선 4기 취임 일성으로 이야기했다. 선거 전의 공약이니 그럴 만도 하겠지만, 공약은 무조건 지켜야 한다는 의무감에 사로잡힌 사람처럼 공격적으로 도청 이전을 다시 한 번 더 약속했다. 민선 시대에 도지사는 정치인이다. 정치인에게 가장 민감한 것은 선거에서 표를 구하는 것인데, 300만 도민이 모두 한마음으로 도청 이전을 원하는 것도 아니었고, 무엇보다 지역적으로 도청 이전에 대한 온도가 분명히 다른 것이 현실임에도 그는 아랑곳하지 않았다.

이듬해 2007년에 김관용은 '지방의 경쟁력을 통해 국가를 바로 볼 수 있는 계기'를 만들겠다며, 도청 이전 특별법을 충남과 공조하는 양해 각서를 체결했다. "이제는 피하거나 미룰 수 없는 과제인 동시에 성장 동력의 새로운 틀을 짜고, 또 우리는 이 직을 떠나서라도 경북 역사에 남아서 당당하게 기록이 될 것"이란 책무를 300만 도민에게 강조했다.

그에게 도청 이전은 그의 작은 이익의 범위를 넘는 일이었다. 도청 이전을 역사적 과업으로 격상시켰다. 침체한 지역 경제에 활력의 불을 다시 지필 수 있는 성장 동력이라 생각했다. 무엇보다 그는 도청 이전을 추진하면서 도민의 재신임을 받지 못해 도백의 자리를 떠나는 한이 있더라도, 이 일을 추진한 것이 역사 앞에 당당한 것이었다고 말할 자신이 있다고 생각했다.

2007년 하반기에 도청 이전 자문위원회를 구성했다. 위원 위촉식에서 그는 다시 한 번 더 강조했다. 자치단체 사무소가 당해 지역에 위치하는 것이야말로 지방자치제도의 이념이고, 불일치를 그대로 두는 것은 잘못된 것이라고 확실하게 주장했다. 그는 "우리는 역사를 통해 국가를 부흥시킨 수많은 사례가 있지만, 신도시는 항상 지역 발전의 거점으로 그 역할을 잘 수행해 왔다."라고 말했다. 경북도에서 추진하는 도청신도시는 경상북도의 새 구심점일 뿐 아니라, 대구·경북을 포함하는 전체 구도 속에서 대구와 경북이 서로 상생 가치를 실현할 수 있는 토대가 된다고 보았다.

도청 이전을 성공리에 수행하기 위해서는 타 지자체와의 확대된 공조가 필요했다. 그래서 2008년에 다시 충남, 전남과 도청 이전을 성공적으로 추진하기 위한 공조 강화 협약을 체결했다. 그리고 도민을 대상으로 도정 현안에 대한 설명회를 통해 도청 이전 작업을 또다시 강조했다. 도청 이전은 "누가 지도력이 있어서, 똑똑해서 하는 것이 아닙니다. …미래의 새로운 터전을 우리 시대에 만들어야겠다는 그런 막중한 책임감, 지역 발전의 물꼬를 터야 하겠다."라는 생각, 오직 그것만으로 시작해야 한다고 말했다.

　김관용은 우직한 면, 고집이 있는 사람이다. 그가 걸어온, 삶의 단면들을 보면 도전의 연속이었다. 아무도 예상하지 못한 지점을 먼저 찾아내는 능력이 있는 사람이다. 쉽게 도전하지 못한 도청 이전이란 거대한 역사를 이루어 낸 것은 그의 추진력 덕분이었다. 지도자가 판단하고, 결단하고, 실행하는 능력을 갖추지 못했다면 도청 이전은 불가능한 도전이 됐을 것이다. 그러나 그는 역시 예상하지 못한 지점에서 그의 과거에 이루어 낸 이력처럼 또 하나의 혁신적 이력 하나를 추가했다.

　도청 이전 예정지 선정을 위한 특별 담화문에서 그는 도청 이전을 도약의 불씨를 피우는 일이라고 했다. 백 년, 천 년 후 사랑받는 도읍지가 되도록 반드시 성공시키겠다고 말했다. 도청 이전은 하루아침에 건설이 완성되는 사업이 아니다. 2단계 작업을 거쳐 2027년에 완성되는 대역사이니, 이 글을 쓰는 시점에서 봐도 아직 7년이란 시간이 남았다. 그러니 2007년 당시 20년 뒤에 완성될 이전된 도청의 모습을 예상하는 것이 어디 쉬운 일이겠는가? 그래서 그는 도청 이전을 역사에 판단에 맡겨 두었다. 지금 내가 이 일을 하지만, 누가 평가를 하겠는가? 혹, 후세 사가 중에서 '백 년 뒤, 혹은 천 년 뒤, 김관용이란 도지사가 이 역사를 시작했고, 그가 도백을 떠나고 10년 뒤에 모든 이전 작업이 마무리 되었지, 아주 성공적으로' 이런 평가를 그는 자기의 생전에 듣기를 원하지 않았을지도 모른다. 아니, 듣기를 원한 것이 아니라, 듣지 못할 것으로 생각했을 것이다. 쉽지 않은 일에 도전했고, 적지 않은 사람들이 무모한 일이라고 만류했으니, 당연하지 않겠는가?

그러나 그에게는 이미 계획이 다 있었다. 도청 이전 지원을 위한 건설위원회 위원을 위촉하는 자리에서 "도시 자체도 친환경 작품, 명품 도시로 만들어야 하겠습니다. 도시, 그 자체가 세계적 관심, 관광 명소가 되고, 역사성도 스스로 포함하고 가야겠습니다."라고 속마음을 밝혔다. 황량한 신도시에 공간의 효율을 가장 중시하는 현대적 건축물인 사각형의 콘크리트 건물을 올리는 것을 그는 반대했다. 하나를 짓더라도 명품이 되어야 하고, 지역의 주변 산과 하천, 들판, 다른 건물들과 조화하도록 청사를 만들어야 한다고 건축위원들에게 당부했다. 명품 도청이 나온 배경일 것이다.

2013년 11월. 신 도청 상량식, 기와 올리기를 시작했다. 김관용은 이 일을 앞두고 감격했다. 천년의 도읍이 결정되고, 수많은 어려움을 극복하고 여기까지 왔다는 안도감이었다. 앞으로 도청 이전이 가져올 난관이 얼마나 클지, 어떻게 그것을 돌파해야 할지도 몰랐다. 그러나 역사는 한걸음 진보한다고 믿어 왔다. 그 신념이 이렇게 현실이 되어 상량식을 하게 되고, 신도시의 랜드마크가 될 한옥 스타일 건물의 기와가 올라가기 시작했으니, 얼마나 감격스러웠겠는가?

2016년 2월, 도청 이전이 시작됐다. 2007년 4월 도청 이전 조례를 공포했고, 2008년 9월 도청 이전지를 안동·예천으로 확정했다. 2012년 7월 1단계 실시계획이 승인되어 건설 사업이 시작되어, 마침내 도청 이전이 시작된 것이다. 신도청은 경북 미래 발전의 토대가 될 것이다. 구미와 포항, 신도청, 대구권을 포함하는 4개 거점 축의 연계·협력적 발전을 가능하게 만들었다.

신도시는 빠르게 성장하고 안정을 이루고 있고, 변신하는 중이다. 이전한 지 2년이 조금 지난 뒤인 2018년 4월, 신도시의 등록 인구는 11,126명이 되었다. 40대 이하 젊은 층 인구가 82%이었다. 전형적인 농촌 지역인 경북 북부 지역에서 청년 인구 비율이 80%를 넘는 곳은 신도청이 유일하다. 도청 이전의 놀라운 효과가 아닐 수 없다. 누가, 이런 결과를 예상할 수 있었겠는가? 그러나 이루어졌고, 실현했다.

아직 신도청은 갈 길이 멀다. 2027년까지 인구 10만 도시를 만들기 위해서는 1조 2,694억 원의 재정을 투자하여 8개 도로망을 확충해야 한다. 신도시를 신도시답게 만들려면 아직 남은 일이 많다. 신도시가 무엇인지, 신도시가 왜 필요하였는지를 잘 헤아리면 신도시다운 신도시로 창조해 나갈 수 있다.

신도시는 경상북도의 4대 거점 축을 연결하는 신발전 거점이다. 거점 간 역량을 모아 시너지를 내도록 발전 전략을 만들어야 한다. 신도시는 초광역권 교류 거점이다. 신도시는 국토의 중심부, 북위 36.5도 선상에 놓인 핵심 포인터에 자리 잡고 있다. 대구·경북권, 수도권과 강원권, 세종시, 충청권과 연계 발전 전략을 수립할 수 있는 최적의 위치를 확보했다. 신도시는 남북과 동서를 연결하는 교차점에 있다. 한반도 허리 경제권을 구축할 수 있는 유리한 지정학적 위치에 있다. 지정학은 땅의 정치적 역학이니 도청 신도시는 한반도의 허리에서 남과 북, 동과 서를 연결하는 경제적 연결점 이익을 누릴 것이다.

더구나 중부 내륙권 발전이 본격화되고 있어 신도시와의 협력은 필수가 될 것이다. 3백만 도민의 통합 정점에 서서, 경북과 대구의 일대일 상생 발전 중심축을 잇게 되어, 경상북도-대구시 남과 북 상생발전이 본격화될 수 있다. 안동-의성-군위-대구-청도로 이어지는 남북 발전 축은 경북-대구의 허리를 든든하게 하여, 동과 서의 동서 5축, 6축을 연결하는 핵심 주춧돌이 될 것이다.

신도청은 아직 갈 길이 멀다. 2027년을 목표로 한 2단계까지 행군하려면 넘어야 할 산이 많다. 1단계 사업을 성공적으로 마쳤지만, 2단계 사업은 진행이 더 어렵다. 과연 계획대로 될 것인가? 의문을 보내는 눈길도 많다. 다시 한 번 생각을 모아 보자. 김관용이 도청 이전을 하겠다고 주장했을 때, 많은 사람이 그것을 '빈털터리 약속'(空約) 이라 생각했을까. 그러나 2016년 2월에 도청 이전은 실행됐다. 많은 사람의 기대를 받고, 한국형 도청은 경북의 새로운 상징 건물로 자리 잡았다.

전국의 수많은 지자체 청사 중에서 경북 도청과 같은 품위와 권위를 동시에 가진 건물은 보지 못했다. 에너지 절약형 빌딩을 만들었고, 문화가 넘치는 청사로 빚었다. 사람들이 건물을 보고 아무런 감정을 느끼지 못하는 것이 아니라, 무엇인가 상상하고, 감동하고, 위안 받는 공간이 생겼다는 사실을 자신도 모르게 자각할 수 있는 이정표를 가지게 된 것이다. 21세기 기술인 ICT도 빈틈없이 한옥형 청사와 특이한 조화를 이루었다. 배산임수형 배치를 통해 뒤로 검무산의 기개를 받고, 버티었고, 앞으로는 멀리 낙동강이 신도청을 굽이 흐르는 풍수도 갖추었다.

경상북도 신도청은 도청 신도시의 핵심이자, 신도시의 가치를 다 함께 격상시키는 핵심 공간이다. 경상북도 남쪽의 대구에서 북쪽을 향해 오랫동안 기를 모아온 도청 신청사는 기울어진 운동을 평평하게 만들어 주었다. 평평해진 경상북도, 대구시는 이제 더 높은 곳으로 상생 발전의 행진을 해 나갈 차례가 됐다. 신도청 청사는 현대공간이 가져온 효율에 만족하지 않았다. 사람들이 공간에서 느낄 수 있는 만족감, 그 공간에서 살아가는 직원들의 삶의 성숙함을 가장 크게 하기 위한 공간 디자인까지도 소홀하지 않았다고 생각한다. 신도청 이전과 청사에 대한 평가는 후세의 일이다. 하지만 김관용이 뚝심으로 이뤄낸 명품 청사, 친환경 청사가 만들어졌다. 앞으로 더 오랜 시간이 흘러 도청 신도시 전체가 혁신과 조화의 공간으로 발전해 나가길 염원하는 신바람이 신도시 어딘가를 스쳐 지나갈 것이다.

## 38

# 삶의 기본 조건,
# 사통팔달 인프라

골고루 잘사는 세상을 만드는 것이 쉬운 일이 아니다. 신선계도 아니고 인간계에서 모든 사람이 골고루 잘사는 곳이란 이루기 불가능한 이상향이다. 전국에서 가장 넓은 면적을 가진 경상북도의 도정을 맡으면서, 김관용이 역점을 둔 것은 기본을 갖추는 데에 최선을 다하는 일이었다. 일하고 싶은 사람들에게 일자리를 주고, 학교를 마치고 취업하려는 청년에게 기회를 주는 것, 도내 어디에 살든지 쉽게 갈 수 있고, 편하게 생활하도록 하는 것, 그래서 경상북도에 한번 와 본 사람들은 그냥 머물러 살고 싶은 고장으로 만들어 보자는 것, 그것이 그가 꿈꾼 일이었다.

그렇지만 다 함께 잘사는 고장으로 만드는 일이 어디 만만한 일인가? 절대 그렇지 않다. 탁월한 긍정론자인 김관용은 어려운 일에 직면

할수록, 풀기 어려운 문제가 앞을 가릴수록, '어려울수록 기본으로 돌아가라'라는 말을 좌우명으로 삼아 왔다. 장애물을 우회하지 않는 정면 승부를 택했고, 뚝심 하나로 도전의 삶을 살아온 사람이다. 경상북도가 변하려면 역시 기본을 잘 갖추어야 했다. 그 기본이 도로 교통망을 개선해 접근성을 좋게 하는 것이다, 소위 말하는 사회 기반 시설(Infrastructure; 이하 인프라)이 풍부한 경북으로 탈바꿈시키는 것이 300만 도민의 삶의 기본을 충족시키는 일이라 생각했다.

김관용은 인프라 확대를 위해 "경북의 지도를 바꾸어 나갈 핵심 SOC기반을 차질 없이 추진"하겠다고 취임 일성으로 선언했다, 하지만 지도를 바꾸는 일이 어디 쉬운 일인가? 지도 바꾸기를 하려면 대형 인프라가 골고루 깔려야 하고, 그 바탕 위에 산업이 들어서고, 사람이 따라와야 지도가 바뀌게 된다.

그는 지도 바꾸기 작업의 필수 조건이 인프라 확대임을 피부로 알고 있었다. 그도 그럴 것이 도백으로 오기 전 구미시에서 3선 시장을 역임하면서 구미는 물론, 경북과 전국의 지자체를 샅샅이 다녀본 그가 아니었나. 사람이 어디에 살든 편하게 살기 위해서는 도로가 잘 놓여 있어야 한다는 점, 무엇보다 집 앞 골목이던, 먼 거리로 나가는 도로이던, 주민들이 생활에서 가장 소원하는 일은 '왕래 좀 편하게 해 달라'는 민원들이었으니, 그런 말을 한두 번 듣지 않은 그였으니, 어찌 그런 말을 잊을 수 있겠는가.

김관용은 경상북도 23개 시·군을 사통팔달 편리하게 접근할 수 있도록 인프라를 갖추려면 정부 계획과 연계한 큰 그림이 필요하다고 생각했다. 관련 부서 참모들과 어깨를 맞대면서 기존의 정부 계획을 하나 하나 살폈다. 국토 발전 축의 변화 과정을 크게 정리하니, 대략 다음과 같은 얼개가 나왔다. 2000년대 이후 중국의 부상과 함께 서해안 개발이 중시되면서 L자형 국토 개발 축이 그려졌다. 그러나 경상북도를 포함한 부산, 울산, 강원도가 함께 동해안 시대를 대비해야 한다는 주장이 수용되어 U자형 국토 발전 축이 그려졌다. 이후 국가 기간 교통망 계획에 따라 남북의 경계 지점도 통일을 대비하는 신규 계획 공간으로 포함되면서 ㅁ자형 국토 발전 축으로 이어지는 변화 과정을 거쳤음을 알았다.

그러나 ㅁ자형 발전 축은 그의 성에 차지 않았다. ㅁ자형 축은 보면 볼수록 동서 방향의 가운데 부분이 너무 허전했다. 가운데가 텅 빈 채로는 제대로 균형적 발전을 이루기 힘들었다. 그의 눈에 직관적으로 보인 ㅁ자형 국토 발전 축의 맹점이었다. 그의 눈에 비친 ㅁ자의 가운데는 바로 경상북도 북부 지역을 관통하는 지역이고, 서쪽으로 세종시, 대전시와 연결되는 축이다. '궁즉통(窮則通)'이라고 가운데가 비어 있는 동서의 가운데를 선으로 그어 보니 새로운 벨트가 나왔다. 경북 울진에서 신도청 안동, 그리고 세종시와 대전시, 서해안으로 이어지는 새로운 선이 그것이다.

한반도 허리 경제권 구상이 그의 손에서 나온 배경이다. 남북을 아우르는 한반도 지도에서 그 허리는 수도권과 남북의 일부 위·아래를 포함하는 지역이다. 하지만 김관용은 현실주의자다. 분단된 남쪽만으로 경계 지대로 삼을 수밖에 없다. 그렇지만 한반도 이름은 포기할 수는 없었다. 대한민국의 현 국토의 가운데에 한반도 명칭을 연결해 '한반도 허리'라는 구체적 장소가 나왔고, 그곳에 대한민국 경제를 다시 중흥시킬 새로운 경제 공동체를 만들어야 한다는 것이 '한반도 허리 경제권' 구상으로 구체화됐다. 이 경제권은 상대적으로 오랜 기간 국토 발전은 물론, 각종 사회 환경 변화 과정에서 소외당해 왔던 지역이란 공통점이 있는 권역이다. 그는 이 경제권을 현실화하기까지에는 오랜 시간이 걸릴 것이고, 쉬운 일이 아님을 잘 안다. 그러나 누군가는 해야 할 일임도 잊지 않는다. 우선 큰 그림은 그렸으니, 차분히 지혜를 짜내며 사회적 합의도 이뤄가야 한다는 사실을 말이다.

김관용의 취임 일성인 경북의 지도 바꾸기 작업은 구체적인 인프라 사업들로 이어졌다. 재임 2년 차인 2007년부터 그간 준비해 온 사업들이 현장에서 착착 진행되었다. 대구 지하철 경산 연장 사업을 추진하여 경북과 한 뿌리인 대구와의 연결성이 획기적으로 높아졌다. 김천-현풍 간 중부고속도로 개통식도 마무리하여, 고령 딸기, 성주 참외 등 지역 특산물의 서울 나들이가 한층 더 빨라지게 된 것은 물론 대구·경북과 수도권 광역 교통 흐름이 대폭 개선되도록 했다.

2008년도에는 U자형 국토 축의 상징 사업인 동해 중부선 철도 기공식을 했다. 주목되는 것은 이 기공식이 단순한 철도 사업 하나로 머물지 않는다는 사실이다. 특정 지역에 대한 개발 차원을 넘어, 균형 발전의 주춧돌, 동해안 해양 시대의 개막, 더 나아가 환동해 중심지 도약, 신라 천년 실크로드의 걸음 길을 시베리아를 거쳐 유럽까지 철길로 연결하는 시베리아종단철도(TSR) 건설로 이어질 수도 있는 사업이다. 이듬해 4월, 동해남부선(포항-울산) 구간 철도 복선화 사업이 착공된 것은 김관용의 TSR을 현실화하는 또 하나의 진척이었다 할 만하다.

2009년 7월, 또 다른 거대한 인프라 구축을 모색했다. 포항-새만금 동서고속도로 정책 토론회를 개최한 것이다. 그는 토론회에서 "남북 화합에 이어, 동서 화합으로 국민 대통합을 이룰 뿐 아니라, 새로운 물류의 현장이 될 것"이라 주장했다. 포항·새만금 고속국도는 88올림픽을 준비하면서 시작된 88올림픽 고속도로를 생각나게 한다. 동서 화합으로 시작은 88올림픽 고속도로는 결국, 영덕-안동-상주-서해안(동서 6축)으로 이어지는 동서고속도로의 개통으로 이어졌다. 동서 6축 고속도로는 만성적 낙후 지역인 경북 북부권의 활력을 찾게 해 줄 우리 민족의 큰 도로 사업이다. 무엇보다 동서 6축은 기존에 운영되고 있는 중부내륙고속도로와 중앙고속도로를 거쳐 최초로 서해로 이어지는 관통 고속도로란 점에서 새로운 동서 시대를 여는 도로란 의미를 담고 있다.

 동과 서를 연결하는 도로는 인프라 이상의 의미가 있다. 한국 정치사의 숙원인 동서 갈등을 해결하는 출발일 뿐 아니라, 두 지역의 단절에서 비롯된 경계 지점의 낙후를 해결하는 과제이기도 하다. 무엇보다 남북축 중심의 기존 국토 이용 구조를 바둑판 국토로 바꾸는 기회가 되도록 했다. 이는 언젠가는 울진-영주-세종-서해안으로 이어지는 한반도 허리 경제권 구상을 현실화하는 데 이바지토록 할 것이다. 이런 담대한 포석의 하나가 김관용이 구상한 포항-김천-새만금을 잇는 고속도로라면 시간은 좀 걸리겠지만 우선 멋있다고 평가해도 괜찮지 않을까.

 김관용이 한창 재임하던 시기에 경북의 하늘길은 여러 가지로 상황이 어려울 때였다. 지금처럼 저가 비행이 붐을 타지 않았던 시절이라, KTX가 공항 수요를 급격히 대체하고 있었다. 지역에서 하나뿐인 하늘길 관문인 대구 공항의 존폐까지도 우려되던 시절이었다. 그러나 하늘을 포기할 수 없었다. 하늘은 좁게는 한반도 영역이지만, 넓게는 동남아로, 지구촌 전역으로 대구·경북을 이어주는 관문이기 때문이다. 그 첫 삽은 부울경과 대경이 함께한 동남권 신국제공항 사업이다. 경남 밀양을 신공항으로 한 국제공항은 좌절됐다. 기존 김해공항 확장으로 결론이 났다. 이는 결국 대구 공항의 군위·의성 신공항 이전으로 실현됐다. 대구·경북의 하늘길은 이제 새 시대를 맞았다. 2020년 들어 본격 진행되고 있는 대구·경북 행정 통합 논의와 함께 군위·의성 통합 신공항으로 열어갈 지역의 인프라는 아무도 가 보지 않은 새 길로 나아가는 중이다.

또 한 가지, 김관용의 인프라 개척사에서 두드러진 사업은 KTX 포항역이다. 항만의 키는 철도이다. 화물을 철도로 실어 나를 수 있어야 항만이 활성화된다. 포항 영일만 신항만의 물동량을 인입 철도로 연결해 줘야 신항만이 신항만다워지게 된다. KTX 포항역이 그 책임의 일부를 담당할 것이다. 중앙선(도담-영천) 복선 전철 기공식을 하던 2013년 12월, 김관용은 이렇게 말했다. "야, 여기에 고속철도가 들어오나? 그게 (완성되면) 1시간 만에 맞나? 이렇게 생각할 겁니다. 그게 임박해 있습니다."라고 말이다.

도로, 철도가 들어서고, 하늘길이 열리면 먼 거리가 가까워진다. 인프라 구축은 공간 혁명을 일으킨다. 긴 거리가 짧은 거리로 바뀌고, 먼 곳에 있는 사람과도 더 짧은 시간 내에 만날 수 있으며, 일하고 생활하는 공간이 굳이 같아야 할 이유도 줄어든다. 사람들이 어디에 살든, 원하는 곳에 원하는 시간에 쉽게 갈 수 있다. 그런 시대를 산다면, 우리는 굳이 사람이 많이 모인, 혼잡하고 비싼 비용이 드는 도심에 살지 않아도 된다. 코로나19로 힘든 요즘 같은 온택트(OnTact) 시대엔 그러한 사정이 더하지 않겠는가.

# 큰 바다의 꿈,
# 동해바다 프로젝트

　삼면이 바다인 대한민국. 바다와 함께 살지 않으면 안 되는 운명을 지닌 나라가 대한민국이다. 울진에서 경주까지 537km의 긴 해안선을 가진 경상북도의 동해바다는 천혜의 깨끗한 백사장과 깊은 바다로 소문난 곳이다. 동해바다는 국제적 수준의 항구와 시설이 들어설 충분조건을 갖추었다. 그러나 경북은 한 번도 동해바다의 꿈을 꾸지도 실현하지도 못했다. 김관용이 민선 4기부터 경북 호의 선장이 되면서 동해바다의 꿈이 시작됐다.

　김관용에게 미래의 동해바다는 이런 모습으로 비쳤다. "새로운 정보화 시대, 바다 시대를 즈음해… 새로운 협력의 틀을 짜고, 그런 준비를 (차근차근)" 해 나가야 하는 바다였다. 경상북도와 한국 해양연구원이 2007년 상호협력 협약을 체결한 것은 미래의 동해바다가 가야 할 길을 예비한 것이다. 동해바다를 희망의 바다, 비전의 바다를 여는 데에 가장 시급한 과제는 지속 가능한 연구 개발 시스템을 구축하는 일이었다. 사람이 있어야 하고 연구 시설이 있어야 하고 정부 차원의 대대적인 투자가 세 박자를 맞춰야 했다. 그가 국립 연구 기관과의 협력을 서둘러 추진한 것은 지역 내에 전문가와 전문 연구 기관이 부재했기 때문이다. 아무리 많은 자원이 있어도 이를 산업화해 줄 거점 시설과 인력이 없으면 무용지물이다. 전문가가 와야 하고, 생태 자원을 체계적으로 살필 연구 시설과 핵심 장비가 있어야 한다. 동해바다를 생각할 때, '전문성'은 이 모든 것을 가능하게 해 줄 기본 요소라고 그는 생각한 것이다.

김관용은 더 나아가 경상북도 바다 시대를 선언하고 말았다. "바다 시대를 선언하고, 경주, 포항, 영덕, 울진, 울릉, 독도와 더불어 해양에 돈이 있다. 바다에 가면 먹고살 수 있다."라고 어업인들에게 말한 것이다. 그의 화법은 직설적이다. 바다 시대 선언은 막연한 미래의 구상이 아니었다. 바다에 가면 돈이 있다, 먹고살거리가 있다는 그의 화법은 사람들을 충동시킨다. '그래 맞다. 해 보자, 그러면 우리도 잘살게 되겠지. 그러면 우리도 충분히 잘살 수 있겠지. 도지사가 앞장선다고 하니, 우리는 믿고 따라가면 되겠지' 김관용의 직설 화법은 사람을 용기백배하도록 하며, 움직이게 만든다. 어업인을 앞으로 그가 개척해 갈 긴 여정의 주체로 당당히 앞장세운 것이다.

지도자의 비전이 실현되려면 시민의 마음을 얻어야 한다. 눈앞에 보이는 고지를 탈환하려면 지도자가 먼저 앞장서야 한다. 그의 직설 화법은 그가 가진 지도력의 중요한 부분이다. 그것을 묘한 지도력이라 표현할 수 있을지 모르나, 타고난 것으로 생각된다. 물론 그의 이런 화법, 시민의 행동을 유발하는 말들이 정치적 언사인지, 아니면 삶의 여정 속에서 얻어진 것인지 정확하지는 않다. 하지만 단언할 수 있는 건 그의 삶의 굴곡에서 보인 엄청난 긍정의 에너지가 묘한 지도력으로 길러졌을 것이다. 그가 지나온 삶의 자취를 보면 비록 지금은 어렵지만, 충분히 이겨 낼 수 있음을 실증해 주었다. 그런 점에서 그는 타고난 성품과 현실 속에서 체득된 자질을 잘 융합한 사람이다. 사물을 보는 무한한 긍정심은 그의 성품에서 빼놓을 수 없는 장점이다.

바다는 다 같은 바다가 아니다. 과학 기술이 발전할수록 지구촌 사람들이 생각하는 바다에 관한 관심과 가치는 달라졌다. 대양의 축소판인 동해바다는 바다 자원을 좀 더 효율적으로 효과적으로 이용하려는 사람들에게는 기회의 장이다. 과학 기술을 연구하는 전문가들, 바다를 삶과 생업의 터전, 산업의 근본으로 삼기 위해 노력하는 모든 사람에게 투자의 대상이고, 연구의 대상이다. 그런 멋진 동해바다를 경북도민이 가지고 있었다. 김관용이 꿈꾸는 동해바다는 어떻게 보면 아직은 초등생의 무지개 같은지도 모른다. 그 바다에 얼마나 많은 투자를 해야 하는지, 어떤 자원이 동해바다에 있기에 무모한 도전을 해야 하는지, 전문가들이 말하는 대양의 축소판이란 것이 도대체 무엇인지 그는 잘 알지 못한다.

그럼에도 동해바다를 그대로 두면 안 된다는 생각은 시간이 갈수록 더욱 확고해졌다. 동해바다는 아직은 조용하다. 대한민국의 물류는 부산과 인천, 서해안을 중심축으로 움직인다. 포항 신항 하나만으로는 경상북도를, 동해바다 전부를 대표하지 못한다. 지금 동해바다가 안고 있는 현실이다. 동해바다에는 아직은 미래의 보석처럼 감추어져 있다. 아무도 가 보지 못한 길을 가야 할 시기가 온다면, 동해바다가 가장 먼저 선택받을 것이다. 10년 혹은 20년 이내에 북극해를 순항해야 하는 시대가 올 것이다. 그때 동해바다를 주목한다면 이미 때는 늦었다. 기후 변화, 온난화 현상은 안타깝지만, 미래에도 가속화될 것이다. 그런 상황에서 북극해가 열릴 것은 확실하다. '케세라 세라', 일어날 일은 반드시 일어날 것임이 예상된다면 북극해를 최단 거리로 항해하도록 하는 동해바다 역할론은 현실이 된다.

김관용의 바다론은 100%를 넘는 긍정이자, 활화산처럼 솟구친다. "바다는 소망이고 미래입니다.", "우리 경상북도가 환동해의 거점으로 발전해 나가는 것입니다.", "해양은 인류의 미래 생존을 책임질 신개척지입니다." 동해바다는 미래이고, 환동해의 거점이고, 인류의 생존을 책임질 신개척지란 생각은 쉽게 할 수 있는 말이 아니다. 필자는 2015년 KBS 다큐멘터리 '바다의 제국'에서 바다를 개척하고 지배한 나라가 제국이 된 사실을 확인했다. 그가 바다를 강조하는 이유도 바로 여기에 있었을 것이다. 동해바다 2,000리는 이제 가만히 놔두어서는 안 될, 들춰내 주기를 소망하는 보물 중의 보물이다.

김관용은 동해바다를 경영하는 일에는 국가적, 지역적 협력 모두가 필요하다고 생각했다. 경상북도 혼자로는 힘이 부족하다면 인근 지자체와 힘을 합쳐야 한다고 생각했다. "동해안 시대를 열자. 강원도, 울산과 광역협의체 시대를 만들자", "바다에 관해 중앙 정부와 같이 볼 것은 보고, 또 붙어 보고(싸움도 하고), 배팅할 것은 배팅하고"라고 도전적인 언어 구사도 마다하지 않았다. 이유는 동해바다가 지닌 무한한 가치 때문이다. 경북의 도전 선언에도 바다를 전략적 자원으로 보지 못하는 협애한 시각은 여전히 강고하다. 필요하다면 인근 지자체와 협력하고, 중앙 정부와 싸움도 감수하면서 경북이 필요한 사업을 추진해 나가겠다는 것, 반드시 그렇게 되어야 한다는 것이 김관용이 동해바다를 보면서 구상한 뼈대였다.

로마는 하루아침에 건설되지 않았다. 더 광대한 바다는 결코 하루아침에 변하지 않는다. 가야 할 길이 멀기에 김관용은 변화의 발걸음을 서둘렀다. 해양 바이오산업 육성은 그의 동해바다 프로젝트의 첫 번째 과제였다. 해양 생물을 이용한 과학기술 개발의 과정은 간단하지 않다. 한국에서 최초로 이 분야를 주목한 것은 2004년이다. 정부에서 마린 바이오 21 사업(2004~2013년)을 기획했다. 이후 해양 생명공학 기본계획(2008년), 해양 바이오 연구 개발 활성화 대책(2009년)이 정부 주도로 수립됐다. 해양 생명공학 육성 전략(2014년), 해양 생명공학 및 산업화 촉진 방안(2016년)도 연속적으로 추진됐다.

김관용은 정부의 해양 바이오 계획에 따라, 경북 해양 바이오산업 연구원을 2007년도에 건립했다. 울진군 죽변면에 동해안의 풍부한 해양 생물자원을 활용, 고부가가치 산업을 육성할 토대를 구축한 것이다. 경상북도 해양 과학 연구단지(GMSP)로 발전될 기초를 마련한 것이다. 감히 상상이나 할 수 있었을까? 울진군 죽변면의 그 오지 바닷가에 이런 대규모의 연구 시설, 연구 단지가 들어선다는 것이 말이다. 그렇지만 상상했기에 실제로 이루어졌다. J.K 롤링은 그의 인생작 해리포터(Harry Potter)를 쓰기 위해 5년을 기획하고 5년간을 집필하며 대작을 완성했다. 문학 작품 하나를 완성하는 데 10년이 들었다. 그에 비하자면 무한대 스케일의 동해바다를 '바다의 경북'으로 만드는 작업에 얼마나 더 많은 투자가 필요한지, 연구 개발 과정에서 무엇이 나올지 등을 예측하는 것은 지금의 과제가 아니다. 수심 1만m의 깊은 바다 동해바다에 우리는 이제 겨우 100m 정도 내려간 것에 불과하기 때문이다. 변화는 이렇게 시작되는 것이라고 그는 믿었을 것이다.

이듬해 2008년 한국 해양 과학기술원 동해연구소를 유치했다. 울릉도·독도 해양 연구 기지는 그의 민선 5기 작품으로 2014년에 건립했다. 해양 연구 기지는 관련 연구 기관의 공동 연구 공간이자, 울릉도·독도 주변 해양에 대하여 체계적으로 연구를 수행하는 전진 기지 임무도 수행하고 있다.

김관용이 동해바다에 대한 두 번째 프로젝트로 삼은 것은 해양 신산업을 육성하는 일이다. 모두 잘 아는 바와 같이 동해바다 수심 아래에는 천연 가스, 가스하이드레이트 등 가격으로 산정할 수 없는 어마어마한 양의 자원이 매장돼 있다. 혹자는 일본이 독도 침탈을 포기하지 않는 이유도 이들 지역에 매장된 엄청난 천연 자원 때문이라 말한다. 자원 발굴을 위해서는 깊은 바다로 내려가야 한다. 경상북도는 해양 장비 산업에 시야를 돌렸다. 2012년 수중 건설 로봇 프로젝트가 정부 예비 타당성 사업을 통과했고, 마침내 2017년에 감격의 수중 건설 로봇 복합 실증 센터가 개소됐다. 2014년에는 수중 글라이더 운용 네트워크를 구축하여, 독자 수중 항해, 해양 관측, 해저 탐사가 가능해졌다. 해양 기술 실해역 평가 시스템은 민선 6기 마지막 해인 2018년에 추진했다. 해양 신산업 프로젝트를 보면, 막연하던 동해바다가 체계적인 산업의 영역으로 들어왔음을 알 수 있다. 시도하기 전에 그린 그림과 시행하고 나서 본 그림의 일치 여부가 성공의 관건이라 말한다. 그가 그린 동해바다 비전과 추진 결과는 아마 99% 이상의 일치율을 보인다 해도 과언이 아닐 것이다.

동해바다 프로젝트에서 또 하나 빼놓을 수 없는 것은 바다를 5천만 국민의 자산으로 만드는 일이다. 김관용은 해양 바이오, 해양 신산업의 중요성을 전문가 영역 속에 가둬서는 안 된다고 생각했다. 동해바다는 국민의 것이고, 이들의 지원과 참여가 있을 때 성공적인 동해바다 프로젝트로 거듭날 수 있다고 믿었다. 국민에게 해양 과학이 무엇인지, 해양 바이오, 해양 산업이 무엇인지, 해양 신산업 추진은 왜 필요한지를 체험적으로 학습할 공간이 필요했다. 국립 해양과학교육관이 2014년 정부 예비 타당성 사업을 통과했다. 마침내 2020년 그가 퇴임한 뒤에 교육관이 완공됐다. 아울러 울진의 민물고기 연구센터, 내륙인 의성에 토속 어류 산업화센터도 R&D, 산업화, 시민 참여를 위한 창의 공간으로 건립됐다.

이 밖에도 김관용이 동해바다를 대상으로 추진한 의욕적 사업은 적지 않다. 그중에서 빼놓지 말아야 할 것 하나는 수산 산업 창업·투자 사업 수행 지자체(2016~2018년)로서 바다를 대상으로 유망 예비 창업자를 발굴하는 사업이었다. 동해바다를 창업 무대로 삼는 청년들이 필요하다. 이들이 있어야 지금까지 생각지도 못한 새로운 아이디어가 나온다. 청년들이 가진 자발성, 긍정성, 상상력은 동해바다가 이들에게 요구하는 시대 가치라고 그는 생각했다. 우리가 미래에 주목하게 될 탁월한 해양 스타트업은 이들이 만들어 낼 것이다.

바다를 주목하는 사람들이 놓치지 않는 명언이 하나 있다. 16세기 영국의 탐험가 월터 롤리는 "바다를 지배하는 자가 세계를 지배한다."라고 했다. 오지, 극지 탐험을 하면서 보게 된 새로운 땅, 신대륙을 바다가 연결해 주는 것을 본 것이다. 바다는 미지의 세계로 나가게 한다. 바다는 그 세계를 현재의 우리와 연결해 준다. 그러나 바다는 단순한 연결체를 넘어선다. 바다 스스로가 이미 무한한 자원을 가진 보물창고이다. 전국에서 가장 넓은 면적을 가진 경상북도를 사람들은 내륙의 도시라고 말한다. 그러나 내륙 발전의 한계를 뛰어넘어, 내륙과 해양의 동반 성장을 위해서는 해양 개발, 바다 진출로 눈을 돌려야 한다. 월터 롤리가 '바다를 지배하라'고 주장한 이유가 여기에 있는 것이라고 김관용은 생각했다. 그가 펼친 동해바다 프로젝트들은 월터의 내면을 정확히 들여다 보았기에 가능한 일들이었다.

## 40.

# 한반도 허리 경제권,
# 큰 그림을 그리다

김관용은 민선 4기, 경북 도정호를 책임지면서 어떤 생각을 했을까? 시급한 현안은 경제 살리기였다. 그의 도정 1기 트레이드마크이던, '지발 좀 묵고 살자~'. 이 문구는 뼈만 남은 듯한 캐치프레이즈다. 덧붙인 살은 하나도 없다. 원하는 것이 뭔지, 지금 이 시각, 도민이 요구하는 것이 무엇인지를 감지하지 않고는 채택하지 못할 구호였다.

김관용은 실용의 사람이다. 1997년 말에 대한민국을 강타한 IMF의 터널은 처절했다. 국내의 모든 것이 헐값에 외국인들에게 팔려 나갔다. 멀쩡하게 다니던 곳에서 사람들은 일자리를 잃었다. 대마불사, 큰 기업은 죽지 않는다고 믿었던 은행, 대기업도 예외가 아니었다. 그 힘든 터널의 끝이 2000년대 중반에 들어오면서 보이기 시작했다. 와중에 우리는 또다시 신화를 썼다. 지구촌 사람들은 한국인들이 장롱 속에 감춰 두었던 금과 달러를 내놓는 것을 보았다. 그렇게 빚을 갚았고, 우리 경제는 간신히 암울한 터널 속에서 벗어났다.

그럼에도 지역 경제는 여전히 힘들었다. 세계 경제는 가진 나라와 갖지 못한 나라로 양극화돼 갔고, 나라 안도 사정은 마찬가지였다. 지역 경제는 수도권 경제와 비하면 회복세가 훨씬 느렸다. 사람과 돈이 다 서울로 간 상황이니 경북 경제로는 어쩔 수 없는 일이었다.

이런 상황에서 경북 도정호를 순항시켜야 할 책임이 그에게 맡겨졌다. 힘든 줄 알면서도 뛰어들었으니, 책임을 져야 할 상황이었다. 전국에서 가장 큰 면적을 가진 경상북도가 변하려면 과거의 그림이 아닌, 큰 그림이 필요했다. 그러나 경북이 처해 있는 지금의 어려움이 컸다. 여기서 벗어나려면 단기 처방, 먹고 사는 일이 우선순위가 되어야 했다.

발 등에 떨어진 불부터 꺼야 했지만, 경북을 전면적으로 바꾸어 놓을 큰 그림은 더더욱 절실했다. 큰 그림을 위해 우선 기존 그림들을 살폈다. 경상북도는 면적이 넓은 만큼 작은 지역별로 자원과 사람, 산업의 차이도 컸다. 이런 차이는 역으로 보면 작은 지역별로 드러나는 차이를 지역별 차별성, 강점으로 만들어 갈 조건이기도 했다. 해서, 그는 민선 4기 초입에 경북을 5개 권역으로 나누고, 작은 권역별로 차이를 찾아 나섰다.

북부는 바이오산업 클러스터, 서북부는 한방 산업 클러스터, 서남부는 첨단 IT 산업 클러스터, 남부는 신소재 부품 산업 클러스터, 동해안은 동해 에너지 산업 클러스터를 핵심 산업으로 구상했다. 그리고 권역별 맞춤형 전략 산업을 제시했다. 구상대로 미래가 그렇게 진행되는 것은 아니지만, 구상이 계획으로 연결되고, 사업으로 추진된다면, 만사형통이다. 그러나 그 시너지는 구상자의 몫이 아니라, 일을 추진하는 사람과 조직의 역량에 달린 일이다.

김관용이 사람 중심 도정을 선언하고 리더십의 기본으로 삼은 것도 같은 이유이다. 미래를 설계하고, 그것을 현실이 되도록 하는 일도 다 사람이 감당하는 일이다. 당시 그와 함께 일한 실·국장들에게서 흔히 들을 수 있는 리더십의 장면은 이런 것이다. "지사님은 사람을 믿는 분입니다. 회의를 해도 말씀을 많이 하지 않습니다. 주로 듣는 편이죠. 실·국장이나, 담당 과장의 말이 맞다고 생각하면, '자, 됐네, 그럼, 말씀대로 그대로 합시다' 회의는 보통 그렇게 끝납니다." 이 말은 김관용 리더십을 보여주는 중요한 지점이다. 믿을 수 있는 사람이면 좌우를 가리지 않고 그 자리에 앉힌다. 믿고 일을 맡겼으니, 끝까지 해 보라는 것이다. 결과에 대해서는 자신이 책임지겠다고 했다. 그것이 김관용의 용인술이었다. 믿고 발탁했으니, 좌고우면(左顧右眄)하지 말고 신나게 일할 수 있도록 한 것이다.

김관용의 큰 그림은 민선 5~6기를 연계해서 2014년 신미래 전략을 제시하면서 나온 '한반도 황금 허리' 개념으로 구체화됐다. 이 시기는 국가의 신행정, 경제 문화의 중심축이 서울, 수도권에서 세종시로 움직이는 때였다. 전문가가 특정한 일을 할 때 가장 주목하는 것이 대내·외 환경 변화와 영향력 분석이다. 국가적 대전환이 될 행정수도 이전은 기존의 국가 수행 체계를 근본에서 새롭게 조망해야 할 상황을 만들었다. 경상북도가 과거에 아무리 체계적이고, 뛰어난 미래 비전 체계를 구상해 놓았다고 하더라도, 신행정수도 이전이란 국가적 대사 앞에서는 무용지물일 수 있다. 신행정수도의 특징과 장단점을 분석하고, 지역에서 어떻게 대응하는지, 시급한 과제는 무엇인지를 찾아내는 것이 필요했다. 이 국면에서는 작은 그림이 아니라, 더 큰 그림으로 대응해야 한다. 국가의 백년대계에 맞추려면 지역도 그에 비견되는 큰 그림으로 일치시켜야 한다고 그는 생각했을 것이다.

김관용이 주목한 것은 위도선이었다. 조만간 이전하게 될 도청 신도시와 세종시가 동서로 같은 약 36.5도 위도 선상에 있다. 세종시에서 국토의 연결선을 보면 '세종시-도청 신도시-동해안(울진)'으로 이어지는 동서 연결축이 나온다. 기존 수도권에서 남북 연결선을 보면, 수도권-도청 신도시-남부권으로 이어지는 남북 연결축이 나온다. 그는 도청 신도시가 우연인지 필연인지, 동서축과 남북축이 만나는 축의 가운데에 있는 것을 찾아낸 것이다. 우연이라면 경상북도의 운세가 터진 것이고, 필연이라면 민선 4기에 들어와서 과감하게 도청 이전을 불도저처럼 밀어붙인 덕분이었을 것이다.

김관용은 정부의 신행정수도 이전을 정부의 관점에서 보고, 또 국토의 허리에서 보고, 수도권에 비견되는 비수도권의 관점에서도 보고, 그리고 경북의 입장에서도 보기 시작했다. 도청 신도시가 위치한 경북 북부 지역과 그 주변을 둘러보았다. 위로 강원도 남부와 충북의 아래, 좌로는 충북과 전북의 동쪽 지역이 있다.

이 지역들은 어떤 곳인가? 국토의 한가운데에 있으면서도 가장 낙후된 지역이다. 남북이 분단된 상황에서 수도권은 국토의 최북단에 위치하게 되었다. 국토의 중심이면서 이 지역들은 텅 빈, 거대한 공동(空洞)의 상태로 남게 되었다. 도넛의 안쪽, 텅 빈 공간처럼 된 지역의 서편에 신행정수도가 들어온다. 이 공간 변화는 무엇을 말하는 것일까? 국토의 중심축이 본래의 중심지로 이동하기 시작했다는 말이 아닌가. 김관용은 그렇게 생각했다. 그 생각에 맞도록 그림을 그렸고, 그렇게 실천하겠다는 구상으로 이어진 것이다.

신행정수도, 도청 신도시, 국토 허리의 좌와 우를 연결하고, 남과 북으로 조금씩 올리고 내리면 위는 넓고, 아래는 짧은 큰 직사각형이 나온다. 국토의 3분의 1은 될 큰 직사각형 국토이다. 이곳의 좌측은 이미 개발된 서해안과 대전에 이어, 신행정수도 세종시가 합세한다. 그 세력은 앞으로 급속히 그 범위를 키울 것이다. 새는 한 날개로 날 수 없으니, 좌측(서편)과 세력 균형을 이루기 위해서는 우측(동편)도 역량을 키워야 한다.

신행정수도 관점에서 봤을 때, 그가 어려움을 무릅쓰고 추진한 도청 신도시가 선견지명이었다. 비록 적지 않은 비판도 받았지만, 도청 신도시는 북위 36.5도 선에 자리를 잡았다. 인체의 체온과 같은 위도에 자리 잡은 도청 신도시가 비슷한 위도에 있는 세종시와 어깨를 나란히 하게 되었다. 그 귀추를 아직 예단하지는 못하지만, 도청 신도시와 세종시를 연결하고 동해안과 서해안을 직선으로 이어지도록 할 한반도 허리 경제권을 제안했다는 것은 국토의 구상에서 큰 의미를 지닌다.

김관용이 도청 신도시 이전을 결정하지 않았다면 신행정수도 시대에 경상북도가 대처할 마땅한 방법은 과연 어떤 것이 되었을까? 그즈음에 도청 이전을 주장했다면 경상북도가 얻을 수 있는 프리미엄이 과연 있을 것인가? 신행정수도 이전을 그가 예견하지는 못했다. 그렇다면 김관용이 그린 큰 그림 속에 신행정수도가 우연히 들어간 것일까?

국가 계획과 지역 계획이 우연히 마주치는 것은 매우 희박한 일이다. 필자는 그냥 '김 지사의 운'이 아니었을까 생각한다. 여기서 너무 많이, 너무 어렵게 생각할 필요는 없다. 운이라도 너무 좋은 운을 그가 타고 난 것이라면 지역민으로서 나쁜 일이 아니기 때문이다.

결과적으로 도청 신도시-신행정수도가 동서로 연결된 것은 경상북도의 경제 권역을 과거보다 훨씬 더 넓혀 놓았다. 동서와 남북으로 확대된 국토의 허리는 지금까지는 생각지 못한 새로운 형태의 거대 경제권을 형성할 수 있는 조건을 만들어 주었다.

김관용이 민선 6기에 이렇게 큰 그림을 그린 것은 어떤 의미를 가진 것일까? 필자는 두 가지 차원에서 검토 가능하다고 생각한다. 하나는 국토를 보는 시각을 바꾸었다. 차별적 광역지자체들이 하나의 경제권으로 통합되면서 개발과 협력의 주체를 대폭 확대했다. 영역의 확대, 산업간 융·복합의 가능성을 제시해 준 것이다. 새 도청을 중심으로 환동해-환황해를 연결해 주었고, 수도 경제권과 남부 경제권을 연결하면서 도청 신도시가 광역지방자치단체, 지역별 차별성을 가진 지자체의 특화 산업 간의 대융합을 시도할 수 있게 된 것이다.

다른 하나는 외연 확대 전략이다. 이는 앞서 언급한 것처럼 협력의 주체를 확대한 것과 연관된다. 기존의 영남권 5개 시·도 광역 협력 틀에서 중부권, 강원권이 연계된 새로운 광역 협력 틀을 구상하는 것이 가능해졌다. 광역 협력 틀이 커지면서 경상북도는 기존에는 국토의 남부권, 동남권의 변방에서 자연스럽게 한반도의 중심성을 부여받게 됐다. 물론 이 모든 기대, 큰 그림이 현실화하려면 긴 시간이 걸릴 것이다. 도청 신도시가 한반도 허리 경제권의 중심성을 확보하기 위해서는 인근 지자체와의 협력과 신뢰가 전제돼야 가능하다.

　김관용은 한반도 허리 경제권 사업으로 가능한 프로젝트를 5대 분야 31개 세부 과제로 마련했다. 전략 사업 3개, 문화융·복합사업 4개, 백두대간 프로젝트 6개, 스포츠 관광 협력 사업 4개, 핵심 SOC 구축 14개 등이다. 경상북도 자체 사업도 있지만, 인근 광역지자체와의 협력이 필수 불가결한 사업도 포함돼 있다. 이를 공생과 상생의 프로젝트라고 해도 무방할지 모른다. 아직은 시론에 불과할 것이지만, 시간을 두고 한반도 허리 경제권에 대한 논의와 연구가 지속된다면, 조금씩 진척될 것으로 생각한다.

41.

# 대한민국 청정에너지 주식회사

　　가 보지 않은 길을 가기는 쉽지 않다. 그러나 한 번 가 보고 나면 미리 겁먹고 도전하지 않으려 했던 것, 도전하기 전에 두려워한 자신을 부끄러워하게 된다. 실제로 처음 난 길을 갈 때엔 그 길엔 온갖 어려움이 가득 차 있음을 안다. 괜히 도전해 고생한다고 후회막급이다. "나는 기도하고 고민거리는 하나님께 맡기자." 신학자 마틴 루터(Martin Luther)가 한 말이다. 내가 할일은 기도하는 것이고, 그 일을 이루는 것은 내가 다하지 못해도, 누군가는 할 것이다. 그런 마음으로 매사 주어진 일을 하는 것이, 긍정적 일 처리법이다. 긍정론이야말로 참된 문제 해결사이다. 일을 시작해서 순순히 잘 풀리면 그 도전은 잘한 도전이다. 설령 잘 안 된다고 하더라도, 그 이유를 찾아 다른 길로 가면 된다. 끝내는 소원하던 그 길을 찾지 않겠는가. '찾아라, 그러면 보일 것이다' 예수님이 이미 2천 년 전에 말씀하셨으니 찾지 않고 어떻게 길을 찾고,

두드리지 않고 어떻게 닫힌 문을 열겠는가?

김관용은 이런 스타일의 사람이다. 자타가 공인한 그의 별명, '드리대'는 그냥 나온 말이 아니다. 그냥 무식하게 일부터 저지르자, 어쨌든 사건은 벌어졌다. 일을 저지른 자신이 하든, 주변에서 하든, 사건(?)은 해결되게 마련이다. 그가 경북 도정을 맡으면서 추진한 수많은 일도 적지 않게 그렇게 결정되었다. 그렇다고 이것이 무모하거나, 김영삼 대통령식의 감에 의존한 돌직구만은 아니었다. 그는 여러 가지를 탐색하는 사람이고, 사람들의 여론도 수렴할 줄 안다.

사람들이 하는 말이 타당하다, 그럼에도 지자체나 정부가 두 팔 거둬 붙이고 일하지 않는다, 그런 곳이라면 백이면 백, 적극적인 정책이 필요한 곳이다. 정책이 안 되면, 먼저 일을 벌인다. 일도 안 되면 먼저 사고라도 친다. 그렇게 사고가 일을 만들고, 일이 정책으로 연결되도록 하는 것이 그가 일하는 방식이다. 이런 사람, 그런 스타일이기에 주변에서 그를 '드리대 도지사'로 부르지 않는가. 그럼에도 그는 물론, 주변 사람에게도 그 호칭이 이상하게 들리지 않았다.

그는 민선 4기 도백으로 취임한 뒤, 바로 동해안을 에너지 기술과 산업의 중심지로 육성하겠다는 계획을 세웠다. 동해안 에너지 클러스터 프로젝트(이하 에너지 프로젝트)이다. 그는 "세계 기후 변화에 선제적으로 대응하고, 미래 성장 동력을 그린에너지로 육성" 하려면 정부가 나서야 한다. 하지만 정부는 아직 여력이 없고, 지역에서 먼저 본 사람이 나설 상황이라면 지방 정부가 주체가 되어도 좋다고 생각했다. 그렇게 그는 에너지 패러다임의 대전환을 동해안에서 선언했다.

에너지 프로젝트를 추진하면서 김관용은 주목할 말을 했다. "지역민의 관심과 중앙 정부의 지원을 끌어내는 촉매제가 되도록 동해안을 대한민국 청정에너지 주식회사로 만들겠다." 동해안 지역을 청정에너지를 생산하는 주식회사로 만들겠다! 무슨 뜻인지는 이해가 되지만 구체적인 방법이 무엇인지 감이 잡히지 않는다. 광역 지방자치단체, 경상북도가 나서서 에너지 주식회사를 만든다니. 그의 말들을 조금은 더 경청해 볼 필요가 있다. 그는 동해안을 '주식회사 청정에너지', '대한민국을 대표하는 청정에너지 공장', '에너지 산업 선도 주식회사', '청정에너지의 천국'으로 만들겠다고 선언했다.

어떻게? 경상북도는 이미 2005년 11월 중·저준위 방사성 폐기물 처분장, ㈜한국수력원자력 본사 이전, 양성자 가속기 사업에 이르는 3개 국책 사업을 유치한 지역이다. 국책 사업 유치를 기회로 경상북도는 동해안 에너지클러스터 조성 계획을 수립했다. 세계 에너지 산업의 패러다임은 안전하고 깨끗한 에너지 산업 육성으로 변화하고 있었다. 19세기는 석탄 에너지가, 20세기는 석유 에너지가 지배한 시대이다. 21세기는 그린에너지가 주도하는 시대가 될 것이다. 에너지 패러다임은 이렇게 변화하는 중이다. 정부도 2000년대 중반 이후 그린에너지 대책 마련에 온 힘을 기울이고 있었으니, 경상북도가 먼저 치고 나온 것을 다행이라 여겼을 것이다.

동해안은 어떤 곳일까? 청정에너지 산업을 뒷받침하고 주식회사로 육성할 기초가 갖춰진 지역일까? 동해안은 천 리 해안을 가진 곳이다. 햇빛, 백두대간과 낙동정맥의 산세가 있다. 산과 해풍이 마주치는 천혜의 자연을 지닌 지역이다. 이뿐이 아니다. 울릉도·독도의 바다 밑에는 가스 하이드레이트가 광범위하게 분포돼 있다. 풍력, 에너지, 태양광, 연료전지, 3~4세대 방사광 가속기, 양성자 가속기 등 에너지 자원과 포스코 등 과학 기술 연구 기반도 갖추고 있다.

조건이 갖춰진 곳이고, 뚜렷한 비전도 확립했으니, 남은 것은 사람을 모으고, 아이디어를 만들고, 정책 사업으로 실천하는 것이다. 그러면 일은 자연스럽게 진행된다. 김관용의 스타일대로 일을 추진한 것이다. 그는 먼저 야심적인 국제적 규모의 포럼을 구성했다. 청정에너지 분야 세계적인 석학과 국내 학자가 만나는 자리를 만들었다. 1년에 한 번 개최하는 동해안 에너지 포럼(그린 포럼)을 설립했다. '우리나라 원전의 50%를 가지고 있으며, 신재생에너지 환경과 자연 풍광을 가지고, 동해안 시대를 여는 동해안 지역에서, 에너지클러스터의 신기원을 만들고 새로운 시동을 거는' 포럼을 창립했다. 지방 정부에서 국제 포럼을 개최하는 데에 한 번에 7~8억 원의 예산이 들었지만, 투자 대비 수익성은 높았다. 경북이 미래에너지 산업을 선점하기 위한 에너지생태계 조성에 박차를 가할 수 있게 된 것도 포럼이 없었다면 불가능했을 것이다. 2008년에 월드 그린 에너지 포럼(그린 포럼)을 설치하여 짝수 해에는 그린 포럼, 홀수 해에는 에너지 포럼을 격년제로 개최했다.

국제 에너지포럼의 성과를 바탕으로 그는 컨트롤타워를 정비했다. 민선 4기(2006년)에는 해양 정책과를 신설했고, 민선 5기(2013년)에는 동해안 발전 추진단을 설치했다. 민선 6기(2018년)에는 2급 직급의 환동해 지역본부를 만들었다. 그의 재임 시절에 동해안 지역은 독립채산제를 시행해도 될 정도로 조직과 인력, 사업 규모가 커진 것이다. 컨트롤타워는 각자의 위치에 맞는 프로젝트를 추진했다. 2007년 에너지클러스터 기획단을 설치했고, 에너지클러스터 사업 계획을 수립했다.

2008년에는 광역경제권 동해안 에너지 관광 벨트 사업, 2009년 포스텍 풍력 특성화대학원, 4개 대학 에너지 기초 인력 양성, 그리고 2014년 경상북도 신동해안 해양 수산 마스트플랜을 수립했다.

에너지클러스터 프로젝트에 따라 동해안은 포항, 경주, 영주, 울진 등 4개 지역의 특성에 따라 맞춤형 에너지 특화 산업으로 발전의 포맷을 잡았다. 포항은 신재생에너지, 우수 연구 인력, 부품 소재 산업에 집중하는 연료 전지 산업 클러스터, 경주는 태양광, 풍력, 바이오매스 에너지, 원전 3대 국책 사업을 포함해 신재생에너지 클러스터와 원자력 산업 연구클러스터, 영덕은 일조량 등 우수 풍력 잠재력을 살려 풍력 발전 R&D센터 등 풍력 발전 산업클러스터, 울진은 국내 최대 전력 생산 지역으로 원자력 이용 실증 클러스터를 구체화하는 계획을 수립했다.

지역과 특성에 맞는 조직 정비, 사업 계획 수립에 따라 동해안 지역은 청정에너지 주식회사로 변모해 나갔다. 2008년 9월, 포스코 파워 발전용 연료 전지 공장 설립, 2009년 11월, 구미 국가 4산단에 STX솔라 50MW 태양 전지 공장 준공, 2011년 3월 포스코 파워 연료 전지 스택 공장 준공, 2011년 4월 웅링 폴리실리콘 공장 착공 등 21건 4조 4,213억 원의 투자 유치를 이뤄냈다. 신재생에너지 분야의 국제 기업들이 동해안에 들어선 것이다.

이뿐이 아니다. 에너지 핵심 인프라 구축을 위한 산학연 협력 사업도 활발하게 추진했다. 2008년 8월 영남대에 태양 전지 지역 혁신 센터를 유치했고, 2009년 9월 영덕군 신재생에너지 전시관을 개관했다. 2011년 신재생에너지 테스트베드 구축(포항; 수소 연료 전지, 구미; 태양광), 2012년 3월에는 세계에서 일곱 번째로 영남대에 태양광 모듈 인증 평가 기관인 TUV 라인란드를 유치했다. 이 회사는 세계 태양광 인증시장의 80%를 점하는 글로벌 기업이다.

청정에너지 주식회사 동해안에는 신재생에너지의 개발 보급, 산업화 노력이 지속되고 있다. 김관용이 추진한 성과는 적지 않다. 그가 재임한 12년의 기간이 짧지 않지만, 동해안을 청정에너지 주식회사로 만든 기간으로 치면 아주 짧은 시간이다. 그럼에도 민선 4~6기에 태양광, 풍력, 태양열, 지열 등 170개 사업을 추진했다. 동해안에는 풍력발전기 99기가 가동되고 있고, 태양광은 2,554개가 운전 중이다.

김관용의 청정에너지 사업에서 주목해야 할 프로젝트가 있다. 에너지 산업의 획기적 전환을 위한 다양한 비즈니스 모델을 접목한 프로젝트이다. ICT 융합에너지 수요 관리, 미래에너지 정책 발굴의 대표 사례로 '울릉도 친환경에너지 자립섬 조성 프로젝트'(울릉도 프로젝트)이다. 경북형 스마트그리드 확산 사업이자, 햇살 에너지 농사 사업으로 울릉도를 탄소 제로섬으로 만드는 목표를 가진 사업이다. 민관합동 개발 특수목적법인(SPC)도 설립했다. 대용량 ESS, 태양광, 풍력, 수력, 지열, 연료 전지 등 다양한 친환경 에너지원 사업을 추진하고 있다. 한술에 배부르지는 않다. 울릉도 프로젝트는 앞으로도 꾸준히 목표를 위해 걸어가야 한다. 바른 방향, 좋은 사업을 갖추었으니 울릉도 프로젝트는 성공을 위한 행진을 멈추지 않을 것이다.

또 하나의 주목할 프로젝트는 원전 산업이다. 그는 경상북도를 원전 산업의 전 주기를 담당할 최적지로 생각했다. 원전 전 주기화 사업을 에너지클러스터 사업의 핵심으로 2011년 2월부터 원자력 안전 클러스터 조성을 추진해 왔다. 제2 원자력연구원, 원자력 수소 실증 단지 조성(2012.5.), 신한울 1·2호기 착공, 한국 원자력 마이스터고 개교(2013.3.; 울진 평해), 원전 현장 인력 양성원(2017년 착공, 경주 감포), 원자력 안전협의회 창립(2013년), 원자력 해체기술종합연구센터 유치 추진단(2014년), 원자력 안전 마스터플랜(2016년) 사업을 추진했다.

야심에 찬 김관용의 원전 계획에도 불구하고 문재인 정부 출범 이후 원전 축소, 신재생에너지 확대 기조를 담은 제8차 전력 수급 기본계획(2017.12.)이 발표됐다. 그는 그간의 원자력 진흥 정책에서 한발 물러나 원자력 안전 정책으로 에너지클러스터 조성 계획을 전환했다. 거대 국책 사업으로 추진해야 할 사업이 대부분이기에 정부 계획과 보조를 맞추지 않고는 사업을 추진하기 어려웠기 때문이다. 그는 무엇보다 원전을 가진 경북 동해안의 현실을 생각했다. 정부의 청정에너지 정책은 충분히 이해하지만, 핵심 원전 기술과 기반 산업을 가진 경북 지역의 현실, 그리고 안전성과 경제성까지 갖춘 차세대 원전 기술을 가진 국가적 역량을 한꺼번에 포기해서는 안 된다고 생각했다. 김관용은 중장기 에너지 수급 계획 하에서 차세대 원전을 포함한 친환경에너지 계획을 좀더 면밀하게 기획, 보완할 필요가 있다고 생각했다.

김관용의 원전 프로젝트는 원전의 안전 설계는 물론, 건설·해체·처분의 생애 주기 사이클을 완성할 최적지로 동해안 지역을 들었다. 정부의 원전 축소 계획이 신재생에너지 확대로 귀결되므로 경상북도가 추진한 에너지클러스터 사업과 맥을 같이 한다고 보았다. 그는 투 트랙으로 원전 축소 계획의 지역화를 추진했다. 첫째는 원자력 안전 연구 단지 조성이다. 방사성 융합기술원 설립, 원자력 안전 연구센터 설립, 원전 해체 연구센터 설립을 포함하는 안전 연구 단지를 조성하여 원자력의 안전성 강화, 안전한 해체 과정을 지원하는 산업 육성 계획이다. 둘째는 원자력 관련 정주 환경 개선 사업 추진이다. 원자력 병원, 원자력 테마파크, 원자력 안전 문화센터 조성으로 원자력에 대한 시민 이해를 높이고, 관련 질병의 R&D, 치료를 연계하는 사업이다.

동해안이 청정에너지 주식회사로 발전하려면 아직도 가야 할 길이 멀다. 김관용이 떠난 뒤에도 환동해 지역본부의 위상은 손상되지 않을 것이다. 청정에너지 주식회사로 거듭나기 위한 동해안과 지역민의 노력, 산업계 관계자들의 열정도 식지 않을 것이다. 길을 가는 과정에서 간혹 잘못된 길에 들어설 수도 있다. 일단 물러서서 다시 바른길을 찾는 노력을 멈추지 않는다면 동해안이 청정에너지의 천국, 청정에너지 주식회사로 성공할 것임을 믿는다.

# 하늘 길,
# 지역의 백 년을 여는 길이다

하늘 길은 경북의 오랜 염원이다. 수출 물류, 사람의 이동, 과학 기술 발달로 지구촌 사람들의 만남은 더 빈번해졌다. 광역 경제권 경쟁 체제가 강화되면서 거점 단위 직항 노선 수요도 많이 늘어났다. 남부권 신공항 필요성은 이미 1989년부터 제기됐다. 신공항 논의가 최초로 수면 위로 부상한 것은 2002년 4월 김해 공항에 착륙하던 중국 민항기가 돛대산에 추락하면서다. 김해 공항의 안전성 문제가 본격 제기된 것이다.

2007년 영남권 신공항 1단계 타당성 조사 용역을 실시했다. 2024년이 되면 김해 공항 수용 능력이 포화될 것으로 나왔다. 김해 공항을 이대로 둘 수 없게 된 것이다. 2007년 김해 공항 이전 사업이 대선 공약으로 채택됐다. 2008년 9월 광역 경제권 30대 선도 프로젝트로 선정됐다. 그러나 2008년 12월, 국토부 타당성 조사 2단계 용역 결과 부산 가덕도(B/C 0.7)와 경남 밀양(B/C 0.73) 두 후보지는 모두 경제성이 없다고 평가됐다.

김관용은 2009년 동남권 신공항 대구·경북 포럼을 개최했다. "새로운 화합과 논리적인 주장을 객관화하면서 정말 1,300만 주민이 염원하는, 그리고 낙후되어 가는 지방을 살리고자 하는 시·도민의 염원을 담아 신공항 사업을 성공해 내자."고 했다. 2011년 3월 신공항 입지 평가위원회는 경제성 미흡과 환경 훼손 등을 이유로 두 후보지 모두 부적격하다고 결론 내렸다. 동남권 신공항 사업이 백지화된 것이다.

"우려가 현실로 나타나서 참담한 심정입니다. 지역민의 생존권이 달린 문제가 수도권의 논리 때문에 좌절된 것에 대해 심한 유감의 뜻을 표합니다." 김관용은 차분하게 유감을 표했지만, 속까지 그렇지는 않았다. 결과가 발표되기도 전에 신공항 무용론, 백지화론이 흘러나왔다. 정치가 개입한 것이다. 경제성이 낮다는 것에도 동의하지 못했다. 과거의 대형 국책 사업들을 보면 경제성 하나만을 보고 추진하지 않았다. 경부고속도로, 고속철, 인천공항도 추진 당시에 엄청난 논란이 있었다. 하지만 모두 국가의 미래를 보고 추진한 사업이다. 그리고 성공한 사업들이다. 김관용은 신공항 후보지들이 부적격하다고 내린 결론에 이렇게 항변했다. "균형 발전이란 헌법적 가치를 포기한 행위라고 할 수 있고 지방의 생존권을 외면한 처사"였다. 지방을 위하여, 분권화된 국가를 위하여, 모두가 잘사는 미래를 위해 신공항 사업은 포기할 수 없다고 다시 한 번 더 다짐했다.

그는 다시 시작했다. 그리고 일어섰다. 2012년 경상북도를 포함한

5개 시·도는 신공항 재추진을 선언했다. 2012년 대선 공약 8대 핵심 정책으로 신공항 건설을 포함했다. 박근혜 정부 출범 후 국토교통부는 업무 보고에서 신공항 추진을 검토하겠다고 했다. 전국적 항공 수요 조사와 예측을 시행해서 객관적으로 검증하겠다고 밝혔다. 영남권 5개 시·도는 2013년 6월 국토부와 영남 지역 항공 수요 조사 시행 등의 공동합의서도 체결했다. 신공항 건설 타당성 조사를 통해 밀양, 가덕 두 곳이 후보지가 됐다.

경상북도는 속도는 빠르게, 횡보도 넓혔다. 대구시, 대구경북연구원과 실무 추진단을 꾸렸다. 전문가, 경제계, 시·도의원, 공공기관, 시민단체가 참여하는 정책자문위원회도 35명으로 구성했다. 실무추진단 활동을 적극적으로 지원했다. 2013년 9월에는 남부권 신공항 대토론회를 열었다. 신공항 건설을 국책 사업으로 명문화하고, 박근혜 정부 임기 내에 사업 착공을 요구했다. 기존 김해 공항으로는 남부권의 국제 항공 수요를 감당할 수 없었다. 광역경제권 활성화와 인천공항을 보완하는 제2 관문 공항으로서 신공항의 필요성은 점점 커졌다.

김관용은 영남권 신공항이 위치상으로 경북 지역 주민의 삶에 직접 미치는 관련성이 적음을 잘 안다. 그렇지만, 국토 균형 발전 차원에서 신공항 사업을 전폭 지지했다. 2016년 6월 국토교통부 영남권 신공항 입지 선정 결과는 김해 공항을 확장하는 것으로 최종 발표됐다. 사력을 다했는데 결과는 아쉬웠다. 아쉽고도 이해할 수 없는 결정이었다. 이날 김관용은 긴급 기자회견을 했다. 지방 공항의 간절한 염원을 정치 공항으로 변질시켰다고 비판했다. 정치권은 신공항 사업에서 손을 떼라고 말했다. 세계사에서 유례없는 수도권 집중을 해결하려면 신공항 사업으로 해결의 실마리를 찾을 수 있다고 주장했다. 그는 서울과 지방이 균형을 지키기 위해서 신공항의 필요성을 재삼 역설했다.

영남권 신공항은 무산됐다. 그럼에도 항공 수요는 계속 늘어났다. 제5차 공항개발 중장기 개발계획에서 동남권 거점 공항인 김해 공항과 대구 공항에는 중장거리 노선이 취항하지 못한다. 대구 공항 여객 이용객은 연간 375만 명에 육박했다. 수용 능력의 한계에 다다랐다. 대구·경북은 다시 결단을 해야 했다.

대구 공항은 500만 시·도민의 공항이다. 대구 공항은 수용 능력 한계에도 불구하고 지역민을 세계와 이어주는 역할을 하고 있다. 대구 공항은 도심에 있다. 군항을 겸하는 공항이다. 군용기 이착륙으로 주민 생활권도 많이 침해받는다. 주변 지역 주민이 제기한 민원도 적지 않다. 군의 야간 훈련과 훈련 횟수가 제한됐다. 비행고도 변경 등 안정적 항공 작전 운용에도 지장이 초래된다. 이 모든 요인이 결합하여 대구 공항 이전 작업이 정부 주도로 진행됐다. 결국 '군 항공 이전 및 지원에 관한 특별법'이 제정됐다. 2016년 7월 11일 대구 공항 통합 이전이 결정된 것이다. 오랫동안 제기된 대구 공항 이전 사업이 드디어 첫발을 디딘 것이다.

K-2 군 공항 이전 사업은 기부 대 양여 방식으로 시행된다. 추정 비용만도 약 7조 2,500억 원이 드는 엄청난 국책 사업이다. 통합 공항 이전 후보지는 군위 우보, 의성 비안·군위 소보 두 곳으로 정해졌다. 경상북도와 해당 지자체는 주변 지역 지원 계획 수립과 최종 이전 부지 선정을 서둘러 줄 것을 국방부에 요청했다. 두 곳 후보지를 놓고 논란도 많았다. 제2회 대구 군 공항 이전 부지 선정 실무위원회 결정에 대

구시, 경상북도, 군위군, 의성군 4개 지자체가 합의했다. 국방부는 통합 대구 공항 이전지를 2018년 안으로 선정하고, 본격적으로 사업을 시행하겠다고 발표했다. 이전 후보지가 최종 결정되면 이어지는 일도 산더미처럼 많다. 이전 주변 지역 거주민 지원 계획 수립, 공청회를 통한 이전 주변 지역 주민 의견 수렴, 지원 항목과 소요 재원, 재원 조달 계획도 세워야 한다.

국방부 시계는 멈추지 않았다. 계획한 2018년 시한도 지나갔다. 군위군과 의성군의 협의가 매끄럽지 않았다. 정부의 결정에 군위군이 반기를 들었다. 결정을 미룬 시간은 지겹게 흘러갔다. 공항 사업은 또다시 무산될지도 모른다는 우려에 휩싸였다. 이번에도 못하면 다 된 밥에 코 빠트리기가 된다. 김관용은 재임 중에 통합 신공항의 획을 긋고 싶었다. 하늘길이야말로 지역의 미래를 여는 길이기 때문이다.

"대구 공항 통합 이전은 단순한 시·도민의 공항 이용 편의를 넘어, 산업과 직결되고, 문화와 연결되는 일입니다. 첨단 산업, 4차 산업혁명을 이끌 기반 시설이기도 하고요. 통합공항 이전이 안 되면 대구·경북의 미래는 없다." 그러니 반드시 실현되도록 시·도민이 함께 도와달라고 부탁했다. 대구·경북의 하늘길이 지역의 미래를 활짝 여는 길이라고 강조했다.

통합 신공항은 낙후된 경북 중부와 북부권의 지도를 바꿀 수 있는 사업이다. 그는 공항이 들어서는 지역과 탈락한 지역까지 항공과 연결되는 육상 교통 중심지로 발전시킬 구상을 만들었다. 통합 신공항은 민항과 군항의 두 개 기능을 수행한다. 민항에는 공항과 대구를 연결하는 공항 직결 도로를 놓도록 할 것이다. 군항은 우리나라 최대 항공 부품 수리 기능을 수행하므로 거주 인력을 위한 타운 조성은 물론, 공항 직결철도가 들어서도록 할 것이다. 항공 관련 신산업 유치도 가속화될 것이다. 마련해 둔 연결 프로젝트를 보면 통합 신공항을 중심으로 주변 지역, 크게는 대구·경북이 어떻게 지도를 바꾸게 될 것인지 상상이 됐다.

결국 2020년 통합 신공항 후보지는 군위 소보·의성 비안 지역으로 최종 결정됐다. 이미 1월에 시행한 두 후보 지역의 주민 투표 결과와 같은 결과가 나온 것이다. 시간은 지연됐지만, 더 큰 실리를 챙기기 위한 협상이니 어쩔 수 없었다. 그것도 민주적 절차였으니 말이다. 대규모 프로젝트를 추진할 때 님비와 핌피는 항상 충돌한다. 얼굴 붉히지 않고 슬기롭게 협상할 수 있는 지혜의 시스템이 마련되면 좋겠다.

통합 신공항 사업은 산 넘어 산이다. 그 큰 산들을 그렇게 넘고 또 넘었다. 김관용은 신공항 사업에서 정치권은 물러나라고 했지만, 정치권은 2021년 4월 보궐 선거를 앞두고 다시 가덕도 공항을 들고 나왔다. 속전속결 진행하면서 특별법 제정도 서두르는 모양새다. 가덕도 공항이 통합 신공항에 줄 영향을 우려할지도 모른다. 통합 신공항이 영향받지 않고 진행되도록 할 대안이 있는가, 있다면 무엇일까? 가덕도와 통합 신공항을 상생하자는 의견도 있다. 하지만 지역에서는 가덕도 공항은 절대 안 된다는 여론이 훨씬 강하다. 이제 통합 신공항은 김관용의 몫은 아니다. 하늘 길은 지역의 백년대계인데 그는 지금 무슨 생각을 하고 있을지 궁금하다.

# 43.

# 대수도론은 허구, 균형발전이 답이다

 큰 통에 물이 가득 차면 주변으로 흘러넘친다. 물통이 너무 크다. 물을 아무리 들이부어도 가득 채워지질 않는다. 가득 차기까지 얼마나 더 기다려야 할까. 큰 물통 아랫동네에 사는 사람들은 갈증으로 목이 마른다. 못자리 논에 물이 없어 모내기도 미뤘다. 이대로 며칠 더 버티기가 어렵다. 큰 통에 물 채우는 사람은 여전히 조금만 더 기다려 달라고 한다. 며칠 뒤에 큰 통의 물이 다 차 흘러넘쳤다. 아랫동네로 물이 흘렀지만 물 마실 사람들이 없다. 견디다 못해 떠났고, 남은 사람들은 다 쓰러진 뒤였다. 모내기하지 못한 논은 거북등이 됐다.
 큰 통에 물이 가득 차고, 아랫동네로 물이 흘러넘쳐 윗동네 아랫동네 다 잘사는 것을 낙수효과라고 한다. 수도권 사람들이 낙수효과라고 말하면 나는 '수적천석(水滴穿石)'이란 말을 생각한다. 한 방울씩 떨어진 물이 수천 수만 년 긴 시간이 지나면 바위에도 구멍이 뚫린다는 전설 같은 이야기다. 대명천지 대한민국에 낙수효과로 서울과 지방이 함께 잘살게 된다는 이야기를 곧이곧대로 믿는 사람이 있을까? 낙수효과를 믿으라는 주장은 10년 안에 한두 방울씩 물이 떨어져도 바위에 구멍이 뚫릴 것이란 말과 다를 바 없다. 믿지 못 할 말을 믿으라는 것이니 늑대가 어린 양에서 '문 열어 주면 안 잡아먹지'라는 말과 무엇이 다른가.

대수도론은 김문수 경기지사가 재임 시절에 제기한 수도권 우선 발전론이다. 수도권 규제 완화의 상투성을 피하려고 만든 또 하나의 허구가 대수도론이다. 김관용은 민선 4기 경상북도 수장을 맡은 2006년 바로 '균형 발전 대 대수도론 토론회'를 개최했다. 그는 수도권 규제 완화를 위해서는 선후가 지켜져야 한다고 했다. "혁신 도시와 행복 도시 완성, 국내 대기업의 지방 투자 시 파격적인 인센티브, 지방 거점 신공항 건설, 풍부한 인재 공급을 위한 지방 대학 육성 등의 획기적인 투자 환경 개선으로 지방의 경쟁력이 향상된 다음에 수도권 규제 완화가 가능하다."고 했다.

사실, 지방이 경쟁력을 갖게 되면 수도권 규제 완화는 불필요하다. 비수도권-수도권의 기울어진 추가 균형을 찾게 되면 어떤 일이 일어날까? 기업 투자의 관점에서 보면 지가, 생활비, 임금 등 여러 면에서 지방이 수도권보다 조건이 유리하다. 불행히도 대한민국의 수도권에는 기업, 일자리, 돈이 다 몰려 있다. 교육, 문화, 교통 등 모든 인프라가 수도권에 집중된 탓이다. 도시화율이 90%를 넘는 나라는 하나의 도시뿐인 도시국가들이다. 한 나라에 하나의 도시만 있는 도시국가이니 도시

집중률이 높은 건 당연하다. 그러나 인구 5천만 명이 넘는 대한민국은 도시국가가 아니다. 서울을 포함한 수도권이 있고, 부산, 대구, 대전, 광주, 울산 등 다핵도시가 진을 치고 있다. 다핵도시 국가임에도 대한민국의 수도인 서울과 주변 지역에 사람과 기업과 돈이 몰려 있고, 계속해서 더 빨리 그 속으로 빨려들고 있다.

수도권에 기울어진 운동장으로는 대한민국의 미래 발전을 보증하지 못한다. 1970년대부터 지금까지 이어 온 잘못된 수도권 중심 개발, 그 정책의 관성, 지속 가능한 발전론과 분권 사고의 부족 때문이다. 지속 가능한 발전은 '생각은 지구적으로, 실천은 지역적으로' 행할 때 가능하다. 수도권 우선 개발, 수도권 규제 완화를 주장하는 사람들에게 지구적 생각을 기대할 수 없다. 더구나 그들에게 지역적 실천이란 기대난망일 뿐이다. 김관용은 2009년 한·중·일 국제학술 세미나를 개최하면서 "지방이 역사의 새로운 주인공"이라고 선언했다. 필자는 이 말의 진정성을 그가 앞서 실천한 사례에서 찾았다.

그는 2007년 수도권 규제 완화 반대 1천만인 서명운동을 주도했다. "블랙홀처럼 빨려 들어가는 수도권 집중", "지방이 죽어가고 미래가 없는 절박한 현실을…" 타개하기 위해 서명운동을 전개했다. 주목되는 것은 그 서명운동이 '단순한 균형의 차원을 넘어 생존권 차원'에서 전개된 사실이다. 낙수효과를 기다리다 목말라 죽을 위기에 처한 지방이 궁여지책으로 나선 일이다. "수도권 집중을 해소하고 지방과 중앙이 골고루 잘사는 하나 된 나라! 후손이 꿈과 희망을 가꾸어 갈 수 있는 대한민국을 지방에서 만들어야 한다."는 그의 말은 필자에게는 공감, 그 자체였다. 그의 말에서 우리가 느끼지 못할 진정성은 없다.

앵글을 달리하면 보이지 않는 것도 보이고, 보이는 것도 보이지 않는다. 김관용은 지방에서 전국을 본다. 서울 사람들은 서울에서 지방을 본다. 지방 사람과 서울 사람이 보는 앵글은 다르다. 서울 사람에게 지방은 못 사는 곳, 필요한 것을 갖추지 못한 것이 너무 많은 곳, 사람 살기도 불편하고 가기도 힘든 곳, 그러니 설령 일자리가 있어도 지방에 가는 것은 엄두가 나지 않는다고 서울 사람들은 말한다.

지방 분권, 균형 발전을 주장하는 사람들은 서울이 아닌, 전국을 본다. 균형의 저울추가 제자리를 잡고 있는지, 균형추가 기울어지지 않고, 잘 움직이고 있는지를 먼저 살핀다. "지방에 있으면 전국이 잘 보이는데, 서울에서는 지방이 잘 안 보이는 것 같습니다." 천연덕스럽게 한 말이지만, 그가 항상 아쉽게 생각하는 사실이다. 작은 잘못이 커져서 큰 사건이 된다. 균형 발전 주장을 무시하고 대수도론이란 정체를 모를 이론을 제기하면서 문제를 키우고 돌이킬 수 없게 만든다. 이렇게 진행되다 보면 '균형 발전의 헌법적 가치가 흐트러지는' 상황으로 치닫게 될지도 모른다.

김관용이 강조하는 균형의 논점은 단순하다. 복잡하게 생각하지 말자. 지금 보기에 "조건이 좀 부족하더라도 지방을 살려야 한다."라는 말에 동의만 하면 만사형통이다. 수도권-비수도권 불균형 발전 상황은 지속 가능하지 않다. 언젠가는 대한민국의 행복 총량 증진을 위해 개선되어야 할 과제이다. 그렇지만 풀기 힘든 난제임이 분명하다. "동서라든가, 남북의 이념적인 갈등보다도 더 어려운 것이 수도권과 비수도권 문제"라고 그도 말했을 정도이니 말이다.

세상에 풀지 못할 문제는 없다. 단지 문제가 어려워 시간이 좀 걸릴

뿐이다. 기득권의 자기 옹호, 정치적 수사까지 동원하여 수도권은 옹호 받고 있다. 정치가 문제 풀이를 방해하니, 정치를 바꾸면 답이 찾아질 수 있다. 정치 개혁이란 과제가 쉽지는 않다. 하지만 거기서 해법이 나올 수밖에 없다면 누군가는 정치 개혁을 시도해야 한다. 노무현 대통령이 후보 시절일 때 대구·경북인은 그에게 분권 운동을 제안했다. 분권은 노무현 정부 균형 발전론의 핵심이 됐다. 행정 수도 이전, 공공기관 지방 이전과 같은 대형 국책 사업이 핵심 정책으로 추진됐다.

노무현의 분권 사업은 실제로 분권까지 이어지지는 못했다. 하지만 분산은 분권을 위한 서막이다. 이제는 분산을 넘어 분권 가치, 분권 실천이 필요하다. '분권화된 대한민국'이 돼야 지방이 역사의 중심이 된다. 김관용은 2016년 자신이 지방 분권론자임을 밝혔다. 그의 지역 정치는 처음부터 분권주의에서 시작됐지만, 분권 정책을 들고, 공개적으로 밝힌 것은 처음이다. "저는 지방 분권론자입니다. 현장에서 지킬 것은 지키고 싸울 것은 싸우겠습니다."라고 단언했다.

대수도론의 핵심 인프라로 제안된 GTX 사업은 지방에서 볼 때에는 실현 가능성이 제로인 아이디어였다. 그러나 벌써 GTX A노선은 2023년 완공을 목표로 사업을 추진 중이다. 노선 C, 노선 B도 구체적 사업 계획을 가지고 있다. D 노선도 수도권 사람들에게 오르내린다. 지방에선 뜬구름 잡기로 보이는 천문학적 예산 사업이 GTX이다. 수도권에서는 아이디어만 나오면 바로 사업으로 이어진다. 수도권 프리미엄이 이렇게 크고 강하게 작용하는 한 대한민국의 장래는 밝지 못하다.

이 상황을 어떻게 타개할 것인가? 지방에서 균형 발전을 주장해서는 힘을 얻을 수 없다. 그는 상황 타개를 위해 새로운 도전을 고민했다. 민선 1기에서 6기까지 민선 자치 6선을 빠짐없이 한 최초의 지방 자치 전문가, 지방 행정의 책임자가 분권 국가 경영을 위해 나섰다. 무모한 도전임을 안다. 단 하나, 지방에서 전국을 보는 것이 아니라, 나라 경영을 위해 지방을 보고, 지방에서 다 함께 잘사는 전국을 보기 위해서였다.

2017년 3월 14일, 김관용은 자유한국당 대통령 후보로 등록했다. 경상북도 민선 4~6기를 맡은 수장으로서 19대 대통령 후보 김관용으로 변신한 것이다. 그는 분권 철학을 가지고, 균형 발전을 실천한 사람이다. 대수도론의 허구를 무너뜨리려면 지방에서 주장만 해서는 이룰 수 없었다. 대통령 후보 김관용은 15일간의 무모해 보이는 도전을 시작했다.

분권형 개헌은 지방이 주체가 돼야 한다. 목소리를 높였지만, 중앙 무대를 향한 그의 정치 실험은 끝났다. 성공하지 못한 도전이었으나 그에게 남은 아쉬움은 없을 것이다. 분권형 개헌 목표가 좌절했다고 생각지 않는다. 누군가는 다시 시작할 것이다. 상하 양원제 정치 구조가 확립될 것이다. 헌법의 가치 속에 '분권'이란 단어가 국민의 요구로 더 확실하게 들어가게 될 날을 상상할 것이다.

김관용은 "자치 발전의 새로운 틀을 짜야 하고, 지방 분권형 개헌으로 새로운 대한민국을 만들어야 합니다... 개헌에 대한 국민적 요구가 봇물 터지듯 터져 나오고 있는 이때가 바로 기회"라고 생각했다. 그 시기가 언제 올지는 모른다. 그러나 반드시, 그를 뛰어넘는 분권론자가 대한민국의 정치 무대 한가운데에 설 것이다. 그 무대에 서서 '분권 국가 대한민국'이라고 국민에게 선언할 것이라고 그는 생각한다.

김관용을 수식하는 말은 참 많다. '드리대 도지사'. 무식하게 앞만 보고 직진하는 그에게 붙여진 별명이다. '눈물의 도지사'. 효부에게 상을 주는 시상식장에서 너무 감동하여 아무 말도 못 하고 눈물만 흘리고 내려온 후 불린 이름이다. 'Mr. 새마을'. 새마을 세계화재단을 만들어 새마을을 지구촌에 전파한 공로로 대한민국의 상표 가치를 높인 공로로 얻은 별명이다.

"김관용 경상북도지사는 역대 시·도지사 중에서 그 누구보다도 균형 발전, 지방 분권, 지방 분권 개헌에 앞장선 사람이다." 이창용 지방분권운동 대구경북본부 상임대표의 말이다. 지금 우리에게 필요한 것은 복잡한 수학이 아니다. 간단한 산수만 해도 분권이 집중보다 낫다는 것을 안다. 20세기는 집중의 시대였다. 21세기는 분산·분권의 시대이다. 코로나19로 직주 근접이 전원생활로 바뀌고 있다. 땅값이 비싼 곳에 사무실을, 주거 공간을 마련할 필요성은 점점 더 줄어들 것이다. 서울에서 수도권으로 벗어나고, 수도권에서 비수도권으로의 탈출이 시작될지 모른다. 그 시기는 의외로 빨라질 수 있다. 조금이라도 미래를 예상한다면 수도권에 집중된 법과 제도는 한시바삐 분권, 균형 발전을 기준으로 바뀌어야 한다.

▲ 도청 신청사 전경

Part 7.
# 교류·융화

44 _ 기와만인소, 한옥 청사를 만들다
45 _ 혜초의 누각, 박 대통령의 안가
46 _ 코리아 실크로드 탐험대
47 _ 종부를 만들고 종손을 만들자
48 _ 칼끝같이 대립해도 해법은 있다
49 _ 농촌과 산촌, 도시를 품다
50 _ 삼국유사 목판본 복원과 신라사 대계 편찬

(44.

# 기와만인소,
# 한옥 청사를 만들다

　경상도 개도 700년. 경북 도청 신청사가 대구에서 안동으로 자리를 옮겼다. 오랜 역사의 흔적이 깃든 곳을 떠났다. 유서 깊은 곳을 두고, 새로운 곳으로 옮기는 일은 쉬운 일이 아니다. 김관용은 민선 4기 선거운동을 할 때 도청 이전을 공약으로 내걸었다. 이전부터 공약으로 나왔으나, 이전은 쉬운 일이 아니었다. 이전으로 인한 유불리가 어찌 되든 그는 옮기겠다고 약속했으니 옮기면 될 일이라 생각했다. 옮기는 일이 확정됐으니, 청사를 어떻게 지을 것인지는 시급하고, 중요한 결정 과제였다.
　우리나라 산업화와 함께 건설한 산격동 청사는 웅장한 서구식 근대 건축물과는 거리가 멀었다. 가성비를 기본으로 지은 건물이다. 직사각형 구조에 층수를 높여 가장 효율적으로 직원들이 일하는 공간으로 만들었다. 이전하는 신청사의 터, 안동은 유서 깊은 고장이다. 한국의 오랜 역사·문화 전통과 문화유산이 강하게 남아 있는 지역이다. 사라져 가는 정신문화의 뼈대를 간직하고 있을 뿐 아니라, 그 문화와 정신을 오늘에 이어지도록 계승하고 있는 지역이 바로 안동이다. 가성비만을 주장하며 청사를 지을 수가 있는 상황이 아니었다.

청사 설계에서부터 의견이 분분했다. '빌딩 식으로 지어야 실용성이 있다', '직원들의 근무 환경 편의성을 고려해야 한다', '한옥은 관리가 힘들다' 등 논의 과정에서는 실용성, 가성비 주장이 압도적이었다. 김관용은 그들 주장의 타당성을 안다. 적지 않은 예산이 투입되는 엄청난 역사이므로 신축 건물의 경제성을 도외시할 수 없다. 결국 실용주의자(?)들의 주장을 받아들였다. 신청사는 25층 빌딩으로 건설하기로 결정됐고, 예산도 그 방안으로 편성됐다.

김관용은 청사의 정체성을 회고해 보았다. 여기가 어디냐? 신라 천년의 역사, 조선 오백 년 유교 문화 전통을 간직한 지역이 아닌가, 21세기 현대 문명이 하루가 다르게 우리 사회를 휘몰아치고 있다. 안동은 여전히 선비 문화의 전통을 잘 지켜 내고 있다. 청사 건립에 가성비, 실용성은 무시할 수 없는 요소이다. 그렇다고 이 방향으로만 건물을 지어서는 경북 북부 지역, 안동의 유교 자산, 정신문화의 자취를 다 담아 내지 못한다.

결국 김관용은 정체성과 실용성을 섞기로 했다. 조화는 미덕이다. 4차 산업혁명 시대, 우리가 사는 여기가 융합의 현장이다. 우리는 대체 불가능한 섞임의 시대에 살고 있다. 그는 정체성과 실용성 가치를 하나로 묶어 낸 청사가 필요하다고 생각했다. 그는 상상으로 그린 신도청의 모습에 실용의 모습을 같이 엮어 내기로 했다. "25층 빌딩 예산을 수립했지만, 안동이란 정체성, 그거 무시할 수 없는 겁니다. 한옥 다섯 채로 청사를 짓도록 합시다." 단호하게 실·국장들에게 말했다. 다만, 경제성을 고려하여 골조는 콘크리트로 하고, 화강암으로 전통미를 살리고, 지붕은 기와를 올려 한옥의 풍미를 드러내도록 했다. 현대와 전통의 조화, 역사와 기술이 만나는 청사가 건립되는 것이다. 전통미 가득한 한옥 기와지붕 청사가 우리 앞에 그 모습을 드러내게 된 것이다.

청사가 전통 한옥으로 위용을 드러내려면 전통 기와를 얹어야 한다. 고령토의 고장, 고령에서 구운 전통 기와 65만 장을 가져왔다. 김관용은 그 순간을 회상했다. "성냥개비가 하나하나 있으면 별거 아닙니다. 모여 있을 때 폭발이 일어납니다." 평소 생각해 오던 그의 지론이다. 성냥개비 하나의 화력은 무시해도 좋다. 그러나 성냥개비가 모여 성냥 통 하나에 불이 붙으면 엄청난 불길로 살아난다. 고령에서 가져온 기와지붕을 보고 김관용은 65만 개 전통 기와의 폭발력을 예견했는지도 모른다.

우리는 현대식에 열광하는 사람들이다. 현대화를 외쳤고, 누군가 먼저 그 길을 앞장섰다. 우리는 거기가 어디인지 모른 채 그냥 뒤따라갔다. 현대식 건물이 하나둘, 들어섰다. 현대식 건축물은 삶이 편리한 공간이라 여겼다. 그렇게 우리는 현대식에 매료되었다. 그런 분위기와는 180도 다른 모습으로 경상북도 신청사는 우아한 한옥 차림으로 우리 앞에 다가왔다. 기와를 지붕에 얹었다. 단아하고 우아한 한옥의 기풍이 넘친다. 눈으로 보기 힘든 문화의 정체성이 아주 쉽게 우리에게 다가섰다.

한옥 청사를 본 사람들은 열광했다. 신청사는 입주와 함께 전국에서 찾아오는 유명 관광지가 됐다. 2층부터 업무공간으로 하고, 1층은 방문객에게 개방했다. 외국 큰 도시의 랜드마크는 다 높은 고층 건물이다. 랜드마크는 주로 시청 등 공공기관의 건축물이 차지했다. 고층빌딩의 최상층에는 회전식으로 관내를 조망하는 전망대가 있다. 최고층에는 도시의 역사를 담은 역사박물관, 레스토랑 등 시민 휴식 공간도 갖춘다. 경상북도 청사는 5층의 높지 않은 층수이다. 한 개의 층높이는 높게 했다. 1층은 시민 공간으로 열어, 경북의 역사와 문화를 담았다.

김관용과 도민, 전문가와 공무원의 생각을 합하여 한옥 청사를 빚었다. 지붕에 얹은 기와 일부에는 도민의 염원을 담았다. 도민들이 청사 건립에 직접 참여한 것이다. '기와민인소'를 설치하여 1만 3천 장의 기와에 도민의 이름을 새겼다. 그들이 바라는 청사에 십시일반 힘을 보탰다. 청사는 작은 것을 모아 큰 것을 쌓아 가는 방식으로 진척됐다. 이런 작업이 가능한 것은 바로 기와였다. 전통 기와 65만 장을 고령토로 빚었다. 기와가 청사 지붕 위에 고이 올려졌다. 청사의 가장 높은 지붕에는 도민의 이름이 들어갔다. 이들 이름은 3백만 도민의 염원을 받았으니, 공화(共和)의 뜻이 담겼다. 그 염원대로 청사에서 일하는 도지사를 비롯한 공복의 일하는 모습을 지켜볼 것이다. 잘하면 지지할 것이고, 잘못하면 문책하듯 그들을 내려 보고 감시할 것이다. 기와만인소를 만들어 지붕에 얹은 김관용과 공무원들의 의도가 무엇이었는지 이해가 된다. 이런 게 바로 참 좋은 아이디어다.

전통 복장을 갖춘 청사의 경내 전체를 우리 문화의 전시장으로 꾸였다. 가까운 곳의 병산서원을 빌려왔다. 만대루의 멋을 살려 83m 여유 있는 회랑을 만들었다. 천년 신라의 대표 정원, 안압지를 본뜬 연지도 조성했다. 조선 사대부의 집을 형상화한 높이 6.8m의 솟을대문도 달았다. 관풍루와 호국정을 낀 원당지도 만들었다.

전체 건축물 연면적(98,765㎡)의 3분의 1이 넘는 주민복지관(39,327㎡), 다목적 공연장, 본관 1층은 오로지 주민의 공간으로 내주었다. 새천년 숲, 대동 마당, 다목적구장 등 경내 곳곳에 배치된 시설은 모두 주민이 즐기는 공간이다. 청사에서 일하는 공무원은 물론 주변 상인과 주민, 청사는 찾는 모든 사람이 즐길 수 있는 개방 공간으로 조성했다. 도청과 의회 건물은 이름도 달았다. 도청은 주민을 편안하게 하는 안민관(安民館)이다. 의회 건물은 민의를 대변하는 공간이니, 도민과 함께하는 여민관(與民館)이 됐다. 기와민인소로 지붕을 얹어 도민들이 일을 맡긴 공복들을 지켜보게 했다. 건물 명칭도 여민과 안민으로 했으니, 도민만 보고 일하는 공간이란 의미에서 한 치도 벗어남이 없다. 달리는 말에 채찍을 더한다 했다. 기와와 건물 명칭의 의미를 일하는 공복들은 한시라도 잊어선 안 될 것 같다.

신청사에는 담벼락이 없다. 청사 이전부터 있는 작은 동산, 그곳의 식생을 최대한 그대로 보전했다. 자연스럽게 청사 울타리가 될 곳에는 최소한의 인공 식생을 곁들여 자연스러움을 살린 자연의 공간이 되도록 했다. 건축물 시공을 위해 건물터는 물론 주변의 모든 식생을 일제히 다 제거한 뒤 100% 인공 식재에 의존하는 기존의 건축 방식은 완전히 배제했다. 인공 식생은 필요한 곳에 제한적으로 했다. 기본은 자연의 공간을 그대로 활용하여 청사 주변의 시설물과 조화를 이루도록 원칙을 만들고, 지켜 냈다. 청사를 잘 아는 사람들에게서 들리는 소문도, 필자의 눈에도 그렇게 보였다.

청사는 친환경 녹색 건물이다. 사용되는 총 에너지의 30%를 태양광, 태양열, 지열, 연료 전지를 포함하는 신재생에너지로 충당하도록 설계했다. 근무하는 직원들은 산격동 시절과 신청사를 비교하면 변화를 실감한다고 했다. 산격동에서는 여름철 더운 날에도 에어컨 사용이 힘들었다. 신청사는 에너지 여유가 많다. 덥지 않은 사무실 환경을 만든 것이다. 정부 기준 신재생에너지 사용 비율 17%를 훨씬 넘겼으니, 그 초과분인 13%만큼 자율적 사용이 가능했다. 청사는 ICT로 디지털 시대에 맞춘 운영·관리시스템을 구축했다. 지능형 통합 방제센터를 운영 중이고, 초고속통신 시설을 포함한 다양한 최첨단 인텔리젠트 기능도 갖췄다.

신청사의 외관을 보고, 오랜 관료제의 습성, 권위가 느껴진다고 평하는 사람도 있다. 자연과 닮아 자연 속에 낮게 위치한 서유럽의 건물과 비교한 것이다. 드넓은 대지에 자리 잡은 미국식 공공건물과 청사를 단순 비교하는 것은 타당하지 않다. 한옥 청사는 미국의 공공건축물과는 격이 다르다. 그들에겐 역사의 향기를 느낄 수 없다. 그들이 주장하는 전통과 문화가 골고루 갖추어지지 못했기 때문이다. 길게는 그리스, 로마에서 가져온 건축물이고, 짧게는 중세 유럽에서 가져온 건물만을 그들의 전통이라 말하는가? 그들이 파괴한 수천 년 인디언의 역사와 문화는 그들 건축물의 어디에서 찾을 수 있는가? 나는 그들의 건축물에는 온전한 그들의 역사와 문화가 들어 있지 않기에 그 속에서 전통을 찾기는 힘들다고 생각한다.

우리 식이 다 옳은 것은 아니다. 그러나 한옥 청사를 보면 전통의 멋과 기품이 담겨 있다. 기와를 이은 지붕은 초가처럼 가벼워 보인다. 돌출된 처마는 한옥의 멋을 한껏 드러낸다. 보이지 않는 내부 골격은 콘크리트와 철근으로 든든하게 붙들었다. 그렇게 엮어 낸 청사에는 한옥의 기품과 고고함이 묻어난다. 전통과 현대를 엮고, 문화와 기술을 묶어 낸 청사이다. 엮어 내고 단단히 묶어 낸 청사에는 한국인의 정체성이 그대로 들어간 듯하다. 한옥 청사는 함부로 비판받아도 될 정도로 가볍지 않다. 역사의 평가를 받을 만한 무게가 깃들어진 건물이다. 장인의 기술과 ICT 첨단 기술이 함께했다. 생태적 에너지시스템도 곁들여졌다. 역사와 전통, 그 깊은 문화의 정취가 청사에 자연스럽게 녹아 있다. 김관용이 주장한 융합의 가치에 기와만인소 청사가 들어가지 않을 수 없는 이유이다.

2011년 10월, 유엔세계관광기구(UNWTO) 탈렙 리파이(Dr. Taleb Rifai) 사무총장 일행이 도청 청사를 방문했다. 그때 사무총장은 "여기(경북도청)가 바로 대한민국이다."고 기자들에게 말했다고 한다. 외국인의 눈에는 천편일률의 한국식 건물이 아니라, 전통과 문화를 가득 담은 한옥 청사가 대한민국을 대표하는 청사이자. 대한민국 그 자체로 보인 것은 결코 우연이 아니다.

## 45.

# 혜초의 누각,
# 박 대통령의 안가

　실크로드는 동서 문명의 교류망이다. 요즘 말로는 동양과 서양을 잇는 네트워크다. 뽕잎을 먹고 자란 누에. 누에는 고치로 변한다. 고치에서 실크를 뽑아냈다. 실크로 만든 의류는 서양 사람들이 소원한 최고의 상품이었다. 동양에서 서양으로 실크가 이동했던 길을 서양인들은 실크로드라 이름 지었다. 상인들은 서양에서 동양으로 과학 문명을 싣고 왔다. 그러나 상인들도, 서양인들도 그 길을 과학 문명의 길이라 이름 짓지 않았다. 그들은 그 길을 실크로드라 불렀다. 자신들이 만들어 낸 과학 상품보다 실크는 훨씬 더 값진 문명 상품이기 때문이었다.
　김관용은 동서 문명 교류의 기원을 신라 천년의 고도, 경주라 생각했다. 실크로드 문명 길의 출발지를 신라의 경주에서 찾고자 한 탐험대는 중국에 흩어져 있는 신라 흔적 찾기로 이어졌다. 신라와 중국, 서역, 인도로 이어지는 문명길 역사에서 반드시 만나게 되는 신라인은 혜초 스님이다. 그는 중국 시안에서 다 허물어져 가는 혜초 스님의 누각을 만났다. 혜초가 누구인가? 신라의 고승 아닌가? 왕오천축국전. 세계인들은 그의 책을 보고 1500년 전 아시아 사회의 흥미진진한 비밀의 한 지점을 들여다볼 수 있지 않았는가? 우리 역사의 우뚝 선 지점에 있는 그분의 누각이 중국 시안의 한적한 곳에 방치됐고, 다 쓰러져 가는 지경이었다. 후세로서 부끄러운 일이었다.

"이래서는 안 된다. 그래서 보완한 거야." 김관용은 혜초의 누각을 보고, 이렇게 주변에 말문을 열었다. 누각에 쓰여 있는 혜초 스님의 시를 본 그는 이런 내용이라고 회상했다. '고향 간 기러기를 보면서 고향 소식 전해 달라' 철새인 기러기를 보았다. 그 기러기가 곧 고향으로 날아갈 것으로 생각했다. '기러기야, 내 고향 가거든 네가 본 내 소식, 우리 고향 사람들에게 전해 주려무나' 이렇게 말하고 싶었을 것이다. 속세와 인연을 끊은 스님이었으나, 고향 떠난 스님에게 타향에서 느낀 쓸쓸함은 인연을 넘어선 인연이 되도록 했다. 결혼한 혜초 스님이 무슨 연유로 고향을 떠났는지는 알 수 없다. 구도에 대한 그 깊은 서원을 범인이 알 길이 있겠는가. 그러나 스님은 고향을 떠났고, 수만 리 이국 땅에 머물렀다. 불경을 번역하는 시간이 길어졌다. 외로움, 고향에 대한 절절한 그리움을 마냥 버리지 못해 시구 속에 남긴 것이다. 선승의 길, 구도를 찾아 나선 길이지만, 스님도 우리의 작은 인정까진 어찌지 못했던 것이다. 누각은 혜초의 시가 지어진 장소이다. 누각은 그가 인류에게 남긴 문화유산, 왕오천축국전의 산실이었을 것이다. 누각을 보며 김관용은 그런 상상을 했을 것이다.

귀국한 그는 조계종 총무원장을 만났다. 방치된 혜초 스님의 누각을 언론에 발표하고 싶었으나, 불교계에 미리 알리는 것이 도리라 여겼다. 자승 총무원장을 만나 사실을 말씀드렸다. 흔쾌히 혜초 스님의 누각을 불교계가 앞장서 복원하겠다고 했다. 누각 복원을 그렇게 단락 지워 다행이었다. 하지만, 아직도 보지 못하고 알지 못한 곳에서 우리의 손길이 닿기를 원하는 수많은 숨겨진 자원이 있음을 안다. 숨겨진 민족의 보물은 보려는 의지가 있는 사람, 찾기 위해 길을 나서는 사람, 보고 제대로 그 가치를 평가할 줄 아는 사람이 있다면, 언젠가는 찾아낼 것이다. 그렇게 우리 앞에 당당한 모습으로 회복될 것임을 믿는다. 김관용도 분명 그런 사람 중의 한 사람일 것이다.

김관용은 감추어진 역사적 사실을 찾아내는 묘미가 무언지 아는 사람이다. 묻힌 팩트들, 드러나지 않은 기록, 사라진 사료로 인해 드러난 일부의 사실이 진짜를 왜곡할 수 있다. 역사가 되지 못한 수많은 팩트가 숨겨진 더미 속에 잠들어 있다. 그가 조계종을 방문하여 방치된 혜초 스님의 누각을 이야기한 것은 스님의 온전한 역사를 복원해야 한다는 당위였다. 혜초 스님을 역사의 무대로 소환한 것은 그의 표현대로 '깊은 잠에 들어 있는 것', 그 시절 혜초의 역사를 우리 시대에 다시 일깨워야 한다는 의무감이었다. 명백한 역사적 사실을 무시한 채, 방치하고 잊힌 암흑의 역사로 만들 수는 없다. 그는 옛것에는 숨겨진 역사가 될 팩트가 들어 있다고 본다. 숨겨진 역사를 복원하면 미래의 창의로 나아가는 길을 찾을 수 있다고 생각하는 사람이다.

김관용이 청와대 행정관으로 근무하던 시절이었다. 박정희 대통령이 시해된 안가를 철거한다는 논의가 들리던 때였다. 그는 안가를 철거하면 안 된다는 요지의 보고서를 작성했다. "오욕의 역사도 역사다. 똑같은 역사를 반복하지 않으려면 역사를 제대로 배워야 한다. 역사는 사실대로 남겨야 한다. 지금 우리가 할일은 역사의 평가가 아니라 보존이다. 좋고 나쁨의 판단에 앞서 불행한 역사도 보존되고 기록돼야 한다." 김영삼 대통령 시절이니 보고서의 평판이 좋을 리 없었다. 김영삼 정부는 출범과 함께 일제 잔재를 없애는 데 주력했다. 중앙청 건물이 철거됐다. 전 국민적 관심과 지지까지 받은 시원한 역사 청산 작업이었다. 그런 분위기에 안가 철거를 반대하는 보고서가 나왔으니, 청와대가 발칵 뒤집힌 것은 당연한 일이다. 김관용은 이런 분위기에도 불구하고, 수정 보고서를 작성했다. 안가 보존이 답이지만, 만약 안가를 철거해야 한다면 거기에 있던 물건은 구미 생가로 보내자는 내용이었다. 이 보고서는 앞의 보고서보다 더 큰 반발을 불러일으켰다.

  그는 안가 보고서 2편으로 청와대를 떠나야 했다. 떠난 것이 아니라 쫓겨났다고 해야 옳을 것이다. 하지만 그의 생각까지 쫓겨난 것은 아니다. 역사는 역사를 쓰는 사람, 역사가에 의해 역사가 된다. 쓰인 역사가 팩트를 무시했다면 그것은 당연히 비판받을 것이고, 사라질 것이다. 역사는 존재하는 사실, 관련 자료와의 비교 분석, 역사를 쓰는 사관의 관점이 포함돼 쓰인 기록이자 평가이다. 역사가 당사자의 저술이 아닌 후대의 기록이 되는 이유이다. 조선의 임금들은 자신의 실록 기본 자료(사초)를 보지 못한다. 그의 사후가 돼서야 비로소 실록 작업이 시작된다. 실록 작업에 당사자(선대왕)의 이해관계가 개입하지 못하도록 한 편찬 원칙이었다.

  박정희 대통령은 공과가 뚜렷한 인물이다. 그가 우리에게 남긴 역사의 흔적은 아직도 셀 수 없을 정도로 많다. 시간이 지나면 역사가들은 박 대통령을 평가하고, 되돌아볼 것이다. 그때 안가가 보존되어 그 속에 있던 수많은 물건을 우리가 볼 수 있다면, 우리는 그의 행적을 좀 더 실체에 가까운 역사로 기술할 수 있을지 모른다. 훗날, 아니 더 먼 미래 어느 때가 되면 안가는 분명히 우리 모두에게 소중한 공간이 될 것이다. 안가와 그곳의 물건, 자료를 없앤 것은 어리석음이다. 안가는 사라졌고 안가의 물건은 어디로 갔는지 알 수 없다. 미래의 어느 시기에 결행될 역사적 평가 작업을 하는 데 중요하게 사용될 자료가 당대 이해관계자에 의해 철거되고, 사라져 버렸다. 역사에 대한 무지에서 비롯된 국가적 손실이다.

김관용의 역사 복원 작업과 관련된 또 한 가지 뚜렷한 일이 있다. 신사임당보다 더 위대한 분이 경북 영양에서 이름도 잊힌 채 잠들어 있었다. 장계향은 〈음식디미방〉을 지은 분이다. 동아시아에서 최초로 여성이 지은 요리책이다. 〈음식디미방〉은 '음식의 맛을 아는 방법'이란 뜻을 가진 책이다. 17세기 후반인 1670년경에 저술된 이 책은 장 부인이 75세 때에 지었다. 며느리와 딸에게 전래의 음식 조리법을 물려주기 위해 지은 책이다. 가문에 시집온 며느리들에게는 필독서 역할을 했을 것이다. 시집가는 딸에게는 원본이 아닌, 필사본을 가져가도록 했다. 당시 사대부가에서 먹던 음식에 대해 상세히 알 수 있는 책이란 점에서 조선 시대 중기 이후의 식생활 사에서 중요한 서적이다.

김관용은 이 책을 가만히 놔두지 않았다. 영양군의 두들마을에 장계향 음식 문화 체험교육관을 만들었다. 음식디미방 전통문화 아카데미를 열어, 전통의 음식문화를 선양하고, 새롭게 창의할 길을 열었다.

전국에서 음식디미방의 비법을 배우기 위해 사람이 몰려들었다. 음식디미방 세계화 포럼도 개최하여 문화, 역사, 음식 전문가가 모여 장계향의 음식 문화사를 재조명했다. 한국관광공사와 연계하여 음식디미방을 경상북도의 대표 관광브랜드로 육성했다.

김관용은 역사를 존중하는 사람이다. 역사가 될 단초가 보인다면 그 어떤 조그마한 사료도 보존돼야 한다고 생각한다. 지금 당장 평가가 엇갈리는 자료라면 보전이 제일 나은 방법이라 여긴다. 역사가 될 기록을 없애는 일은 과거를 망각시키는 일이자, 역사를 훼손하는 일이라 생각하는 사람이다. 그가 작은 사실들을 모으고, 중시한 자세에서 느낄 수 있다. 오늘 우리는 무엇을 해야 할까? 우선순위를 정하는 것이 힘들다면, 일단 시간을 흐르게 두자. 그것이 역사의 단초를 보전하는 방법이다. 그는 박 대통령의 안가를 보존해야 한다고 주장했으나, 철거됐다. 그곳에는 대신 무궁화동산이 조성돼 있다. 역사의 한 둥치가 사라졌다. 그곳에 과거 안가가 있었다는 작은 기록이 전부이다. 역사를 훼손하는 것은 내일의 대한민국을 어떻게 열어 가는 것이 가장 좋은 방안인지를 찾지 못하도록 훼방 놓는 일이다.

역사는 보는 사람의 관점에 따라 중요도와 가치가 달라진다. 시간이 지나면 소중한 가치가 사라진다고 여기는 사람이 있다. 반면에 옛 것에서 가능성을 보고, 새로운 가치를 예견하는 사람이 있다. 새로운 가치를 활용해 미래의 창의로 승화시키는 사람도 있다. 혜초의 누각을 정비한 것이 우리의 미래에 도대체 어떤 의미가 있느냐고 반문하는 사람도 있을 것이다. 박 대통령 안가를 보존하지 않은 것이 국익에 어떤 손실이 되느냐고 질문하는 사람도 있을 것이다. 역사란 과거를 향해

질문하고 돌아보는 것이다. 혼란스럽다면, 지금 평가하기가 어렵다면, 지금 답을 찾기 위해 노력하지 않아도 좋다. 더 오랜 시간이 지나, 보존된 사실과 나의 이해관계가 점점 더 희박해져 갈 때, 그때 우리는 더 타당한 답을 찾을 수 있게 될 것이고, 그것이 바로 역사가 될 것이다.

창의적 사람은 과거를 수직 지하 공간의 한 지점으로 여기지 않는다. 창의적 사람은 과거가 현재와 미래로 연결되는 수평적 공간이라 여긴다. 창의의 사람은 어제가 오늘과 연결되어 있고, 내일과도 만난다고 생각하는 사람이다. 창의적 사람이 역사적인 사람이 될 가능성이 높은 이유이다. 혜초 스님의 누각을 우리 시대에 다시 정비한 것이나, 박 대통령의 생가를 보존하지 않았다는 사실을 역사적 기록으로 남기는 일도 바로 역사를 만드는 일이고, 창의적인 사람의 역할임을 우리는 안다.

# 코리아 실크로드 탐험대

고구려, 백제, 신라, 세 나라를 보면 역사의 아이러니가 생각난다. 수나라를 역사 속에 매몰시켰고, 당나라를 패퇴시킨 웅대한 고구려는 어떻게 신라에 무너졌을까? 중국의 문물을 코앞에서 교류했고, 기술과 문화적 우위로 일본까지 더 넓은 해양 세력을 형성한 백제는 무슨 연유로 신라에 고배를 마셔야 했을까? 신라는 백제를 통해 바다 건너 대륙에 닿았고, 바다를 통해 더 먼 곳까지 연결돼 있었다. 신라는 고구려를 통해 더 넓은 대륙으로 달려갔고, 유라시아의 서쪽으로 교류의 영역을 확대했다. 신라는 닫힌 지정학을 지녔기에 박차고 나가려 했다. 닫힌 땅이기에 신라는 더욱 맹렬히 열린 공간으로 나아가려 했다.

신라의 왕릉, 괘릉의 무인상에는 유라시아의 서쪽 땅에 사는 아라비아인의 얼굴이 보인다. 장대한 체구, 쌍꺼풀진 눈, 우뚝 솟은 코, 곱슬머리 터번을 쓴 무인상은 신라의 역사에 들어온 아라비아인이다. 아라비아 사람들의 발걸음이 유라시아 대륙의 동쪽 마지막 땅 신라까지 연결돼 있었다. 미추왕릉에서 출토된 하얀 얼굴 모양의 유리가 박힌 목걸이, 황남대총에서 발굴된 봉황 머리의 유리병은 로마에서 들어온 로만 글라스로 밝혀졌다. 신라 왕릉을 지키는 무신 상은 아라비아인이고, 당대 최고의 가치를 지닌 보화였을 왕릉의 부장 물품에 로마인이 만든 제품이 묻힌 것은 무엇을 말하는 것일까? 신라의 귀중품은 서쪽으로 전하고, 로마 등 서쪽의 물품은 동쪽으로 가져온 아라비아 상인들과 신라인의 활발한 교류를 웅변하는 것이다. 조선 왕조 성종 임금 때 편찬된 악학궤범에 수록된 신라의 향가, 처용가를 보자. 처용은 무성한 눈썹, 구부러진 귀, 우뚝 솟은 코, 튀어 나온 턱을 가져 전형적인 아라비아인의 얼굴이다. 신라인이 본 아라비아인은 키가 크고, 우람하며 이목구비가 뚜렷하고, 기골이 장대한 사람이었다. 왕릉을 지키는 무인이 노랫말로 그 모습 그대로 수록된 이유였다. 닫혀 있다고 생각한 유라시아 대륙의 동쪽 끝자락의 나라, 신라는 유라시아 대륙의 반대편까지 연결하여 왕성하게 교류하고 있었다.

 신라를 기반으로 경상북도에 터를 잡고 사는 사람들은 어릴 때부터 신라의 화랑정신을 익혀 왔다. 신라인의 기개와 동서양 교류사를 잘 알고 있다. 경북 사람에게 신라인의 웅혼한 기상은 상식이다. 김관용은 중앙일보에 이런 기고문을 썼다. '경주는 실크로드의 동쪽 종착지이자 출발지였다'라는 내용이다. 경북 사람의 상식을 그가 상식의 선에서 쓴 글이다. 이 글을 본 주한 중국대사관에서 외교적 항의를 했다. 실크로드의 종착지이자 출발지는 자기 나라(중국 섬서성 시안)라고 항의한 것이다. 경북 사람의 상식으로서, 팩트가 있는 역사의 현장, 당당한 신라의 후계자인 경북 사람으로서 중국인의 항의는 묵과할 수 없는 일이다. 만약, 그들의 항의에 답하지 않는다면 문화 주권국, 대한민국의 수치가 될 일이다.

김관용은 터키 이스탄불과 공동 개최하기로 한 두 번째 문화엑스포를 기획하면서 실크로드 프로젝트를 핵심 사업으로 포함시켰다. 여기에는 3개의 실크로드를 포함한 광대한 구상이 바탕이 됐다. 첫째는 유라시아 대륙의 동과 서를 잇는 마지막 루트인 신라(경주)-이스탄불 간 초원의 길 실크로드, 둘째는 신라에서 중국, 인도를 거쳐 이란까지 가는 해양 실크로드, 셋째는 신라에서 서울, 블라디보스토크를 거쳐 모스크바, 독일까지 이어지는 철의 실크로드 프로젝트가 그것이다. 3개의 실크로드는 동양과 서양이 역사 속에서 만나고 교류해 온 루트를 망라하는 것이다. 사람이 오가고, 물건이 교류하고, 문화가 이어지면서 만들어 낸 인류 역사의 이야기가 녹아 있는 문명의 길, 만남의 길이다. 수천 년간 이어졌다 사라진 그 길을 역사에 다시 드러내어 회복의 가능성을 찾아내고자 한 것이 코리아 실크로드 탐험대가 한 일이라 생각한다.

실크로드 프로젝트를 추진하던 김관용은 난관에 부닥쳤다. 그냥 하면 되는 일이 아니라, 철저한 역사의 고증이 필요했다. 이리저리 실크로드를 공부한 학자를 찾아보았으나, 국내에는 마땅한 전문가를 찾기가 쉽지 않았다. 그러던 중 그는 당시 문화체육관광부 장관이던 최광식을 만났다. 놀랍게도 최 장관은 그에게 "지사님 고정간첩 '깐수' 아시죠?" 하고 되물었다. 김관용도 정확히 기억나지는 않지만, 대학교수란 사람이 아랍인으로 신분을 위장하여 잠입한 고정간첩으로 밝혀져 세상을 떠들썩하게 한 사람이 바로 깐수였다. 최 장관의 말을 듣고 보니 깐수가 바로 정수일 박사이고, 실크로드 최고의 전문가였다. 뛸 듯이 기뻤던 그는 바로 깐수 정수일 박사를 만났다. 그는 당시 한국 문명 교류 연구소장이었다. '문명 교류 연구소'란 명함을 받은 그는 실크로드 프로젝트가 단순히 경북 사람의 환상이 아님을 직감했다. 경상북도가 추진한 이후의 실크로드 프로젝트 진행 과정은 정수일 박사의 연구 성과가 큰 힘이 됐다. 3개의 실크로드 탐험 프로젝트는 신라(경주)-이스탄불 문화엑스포가 시작된 해인 2013년 3월부터 2015년 8월 철의 실크로드 탐험이 끝날 때까지 약 2년 5개월에 걸쳐 진행됐다.

**초원의 실크로드 탐험**

초원의 실크로드는 실크로드의 원형이다. 코리아 초원의 실크로드 탐험대 출정식은 2013년 3월 21일 경주 엑스코 공원에서 개최됐다. 탐험대는 대학생, 사진작가, 여행(문학)작가, 역사학자, 언론 등 70여 명이 한 팀을 이루었다. 초원의 탐험대는 국내에서 중국 시안까지 가는 1차 탐험, 중국 시안에서 터키 이스탄불까지 가는 2차 탐험으로 나누어 진행했다. 탐험은 약 60여 일에 걸친 여정이다. 탐험대란 명칭이 어떻게 불리게 됐는지 설명을 하고 가는 것이 좋겠다. 김관용의 말에 의하면 원래는 탐험대가 아닌 원정대였다. 중국의 항의로 탐험대란 명칭을 붙이고선 중국 루트를 갈 수 없는 상황이었다. 어이없는 일이지만 문화의 약소국에 불과한 한국이 중국 문화를 정벌한다는 뉘앙스가 있는 원정대란 단어를 달고 자국으로 들어오는 것을 받아들일 수 없다고 했다. 할 수 없이 명칭을 탐험대로 바꾸었다. 중국 관료의 경직성을 본 사건이면서도 자기 것에 대한 무한 애정이 넘쳐 이웃 나라 역사와 문화를 자기네 식으로 만들려는 면모라고 생각한다. 중국의 태도가 보여 주는 함의는 당연하다. 우리 문화의 뿌리, 가지, 줄기, 꽃잎 하나라도 잊지 말고 잘 챙기고 보전하고 물려주고 선양하는 것의 중요성을 말이다. 지금 그들은 장대하지만, 끝은 알 수 없다. 마지막까지 지키고 가꾸고 성장시켜 나가는 사람을 이길 장수는 없기 때문이다.

김관용은 탐험에 나서는 대원들에게 이렇게 격려의 말을 했다. "문명과 교류의 길인 실크로드의 새 지평을 열어 가는 역사적 증인이자 주인공, 새로운 인류 문화·교류의 장을 열어 가는 여정이 되기를 바랍니다." 탐험대에게 주어진 소임이 막중했다. 지금 실크로드는 시간 속에 사라진 과거 문명과 교류의 길에 불과하다. 하지만 실크로드는 미래에 우리에게 어떤 새로운 형식으로 다가설지 알 수 없다. 그 길의 가능성을 탐험대가 발견할 수 있다면 큰 성과가 될 것이다. 탐험대가 재현할 과거의 길, 그 자체가 이미 미래를 개척하는 길임은 당연한 사실이다.

1차 탐험대의 국내 코스는 3월 21일, 경주 금성(金城)을 출발하면서 시작됐다. 대구, 안동, 상주, 충주, 화성, 그리고 국내 마지막 코스로 3월 24일 당진에 도착한 탐험대는 이곳에서 하룻밤을 묵은 뒤, 다음 날 3월 25일 중국 탐험에 돌입했다. 중국 탐험은 '위해 - 양주 - 하우 - 구화산 - 서주 - 개봉 - 정주 - 하남성'으로 이어지는 코스이다. 탐험대는 4월 4일 1차 종착지인 시안에 도착했다. 탐험대는 시안성 북문에서 섬서성 정부와 함께한 입성식을 마지막으로 1차 탐험 일정을 마무리했다.

2차 탐험은 7월 17일 중국 시안에서 시작해 종착지 터키의 이스탄불에 이르는 초원의 길, 13,000km의 대여정이다. 주요 루트를 보면 키르기스스탄, 카자흐스탄, 우즈베키스탄, 투르크메니스탄, 이란을 거쳐 목적지에 이르는 대여정이다. 탐험대는 그 거리를 직접 차량을 운전하며 이동했다. 마침내 8월 30일 목적지 이스탄불에 도착했다. 탐험대는 선조가 세계와 문명을 주고받으며 교류했던 발자취를 답사하고, 그들의 도전 정신과 개방성을 몸으로 체득했다. 부활하는 옛 실크로드 거점 도시들과의 협력 방안도 함께 모색했다.

중국 감숙성 둔황에서는 실크로도 둔황 국제학술회의를 개최했다. 탐험대와 함께 혜초 정신 다짐 대회도 열었다. 학술회의를 마친 뒤 장기 과제로 감숙성 정부와 혜초 기념비 건립을 협의했다. 중앙아시아 구간에서는 달라스 전투지를 답사했다. 고선지 장군 역사 배우기, 실크로드 카라반 체험, 중앙아시아 지역에 사는 고려인과 어울림 행사도 열었다. 한국-중앙아시아 미니 포럼을 개최하여 경제 통상 초청 토론회도 개최했다. 이란 구간에서는 혜초의 페르시아 지역 답사와 기록을 확인하고 이를 현지에서 크게 이슈화시켰다. '페르시아 혜초의 길' 함께 걷기, '쿠쉬나메 신라 이야기'를 통해 그동안 연구와 인식이 부족한 페르시아와 신라의 교류사를 재인식하는 계기를 마련했다. '페르시아 실크로드 우호 선언 및 기념비 제막'을 추진했다. 대장정의 마지막인 터키 구간에서는 경주-이스탄불 문화엑스포의 성공을 기원하는 실크로드 한류 행사를 거행했다. 실크로드 용사인 터키 한국전쟁 참전용사 감사 행사, 이스탄불-경주 세계문화엑스포 2013과 실크로드 탐험대의 의미를 세계인에게 각인시켰다. 다양한 문화행사도 함께 개최했다. 60여 일에 걸친 초원의 실크로드 대장정은 신라인의 개방성을 국제적으로 재조명하고, 문화 경북의 위상을 드높였다. 실크로드 거점 지역 국가와의 네트워크를 구축함으로써 21세기 신한류 문화를 선도하는 계기가 되는 데에 이바지했다는 평을 받고 있다.

## 해상 실크로드 탐험

2014년 9월 16일, 포항 영일만항에서 두 번째 탐험인 해양 실크로드 탐험대 출정식이 열렸다. 123명의 대원으로 구성된 탐험대는 한국 해양대학교의 한바다호를 타고 영일만항을 출항, 23,000km의 바닷길 탐험에 나섰다. 장장 45일이나 걸린 탐험 활동은 포항 영일만항을 시작으로 '중국 광저우 - 베트남 다낭 - 인도네시아 자카르타 - 말레이시아 말라카 - 인도 뭄바이 - 이란 이스파한'에 이르는 구간이다.

출정식에는 도지사 김관용과 해수부 김영석 차관, 한국 해양대학교 박한일 총장, 이강덕 포항시장, 하산 타헤리안 주한 이란대사, 해양 실크로드 탐험 대원과 가족 등 1,000여 명이 참석하였다. 박근혜 당시 대통령은 영상메시지를 통해 "이번 대장정을 통해 1천 년 전 우리 선조가 꿈꾼 해양 강국의 길을 힘차게 열고, 우리의 역사와 문화를 세계에 널리 알릴 수 있기를 희망한다."고 성원했다. 중국 시진핑 정부의 일대일로(一帶一路) 이전에 이미 육상과 바다의 실크로드를 연 우리 선조의 역사 문화 교류의 그 바닷길을 다시 찾아 나선 것이다.

해양 실크로드의 종착지인 이란 이스파한에서 실크로드 기념비 제막식 행사가 치러졌다. 이 행사에는 그의 부인도 함께 참석했다. 문제는 이란 여성은 공식 행사에 히잡을 써야 하는 사실이다. 상대 문화를 존중하면서도 한국인의 정체성도 지키는 상생 방안이 없을까 고민했다. 부인 김춘희 여사는 한복 위에 국적이 애매한 히잡을 쓰는 대신, 한국의 쓰개치마를 쓰고 호텔 행사에 참석했다.

이란 기자들은 사진 촬영을 하고, 쓰개치마 사연을 소개했다. 사실 쓰개치마는 페르시아 시절, 이란에서 전해 내려온 것이라 한다. 이란의 왕자가 신라를 방문할 때 사용하면서 전래된 것이라 하는데 이것이 변형되어 쓰개치마가 됐다. 사연을 들은 이란 사람들은 쓰개치마를 대서특필하고, 다음날 현지 TV에 약 10분간 한국과 이란의 고대 역사를 재조명하면서 이란 전역이 떠들썩해졌다고 한다.

쓰개치마만이 아니었다. 한국과 이란이 고대 시절부터 맺어온 관계는 지금 이란인들이 부르는 노랫말에도 그대로 남아 전하고 있다. "신라라는 나라에 갔더니 세 가지 좋은 게 있더라. 물이 맑더라, 금이 많더라, 사람 인심이 좋더라." 한국과 이란의 놀라운 문화 교류의 역사가 아닐 수 없다.

조선 시대 여인이 덮어쓴 쓰개치마가 이란의 왕자가 사용하는 의상에서 나왔고, 이란인들이 지금까지 부르고 기억하고 있는 오래된 노래에 신라인의 심성을 칭송하고 신라의 문물과 깨끗한 자연 환경을 찬양하니, 세계인들이 지금이나 예나 한반도를 살기 좋은 나라, 살고 싶은 곳으로 여긴 점은 마찬가지였다 생각된다. 이렇듯, 문화와 문물의 교류는 두 지역에 뚜렷한 흔적을 남겼고, 문화가 돼 이어져 왔다.

**철의 실크로드 탐험**

2015년 7월 13일, 철의 실크로드 탐험대는 유라시아 횡단철도를 타고 베를린까지 가는 14,400km의 대장정이다. 탐험대원은 정부에서 추진한 '유라시아 친선 특급'에 공모, 선발된 대원 중 언어, 유명 블로그, 클래식 음악, 국학, 애니메이션 작가, 철도 물류 전문가 등 각 방면에 재능을 가진 청년 대학생 위주로 20명을 선발했다. 친선 특급에 승차한 총 400여 명의 청년과 함께 19박 20일의 유라시아 대륙 횡단철도를 가로지르는 탐험이 시작됐다.

경주에서 출발한 친선 특급열차를 탄 탐험대원들은 서울에 당도했다. 대원들은 이제는 달릴 수 없는 특급열차의 복원을 기약하며 항공편으로 블라디보스토크로 날아갔다. 이곳에서 시작된 유라시아 횡단 특급은 이르쿠츠크 - 모스크바를 거쳐 8월 2일 최종 목적지 베를린에 도착했다. 그는 철의 실크로드 탐험을 "유라시아 이니셔티브 실현을 위한 평화와 협력의 계기를 마련하고 나아가 대한민국의 통일을 염원하는 역사적인 대장정"으로 의미를 부여했다.

3회에 걸친 경상북도의 실크로드 탐험은 통과하는 다양한 나라의 여러 지역과 우호 협력은 물론 특별한 네트워크를 구축하도록 했다. 경상북도의 코리아 실크로드 탐험대는 첫 출발지인 2013년 7월 중국 시안에 우호 협력 기념비를 설치했다. 이후 우즈베키스탄의 사마르칸트, 이란의 이스파한, 터키의 이스탄불, 경주에 이어 마지막 여섯 번의 기념비를 카자흐스탄 알마아타에 설치했다. 김관용은 2013년부터 시작된 대한민국 실크로드 5개년 계획이 여기 중앙아시아의 중심 알마아타에서 마무리하게 된 소회를 밝혔다. "앞으로 경상북도-알마아타 시가 우호 교류 협력으로 유라시아 공동 번영의 동반자로 나아가는 데에 오늘의 실크로드 우호 협력 기념비가 초석이 되고, 역사의 한 페이지를 장식하기를 염원한다."고 했다. 실크로드는 과거의 길이 아니다. 미래에 더 활기차게 열릴 길이다. 과거에는 육로와 해상으로 연결된 상인들의 길이었다. 앞으로는 상인은 물론 사람들이 서로 교류하고 즐기는 상생의 길로 바뀔 것이다.

## 47.

# 종부를 만들고 종손을 만들자

 옛것에 관심을 가진다고 과거 지향이라 할 수 있을까? 김관용은 과거를 찾으면서도 현재를 끄집어내고 미래와 연결했다. "설명할 수 없는 거대한 강물처럼 도도한 물결이 있다. 그게 뭘까? 정체성으로 표현될는지, 요새 하는 얘기로 DNA가 있는 것 같아. 그렇지 않고서는 이 조그마한 지역에서 나라를 움직인 우국충정 인물이 그렇게 많이 나온 것을 설명하지 못하거든." 그는 안동에서 어떻게 그토록 많은 우국충정 인물이 나왔는지 이해하지 못했다. 뭔가 이유가 있을 터이지만 알 수가 없었다. 김관용은 그 이유를 찾는 것도 도지사가 해야 할 중요성 책무라 생각했다.

 경상북도는 예부터 이름난 선비의 고장이다. 이중환은 〈택리지〉에서 "조선 인재의 반은 영남에 있고, 영남 인재의 반은 상선(상주와 선산)에 있다."라고 썼다. 택리지에서 말한 인재는 다 조선의 선비들이다. 경북에는 240개소의 종가가 있는데 전국 종가의 30%나 된다. 경북 지역에 종가가 이렇게 많은 것을 두고 이중환이 경북에 조선 인재의 절반이 있다 한 것이고, 그들이 바로 선비이다.

사공이 많으면 배가 산으로 간다고 하지 않았나. 종가가 많으니 문중의 힘이 셌다. 종가의 배타적 전통은 팽팽했다. 워낙 그 힘이 강해서 이웃 종가와 함께하기가 어려웠다. 네 것 내 것 가리기에 바빴고, 약간의 차이도 조정하지 못했다. 종가와 문중은 '내 것이 진짜야, 더 귀해'란 자기중심 사고에서 한 걸음도 빠져나오지 못했다. 남의 종가 이야기에는 귀를 닫는 것이 최선이고, 남이 자기 종가에 대해 말하면 웬 참견이냐는 듯 다툼이 먼저였다. 서로 화합하고 협력하자는 건 상상도 못할 일이다.

김관용은 선비 문화의 한계를 들여다보았다. "선비의 고장이 우예 선비의 고장이고. 안동은 안동이라고 하고, 영주는 영주가 선비라 하고, 봉화는 봉화가 선비라 하는데 이걸 통합을 해야겠다 싶어 종가 포럼을 만든 거야." 그는 좀은 뜬금없이 들리는 말을 했지만 정확한 지적이다. 지천으로 널린 선비 문화와 자산을 한곳에 모으고 엮어 내지 않으면 그냥 모래알이다. 모래알로는 할 수 있는 것이 하나도 없다. 모으고 엮어 낼 수단으로 그는 선비의 가문, 종가를 본 것이다.

김관용은 종가를 엮어 보면 뭔가 대단한 것이 나올 것이란 자신감이 생겼다. 경북의 종가들이 서로 만난다면 그건 종가 연합이 아닌가. 이들이 만나서 대화하면 종가 미팅이 될 것이고, 이들이 가진 자산과 문화를 유·무형으로 엮어 내면 종가 상품이 되지 않겠는가. 이들을 더 넓은 세상으로 드러내면 대한민국은 물론 세계인이 감탄할 K-종가 상품으로 발전할 수도 있지 않겠나. 그는 종가를 들여다보며 그런 생각을 했을 것이다. 그는 종가의 문화 자산이 제대로 드러난다면 사람들에게 조명받게 될 그것을 확신했다. 세상 사람들은 종가의 사람들이 우리 민족 누란의 위기에 어떻게 싸웠는지 알아야 한다. 종가의 자부심은 홀로 두면 다툼이지만 함께하니 충정이 되고, 이웃 사랑으로 승화된 사실도 알려야 할 일이었다. 김관용이 종가 포럼을 만든 이유는 더 있을 것이나, 필자로서는 지금까지 말한 기초를 넘어서는 종가 포럼의 탄생은 상상하지 못할 것 같다.

김관용은 종가 포럼을 운영하면서 그간에 지녔던 궁금증을 다 풀었다. 위기마다 나라를 지킨 혼이 어디서 나왔는지 확실히 깨달았다. 국난 극복의 혼이 어디서 와서, 오늘에 이르렀는지도 알았다. 그런 깨달음이 있었기에 그는 "문중의 종손, 종부 여러분 참으로 고맙습니다. 여러분을 통해 대한민국이 정신문화의 꽃을 피우도록 경상북도가 그 기반을 만들어나가겠습니다." 그렇게 그는 종가 사람들에게 큰절했고, 도민에게 약속했다.

종가 명품화 사업이 시작됐다. 그는 "세상이 많이 변해서 돈이 중요한 시대가 됐으니, 종가의 음식에서 끝나면 안 된다."고 선언했다. "종가 음식을 신라호텔에 가서도 판매해야 한다."고 적극적 마케팅을 주문했다. 종가에서 만든 상품들은 "외국 귀빈이 왔을 때 선물로 사용하는 그런 시대를 맞게 될 것인데, 종가 명품화 사업은 그런 시대를 내다보고 한 사업"이라고 했다. 김관용이 추진한 명품화 사업은 크게 네 가지 방식이다.

첫째. 종가의 상징물을 만들었다. 유럽 귀족의 가문은 다 휘장을 가지고 있다. 이들을 벤치마킹하여 문장(紋章)과 인장(印章)을 제작했다. 옛것 지키기를 넘어 종가에 비즈니스 마인드를 장착한 것이다. 서양 귀족 문화가 자랑하는 노블레스 오블리주 가치는 우리 종가에도 밑바탕이 된 정신이다. 경북의 종가 후손은 독립운동의 선봉에 섰다. 김희곤 안동대 교수는 〈안동 사람들의 항일투쟁〉에서 안동은 전국에서 가장 많은 310명의 독립유공자가 배출되고, 전국에서 자결한 순국자 70명 가운데 가장 많은 10명이 나온 도시로 소개했다. 종가 사람들은 자존감에 걸맞게 국난 위기에 생명으로 사회적 책임을 완수한 것이다. 문·인장 사업에는 지역의 102개 종가가 참여했다. 종가는 문·인장이 담긴 깃발을 제작하여 행사 때 사용하거나, 기념품으로 제작하여 방문객에게 선물로 제공하고 있다.

둘째, 가문을 지켜온 종부, 종손 정신을 기리기 위해 매년 개최하는 '경북 종가 포럼'을 시작했다. 2009년부터 개최했으니, 2021년에는 14회째를 맞는다. 전국의 종가도 이 포럼에 참여하고 있고, 해외 귀족 가문에서도 참여를 희망하는 정도가 됐다. 종가 포럼에는 전시회도 같이 열린다. 종가가 보유한 전적(典籍), 가보 등 종가의 귀한 물건이 나오고, 다른 종가와 비교도 하고, 종가 정신도 교류한다. 전시회를 찾은 시민들은 서로 다른 종가의 향기를, 그 깊은 문화를, 정신을 직접 체험하게 된다.

셋째, 〈경북의 종가 시리즈〉 책도 발간하고 있다. 이를 토대로 다큐 영상물도 제작했다. 이런 활동은 시민들이 종가 문화에 한층 가까이 다가서게 해 줄 것이다. 나중에는 생각지도 못한 종가 문화의 상품화로 이어지게 할 것이다.

끝으로 종가 음식을 드러내는 사업을 적극적으로 추진했다. 정부에서 추진하는 한식 세계화 사업과도 맥을 같이했다. 여성 군자 장계향 선생이 남긴 〈음식디미방〉의 여러 음식을 재현하는 데 주력했다. 국내 최고의 한문 조리서 〈수운잡방〉에 나오는 요리를 이용한 한식도 개발했다. 〈수운잡방〉 한식은 신라호텔의 메뉴가 됐다. 안동에는 수운잡방 체험관, 영양에는 음식디미방 체험관을 각각 건립하여 국민이 경북 전통의 맛을 체험하고, 현대로 연결하는 고리가 되도록 했다.

김관용은 종가 사업을 추진하면서 특별히 주목한 점은 여성이다. 그는 단도직입으로 말한다. "종가 포럼은 여성들이 봉건 사회에 묻혀 있던 것을 밖으로 드러내기 시작한 거야. 거기서 음식 문화가 나오는 거야, 음식·복식 이런 게 나온 거야. 예절, 그게 등장하기 시작한 거지." 종가 여성에게는 입이 없고, 일하는 손만 있었다. 파헤치면 드러날 종가 문화가 한둘이 아니었음에도 종가 여성은 속으로 삭이기만 했다. 유교의 근본을 찾는 것도 종가이고, 종가를 든든하게 일군 사람도 바로 종가의 여성이다. 그는 도지사를 하면서 경북의 구석구석에서 종가를 만났고, 종가에서 말없이 헌신하던 종부들을 만났다.

"종부와 종손의 삶을 옆에서 지켜본 내게는 그들을 지켜줄 의무가 있었다. 도지사가 되어서 바라본 종손의 삶은 그런 것이다. 종손이 되면 직장은 물론, 자신의 삶을 포기한다. 종부의 인생도 마찬가지다. 그들의 삶이 잊히지 않도록 해야겠다."고 다짐한 그는 종가를 세상에 드러냈다. 종가 포럼에는 시간이 갈수록 더 많은 종가가 참여하고 있다. 종가가 모이면 비밀의 문이 열리듯 사연이 드러난다. 2018년 '종가의 일상 세상 속으로 나오다'를 주제로 개최한 포럼에서는 400년 인연으로 맺어진 영호남의 종손이 만났다. 임진왜란 때 의병장 고경명 장군의 아들, 고순후 일행은 어머니의 고향 임청각으로 피난을 왔다. 그들을 살핀 사람은 학봉 김성일과 예안 이씨 등 안동의 종가 사람이다. 왜적이 물러난 뒤 고향으로 돌아간 고순후는 대과에 급제해 안동부사로 부임했다. 그가 가장 먼저 한 일이 학봉가 어른들을 부모님처럼 모시는 일이었다고 한다. 400년 시간을 건너 종가 포럼에서 두 종가의 종손이 다시 만났다. 종가 포럼이 풀어헤친 일이 이뿐이겠는가? 지금까지 우리가 보지도, 듣지도 못한 수많은 일이 종가 포럼을 통해, 종가 사람의 만남으로 드러나고 있다. 종가는 우리의 숨은 문화이고, 예절이며 선조의 삶이다. 그들이 종가 음식을 풀어 낼 때, 우리는 어머니의 손맛을 느낄 것이다. 그들이 독립운동하며 민족애를 불태웠을 때 우리는 이 땅을 적들로부터 지켜 낼 용기를 얻을 것이다. 그러니 그들이 종가 문화의 세계화를 말할 때 우리는 인류애를 느끼지 않겠는가. 종가 문화가 우리에게 남겨준 가치는 한둘이 아니다. 종부, 불천위, 종손 등의 구체적인 모습은 앞으로도 계속 조망될 것이다. 같은 듯 다른 종가문화는 우리 전통을 더욱 풍요롭게 해 줄 것이다. 종가 문화는 전통을 바탕으로 오늘과 내일의 세대를 연결하고, 새로운 한국 문화로 나아가도록 하는 힘이다.

    도지사, 김관용이 품은 의문은 이제 확실히 풀렸을 것이다. 설명할 수 없는, 도도한 강물 같은 정체성은 바로 경북의 종가에 숨어 있었다. 종가들이 만나고, 그들이 지켜온 종가의 묵직한 자산이 세상을 만나면서 종가 문화는 새로운 문화의 씨앗을 퍼트릴 것이다.

# 48.

# 분권과 균형의 전도사, 방부자향

김관용은 지방 분권과 균형 발전의 전도사이다. '중앙이 가진 권한을 지방에 나눠 준다'라는 소극적 분권이 아니다. '중앙과 지방이 권한을 균등하게 가져야 한다'는 것이 그가 주장한 분권이다. 균형 발전에 대한 그의 생각은 특별했다. 지방이 당면한 현실은 균형 발전이란 단어와는 거리가 멀어도 너무 멀다. '중앙이 잘살면 지방에 콩고물이 떨어진다'는 것은 무식의 소치이다. 한국적 현실에서는 이 문장은 이렇게 바뀌는 것이 맞다. '중앙만 잘살기 때문에 지방에는 남아도는 것이 없다' 중앙만 잘사는 나라의 지방은 사람 살 수 없는 곳이 된다. 순망즉치한(脣亡則齒寒)의 이치이다. 바깥의 입술이 사라지면 안에 있는 치아가 온전할 수 있겠는가. 지금 우리가 겪고 있는 수도권과 지방의 관계가 바로 이와 같은 것이다. 김관용은 2006년 비수도권 13개 시·도지사와 지역 국회의원의 전체 뜻으로 지역 균형 발전 협의체를 창립(2006.9.20.)했다. 이후 7년간 공동대표를 맡으며, 초광역 리더십을 인정받았다. 이때부터 김관용이 줄곧 주장한 것은 지방자치가 가진 다양한 가치였다. 중앙으로 일원화될 때의 단일성, 단원적 사회에서 벗어나, 다원적 사회로의 이행을 촉진할 수 있는 대안을 시·도지사들과 함께 모색했다.

수도권 집중이 우리 사회, 특히 지역에 일으킨 폐해는 심각한 수준이다. 기업은 떠났고, 인구는 줄었다. 도시와 농촌의 격차는 갈수록 벌어졌다. '백약이 무효'란 말은 바로 지금, 우리 지역이 처한 당면 현실을 말하는 것이다. 2012년에 김관용은 제6대 전국 시·도지사협의회장으로 선출됐다. 지역이 처한 문제를 해결하기 위해 지역이 반드시 챙겨야 할 분권과 균형의 두 바퀴를 더욱 힘차게 굴리기 위해 전국의 지자체와 연대해 나갔다. 그의 노력에도 분권, 균형의 두 단어가 지역에 정착되는 과정은 쉽지 않았다.

김관용은 2014년 새해를 맞아 신년 화두를 분권과 균형의 두 목표를 반드시 실현하겠다는 각오를 다지기 위해 아예, 한자어 사자성어를 직접 만들었다. 방부자향(邦富自鄕)이다. '나라(邦)가 부강(富)하려면, 지방(鄕)이 잘살아야 한다'라는 뜻이다. 혹은 나라가 잘살기 위해서는 지방에서 일(산업, 사람, 기술)이 먼저 시행돼야 한다는 의미를 지닌다. 얼마나 답답했으면 이런 조어를 다 만들었을까 싶다.

방부자향은 우리의 선조가 만들어 오래전부터 사용하던 사자성어는 아니다. 대한민국의 지방이 처한 모습을 회복시키기 위한 염원을 담은 신조어이다. 시간이 가도 개선되지 않고, 점점 더 나빠지고 있는 지역의 현실을 마주한 그가 '방부지향' 사자성어를 직접 만들었다. 서울, 수도권을 보라, 그리고 지방을 보라. 과연 작금의 대한민국 수도권에서 지방에 남아 있는 것이 무엇인지 보라. 그럼에도 수도권은 지방에 남아 있는 마지막 하나까지도 더 가지려 하고 있다. 지방이 없는 수도, 수도권이 가능한가?

김관용은 민선 4기로 도백이 됐을 때, 자문자답한 것이 있다. '도지사가 할일은 무엇인가?' 이미 구미시에서 민선 1~3기 11년을 기초단체장으로 역임한 그였지만, 도정은 또 달랐다. 그를 바라보는 사람들, 그들이 요구하는 내용도 몇 십 배는 더 많을 것이다. "지자체의 장이라는 자리는 어렵다. 고정적인 세원 때문에 지방에 돈이 없는 것이 문제다… 이때 놓쳐서는 안 되는 것이 재정의 균형이다. 보조금, 지분, 예산 주는 방법은 많은데 계정 과목을 들여다보면서 손익계산까지 할 줄 아는 지자체장이 몇 명이나 될까. 그 방법을 나는 훤히 알고 있다." 김관용은 행정고시에 합격한 뒤 국세청에서 잔뼈가 굵은 사람이다. 세금, 돈의 흐름에 도통한 그였다. 어떻게 하면 부족한 지방 재정의 곳간의 채울 것인지 가장 먼저 고민한 사람이다.

김관용은 도지사가 지방에서 돈을 버는 것이 간단하지 않다는 것을 잘 아는 사람이다. 국비를 끌어드리는 것이 핵심이지만, 타 지자체와의 형평성도 있기에 한계가 있다. 그가 내린 결론은 간명했다. 좋은 정책이 중앙 재원을 유인하는 길이다. 중앙 정부가 생각하지 못한 멋진 아이디어를 만들어 남보다 먼저 중앙에 제시하면 더 많은 예산을 가져올 수 있다고 그는 생각했다. 돈의 흐름을 아는 그였기에 가능한 판단이다. 그러나 부족한 지방 재정은 중앙 정부의 보조금만으론 한계가 있었다. 그래서 그는 자신이 머무르는 도지사 공관을 생각했다. 넓은 공관을 돈 가진 사람이 찾는 간접적이나마 투자를 지원하는 공간으로 이용하고 싶었다.

김관용은 대구 산격동 경북 도청 시절, 넓은 도지사 공관을 대외통상교류관(이하 통상교류관)으로 바꾸었다. 경상북도를 찾는 귀빈들에게 "저희가 사는 집에 모시겠습니다."라고 말하면서 그들을 집으로 초대했다. 경상북도에 투자 의향을 가진 투자자들을 모두 통상교류관에서 맞았다. 호텔에서 비싼 돈 주고, 값진 음식을 먹을 필요가 없었다. 한국식 전통 탁자와 방석에 투자자들을 앉도록 했다. 그가 먼저 반가부좌를 하고 자리에 앉았다. 그들도 따라서 앉는다. 투자 유치 자리가 자연스럽게 문화 교류의 자리도 겸하는 것이다. 그들은 실제로 이런 한국 문화를 체험해 보고 싶었다. 불편하지만, 그런 자세로 김관용은 외빈, 외국 투자자들과 앉아서 아내가 끓여 내는 차도 같이 마셨다.

김관용은 통상교류관에서 만난 외국인들에게 한국 문화의 중심인 경상북도의 오랜 역사, 문화를 이야기했다. 상대 나라의 문화도 같이 나누었다. 그의 이런 문화적 비즈니스는 성사되기 어려웠던 상담을 성사시켰고, 실적으로도 연결됐다. 비즈니스를 비즈니스로 대하지 않고 우리와 상대방의 문화를 주제로 대화를 나누니, 진도는 더 많이 나갔고, 성과도 커진 것이다.

김관용은 도지사 공관을 대외통상교류관으로 바꾼 것을 참 잘했다고 자찬했다. "투자 유치도 하고, 외교도 하고, 경북도 홍보하고, 한국도 알린다."는 원칙이 그곳에서는 아주 자연스럽게 이루어졌다고 술회했다.

영천 출신인 김문수 경기도지사가 어느 날 뜬금없이 대수도론을 들고 나왔다. 분권과 균형 발전에 정면으로 어긋나는 대수도론은 사실상 논의할 가치가 전혀 없었다. 이미 의미가 상실된 구시대적 이론이다. 그럼에도 지방 분권과 균형 발전을 못마땅하게 생각하던 중앙 일간지들은 이를 대서특필했고, 지방은 노심초사했다.

김관용이 나섰다. '균형 발전과 대수도론 토론회'를 열었다. 지방과 중앙이 한판 대결을 벌였다. 이제는 감춰 놓고, 쉬쉬할 일이 아니었다. 왜, 균형 발전을 해야 하는지, 지방이 처한 현실을 수도권은 아는지, 지방이 사라진 중앙이 무슨 의미가 있는지, 지역민이 다 수도권으로 몰리면 우리 사회가 치러야 할 비용이 얼마나 되는지, 무엇보다 대수도론은 이미 철이 지난 이론일 뿐임을 지역 전문가와 지방 행정의 주체로서 확실하게 말해 주고 싶었다.

그는 사람들에게 똑똑히 이야기했다. "혁신 도시, 행복 도시 완성, 대기업의 지방 투자 시 파격적 인센티브, 지방 거점 신공항 건설, 풍부한 인재 공급을 위한 지방대학 육성 등 획기적인 투자 환경 개선으로 지방의 경쟁력이 향상된 후에 수도권 규제 완화를 검토해야 합니다." 수학 공식 같은 당연한 주장이지만 이것이 공존할 수 있는 답이었다. 대수도론 주창자들이 얼마나 공감했는지는 알 수 없다. 그러나 바로 여기서, 이런 자세로 분권과 균형 발전의 정당성과 목소리를 더 힘차게 내어야 했다. 그렇지 않고 기울어진 운동장의 아래에서 지방이 선다면, 결코 지방은 중앙을 이길 수 없다. 중앙이 가진 무수한 한계, 불합리를 지방이 보완해 줄 수도 없다.

이 일을 계기로 김관용은 더 강하게 수도권 규제 완화 반대 운동을 전개했다. '수도권 규제 완화 반대 1천만 서명 운동'(2015년)을 시작했다. 비수도권이 주축이지만 수도권의 양심적 시민들도 함께했다. 광역도, 광역시, 기초 지자체별로 조직적인 서명 운동이 전개됨으로써 수도권 규제 완화 시도를 상당히 잠재울 수 있었다.

김관용은 수도권으로 모든 것이 집중되는 것은 공정 사회의 원리에 어긋난다고 보았다. '공정한 사회의 추진 동력은 밑으로부터의 절실한 변화'라고 생각했다. 사회 구성원 누구도 공정의 기준에서 타인보다 부당한 대우를 받으면 안 된다. 그는 공정한 사회는 중앙이 아니라, 밑에서부터 분출하는 힘이 있을 때 실현된다고 생각했다. '지방이 살아야 나라가 산다'라는 상식적인 생각이 우리 사회에서 합의되는 그 영광의 순간을 그는 기대했다. 비록 이 간단한 원리가 실현되기 위해서는 얼마나 더 오랜 시간을 기다려야 할지 모르지만 말이다.

2017년 7월, 문재인 정부에 의해 김관용이 간절히 열망하는 분권과 균형 발전의 가능성이 조금 보였다. 지방 분권과 국가 균형 발전이 새 정부의 국정 과제로 제시된 것이다. 그는 감격스럽게 이 순간을 지켜보았다. 대통령은 연방제 수준의 분권을 실현하겠다고 했다. 제2 국무회의 운영도 약속했다. 앞으로 어떤 방법으로, 어떤 모습으로 분권과 균형 발전이 전개될지 알 수 없다. 신정부 초기에 청와대에는 지방 분권 비서관, 균형 발전 비서관 직제가 설치되고, 해당 업무를 챙겨 왔다. 과거에 없던 일이 진행되고 있었다. 앞으로 분권이 가야 할 길은 많다. 하지만 김관용이 12년간 끊임없이 주장한 참 지방자치제 실현을 위한 큰 걸음이 제대로 놓인 것은 틀림이 없어 보인다.

시간이 지나면서 분권과 균형의 모습은 그 색깔을 잃어 가기 시작했다. 참으로 안타까운 일이란 생각이 들었다. 정치인이 하는 약속의 공허함을 느껴야 했다. 그러나 언젠가는 오고야 말 분권과 균형의 양 날개를 갖춘 진정 '지방이 중심이 되는 세상'이 올 것임을 그는 확신하고 있다.

# 농촌과 산촌, 도시를 품다

    김관용은 구미 선산이 고향이다. 그의 어린 시절을 세밀히 알지는 못하지만, 그 시절을 산 대부분의 사람이 겪은 가난과 함께 성장했다. 그는 동향인 박정희 대통령을 좋아한다. 대구사범 선배이고, 초등학교 교사로 같은 경력을 밟은 것도 이유일 것이다. 그가 박 대통령을 존경한 가장 큰 이유는 대한민국을 누대의 가난에서 벗게 한 장본인이라 여기기 때문이다. 박 대통령 18년 집권 기간에 대한민국은 한강의 기적을 이뤘다. 그러나 그가 우연히 마주한 박 대통령의 경제 성적표는 그렇게 높은 것으로 보이지 않았다.

    "우리가 말이지 박정희 대통령 때 잘살았던 것도 아니야. 나는 박정희 대통령 때 한 만 불 소득은 넘은 줄 알았어, 박정희 박정희 하니까. 1979년도 돌아가셨잖아. 우리 생각이 관념적이어서 그래. 1,600불인가, 1,650불인가 그래." 김관용은 나중에 박 대통령 시절에 소득이 왜 그 정도밖에 안 되는지 확인해 보았다. "확인해 보니, 맞아. 1960년대 우리 소득이 78불인가, 80불이야, 북한이 240불이야, 우리보다 3배 잘살았어. 필리핀은 800불이야, 우리보다 열 배나 잘살았지." 그는 박 대통령이 출발할 때 소득과 1979년 소득을 보니, 상황이 이해되었다고 했다.

우리는 그 시절, 그렇게 찢어지게 가난한 나라였다. 나라도 가난하고, 국민도 가난했다. 일제 35년간 폭압의 식민 지배에 시달렸고, 그나마 남은 부는 한국전쟁으로 무너져 내렸으며, 남북이 갈려 산업 대부분을 북한이 가져 가 버린 상황이었다. 당시에 우리가 할일은 맨주먹으로 경제 혁명을 이루는 일밖에 없었다. 세계인들은 우리에게 한강의 기적을 이뤘다고 멋지게 평했다. 국민이 모두 받아야 할 상이고, 칭찬이다. 거기에 지도자 박정희가 방향을 잡고, 큰 몫을 하였기에 이룰 수 있는 기적이다.

대한민국은 여전히 가난했다. 가난이 뭔지를 아는 김관용은 오늘의 우리가 있게 한 뿌리를 농촌에서 찾는다. 경제 개발 초기, 농업 부문의 안정적 식량 생산은 수입을 대체하도록 했다. 농업 소득은 산업 자본으로 전환돼 도시 산업을 일으켰다. 농민들은 도시로 나가 산업 전사 역할을 했다. 농업과 농민이 없었다면, 오늘날 우리가 누리는 산업화와 도시화는 이뤄내지 못했을 것이다. 그는 쇠락해 가는 농촌과 산촌을 보는 것이 안타깝다. 그가 민선 4~6기, 12년 재임 동안에 추진한 수많은 정책 중에서도 농업과 농촌, 그리고 농업인 정책은 산업의 비중을 따지기 전에 항상 최우선순위에 놓고 검토한 배경일 것이다.

그는 농업인을 현장에서 만난다. 만날 때마다 그들에게 고맙다고 말한다. 단순한 격려가 아니다. "농업은 사실 앞으로도 이 나라 농촌 발전의 중심에 서서 가야 한다!"고 말한다. 산업 구조가 바뀌어서 그렇게 되기는 힘들겠지만, 그로서는 농업이 사라진 대한민국을 상상하기 어렵다. 농업은 지속 가능한 식량 생산으로 위기 때에 '식량 안보 산업'이란 역사적 책무를 수행해 왔다. 미래에도 그 역할은 조금도 변함이 없어야 한다고 믿고 있다. 그는 경상북도가 농도임을 자랑스러워하는 사람이다. 농도인 경북이 산업 도시로 바뀌는 것은 어쩔 수 없는 현실이다. 그러나 "어렵더라도 정신이라도 살아서 나갈 수 있도록 농업에 대한 애정, 농촌과 산촌에 대한 사랑을 더 확고히 해야 한다."고 그는 도민에게 줄기차게 말해 온 사람이다.

김관용은 농촌과 산촌이 잘사는 경북을 소망해 왔다. 더 잘될 수만 있다면 농산촌의 넘치는 인정과 도시의 풍요로움을 함께 가진 곳으로 발전하기를 염원해 왔다. 쉽지 않은 소망이지만 불가능하지도 않다고 생각했다. "숲속에 들어가서 가지도 좀 치고, 가꾸기도 하고, 또 산불도 예방하고… 미래의 국토를 가꾸는 일… 여러 삶의 터전을 지키고 가꾸는 일이 보통의 일상의 되는 날이 가능하다."고 말하는 사람이다. 그는 현장에서 문제를 발견하고 답을 찾는 사람이다. "농사를 지어도, 가을에 슬픔에 안겨 있고, 농사지을 수 없다. 그러면 여기서 답을 구해야 할 거 아닙니까?" 우리 농업의 현실을 적나라하게 보여준 말이다. 추수 감사제는 풍요를 주신 하늘에 지내는 제사이다. 그런데 우리의 실상은 그렇지 못하다. 수확제가 슬픔으로 싸이고, 다음 농사를 기약할 수 없는 상황이라면 어떻게 지속 가능한 농업, 식량 안보 산업임을 논할 수 있을 것인가?

"생산 과정부터 선별, 포장, 유통, 이런 과정이 일사불란하게… 농업을 통해 국가 품위도 좀 높여야 한다."고 강조하는 사람이다. 1차 산업인 농업의 힘은 2차와 3차 산업과 연결될 때 강해진다. 쌀 산업 무한 변신 프로젝트를 추진한 것도 같은 이유이다. 그는 농업은 다양하게 변신할 수 있다고 보았다. 농작물 한 개가 수많은 다른 모양으로 변신하면서 부가가치를 키워나갈 수 있다. 그 과정에서 농업인에게 더 많은 소득이 실현된다고 믿었다. 그는 "이 나라 농업과 대한민국의 미래의 방향을 잡는 방법은 농업의 변신, 농산촌의 변화에서 찾아야 한다."고 주장했다.

농·산촌에 도시를 가져다주자. 도시 사람들이 농·산촌을 찾도록 하고, 도시민들이 누리는 편리한 삶의 요소를 농·산촌으로 이동시켜 보자. 외로웠던 농·산촌이 붐비는 장소로 바뀌지 않겠는가. 곳간에서 농장과 사람까지 아낌없이 다 내주었던 우리 농·산촌이었다. 이제는 도시를 품어 보자. 도시 사람들이 돌아오고, 도시 자본이 농·산촌을 풍요롭게 변화시키고, 도시의 청년들이 농·산촌을 창의의 공간으로 만들도록 해 보자. 그가 꿈꾸는 농·산촌은 그렇게 거창하지 않다. 소박한 우리의 모습에서 벗어나지 않는다. "농사지으면서 애들 공부시킬 수 있고, 아프면 병원에 가고, 문화도 즐길 수 있는 그런 농촌, 그런 지방"이다. 이런 농촌은 거대한 이상향이 아니라 우리가 당연히 누려야 할 생활의 권리일 뿐이다.

농·산촌이 도시를 닮으려면 청년들이 모여야 한다. 김관용이 농정에서 가장 강조한 하나는 사람이다. 청년들이 찾고 붐비는 마을이 돼야 우리 농·산촌이 살아난다고 했다. 젊은이가 찾아오는 농촌으로 만들기 위해 노력한 성적표는 2004년부터 2016년까지 13년간 연속으로 귀농·귀촌 인구 최고 지역으로 만들어 놓았다. 2009년에는 전국 최초의 귀농인 지원 조례를 만들었다. 2010년에는 귀농 가구 인턴 지원 사업도 최초로 추진했다. 이 사업은 2012년 국비 사업으로 채택돼 전국으로 확산됐다. 2017년에는 경북 청년 창농·귀농 활성화 계획을 수립하고, 농어촌 일자리·인력 양성 지원센터도 설치, 운영하고 있다. 경북도청에서 추진한 청년 유치 프로젝트로 획기적인 도시 청년 시골 파견제 사업은 전국적으로 주목받았다. 청년들이 농·산촌에 안정적으로 지속해서 정착, 일할 수 있는 시스템을 만들었다. 청년으로 붐비는 농촌, 청년의 창의력으로 농촌에 활력을 더해 줄 것이란 기대가 현실이 되는 것이다.

바라보는 산에서 돈 되는 산으로 바꾸기 위한 그의 정책은 소박하게 출발했다. "가지치기도 하고 나무도 심고, 숲에 대한 정신 치료, 맑은 공기, 건강 현장, 또 거기에 산림 소득 나는 것…. 산을 통해서 먹고 사는 시대가 왔다."라고 주장했다. 핵심을 찌른 말이다. 산이 소득과 휴식, 치유의 공간임을 선언한 것이다. 그 소박한 선언을 실현 가능한 정책으로 바꾼 것이 백두대간 프로젝트이다. 산림 정책을 추진하면서 그는 산림청에 적지 않은 요구를 했다. 단일 사업으로 2천 5백억 원이나 되는 국립 백두대간 수목원 프로젝트를 산림청에 요청했다. 산림청은 초기에 말도 안 된다고 생각했다. 개청 이래 500억 원이 넘는 규모의 사업을 추진한 적이 없는데, 2천 5백억 원 사업이라니. 그렇게 시작된 국립 백두대간 수목원 사업은 결국 2018년 5월, 봉화 땅에 성공적으로 문을 열었다.

산림, 산촌 정책을 추진할 때 그가 먼저 염두에 둔 것은 경북 북부 지역의 새 성장전략으로 생태를 주목하는 것이다. 생태를 보는 부정적 시각을 긍정으로 바꾸는 작업은 발상의 전환이다. 산림과 산촌을 이제는, 가장 낙후한 곳, 투자해도 밑 빠진 독에 물 붓기가 아님을 확신시키는 것이다. 산림과 산촌이 돈 되는 산업이고, 잘사는 마을로 충분히 발전할 수 있음을 증명하는 일이다. 봉화는 산림 도시로 바뀌고 있다. 국립 봉화 청소년 산림 생태 체험 센터, 봉화 자연 휴양림이 완공됐다. 지금은 봉화를 산림복지 단지로 만들어 가기 위해 정책 노력을 다하고 있다. 대형 국책 프로젝트 하나로 지역이 전면적으로 바뀌지는 않는다. 그러나 그 사업이 변화의 실마리가 되어 봉화가 빠르게 바뀌고 있다. 백두대간 프로젝트는 지금도 진화 중이다. 세계 유일의 종합 산림 치유 서비스 공간인 국립 산림 치유원이 영주와 예천에 모습을 드러냈다. 286km의 낙동정맥 트레킹로드는 경상북도의 대표 숲길로 자리 잡았다. 봉화와 울진에서 시작하여 영양, 청송, 영덕, 포항, 영천, 경주, 청도에 이르는 9개 시·군을 통과하는 숲길은 백두대간, 낙동정맥 종주 코스와 함께 앞으로 도시민들이 찾는 숲길로 주목받을 것이다. 영양에서 시작한 국가 산채 클러스터는 강원도 양구까지 이어진다. 지자체가 주도하고 정부가 투자한 산림 비즈니스 모델이다.

   김관용이 농촌과 산촌을 대상으로 추진한 사업은 참 많다. 사업이라 해서 막연하게 진행한 것이 아니다. 특정한 지역이라면 그곳에 맞는 원칙이 있어야 했다. 농·산촌은 고향이다. 도시 사람들에게 고향을 선물하기를 원했고, 피곤에 지친 사람들이 고향 농·산촌에 와서 휴식하기를 원했다. 도시에선 찾기 힘든 창의의 자원을 쉽게 찾아내고, 창의의 생각으로 바꿔, 더 큰 부가가치를 얻기를 소망했다. "우리 고향 산천이 아주 좋습니다. 관광도 해외에 갈 것이 아니라, 국내에, 특히 경상북도에는 자연 환경이 있고 역사가 있습니다."

그는 도시 사람들에게 말했다. 농·산촌을 찾다 보면 즐길 것이고, 한번 즐겨 보면 매료될 것이고, 결국 그곳에 터 잡게 될 것이다. 농·산촌은 원래 그런 끈끈한 정이 있는 곳이다. 여기에 멋진 정책을 곁들였다. 청년이 몰려오고 이들이 창의의 물결을 일으킨다. 백두대간 프로젝트는 돈 되는 산으로 만들고 있다. 정부는 엄청난 국비 재원을 경북의 농·산촌에 투입했다. 경북의 농·산촌에 사람들이 주목하고 들어오고 있다. 김관용은 이제 돌아서서 경북에서 농·산촌 대전환의 과정이 순조롭게 잘 진행되는지 지켜보고 있을 것이다.

# 삼국유사 목판본 복원과
# 신라사 대계 편찬

군위군 고로면에 가면 인각사가 있다. 인각사의 창건자는 의상대사, 원효대사란 설이 있다. 창건 연대는 오래됐으나 기록이 부족하여 설왕설래하는 것이다. 인각사 하면 떠오르는 인물은 보각국사 일연이다. 김관용은 인각사를 알린 주인공 일연선사를 주목했다. 선사의 출생지는 군위 인근 경산이지만, 생의 마지막엔 인각사에 터를 잡고 불후의 명저, 삼국유사를 집필했다.

삼국유사가 어떤 책인가? 삼국사기가 공식 정사라면, 삼국유사는 몽골의 침략으로 위기에 직면했고, 실의에 빠진 우리 민족에게 고조선 단군 기록을 중국의 개국 신화와 같이 판단한 최초의 저술로서 민족적 자긍심을 고취한 책이다. 경북, 경북인의 정체성 찾기에 주력한 그에게 삼국유사는 엄청난 가치를 지닌 책이다. 그가 삼국유사를 통해 시민에게 알리고자 한 것은 그의 말에서 확인할 수 있다. "올바른 역사를 알려서 우리의 정신과 혼을 찾고 자존감을 찾는 일이 시급했다." 그는 우리의 정신과 혼을 찾는 것, 그것은 자존감을 찾는 일이다. 그 일은 우리 역사를 국민이 올바로 알 때 가능한 일이라 생각했다. 삼국유사는 그가 세우려 한 경북, 경북인의 정체성을 가장 잘 드러낸 책이다.

김관용은 삼국유사와 인각사, 군위, 일연으로 이어지는 맥락을 연결해 보았다. 삼국유사 가온누리 조성 사업이 삼국유사 테마파크로 정책화돼, 2020년에 개장했다. 일연 선사가 1281년에서 1283년까지 3년간 인각사에서 집필한 삼국유사에 담긴 이야기들이 역사촌, 체험관, 놀이마당 등으로 구체화되고 있다. 테마파크 조성 사업에 대하여 인각사 복원, 연계 사업 부족을 지적하는 목소리도 있다. 테마파크 사업 이후, 이점은 별도의 문화재 사업으로 보완돼야 할 것이다.

삼국유사에서 그가 본 것은 우리 선조의 장인정신이다. 보각국사 일연이 집필한 내용을 장인의 손길로 새긴 목판은 1512년에 사라졌다. 이후 인쇄본만 전해 오고 있다. 목판을 복원해야 삼국유사의 문화적 가치가 더해진다고 믿었다. 수많은 우리 전통 기록 문화가 계승·발전할 수 있는 계기가 될 것이란 생각도 들었다. 그는 삼국유사 목판 복원 사업을 추진하기로 마음먹고, 전문가들과 함께 이 작업을 시작했다. 삼국유사의 고향, 군위에 도감소를 설치하고, 전국에서 각수(刻手) 15명을 모셨다. 산벚나무 목판 목각이 시작됐다. 2년여의 작업 끝에 결실을 보았다. 2016년 조선 중기 본 복원을 마쳤다. 2017년 초에 조선 초기 본 복원까지 성공했다. 완성된 목판본은 한국 국학진흥원에 보관하고 있다. 목판으로 직접 찍은 인출본과 영인본은 판본 제공 기관, 인각사, 주요 도서관과 박물관에 배부, 보존하고 있다.

김관용은 "삼국유사 목판 사업은 조선 시대 판본 연구와 목판 원형 복원, 전통 인쇄기술과 기록 문화 전승의 계기가 됐다."고 말했다. 그는 이 사업으로 경상북도가 "민족의 정체성 회복과 재창조의 성공 모델이 됐다."라고 밝혔다. 800여 년 전 위대한 한 사람의 애민 정신이 창조해 낸 정수가 목판 복원 사업을 통해 더욱 든든한 우리의 자긍심으로 돌아온 것이다.

김관용은 더 나아갔다. 경상북도의 어머니 나라이자, 우리 민족 최초의 통일 왕조인 신라, 신라의 역사에 대해 우리는 너무 무지했다. 흩어진 신라의 역사를 모아야 했다. 모은 그 역사를 날줄로 엮고 씨줄로 매어 국민이 쉽게 알도록 신라사를 체계화하고 싶었다. 찬란한 신라 천년의 역사 속에 경북과 경북인의 정신이 잠들어 있다는 사실을 밝히고 싶었다. 그는 21세기를 사는 우리 정체성의 뿌리가 될 신라사를 찾아 나섰다.

우리는 신라를 얼마나 알고 있을까. 우리는 우리 역사를 너무 모른다. "요즘 학자들은 중국의 역사는 통달할 정도로 자세히 알면서도 우리나라 역사는 제대로 모르니 가슴 아픈 일이다." 이 말을 한 사람이 누구일까? 우리 시대의 역사학자가 한 말로 들리지만 실은 고려 인종 임금의 말씀이다. 경주 사람 김부식(1075~1151년)이 삼국사기 편찬을 완성하고, 임금 앞에 들고 왔을 때 하신 말씀이다. 인종 임금의 말씀은 우리가 우리 역사를 무시하고, 내팽개쳐 왔다는 것이다.

김관용이 신라사를 집대성해야겠다고 매달린 이유일 것이다. 2011년 신라사 대계 편찬 작업이 시작됐다. 고대사와 신라사를 연구하는 전문가 136명이 집필진으로 참여했다. 전국의 도서관, 박물관, 학술지 논문들을 찾아내고, 토론하는 과정을 거쳤다. 삼국사기와 삼국유사가 신라 중심으로 정리된 역사물이지만, 부족했다. 당시 사람들의 문화와 생활까지 아우르는 전 분야를 담은 신라 천년의 역사를 제대로 이해할 수 있는 작품을 만들어야 했다.

5년이 걸렸지만 충분한 시간이 아니다. 천년의 신라를 이해하기 위한 사료, 사건·사고는 차고 넘쳤다. 이루어 낸 성과도 측량하기 쉬운 일이 아니다. 작업할 일은 많았으나 경상북도에서 지원하는 예산이 충분한 것도 아니었다. 참여한 전문가들은 사명감으로 연구와 집필에 매달렸다. 그가 대계 작업에 참여한 전문가들에게 '고맙고 송구한 마음'을 밝힌 이유이기도 하다. 연구·편찬 작업의 성과는 엄청났다. 연구 총서 22권(총론, 건국·성장, 체제 정비와 영토 확장, 삼국통일, 왕권 강화와 쇠퇴, 통치 제도, 사회 구조와 신분제, 산업·경제, 학문·교육·과학 기술, 대외 관계·국제 교류, 불교, 토착 종교, 언어·문학, 생활·문화, 건축·공예, 조각·회화, 유적·유물, 삶과 죽음, 신라를 빛낸 인물들), 자료집 8권, 요약집(4개 언어) 8권을 포함 총 38권으로 세상에 그 모습을 드러냈다. 신라사 대계는 총 1만 2천 쪽에 달하는 방대한 분량이고, 5,400여 장의 생생한 사진 자료가 담겨 있다. 중앙 정부가 해야 했을 작업을 지방 정부에서 기획하고, 실행하여 마침내 2016년에 완성된 것이다.

김관용은 신라사 대계 편찬 작업이 끝난 직후 이렇게 회고했다. "올바른 역사 복원을 통해 우리가 가지게 된 가장 큰 소득은 바로 이 혼(魂)이다. 먹고 사는 것만큼 중요한 일이 있다. 바로 서는 일이다." 그는 바로 서기 위해서, 지구촌의 쟁쟁한 나라와 사람들, 주변 4강은 물론 우리를 뒤쫓고 있는 개도국, 이들과 수많은 경쟁에서 넘어지지 않고, 흔들리지 않고 바로 서기 위해서는 우리 역사의 이해, 우리 자신을 알아야 한다고 생각했다. 예수 그리스도의 골고다 고난 이후 로마제국의 예루살렘 침공으로 유대인들의 디아스포라 2천 년 역사가 시작됐다. 그들은 역사를 잊지 않았기에 20세기 그들의 선조가 흩어진 바로 그 자리에 다시 이스라엘을 건국할 수 있었다. 우리가 누구인지 잊지 않는 것, 우리 역사를 바로 보고, '바로 세우는 것'은 그가 강조한 먹고 사는 것만큼이나 중요한 일이다.

신라사 대계 작업이 신라사를 완결하는 것은 아니다. 신라사를 본격적으로 연구하는 시금석이라 보는 것이 옳을 것이다. 편찬 작업에 집필진으로 참여한 주보돈 경북대 사학과 교수는 이렇게 말했다. "빠진 부분 없이 가장 폭넓게 신라의 역사와 문화를 다뤄 신라사 연구의 새로운 출발이라고 할 수 있다." 이번 편찬 작업의 성과를 가장 잘 지적한 말이 아닐까 싶다. '빠진 부분 없이' 챙겼다는 것, 그리고 무엇보다 이번 작업의 성과는 본격적인 신라사 연구를 위한 '새로운 출발'이란 사실이다. 수십 년간 이어진 수많은 신라사 연구의 조각이 이번 작업을 통해 집대성됐다. 이를 통해 더 구체화하고 상호 연결된 세부 연구를 통해 신라의 역사적 진실에 더 가까운 성과를 얻을 수 있는 기반을 마련한 것이다.

작은 사실 하나하나를 역사라 말하지 않는다. 역사적 사실의 작은 덩어리가 모이고, 해석된 후, 역사적 사실로서 인정받을 때 역사가 된다. 그가 추구한 역사는 경북, 경북인의 정체성을 찾기 위한 역사적 성과를 복원하고, 정리함으로써 정체성의 실체를 얻기 위한 것이다. 이런 시도들이 아직 완성되지는 않았다. 누군가 더 정밀한 역사의 돋보기를 들어야 한다. 아직도 모습을 드러내지 않고 감추어져 있는 역사적 편린(片鱗)을 우리는 쉼 없이 찾아야 한다. 김관용이 경북인과 전문가들에게 맡겨 놓은 역사적 과업인 셈이다.

**일송포켓북** 일송포켓북은 일송북의 자회사로 한국문학 베스트 시리즈를 출간하고 있습니다.

### 이문열 《아우와의 만남》
이문열의 소설을 다 읽었다 해도 이 책에 수록된 작품들을 읽지 않고는 결코 이문열 문학을 논할 수 없다!

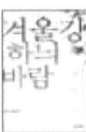 
### 박범신 《겨울강 하늬바람》
영원한 청년 작가 박범신이 혼신의 힘을 다해서 쓴 이 소설에는 시대의 아픔을 껴안는 그의 문학 정신이 녹아 있다.

### 이청준 《날개의 집》
초기작부터 최근작에 이르기까지, 이청준 문학의 큰 흐름을 형성하는 소설 중에서 가장 중요한 작품들을 엄선했다.

### 이승우 《에리직톤의 초상》
'스물두 살의 천재'라는 찬사를 들으며 화려하게 등단한 이래 관념을 소설화하는 독특한 작품세계를 펼쳐 온 이승우의 대표작!

### 박영한 《왕룽일가》
서울 근교의 우묵배미라는 농촌을 삶의 무대로 살아가는 사람들의 슬프지만 우스꽝스런 이야기들을 형상화한 박영한의 대표작!

### 윤흥길 《낫》
일본에서 먼저 출간되어 대단한 화제를 불러일으킨 이 작품은 윤흥길 소설만이 갖고 있는 특별한 매력을 물씬 풍기고 있다.

### 전상국 《유정의 사랑》
전형적인 사랑 이야기와 김유정의 평전이 자연스레 녹아 한 편의 퓨전 소설 형식을 취하며 문학의 새 지평을 연 놀라운 작품이다

### 윤후명 《무지개를 오르는 발걸음》
윤후명이 아니면 도저히 쓸 수 없는 특유의 문체와 독특한 작품 분위기, 그리고 각별한 재미!

### 이순원 《램프 속의 여자》
전방위 작가 이순원이 외롭고 슬픈 한 여자를 통해 우리가 살아온 각 시대의 성의 사회사를 살펴본 탁월한 소설이다.

### 고은주 《아름다운 여름》
아나운서인 여자와 우울증 환자인 남자의 이야기를 통해 '진짜' 당신을 만날 수 있게 해주는 '오늘의 작가 상' 수상작.

### 이호철 《판문점》
분단 문학을 새로운 차원으로 끌어올린 이호철의 대표작 중 미국과 프랑스에서 출간되어 호평 받은 작품만을 엄선했다.

### 서영은 《시간의 얼굴》
'너를 진정으로 사랑하여 나를 부수고 다른 나로 태어나려는' 주인공의 열망을 심정적으로 온전히 치른 역작.

### 김원우 《짐승의 시간》
유니크한 작품세계를 구축하고 있는 김원우 문학의 원형을 보여주는, 젊은 시절의 열정을 고스란히 바친 첫 번째 장편소설.

### 한승원 《아버지와 아들》
토속적인 세계와 역사의식을 통해 민족적인 비극과 한을 소설화하면서 독보적인 세계를 구축한 한승원의 '기리야마 환태평양 도서상' 수상작.

### 송영 《금지된 시간》
미국 펜클럽 기관지에 소설이 소개되어 새롭게 주목받은 송영이 심혈을 기울여서 쓴 한 몽상가의 이야기.

### 조성기 《우리 시대의 사랑》
성과 사랑의 경계에 대한 질문을 던지며 많은 화제를 모았던 이 작품은 조성기를 인기 소설가로 만들어준 출세작이다.

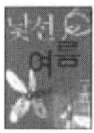

### 구효서 《낯선 여름》
다양한 주제를 섭렵하면서 독특한 자기 세계를 구축하고 있는 우리 시대의 중요한 소설가 구효서의 야심작.

### 한수산 《푸른 수첩》
짙은 감성과 화려한 문체로 한 시대를 풍미했던 한수산이 전성기 때의 문학적 열정으로 그려낸 빛나는 언어의 축제.

### 문순태 《징소리》
향토색 짙은 작품으로 우리 소설의 한 축을 굳게 지키고 있는 문순태는 이 작품에서 한에 대한 미학의 극치를 보여준다.

### 김주영 《즐거운 우리집》
한국 문단의 탁월한 이야기꾼 김주영의 주옥같은 작품들을 한자리에 묶은 대표작 모음집.

### 조정래 《유형의 땅》
네티즌이 선정한 2005 대한민국 대표작가 조정래의 문학적 뿌리는 이 책에 수록된 빛나는 단편소설이다.